我来了

I come

我看见

I see

徐婉心 ——— 著

辽宁人民出版社

图书在版编目（CIP）数据

我来了　我看见 / 徐婉心著. -- 沈阳：辽宁人民
出版社，2025．7．-- ISBN 978-7-205-11516-6

Ⅰ．I247.5

中国国家版本馆 CIP 数据核字第 2025TX0562 号

出版发行：辽宁人民出版社
　　　　　地址：沈阳市和平区十一纬路 25 号　邮编：110003
　　　　　电话：024-23284325（邮　购）　024-23284300（发行部）
　　　　　http：//www.lnpph.com.cn

印　　刷：辽宁一诺广告印务有限公司

幅面尺寸：165mm×230mm

印　　张：22.75

字　　数：315 千字

出版时间：2025 年 7 月第 1 版

印刷时间：2025 年 7 月第 1 次印刷

责任编辑：王晓筱　崔瑞桐

装帧设计：琥珀视觉

责任校对：吴艳杰

书　　号：ISBN 978-7-205-11516-6

定　　价：98.00 元

目
CONTENTS
录

第 一 章

黑夜的伤口

人熟悉 15 平方公里以内的事就够了,其他的靠读书弥补。书与书不同,写生命和肉体的整体即人的很浅,写宇宙间的生命信息和潜意识不然。潜意识真实,动物只有在潜意识的状态下才能融合联通。女人合上书细想。

徐雁哲的潜意识里住着两个人。千岩老人在 1993 年年底敲响她的门,"未雨绸缪,未雨绸缪……"老人反复敦促。她的意识一直醒着:企业改制,大部分工厂重组,东北百万员工下岗,她工科大学毕业,消防器材厂在中国、俄罗斯、德国有名声,厂内待业或下岗的事岂能轮到本尊?

老人又到潜意识门口在徐雁哲的脑屏上写下忠告:先下手为强,先下手为强……

大势已去。徐雁哲用扑克牌卜卦:南方吉。她天天卜卦,记到日记本上,笔算,51% 显示南方吉。潜意识里的另一位来到头排坐下。从小到大表哥主演的 20 多年动漫电影一帧帧展开。他比雁哲大 1 岁,初中、高中、大学他在前边摇旗开路,1986 年吉大生物系毕业任奉天味精厂分厂厂长。她踩着勇士的脚印勇往直前。

　　她在信里说："表哥，用不了 30 年广东省的人口会过亿，下岗的大学毕业生都想过是否去南方讨生活。我父母和孩子在辽北农村，人不亲土也亲。我想去沈阳。请表哥帮我找家企业。"

　　时间过去 3 个月。老公单位的打法是大学生在厂里留守。年轻人苦闷，在各奔东西的前夜越苦越抱团，麻将箱由单位转入家庭战场。有一回轮到她家，老公让雁哲买菜做水煮排骨。她骑单车上市场，回来的路上跑丢一盒牛肉罐头。这是最后的斗争，她劝自己莫心疼。不料麻友们餐后继续战斗。雁哲没忍住就恶狠狠地劝他们说，各位青年才俊，请认真听我说几句，你们已经玩 3 个多月了，该打住了。到大连、上海、深圳走走吧。刘文轩你 21 岁大学毕业，那么聪明，想想考研的事不好吗？

　　第二天老公回到家摔着饭碗喊："你凭什么劝人家去深圳、考研让大伙下不来台？他们有的是车间主任，有的是副主任，以后还怎么相处，怎么互相关照？"男人的气一直生到现在。

　　早上，徐雁哲告别父母和女儿从徐家屯的梦里出来。今个儿是星期天，床上只有她，平日也只有她。她恍惚记得半夜有流水声，男人打麻将比往日回得早了。他没来做床上的好伙伴，这样的伙伴自打她跟沈阳人通信再没做过。男人在沙发上蜷缩着，忘记了在大学谈情说爱时的诺言：让我们在床上做好伙伴，厨房做些好菜饭，认真上班多挣钱，养育好儿女，孝顺老人过晚年。一个都没有。女人的心开始抽搐，两肋像大地震过后的水泥墙扭曲变形，抱着惊恐的心悲号。最近她的思维跟语言不能同步，脑袋里的话句句迟迟的。她很久都不能跟男人正常说话了。

　　女人听到厅里的动静，止住泪水，直愣愣望着立柜里盖衣裳的花布单。刚结婚时买的，她喜欢收藏瓷器和花布，上面有粉色的卡通人物，小男孩抱着大白兔，大熊搂着小公主，幸福的羊跳芭蕾舞，还有 apple、egg、cat、pig 英语单词。瞅着望着，花布上现出一只猫，与女人一起平躺。三角形顶端眨着左眼，棕色的泪痕很厚。几个月大的小花花下巴的毛开始疯长，飘出白须。刚有老猫样就成了老虎，确切地说是一头让所有男人见了心惊、让所有女人看了目迷的母狮子。女人想到母亲，觉得应从母亲和狮子身上挪出雄心活出个人样。

雁哲庆幸潜意识救了自己，凡三维立体画她总能第一个看出玄机。她去了趟卫生间，回来又瞄准原窝躺下。母狮子左眼化成嘴唇，右眼和嘴成了眼睛，用头站立的 Marilyn Monroe（玛丽莲·梦露）冲她微笑。粉色如花的鬈发，玉色的臂腕被绿色草丛从腋窝下隔出来。这是天奶奶在帮她，告诉她不能坐以待毙。

马上行动，今天奋斗，明天解放！徐雁哲将被子叠成军被，化了淡妆。她在厅里走出一些曲线，说，昨晚回来得早哇，你吃早饭没？男人掀开被头，模样很俊，肤色很暗。以前女人戏称自己是阿尔卑斯的白雪，来自欧洲贫民窟，他是乞力马扎罗山的黑铁，来自非洲王室。

男人说不饿。女人用电饭锅热了两杯奶，用烤面包机烤了 4 片面包。将泡过 15 分钟的草莓洗了，用凉开水过了，切成色子块放入奶杯。她说草莓富含 B 族维生素和铁、钙、磷等微量元素，清肺化痰，补虚补血，健脾降脂。男人说："哪来的那么多废话，说不吃就不吃。你少吃没到季的水果，也告诉紫桐别吃。"

"早晨不吃东西容易得肾结石。"

"不用你咒，我活一天算一天。"

"怎么了，你？"

"有你天天咒能不输？跟你过日子没物质享受也没精神享受，倒的是哪辈子的霉呢。"雁哲将两份早餐吃了，说："多甜哪，生活像草莓一样就好了，可惜呀。"

"别气我了行不？啥叫可惜？长春的工厂不景气，整个东北都差不多。

还能离咋地？小豆腐开锅瞎咕嘟吧。我闹心也不光因为输钱。"

"为你弟弟？"

"可不是嘛，我妈今天想跟你谈点事。"

"我能帮啥忙？"

妈说小顺他妈早晚得走道儿，自打弟弟出车祸过世，她人都撑不住了。妈劝她说人还年轻，有合适的再找一个，一样当亲人处。只是小顺是杨家的孙子，得留下。男人本想将"独苗"照说不误，想到大学毕业一场这样说太掉链子就改说"孙子"。杨家重男轻女严重，雁哲的女儿本来应由奶奶带，4 位老人不得意孙女，加上有病，天天熬汤药，就送到辽北乡下姥爷家。

雁哲问："他们想怎么安排小顺？"

"爷爷奶奶和我爸妈希望过继给咱们，老杨家也算有了香火。要是带走这股人就断了。"他说。生女儿前杨家把雁哲当太子妃宠着，期待她给家里添个孙子。孩子的太爷爷是大学教授，雁哲第一回来他家太爷爷跟她聊的全是高深的话题，相互钦佩。按当时计划生育政策一对夫妻只生一个孩，杨紫桐出生后人们立马现出原形。真是波棱盖儿卡马路牙子——秃噜皮了。他们热乎乎的脸贴向开出租车的老二以及倒卖服装的二媳妇。

"啥时候见？"雁哲问。

"跟谁？"

"省劳模。"

"马上吧。"

"哪个饭店？""为啥去饭店？"

"港台的电影不都在饭店谈大事吗？"

"那是演着玩的。东北人为啥不实在点？去公园不好吗？"

"去公园免费？这么大的事在公园能谈成吗？我请婆婆，在张麻子饼店好好谈。我第一次上你家不也在那儿吗？"

"那好，你有钱，随意糟践好了。"男人说罢开始系围脖，这是雁哲用首月工资给他买线织的，白色，她喜欢他系围脖的样子，大学生样，不是耍钱鬼。雁哲说，我一个人跟她谈判。男人的手在半空中停下。

徐雁哲离开家来到公共电话处，给婆婆打了电话，约好去张麻子饼店。女人预订好座位到门口等待。不一会儿60多岁的老妇人走进来。妇人富态白皙，长期的积极向上拼命硬干让人立马感到这不是一般战士。雁哲走上前问候："好久不见，您还好吧！"

"凑合活着呗，还能死咋地。"婆婆回道。

雁哲请婆婆到紧挨窗户的位子坐下。她点了饮料和干果，请婆婆点菜。妇人说："不喝饮料，全是色素，也不要干果，吃了头疼。为啥不省着点给紫桐买药？为啥上这地方？我提醒你少给孩子买水果吃甜食，全是超标的农药，有些人很坏的。"

"我点的是 organic 水果，有机的，绿色的，环保的。"

妇人讨厌别人在她面前卖弄外语，中国人认识中国字就行了呗。她是省劳模，1955 年的，妇女界的英雄。她又补了一句说："没有遗传，胡吃海喝也会得病。"雁哲道："既然来了，坐都坐了，图个乐呵呗。"

"那还不走？"

"我请您，我这个月多画了两张图纸，得了奖金。"

"那我出去等你。"

雁哲结了部分费用，对服务员说："真对不起，我是常客，下次还带朋友来，抱歉。"

婆婆快速往公园走，说："你不是天天吃早饭吗？"

"我一直想请亲人上饭店，终于得到机会。"雁哲说。

"那好。我们商量过了，小顺他妈迟早得走道儿，你是否愿意把小顺留下，过继给你们。"

"都开过会了？"

"还在商量。也是为你们的婚姻考虑。"

"我同意。"

"那就算定了，明天办过继手续。"

"请您听我说两句。我喜欢小顺，只是我有个条件。"

"啥？"

"让你儿子终止一切与酗酒、赌博有关的事，我们带两个孩子到南方生活。"

"那不行，太爷爷太奶奶老了，不能没有天伦之乐。他们有一套房产，我们有两套，必须有人继承。"

"他们单位关门半年多了，如果您能劝您儿子不再赌了，让他到上海到深圳到南方任何城市闯荡，我和两个孩子在家坚守，也行。"

"这事你得问你自己，你是怎么照顾丈夫的？家有贤妻男人不做横事。赌博不是遗传，老杨家从没出过耍钱鬼，我们都是有层次的人。在家里没有物质享受，又没有精神享受能不往外跑吗？你还嫌他赌了，没给你领个小三就够造化的了。"

徐雁哲将嘴角扬起宽容的线条说："您问问您儿子有经济实力和身体条件没。"

"他身体怎么了？杨紫桐咋回事？如果是真的紫桐就不是杨家的孩子。"

"您是搞医的，我想您明白里面的道理。我在墙上画多少道我数得过来。至于紫桐是不是杨家的孙女那得做 DNA 亲子鉴定，这是 1984 年的科研成果，很快就会在中国铺开。如果是他的他死，如果不是我死。您能出钱不？"

看走眼了这是。老妇人说不出话。20 年前，她大伯哥从西北某大学逃出来，半个月后站在长春亲弟弟家门口，就隔一道门，她没让进屋。如今人家光芒四射，与这股人断了关系。雁哲只是想想。

　　婆婆说："你农村出来的，我不和你一般见识。"婆婆口上积德，想十分道七分，留下三分压子孙，这让人十分感激。省劳模怕耽误工作，生孩子都赶在晚上生。都小心谨慎吧，不要疯狂。咱们共勉，好吧？为紫桐。婆婆说。

　　"老天奶奶让我永远感激您。我第一次上您家，您拉住我的手说，孩子，你一个人在这么大的城市不易。你们俩成不成这儿都是你家，我都是你妈。临走您塞给我一些钱说，孩子，别舍不得花钱，想吃点啥就买点啥。"

　　两个女人不欢而散。

　　没有光没有爱不讲理还是家吗？亲情到了尽头不回头，精神空空荡荡。作为大学生她不能像没接受高等教育的大姐和她家暴丈夫那样将婚姻进行到死。徐雁哲收到来自奉天味精厂的信，她对男人说："咱们，离婚吧。"

第 二 章

风刀

3月的风雨从70个方向洗刷着沈阳市大东区的招待所，徐雁哲祈祷它停下来。

昨晚天空来看大地，带着乐队，守了一夜，大地浑然不觉。早上除了雨敲玻璃声、流水般的车声、季风穿林打叶声、凫雁归塘争鸣声，还有田野里蛙的歌唱。

吾爱，你还好吗？千岩老人问。

啊，天空啊，好久没听到你的声音了，你还好吗？天空听懂了她的心思，扬起雪花，如刺如刷。哭过的人就渐渐高兴起来。哎，我这是怎么了？为什么要为一场雨雪久久不能平静？我从来没像今年这样喜欢冬天留恋寒冷。

一个青年披着太阳光来到17岁的天空，在他们没出生之前就十分熟悉，在老祖宗的血液里，在刀耕火种的日月，那熟悉的基因经历战火、瘟疫和饥寒形成坚韧的骨骼，在未来的生命里烙上河水的波纹和黑土的味道。亘古不变的血性历经漫长的热力和疼痛在贫穷的老家走过童年走过花季。

屋里是灰暗的颜色也是诗的颜色，他不用邀请就自然地躺倒在尘土翻飞的粮囤上。在她少女的审美里他是大自然按照太阳神的形象塑造的。个子不高很结实，圆脸盘很亮堂，黑眼睛明朗有情，眉如初月，唇似新桃，不说一句话只管对人好。无论富贵贫穷信任永远，无论生老病死关怀永远，不论地久天长相爱永远，不论严寒酷暑支持永远。她望着他说，我们的世界是相通的，你为啥老是沉默？

这是个需要行动和付出的时代。他说。

母亲带着孩子们回家，吩咐大伙到田里看父亲，一起吃野餐。大家来到河岸，那条河头一回见。表哥说这就是沈阳的浑河。他领到地方不再吭声，他化作一粒豆种从此岸沿抛物线飞到彼岸，剩下的事听天由命。徐雁哲命令豆神说你给我回来。青年又重新站在梦里。

徐雁哲移除梦里的不利因素，走出房门，让过去灰飞烟灭，成功越狱，扑向未来。历史向她召唤，她说，再见，我决不回头，哪怕睡在大街上。门外雨雪霏霏，这样的雪在唐代下过：

大雪纷飞
如春风一夜驾到
千树万树梨花
忽然开遍

锋利的雪裹挟着黏糊糊的雾剥啄着城市。雪片打在脸上手上将体温一层层剥离，徐雁哲不得不调集其他地区的热量火速补给。3月末没戴手套，手开始抱怨，在家好好的，为啥来这陌生地？你的嘴唇在哆嗦牙齿在打架到底图什么？手写过无数考卷，凡事吃苦在前，没有享受过，好事做尽，坏事没少掺和。右手签过许多字，包括结婚和离婚的，只要大脑发出命令手就执行，今天要背叛。她命令它们像命令表哥，继续举伞，直到冻僵。

街市没有感情，千万朵雨伞都是似白非白的颜色。车拉着白房子奔跑，火柴盒式建筑只是用于居住。这些建筑甚是任性，给人以我是省会我怕谁的感觉。人们行色匆匆，不招谁不惹谁，只管认真走路、开车，在五天一雨十天一风的季节。你若问路，沈阳人不管多忙都会认真相告，恨不得把你送上车送到地方。这里的人没有笑模样，打招呼很少回复。他们将是我的同城乡亲。她想。

按照地址，徐雁哲来到津街，在长不到 10 米的电动铁门门口站住，她走上几步问："您好！请问有人吗？"保安先生从收发室探出头问："你找谁？啥事？"

"您好，先生！请问马总在吗？"

"找他嘎哈？"

"是马总让我来的。"

"马总让你今天来的？他昨天才回国。"

"一个月前他就让我来了。我可以进楼吗？"

"不行。马总在接待记者，很忙。"

"我可以进楼等他吗？"

"不行。除了记者和外国人，其他人不得入内。"

似曾相识，雁哲找到了感觉，将手提箱立在收发室门口，要四处看看。

这样老旧的二层楼在老家的乡镇有的是。原先长春的工厂从东到西从南到北步行半个小时走不到头。3 个烟筒耸入青天，高大的厂房数不出个数看不到边。黑玻璃破碎多少换了多少茬让人懒得去算。许多道口冷不丁会大水滂沱，蒸汽噗噗喷射，那才叫工厂，那才叫国企。多少国企因为一把手出国、回国散伙了。

门口陆续进来一些人，带着录影机，肩扛三脚架，衣裳前襟和裤子上缝了许多口袋。他们畅行无阻，不忘冲雁哲笑一笑，有的还会举手致敬。保安让她进收发室躲起来。雁哲问，您有事需要帮忙吗？保安说，你没感到在外边站着不对卤子吗？

"这好像是方言，请明示。"

"要是你穿身劳动服像个正经的保洁员也就算了。"

她在脑袋里反省，黑风衣、黑裤子、白衬衫这里的员工不穿吗？头发是黑的，披肩，长了点。在工厂感觉不正经，在大学这是时尚的青春。

"不和你说，说不清。"

徐雁哲进收发室看报，一个季度的报纸介绍马总的文章有4篇。一个企业家还能做文学月刊的顾问，他的照片在报刊上随处可见。《城市日报》有他们热力设备的广告。姓李的诗人给他写了长篇报告文学，单行本。吉林的一些国企不舍得做广告一哄而散，这里搞宣传蒸蒸日上。四平的亲戚说吉林省工业总产值都赶不上辽宁抚顺的，更不用说沈阳了。雁哲记下企业家的照片，数着记者的人数。

保安说我去趟洗手间，麻烦你给看一下中不？

没问题。她说。这时有两位先生坐着轿车进院下车，雁哲不懂车，看见一位华人、一位西人。

"哇，中国女人！"

"你们好，先生们！欢迎光临！"

"你的汉语非常迷人！"

"请原谅，您说什么，先生？"

"Tu es très charmante（您非常迷人）。"

"您好，先生，欢迎来到中国。"她用法语说。

"您的法语很好。"

"我说法语，只会一点点。"

"女士，你是？"翻译问。

"我是工程师。马总在楼里等你们，请吧。"

"女士，您？"

"你们先请，我等一会儿。"

回见。法国人比画着说，进楼前还没忘冲她举手敬礼。保安先生回来问，老外和你唠唠啥嗑了？他会说汉语？

他会说中文。只是打个招呼，发音奇怪，我也是。雁哲说。为啥改词，汉语和中文不同？保安先生想仔细琢磨一下。半时许，马总送客人出来上车，叮嘱司机好好关照，久久目送他们出门转身上楼。

保安说大妹子到你了，刚才我竟意儿上楼找马总说你等半天了，外边冷，上楼吧，祝你好运！

谢谢大哥！雁哲说罢将手提箱放在收发室，上了二楼敲响楼梯口右侧办公室的门。这时从远处走过来一位先生，四十二三岁，一米八的个儿，眉骨清新，如太阳神阿波罗的雕像，超凡脱俗。雁哲被他的气场压制住没敢多看。

"请问你找谁？""阿波罗"问。

您好，先生！请问您是马总吗？雁哲希望用"您好"打开所有沈阳企业家的门。这声问候让对方吃了一惊，这哪里是来应聘的，为啥要装成很有学养的样子？每个字都让人紧张。马总调整好思路，要证明咱也不是一般干部。他说，我就是，您？

"我是连厂长的表妹。本来他答应陪我一起来，他临时有事……"

请进吧！马总没有看她，经验告诉他应该将她请进办公室。室内坐着一位女士，40来岁。见经理请来一位大学生就起身说，您忙吧，总理。她略过一个字将两位听众逗乐了。马总就说这位就是一个月前我给你提的徐工，连厂长的亲戚。这位是云子书主任。

"云主任云姐姐好！咱们通过电话，我在电视里见过您，终于见到真人了。"

欢迎妹妹加入！你们忙吧，我有点事出去一下。她听到来人叫她姐姐觉得还算顺耳，要是管她叫阿姨那可就不好办了。某城有 30 多岁的男子管 40 岁的保安叫大爷都吵起来差点满地找牙。

马总说连厂长出国，走前给我打过电话。

是的。雁哲点头应答。我表哥说您向东北三省招聘人才，广播、报纸发过很多广告。他在市委组织部的干部培训班上听您讲过课，感觉非常深刻、新颖、震撼，他让我好好向您学习，和您学有出息。

徐雁哲说的是事实，尽管她想过必要时是不是用词华丽点，这几句没有水分。马总搞销售出身，人长得巨帅，嘴皮子功夫了得，每句话都有号召力，常常让人想起某国的演说家。他还广交各界朋友。他也舍得投资，已经收购 3 个街道集体企业，加上自己的共 4 个。每个至少有雁哲长春国企的二十分之一大。他是市级著名企业家。墙上有装劳模奖状的镜框，桌上是劳模绶带，雁哲想起前婆婆的省劳模奖状。

"你是学啥专业的？"马总问。

"消防车设计。"

马总说："我们搞的是暖通，热力设备制造，你的专业不对口哇。另外我们现在没活。等合同上来得'五一'以后。"

"那……"

"你最好'五一节'以后来。"老板说。

"我已辞去原先的工作，离家也远。我的行李全带来了。我在原单位被破格晋了工程师。我学过公共课，工科的各专业相通，我会很快学起来。"

那怎么办？马总没有看她。她也没有看他，他的特殊影响力使她没能腾出心思观察这位可能成为老板的男子。

他刊登那么多广告，作过的长篇报告有十几场，他的名声总不能让一个丫头片子毁了吧。女人中看不中用，黑白分明的眼睛，黛色光亮的披肩发，美丽如刀的女子这是。思来想去，他决定把她推给手下。他对内部生产以及管理实在缺少耐心。小到集体，大到国家，一把手不要轻易出国，有多少乱子在出国期间发生，闹死心了都。这样吧，马总说，你先到基地去，找技术部长石勇。他在纸上写了地址和电话号码。

"谢谢您，马总！谢谢您让我正式上班，我会认真工作，为集团效力。我也代表我表哥以及社会上的朋友向您表示感谢，我会影响他及媒体为集团做大力的宣传。"

马总在心里说，像是威胁，我今天不答应她入伙明天我就塌方似的。

离开总经理，徐雁哲凝视着什么又像什么都没有看。她重新感到寒冷，有形和无形的。她耸身一摇理智地对潜意识里的老人笑了一下。她努力幻化出十几辆轿车。她从没羡慕过车，今天这些车争先恐后跑过来为她服务。

如果我是企业的王上，徐雁哲对脑袋里的人才说，我接待新人时一定先使厂区、办公室整洁。让所有员工讲究仪表会说话会处事，说人家爱听和感兴趣的话。安排院子里最好的车把人才送到基地。雁哲知道的车很少，也就是夏利、捷达、桑塔纳还有从《新概念英语》上死记硬背的 Mercedes-Benz、BMW、Daewoo、Volvo。开车前要真诚地冲人才微笑，热情地给他开门，给他铺好坐垫，让人才先上车。为了安全，一定要从人行道这边上，上车后一定系好安全带。到了饭时就到饭店给人才接风，像曹操同志那样操持盛宴酾酒临江横槊赋诗朗诵《短歌行》。明明如月，何时可掇？天下的人才呀，你们知道我为啥闹心不？我头疼都是因为你在天边哪，我何时能把你请来如同摘下一轮明月？人才呀人才，为了你周公一饭三吐哺，有了你天下万心归一心。朗诵毕咱就把每一道新菜送到人才面前，还要用公共筷子给他们夹菜亲切地同他们唠嗑。

徐雁哲还没有完成虚拟的演出就感到饿了。她从收发室取出手提箱，向保安先生谢过告别，寻公交车往基地赶去。

第 三 章

天青色

人流涌动，这给一对情侣提供了亲密的机会。女孩说我还想学日语，妇女儿童说话的动静贼拉好听。小伙说日语借用汉字，像"立入禁止"就是"禁止入内"。走在日本街头认识汉字想走丢都难。还是好好学英语吧。美女就说，我这两天突然感觉会说英语了，比如 book 加上 s 就是很多书 books，new 加上 s 就是 news，许多个"新的"就是新闻。

"真羡慕哇，有这么好的心情谈论外语学习，我非常喜欢。"徐雁哲说。男子看她好几次都没上去车就告诉她："看你带个箱子不容易，我们帮你。"说罢车就到了，三人齐心协力上了公交车。

车里像装黏豆包一样一点缝都没有，还好人声不大。小情侣继续练习外语。男子说："news 本身就是新闻，不是复数。"一个妇人突然高叫："天哪……完了完了……人又少了一个。"

原来马路外有一辆轿车在疾行，女人往左跑车往左拐，女人往右闪车往右去，女人奔上土堆，车开了过去…… 一个老头子说："太惨了，赶紧送医院抢救。"

一个青年现出严肃的神色说，沈阳说外语的人不多，说外语让人不舒服。搞发明的不少。我爸是鲁美毕业的画家，1979 年发明了四方连续螺旋循环法，16 版，滚动印刷，没空格，没直线，这是世界印刷史上的突破，获得了国家专利和国家科技进步奖。在申请国务院政府特殊津贴，成了的话每月补贴 2 万元，而我爸月工资才 200 元。

"现在是 1994 年，真有这技术得有多少老板打破脑袋找你爸。"老翁说。

"上这个项目得七八百万甚至上千万。这也不算事，关键是人家找上门，说了算的都不上心。中国人有个习惯，知识产权总想不花钱白用。从设计、排版到生产，我爸的技术只在印染厂生产过三回，后来我爸离开都玩不转了。"

"那就自己办企业。""我爸得了脑梗不能说话啦。"

您能具体点吗？我对发明很感兴趣。雁哲说。

"简单地讲，"那人说，"第一，通过艺术形式反映自然科学理论，艺术和科学达到高峰时是相通的。第二，这项发明是基础理论的突破，比四大发明伟大。第三，这是统一定律，涉及艺术、物理、化学、材料科学和生产工艺等。现在艺术上已经通过，接着我用我爸的理论研究物理。物理领域四大力知道吗？重力、电力、磁力、核力，我加了个静电力。以往都统一不了，我爸的发明能将它们统一。"

"有科技部门支持吗？"雁哲问。

"无任何部门支持，我自封为科学家。成功了就是对人类的贡献，失败了就是假说。如果成功我就给牛顿、爱因斯坦和霍金们上课。可悲的是国人关注的是娱乐界的明星、房子、轿子、票子，关注科学家的太少。国人都关心科学家一些人就不舒坦。某国一个发明专利养活全国一半的人口，人民不干活都过得很好。可咱们死老累的质量一直上不去。中国有的衣服动不动就掉色知道吧？不是中国没有科学家，是我们站在人类历史的坐标上发明创造，人们缺少热情。"

"发明就发明还搞纠纷，逻辑也不通，有病。"有人嘀咕。

汽车发出叫声，没人再说一句话。哦，热衷发明创造，我喜欢这样的沈阳人，我爱这个城市。徐雁哲在脑袋里说，我们生活的世界中已知的力有四种：引力、电磁力、强力和弱力。爱因斯坦穷其后半生没有将引力和电磁力统一。杨振宁先生凭借自己提出的杨－米尔斯规范场论，除了引力无法实现统一外，其他三种力已经完全统一。致敬"力图腾"和"科研迷"！

又下雨了，棚户区、四合院与童年的时光不耐烦地等待拆迁。地铁一号线多年后要从此处通过。徐雁哲更多地专注马总的话："五一"后才能上活，公司提供不了住处。签过离婚协议的手在雨中发抖。长春的房子是前夫父母的回不去了。集资楼还没给钥匙。要是回乡下战斗的意志将会一寸寸磨成齑粉。雁哲往表哥的 BP 机里发信息。

表哥回道，你们马总在市委组织部作报告时说招聘人才，你就是人才。上班，住旅馆也上，一分钱不挣也上。

在表哥和行人的指引下，一个小厂如一粒尘埃落在徐雁哲的心上。有人预测这 4 个小厂 10 年后将升值到几个亿。灰的墙，红的房，东边是办公楼，西边是车间，她从长春的国企走入大东区的街道集体企业，热情降到冰点。

从零启程，拥抱它。千岩老人在潜意识里说。

徐雁哲拖着行李箱拐上铁制楼梯，敲响二楼办公室的铁门。里面传来男人的声音，"请进，门开着。"这声音不知来自人类还是星空。波涛激荡海岸，骤雨敲打窗棂，巨大的金锤撞击着铜钟，把人带入崇高的圣地……走进看时，是一个男子，40 来岁，站在墙角的卷柜前翻看图纸。

"老师您好！"徐雁哲说。

"学生好！"声音清澈而温暖。

雁哲的嘴角弯出喜悦的线条，她在脑袋里用手按住嘴唇说天底下还有这么回话的，呵呵！

　　男人中等身材，头发、服装和体重都认真管理过。精力在工作中消耗了很多却依然饱满。他不如马总高大英俊，口才也有不足。他将英俊和口才献给了发明创造。马总作报告时他在寻找志同道合的伙伴。马总在欧洲考察时他率领同族兄弟和老师的孩子们拼命硬干。夹克衫，穿夹克衫的男人是好的。在悲凄的季节里他眼睛里的温度也是好的。

　　"您是？"

　　"我从长春来，来报到。我找石部长，您是？"

　　"有人管我叫老穆，穆月出。你？"

　　"我叫徐雁哲，您可以叫我老徐。"

　　老穆为她接了杯纯净水请她坐下，问，你学的是啥专业？

　　"机械设计，设计消防车。"

　　"你的最佳成绩是？"

　　"给俄罗斯设计消防车，他们参加国际比赛前邀请我去指导安装。也去过德国指导安装。"

　　"这里是给热电厂、煤化工企业和集中供热单位生产热力设备，补偿器、换热器和容器。你的专业不对口哇。"

　　"我工大毕业，公共课都学过。只要学起来，我会适应的。您是总工吗？"

　　"我原先是。"

　　您能告诉我为什么吗？她想说英语，觉得英语能壮胆，也能免去尴尬。

　　"我到于洪区办厂，那里将有大的规划。"

　　"我可以管您叫大哥吗？"

　　"可以呀。"

　　"我觉得叫大哥比叫老师亲切。"

　　"你家在哪儿？沈阳有亲戚吗？"

"我娘家在昌图北部招苏台河左岸的徐家屯，我户口在长春。沈阳有个表哥。"

"那你以后住哪儿？马总安排了吗？"

"没有。早岁创业事事艰，遥望秋焰果满山。铁板冷凳何所惧，只要灯光在前边。"

你还会写唐诗……他怕亵渎了她就改说，可惜我没机会向你学习唐诗了。

"我考大学时作文满分 60 分，我的作文 28 分。"

"什么情况？"

"我写 I believe I can fly。当年高考作文题目是《习惯》，我最喜欢的动词是'飞翔'，我习惯破茧化蝶和飞翔，一辈子破茧化蝶。后来听说是因夹杂了英语。"

"我可以听听吗？"

"I believe I can fly。在现实中我会勤勤恳恳做事，踏踏实实做人；在精神里永远进取，永远在梦里飞翔，在梦里歌唱，只为有一天我可以说我的人生流光溢彩，我可以坦然地面对死亡了。"

"超大的自信，英雄的气概，理想国的声音。任何语言都不能靠一个语境自给自足。想要飞翔要有梦想，还要有翅膀。你的梦想是什么？"

"文科，为天地立心，为生民立命，为往圣继绝学，为万世开太平。我是学工的。"

有三点适合学工的。即使是渺茫的幻想也比没有好。他想在没有雇佣关系的状态下探索年轻女子的世界。年轻人要强，我要尊重她的自尊心，自尊是人类最宝贵的东西，保护好就赢得了她的友谊。所以，不能打断也不能东张西望。她有书生意气，不适合跑业务。还好她有理想，好女人是一所学校。

徐雁哲说，我和这些优秀的人相距 1000 公里，我愿意朝他们的方向奔跑。优秀的人文能著书立说，理能发明创造。

老穆是后者，沈阳建筑工程学院毕业，从辽西设计院被高薪聘过来。北方起步阶段的补偿器有他的发明，有 20 多个专利。他的名声超过马总。公司的图纸也都出自他的手。她的目光停在手上有几秒钟。男人最有魅力的是手，创造世界，男人的手是人类的兄弟。

"你眼下有什么打算？"

"我有时想把自己变成牛排、意大利面，变成玩具，给我女儿，给我父母。我希望早日拿到工资，挣很多钱，给女儿买 386 电脑，让她看中草药图片，听中英文儿童歌曲，看《猫和老鼠》，还有即将问世的《狮子王》，玩《魂斗罗》游戏。再买个单间房子，买 BP 机和夏利轿车……"

夏利！老穆感觉女士的口齿甚是清晰。雁哲郑重地看了他一眼，脑袋里立起一座叫黄山的山：你山一样巍峨的男人，我多想与你在一个办公室工作，运用你的长处赶快打开局面取得业绩。"大哥，您给我一些建议行吗？"她祈求道。

看到她突然严肃的表情他也冷静下来。我为何不用我的资源和时间帮助她成为优秀的人？他说可以，大学教材别看了，把才华和精力应用于实践吧。扒图纸，进车间，犯错，改错，再犯，再改。如同外科医生，不接触患者白费。要不断面对新患者，不断犯错，不停地改错，最后成为一把刀，刀到病除。毛主席的理论和实践相结合的观点绝对正确。

"图纸？"

请等一下。他说。穆月出转过身走到卷柜前，抽出一张纸写了一些字，塞入透明文件袋，双手奉上。她双手接过，打开，全是图纸。首页写了字，她念出声来：

你选择什么样的人生，你就拥有什么样的人生。

你可以选择放弃，但是不能放弃选择。

雁哲如获至宝，心里走过两句戏文：但愿过得昭关境，一重恩当报你的九重恩。

一位30来岁的男子进来。老穆给雁哲递个眼色说："他是石部长。"徐雁哲上前问候："您好，先生！我叫徐雁哲，来上班报到。"

石部长说："您请坐，不必客气。马总给我打过电话。"

老穆把办公室的钥匙交给石勇，然后笑着对女士说："老徐，Keep touch（保持联系），再见！"雁哲站起来，将恩人送出门。人生这一别不知能否再见，她确定不了多少人讨厌外语只得理智地说我非常感激您！再见！理智告诉雁哲，她必须藏起感情赶快接受石部长的考核。

两个人坐在并拢的办公桌对面。男士问："你们那儿的法兰是怎么做的？"

徐雁哲说法兰盘是个统称，通常是指在一个类似盘状的金属体的周边开上几个孔用于连接其他部件。消防栓使用的法兰盘通常是螺纹接口或法兰连接的形式。

通常工业上的法兰是本厂加工，而这边是买的，有的厂家也有机器加工的。雁哲继续说，我学的是消防器材设计，可能与咱们公司的生产对不上，不过我可以学。我相信在您的指导下我会很快掌握怎么生产应用法兰。

"请你看看这几张图纸，然后给我讲讲，可以吗？"

徐雁哲拿过来，腾的一下汗就上了额头，手掌心也沁出冷汗。她感到生死去留的关头有如飞镖一秒一秒地逼近。面对受上司器重肯和老穆出去办厂的考核官，所有女人的感情、智慧都显得苍白无力。她只好硬着头皮说："我可以学起来。请您给我一段时间，我会尽早掌握。"

石部长没有表情，职权所限，他不得不说，单位没有订单，"五一"以后才能有活。这里又没有住宿条件，也没有食堂，我们的意思是……

我可以住办公室，希望您能成全。我来自农村，什么苦都能吃。我会为公司全力工作，会高效率完成任务。她听到自己的声音在抖，难以控制。为得到一份工作她可以放弃尊严低三下四，要是形势需要也可以下跪，亲人们需要这份工作。

稍有善心的人都会把同情送给弱者，稍有文化的男人都会可怜一位年轻漂亮的女士。石部长说，这里一点都不安全，晚上就一个打更老人。四下里全是等待动迁的居民和拾荒者。

"我知道，我看到了，墙上到处写着'拆''拆''拆'。这里很快就会出现富丽繁华的新住宅区，就一猫腰的工夫。我看可以！"

徐雁哲挪出一段空隙，看到办公室里边还有一个储藏室。她想说请允许我住几宿，我会加倍工作加倍回报。今夜若无存宿处，惶恐一命赴黄泉！她想马总和这位不是咱的大哥，不能提要求。她突然成了胆小鬼，不敢多说一句话多走一步路。她想问问工资，没有启齿。她又退一万步想，我为什么不把这当成组织派来学习的？即使不给工资也不能让这次出征夭折。为了学到新的谋生手段自己掏钱又何妨？看来我还不是这个单位的员工，他们给我一个月的试用期，不行就滚蛋。除了全力以赴我别无选择。

石部长也不想置人于死地，他将一把钥匙放在她的手上，然后听之任之。

办公室没几个人上班，技术精英和高水平的工人都被老穆带走了。在马总出国的一个月内，20多号人不满被分流到体育器械分厂，独立生产体育器材无钱可赚，他们便鼓动老穆将总厂的设备挪腾出去干补偿器。后来觉得行不通就撺掇老穆拉出人马单干，不怕与马总结梁子。他们说，我们听过一位领导讲过想要企业蓬勃发展必须做到四个对得起。马总能做到三个，对得起上级组织，对得起各路朋友，对得起自己，就是对不起职工群众。说话的人包括老穆的大哥、大舅子、二舅子、三舅子和小舅子，还有他的师傅以及其他直系亲属和儿时的伙伴。

刚好国家提倡"科技是第一生产力",大力扶持科技创新项目。老穆在发明界名气大,省市科委上赶子给他贷款 20 万元。于是他带走马总给的三室一厅的楼房、公司的一辆夏利轿车和一位女司机,还有未来几个月内的订单、技术资料以及实力雄厚的客户。著名的管理大师彼得·德鲁克 (Peter F. Drucker) 说过,企业最大的目的就是制造客户。刚刚过去的一年里,所有同行业产生的利润何止大于其资本成本,是 50% 的利润。像马总的 4 个厂年产值 1000 万元,获利 500 万元。

雁哲强迫自己不在人事上分神。想人家作甚?没资格让自己疲劳。想要生存必须忠于本主,否则一败涂地。

徐雁哲把第一张补偿器图纸展开。平面图,相当于初高中的平面几何。数学是她的长项,看久了才知道用平面上的线条表现立体的物体很难,不像汽车行业是三维立体图纸。看不懂上面的术语,她知道工业上任何一个点一条线都有根据,这是高中生能力所不及的。她强迫自己把它们当成一锅现成的饭。办公室里没有电脑,她就一笔一笔地画,相当于做饭用杯量米,然后放水洗米,最后准确地兑水,照人家的饭做一锅新饭。不会的就翻《供热工程》《动力管道手册》《暖通与空调》《管道与技术杂志》。慌不择路,她得到一点信息都要琢磨许久。

她把脑袋里的法兰盘和图纸上的作了对照分析,她警告自己要小心谨慎,否则就相当于高考作文不及格。

有时她情不自禁想起老穆与她的对话,看着他亲手画的图纸她的心就激动个没完,嘴角就掠过灿烂的笑影。每次想到发明大王她都提醒自己,要摆脱奴隶地位必须全心全意为马总效命,奴隶没有爱情。

女人到外边买来挂面、青菜、鸡蛋、虾仁和咸盐,还有电炉子,给自己做了一顿色彩斑斓的晚餐。她边吃边研究图纸查阅资料,直到晚上 11 点。这个时间不算晚,早就习惯了。醒了读书,困了就睡,醒了再读,永不厌倦。

她睡前做了防护，将桌椅、暖壶等应有的家伙什放到门窗跟前，相当于战前布控。她打开手提箱拽出被褥，上大学前母亲和她一起做的。如今躺在椅子搭就的床上她仿佛睡在父母身边，女儿杨紫桐睡在她的心上。

全心全意地想念。

梦里走出很多人，死去的，活着的，从风调雨顺的乡下从绿油油的庄稼地里过来，拎着农具，缕缕行行。90 岁的大爷老马客健壮得像 40 来岁的中年人，他邀请她串门。老马客和父亲几十年互相照应，努力摆脱队长徐爱岘的欺凌。他明年就要离世，这是临终前的道别。雁哲没有答应，拼命地往家里跑。其他人没有说话，身外只有沉默的黑土地。

许多同学到家做客。一个青年睡在炕梢，她挨着他，母亲让的。他的脸方方正正，胡须又黑又厚。他是她小学就认识的，或几百年前就认识，已经大学毕业，很优秀，能搞发明。天亮后，她和少年去斯卡布罗集市，唱英文歌，听苦尽甘来的故事。歌声鼓舞我登上群山之巅，走过狂风暴雨的海，我开始坚强。苦难的日子不会太久，只要坚持，就会在理想国里重生。她努力将那景象写在梦中的日记里：

今月

细雨唰唰，将月亮仔细清洗

恐龙曾经深情地仰望

古人、猛犸象和银杏树

家族化作良师明月般坐在船头

年轻的心自在任性，鲜艳滚烫

从荒芜的乡村走向混沌的雨巷

妹妹指点着梦里的坐标

森林与矿坑

行路的人太难了

早已失去登天的本领

我乘着小板凳飞过油污的河流

和受伤的山岗

将希望装满未来，活着

徐雁哲从梦里坐起，翻看日历，今天是1994年4月1日周五。她举手发誓，向死而生，向阳而活，70个方向，摁住野性降卑为蚕为蛹在悲伤中寻求幸福成为天上蝶。

早上办公室来了一位瘦削儒雅的老先生苏工。不久又进来超胖的年轻先生，外号老照。他们都搞技术设计。雁哲主动问候，大家认识后就各忙各的。

云子书主任上楼来，笑着对雁哲关怀一番。她对大家说："明天全体员工去省电视台录制节目，周末晚会，50位参加，一个都不能少，我挨个通知。"

老照问："春晚公司赞赞助给电视台20万元，我们去当观众，发了一桶色拉油。这回呢？"

"每人一身出场服，20元钱。"

老照一拍大腿，跳起来说："中，我去，我月薪100元，这顶我五分之一的工工资。徐工，你去去不？下雨天打孩子，闲着也是闲闲着。"

徐雁哲说："我我还是不不去了吧。"

云主任说："徐工先熟悉工作吧，最近公司在省市电视台、广播电台安排的活动还有不少。"说罢，她向几位告别。徐雁哲在二楼楼梯目送她出门。她用真丝手帕遮着脸，乘马总的轿车绝尘而去。

第 四 章

火狐狸

　　徐雁哲在一本画册里看见 4 只狐狸。一个少年派说："老大，我们被人盯上了。"半个月后她确定自己也被人盯上了。

　　那天早上她想换个活法，就跑到街上，右手举着蓝格伞，左手端着饭缸子。

　　"老太太叫猫，又花花上了。"一位老翁对老伴说。他穿着沉重的夹克衫挽着爱妻的胳膊走。妇人用电热宝焐着手，不停地叨咕……冻死了……冻死了……不是五风十雨，也不是五雨十风，整个春天都在下雨。今年的桃花照往年晚了 10 天，剪不断理还乱的雨淅淅沥沥，从黄昏走到天明，从早上行到深夜。没有润如酥的柔情，只有惆怅到天涯的凄清。腰疼，头晕，丢了没人找老了没人念。徐雁哲抬头望天，想起一位作家的话：我仰望天空，没有别的，只因十分寂寞。

　　灰绿色树干，枝条冒出粉红芽苞，像玛瑙串珠，又如少女茂盛的青春，活泛灵动，充满诱惑。徐雁哲为自己的联想吃惊，体内原始的激情开始躁动澎湃。路上没有土壤和暖阳，只有讥讽的语言，在她脑袋里指指点点。

　　树干由乌黑转为灰绿的是年轻的杨树。她不喜欢杨树，只要在老家见过的树她都不喜欢，比如柳树。她不懂为啥国人喜欢柳树，如长在西湖大堤的和颐和园的。除了谐音（留）全是死的联想，有个资料说墓地植柳是上古的旧俗，庶人无坟，树以杨柳。至今山东枣庄人出殡时仍用柳枝作哭丧棒，葬毕插于坟前，故在野外见有柳树处即为墓地，死去活来，风姿绰约，往生者以树的形象继续参与人类活动。千百年的仪式感，铺天盖地的怀念。沈阳一条街一种树，杨树、柳树、槐树。银杏树在十里长街站着，没有变通，想要音乐性得用想象制造。

走着走着她撞上一棵古杨，有多少年轮不知道，多高多广也不知道。杨树的伞盖托着云层遮风擎雨镂空了后面的楼群，浩大的版面成为春天的剪纸。这是她见过的最大的树，闭上眼睛装满天空挤走海洋。据说古时大地东南有座山叫桃都山，山上有棵树叫桃都树，枝叶覆压3000里。她将脑袋里的树和这棵树合成一棵，成为她在这城的朋友、亲人、情人。人哪人，心里装着一座山一棵树一个英雄梦会很强大很愉快，她给它起名老木。老树的虬枝新芽、粉嘟嘟的嫩蕊一同向她招手，现出欢迎的姿态。走近细看，千万个芽苞破茧而出，白里透粉，粉里透亮，水灵灵湿润润。她没去想男人的特征，也没想弯头的产品，她想到茴香豆和毛毛虫。秋冬之际有洋辣罐儿，罐儿里冬眠的毛毛虫烧烤后分外好吃，好东西先给妹妹。

老杨树十四年不吐絮

年轮里记着日月仇

这是老沈阳散佚于民间的诗句，会不会就是这棵树？女人最近老觉得饿，有时特别在意路人关于吃的话题。有些人饿急眼连屎都吃。说话的人送给雁哲一个凝视，她就用最恶毒的眼神还回去。真恶心，这样一来虫子就排到前排，它们在梦里给她送来快感，毛毛虫！她想将毛毛狗和杨树芽撸下来犒劳肠胃。据说沈阳的饭馆有这两道菜。要是没人盯梢或在农村老家早就进肚了。在沈阳她必须努力装成文明人。

老大，咱们被盯上了。冥冥之中千岩老人在提醒，她听不到。雁哲端着饭缸子，大学四年用过的，她想起青葱岁月里鏖战试卷的日子，端着油炸馃子、豆浆往回走。本来两元五毛钱的玩意儿她可以跟市民同餐同乐，她也得意观察市民的表情。她的臭架子让她放不下面儿，一路漂移，好几次差点泼个精光。

走上人行道是块开阔地。突然传来"啊呀"一声，有个男子停在身旁。雁哲停下看到地上的钱夹，里面现出两摞钱，往外翻卷着，亮闪闪冒着蓝光，全是100元大票。"钱！"她说。瘦小的男子哈腰捡起说："是钱！"这么多！雁哲后悔刚才怎么扬了二怔地走路没看见钱。家里人和她多需要钱哪，怎地也有两万吧。她继续走。那男子跟上来说请等等。她继续走，她意识到现在不及时回去就会挨饿，上班也会迟到。

男子说这钱是咱俩瞅着的。一定是开药店的人急着送钱掉的，一会儿就返回来。咱俩商量一下吧。那人一身西服，腋下夹个文件包，似外省的业务员。她说："你看到的，你处理好了。"

"不行。我看到的不假，俗话说得好，见面分一半，咱俩对半分吧。"

"为啥？"

"如果你先看到我正赶上，你不也得给我一半吗？要不失主赶回来我不得告诉他是你拿走的吗？"他说。雁哲想这么溜光水滑的汉子要是心肠好怎么不学雷锋等着失主？她突然清醒，是骗子。以前听说有些不法之徒利用假钞和路人占便宜的心理故意挖坑勒索钱物，或首饰或包里的现金，让你丢人丢到单位还上派出所上电视台。她还拿不准她是不是被人盯上，是不是有人知道她是新来的，晚上她一个人在办公室。我怎么逃出陷阱？直接揭发他会不会天天骚扰我？如果报警他会不会杀了我？或者，他会闹吵吵闯入单位让天下人知道我是贪小便宜的人。只要我上班迟到就说明我在乎钱，贪婪愚蠢，我怎么解释？除了立马滚蛋还有别的结果吗？

她的心回到漫长的学生时代。苏东坡先生说"且夫天地之间，物各有主，苟非吾之所有，虽一毫而莫取"，高中语文课要背诵《赤壁赋》全文。她感谢语文老师死乞白赖地让学生背诵。

那男子继续跟着，到停车场门口说："请你跟我来，我们到里边合计一下。"就在昨天，在这里，她也这么扬了二怔地走道，时而低头时而看树，瞅准树干抚摸一把，撺起一片树叶闻一下。一辆黑色轿车缓缓地从停车场出来，五步之遥，稍一愣神，她停下步伐。那男子轮廓分明，浓眉大眼，鼓鼻子鼓脸儿，嘴唇不动而如语，没说话却像对你温暖地倾诉。他笑着向她招手并示意请她先行。这样对陌生女人温情礼让的男人在中国某城每天都有，有时一停一批，像粉丝亲友团似的看女人安全走过。她来沈阳后头一回遇到，特感动。还有黑色高品质的皮夹克，黛色的轿车。这三十好几的男子汉比她大五六岁，这么阔气这么有品位很羡慕哇。这人一定有和睦富裕的家庭，高贵漂亮的妻子，天真聪慧的儿女。哪怕做同事都行。那么哪些女人有这样的福气得到他的呵护照耀呢？她们会幸福所有的雨夜和雪天，一天一幅很写意很绮丽很自然又很灵动的青花山水。昨天他们微笑着给对方让路，最后还是雁哲先行离去。当晚，她在梦里与他相见。在一个辽阔富丽的办公室，只有他们俩。他们走到一起，认真地会面全心全意地零距离触摸，没有年龄、文凭、金钱和地位制约，只有喜乐。

女人忆起这些遏住贪欲，确定了方向。她不能让人蔑视，说不定大帅哥就在附近，他会随时现形。她理顺思路后对无耻之徒说，我着急上班，你爱怎么着怎么着。你走，我不喊警察。她在心里补了一句，我还算个知识分子。那人犹豫一会儿，没再磨叽。雁哲继续走，偶一回头，那瘪三迅速钻入一辆黑色轿车，像极了昨天的那辆桑塔纳。

　　女人甚是惶恐，她想自己一定是被人盯上了。觊觎工厂的人？本土的流氓？拆迁区的老户？居民分散，废墟还在，房子没装轮子不会移动。原先的职工上下班会路过此地，闲时会在厂内流连观望，可能还有老穆。这里的信息全部被他掌控，我被盯上了？考验我怜惜我想帮我？这低劣的游戏！从今天起一黑天就把办公室遮严，防范要更科学更缜密，划拉院内尖刀般的金属废料，放到办公室，晚上烧多壶开水，再买一把三棱两刃刀。

　　几天后她和一个人相遇，瞅着他的大嘴唇，想起两辆轿车，这人就是老穆的小舅子郑云开。他说自己小学没毕业，三年级时就没同学了。爹娘白给了锋利秀美的脸，她想是不是他让同伙试探她，奇耻大辱。好，就这样骂下去。她在心里念了几百回：如果给我一个支点，我就把你的车撬到沟里。她问郑云开是否开过一辆黑车遭遇捡钱、骗人的事。他就像脑袋上蹿火的葫芦娃，头发直竖，满脸通红，仿佛不和她来真格的他就是二百五，情急之下他就一顿喊，比她响，比她快，比她有杀伤力。他说："把你的头发扑拉一下行不？像个选美比赛的漏子。傻丫头，听说你英语不错，请问愚蠢咋说？"她说 stupid。他又说，喊，有人总以为自己高智商，高智商还这么 stupid。这个愚蠢的单词折磨了她很多年。他就说你前半生我无法参与，后半生我奉陪到底。下辈子我还纠缠你。

　　她比他更响、更快、更震撼。她说，你不如拿剪子把我刺死，晚上一想起某人就做噩梦。他更大声更快速更精准地反击，还刺死，正经沈阳话都不会说，那叫穿死，穿针的穿。你要有勇气做老百姓，别老想轰轰烈烈流芳百世，像《向日葵》的主人那样。

第 五 章

远行的年华

蝴蝶在杏树间纷飞，梨花于小巷里绽放。马总在好雨时节邀请30多个企业代表开产品技术交流会，安排了二人转、旅游和饭局。

宴会在金鑫大酒店举行，员工八仙过海全力接待20桌来宾。马总敬酒演说后离开。徐雁哲看准首席专家暗里鼓励自己豁出去得个好收成。好的，潜意识说。她手执酒杯无声而至。

客人们早就望见她，心思随她的身影移动。可惜呀这位女士！有人说，深蓝色牛仔裤，粉红色真丝衫，外罩蓝光齐腰燕尾服。深不可测的眼神，天鹅的鼻子，雨燕双尾的嘴唇，唇角多了颗痣，我老想用手拾起来或用舌头舔下来。

徐雁哲说："各位老总专家，欢迎大家来到盛京波纹管制造集团。我叫徐雁哲，来自技术部。在各位师长面前我是小学生，恳请您多多教导照耀，我敬各位前辈。"

"别价，谁知道你杯里的是酒还是饮料？"有人质疑。徐雁哲说，酒桌上我只喝纯净水。

"所以你很纯洁？"

徐雁哲举起杯子让所有水分子进入身体。

"一身黑，招人追；一身蓝，招人烦；一身粉，招人损；一身白，招人爱。你这身打扮能找到导师吗？再说哪有敬酒不喝酒的，你怎么着吧？"另一位男士说。徐雁哲说："只要感情有，喝啥都是酒。只要感情真，喝啥都是心。来到盛京波纹管制造集团您就到了解放区。今天努力，明天胜利！我是学生，我只管自己的杯。各位大师是贵客，您可以按自己的心意处理杯中的人情。一只散发芬芳的酒杯，里面盛满了黑暗的光明。"

最后一句把大家给整蒙了，相当于"不想当慈善家的富豪就不是真正的企业家"。"我喝，I 服了 U。"有人说："酒是粮食做，不喝就是过；酒是粮食精，不喝没人情。"说罢一饮而尽。大家跟着一饮而尽，然后或积极或散漫地唠嗑。

徐雁哲谢过就要告辞。一位姓唐的老先生问："你是哪儿人哪，女士？"

"铁岭。"

"铁岭没好人。"

"这……"众人吓了一跳，如同废弃的钢管。老先生说："赵本山就是铁岭人。"众宾屏气不语。老先生又说，美其名曰喜剧小品王，什么玩意儿！他把最后的儿化音咬得很重，仿佛不如此不足以发泄愤怒。"你们说说，赵本山也能上央视春晚，审查组怎么想的？"

"今年他不是没上吗？"

"这不得了，不把他整下去这个时代的文化会成为中国历史最低，空前绝后。你们说说，一个要饭的拿残疾人取乐，瘸子、瞎子、对眼儿、鳏寡孤独者和死人，等哪天让他和他的亲人弟子摊上试试。还拿中国字开玩笑，满嘴错别字，给孩子们添多少麻烦！没社会责任感，无公德。高水平的艺术家比如赵丽蓉、朱时茂和陈佩斯这样吗？对人没人情，我看1994年春晚把他整下去就对了。黄钟毁弃，瓦釜雷鸣！"他在烟斜雾横的座位上拼命地咳嗽。

徐雁哲说："农民就好这个，这是民间烟火，农民的艺术。生老病死人之常情，死生人之大事也。他的艺术来源于生活，植根于东北二人转。"

"别提二人转，"40来岁的男子说，"一提就恶心。二人转还叫艺术？我在农村生活了17年。二人转是在田间地头、生产队大炕、场院演的。没舞台时就拿粪土堆当台子。""生产队的大炕头也有粪堆？"省水利设计院总工南宫一明问。"炕上没有，地上有。"男子说，"生产队在屋里沤粪肥。里屋没有，外屋有，用火烧，种地有劲。农村个人家屋里养猪，生产队屋里养马。我们那时看二人转和现在看电视一样容易，只要生产队队长向社员齐二三十块钱，没钱的话上个人家齐粮食。演员农忙种地，农闲走街串巷。"

"事实上都不是正经农民，都不务正业。他们的日子过得都不好，全仗着有个好嗓子，也没啥功夫绝活。基本上找不着好对象，正经人家或送孩子当兵或送出去学手艺，不准孩子走这道。"

"什么叫艺术？"40来岁的人继续说，"我记得1972年，中国放映朝鲜电影《卖花姑娘》，红色革命电影。演的是一户农家，父亲早亡，母亲在地主家推碾磨米。花妮性格倔犟，宁愿饿死也不愿去地主家打工，受尽世人的白眼。妹妹被地主婆烫瞎了眼睛，哥哥因烧了地主家柴房被关进监狱。瞎眼的妹妹为减轻姐姐的负担偷偷上街卖唱，花妮知道后非常难过，她千辛万苦用自己卖花的钱买药送给妈妈，老人已经去世多时。花妮千里找哥哥，却听说哥哥已死。为了妹妹，花妮绝望、返乡。妹妹每日在村口哭喊着妈妈和姐姐，被狠心的地主婆以阴魂附体为由扔到山沟里。历尽万苦回家的花妮为寻找妹妹被地主囚禁在草棚里。出狱后参加革命军的哥哥返乡复仇，他在猎户的茅屋里看到了奄奄一息的顺姬，国恨家仇涌上心头。"

是的。有人说，主题故事像《白毛女》。上边一下令，各公社男女老少几十里跑到中学的操场上看电影，人山人海，哭成一片，不是一处，是全国。

全国就 7 个拷贝，传片员脚不沾地，因为每个公社只演一场，要在最短的时间放映。知道作者是谁不？有个电影好像叫《月尾岛》，记不清了，一直没查到资料，战斗环境同《上甘岭》差不多。一个战士牺牲前问，中队长，我们为祖国战斗牺牲，祖国长什么样？中队长说，我们的祖国就是金日成将军！最后中队长在信上写道：我们死守三天三夜，只剩一门炮 12 个人，几分钟后敌人还会进攻。大队长，请向我们开炮！金日成将军万岁！祖国繁荣！《卖花姑娘》的作者就是金日成同志。朝鲜人民总有一股劲，在世界上特立独行。

40 来岁的人又说，还有后来县评剧团来公社演评剧《小女婿》，观众也很多。革命样板戏的电影我们也会不远几里地到 3 个不同的村子观看。二人转不用，队长攒足钱啥时看都有。我们小嘎们儿在演员的裤裆下钻来爬去，他们和大人小孩逗叽，朝观众要掌声。有一点好，互动。有一股土腥味，打情骂俏说屁嗑，虎个叽地，愣个怔地，什么荤的素的酸的辣的都敢出口，比农村老娘们儿豪放。彪乎的，好像不知美丑。男的光个膀子，肚子上系个黑兜兜儿，露出两个奶子。女的也不嫌砢碜，怎么丑怎么描，以丑为美。可能是农民文化上来了吧，觉得他们的粗口出奇冒泡。不像现在的影视明星总想在电影里显摆漂亮脸蛋、曼妙的身段，不顾剧情发展，不演剧里人物，尽演自己个儿。这样的演员不但赶不上好莱坞的，从某个角度上看也赶不上二人转演员。二人转演员真实、自然、不拿姿作态、有个性，演农民很亲切很随和。同咱们吃一锅饭睡一铺炕。晚上女演员的长发掉地上我妈心疼地捧起来放到枕头边。皇帝轮流做，人民永活着。二人转会永远流传。不好意思，唐总，我跑偏了。不过我最初听赵本山说话那动静真是太熟悉了，像冬天里透明的红萝卜，那是我们生产队会计张清华的动静。

徐雁哲说，大萝卜想保鲜得埋进土里。她转向唐老先生问，请问阁下，您的郡望在哪儿，您是哪儿人哪？

"海洲，他是热电厂总工。"有人替他回答。

"您能告诉我您知道《马前泼水》吗？"

"不知道。"

"《王二姐思夫》呢？"

"听说过，不知道啥故事。"

"《大西厢》呢？"

"不清楚。"

"《猪八戒拱地》呢？"

"我忘了。我不知道，你想怎么地？"

"您从哪知道的？"

"广播里。你想干什么？"

徐雁哲说，我们农村人是从二人转里得到的。亲眼观看演员在粪堆上表演。朱买臣在二十四史中的《汉书》里有独立的传记，我上高三时学过。《王二姐思夫》是二人转的名段。《大西厢》是中国文学史上继唐诗宋词后的又一大文学高峰即元曲中的名曲，可以和明清小说媲美。至于猪八戒来自四大古典名著之一《西游记》就不用说了。农民穷困劳苦，没几家有收音机的，没有二人转演员农村文化就会断层，没有最起码的人性人情的审美，也没有对生命爱情的期待。有多少东北农民只认识钱上的字码，连自个儿的名都不会写，可是能讲中国古典名著里的事，张嘴就能哼唱。

邵永胜先生研究过。有人帮腔，二人转研究专家王肯老师说过，二人转为什么能在东北流传300年？因为那些从山东、河北来的跑腿子们（光棍），无论是打猎的、挖参的、开矿的还是伐木的，一年到头所赚银两都寄回老家盖房子置地了，已经所剩无几。在东北天寒地冻的隆冬，他们已经没钱逛窑子了。那么怎么打发这漫长的冬季呢？只有在炕头或者大车店里听二人转宣泄郁闷，排空火烧火燎的性欲。散文大家余秋雨在给赵本山站台的时候说过，二人转除了唱黄段子粉段子，也能宣传党的方针政策，比如计划生育、努力生产等等。神调二人转是保留唱段，听听您就明白了。二人转边走边唱边舞，这种戏曲和黄梅戏、昆曲都属于地方戏。徐雁哲说，是中国人都可以把北京、天津或是四川的戏曲带进东北，就怕东北人不接受。二人转这种小剧种也是综合的舞台艺术，观众很多。本山大哥的小品《相亲》多有人情味呀，解放了多少单身中老年人，成就婚姻，自由地追求幸福，全民理解支持，成为新道德。我父母在昌图老家看电视，以赵本山的节目为主，这些年，多大的安慰，我多么感激他的团队。1994年本山大哥央视春晚落选没有关系，今后可以吸收各种有益的文艺，培养徒弟，壮大队伍，比如给农民制作电视连续剧，如同我们集团的补偿器将原有产品加以改造获得20多个专利。

您敢说赵本山解放了全人类？反方辩友质问。听说有些人加个螺丝就申请专利了。如今哪，花500元钱就能得到专利证书。

"有些人永远不知道在啥地方加螺丝，这个螺丝会使中国企业免遭几千万元的损失，近期能创造上亿元的价值，我崇拜发明家。"

"你崇拜穆月出穆总？你们的关系从啥时起飞的？"

徐雁哲一愣，命令自己别谈老穆。穿别人的鞋走路让别人光着脚跑吧。她说，我有事离开一会儿。再会，祝各位前辈在沈阳过得开心！

马总敬一轮酒回来问，弟兄们谈啥呢这么热闹？40来岁的人说，你的员工在和唐总打架。

"谁赢了？呵呵。"

"不知道。"

"怎么回事？"

"她最后把我们给骂了。好像说'尔曹身与名俱灭，不废江河万古流'。我们被人骂了还没听懂啥意思。马总，请把她喊回来，请教一下啥意思。"

"太有意思了，她脾气老大了，文的俗的不管不顾，酸叽溜的分不清口语和书面语，啥都敢造，我怀疑她的语文水平，高考作文成绩肯定不高。还有她穿的那身斗牛服多少牛都得让她干飞。"

"年轻人嘛，穿破烂都好看。"马总说。

你能把她征服吗？她舌战群儒，我们差不多快服了，就是最后那句诗没听懂。有人还在回味。有啥听不懂的，唐总说，她好像说了一句唐诗，凡是讲赵本山和铁岭坏话的都会身与名俱灭，而赵本山和铁岭会万古流芳。

大哥你服了？马总笑着问，没赵本山广大观众对春晚就没期待了。

谁服了？唐总回问。曲终人散后马总暗里对唐总说，大哥，刚才接个电话，我们牡丹江的产品出事了。两个月前的架空管道轴向无约束波纹膨胀节，好家伙，抛出30多米远，把个人家的玻璃都干碎了，差点要了老太太的命。我想劳您大驾帮忙处理。

"你单位人才济济，又是专利又是舌战的。"

"你说徐工？她刚来啥都不懂，和大哥说实话吧，她不是学补偿器的。"

"她不是画过图纸吗？"

"那是，1000个直埋波纹膨胀节，投入生产也没出啥事。"

"那就够了。"

马总心里说，1000个不假，口径一样，补偿量一样，参数一样，图纸就画几张。公司的图纸都是老穆给她的，形成系列图纸，厚厚的一本子。车间的工人手里也有，只有特殊结构的才特殊计算。是生存还是死亡这是个问题。这样想过马总就说，要不我让她陪您去，希望您好好带带她，以后请大哥当我们的顾问，请兄长一定成全。

"好吧，既然老弟话都说到这份儿上了，我还有啥说的。"

"那我就通知她明天出差到坐山雕的老家走一遭。"

第一次在火车上坐卧铺，徐雁哲知道这是借唐总的光。她没怎么和他说话，尽管是上下铺。她也没帮唐老拿东西，在某些国家许多长辈讨厌年轻人帮忙，好像人家老了，不中用了，如同穷人没伸手要钱你施舍人家就是侮辱。唐老不敢直视，像许多自卑的老年人不敢正视年轻人一样，让人心生怜悯。

雁哲自己带个手提箱。她一点实战经验都没有，心是慌的。为了应急，她把老穆给的资料放入箱子里，还有相关的书和杂志。她不喜欢卧铺，灯光甚暗，看书迷糊。迷糊也看，像备战高考一样。她想记住一个计算公式：

补偿量 = 管道长度 × 热膨胀系数 × 温差

上面附有老穆的文字说明：不同材料，系数不同，铜的最高。钢管的，介质 100 米 左右，系数是 0.012，那么钢管的膨胀量为：

$100 × 0.012 × 150 = 180$ 毫米。

工作介质要是有 150℃，每 100 米钢管热膨胀量就 180 毫米，即管道增长 180 毫米。实际上供暖没有这么高的温度，一次网最高温度也就 110℃。雁哲发现问题，前边是"温差"，这会儿又变成"温度"了，有没有搞错？除非是 150℃~0℃，这种情况下温差也叫温度。她想问唐总，又不想先打开尴尬的局面缴枪投降。

这年轻人一直看书，唐老很高兴，他也不说话。直到过了哈尔滨他才说，快到林海雪原了，你不是喜欢文学吗？这里就是杨子荣、少剑波追剿坐山雕的地方。徐雁哲装着不想说话的样子，故意应付，啊，啊，啊，是这样啊。

"怎么，我说话招人烦哪？还生谁气呢？还得让一个老家伙向你道歉哪？"

雁哲一节节地从中铺下地，说，师傅您说啥呢，我没听懂。

"我让你看看外面的树，你不知道《林海雪原》？"

"听说过，没读过。我对文学不感兴趣。文学能救国吗？我国要赶超西方，一靠政治家把握方向，再就是工业，实业救国嘛。我的语文全是高三时老师管出来的。她是个作家，我没看出她有什么能耐。上课时学生嗷嗷喊，老乱了。我的理想就是我要比她有出息，所以我选择了工科。

"看那边，那是亚布力滑雪场，知道吗？"

"干啥的？"

"将在亚冬会上使用。"

"那也没雪呀。"

"雪不是化了吗？傻丫头。"

"我知道，我是故意这么问的，好让您开心，您开心了没有哇？"

"等到了事故现场看你还敢贫嘴不。"

那就看导师怎么调教了，她说，我是杨子荣，您是少剑波，或去夹皮沟或上威虎山全听 203 首长的。私下里她想，唐老要是老穆该有多好，那我就是白茹，203 首长走哪儿跟哪儿，生死与共。

师徒二人下了火车，出站。有人从轿车里出来迎接，放了行李，直接把他们送到旅馆。他传达领导的旨意说，一切都慢慢来，不必着急。唐总知道雁哲和自己一样急，天还大亮，没心情等到明天。二人赶到事故现场。

雁哲看到管道遗址一声不吭。唐老问，你看出病根没？

"还没呢，师傅。""那你看到啥了？"

"我什么都没看出来，我才接触敷设安装。"

唐老说，得把所有管道挖出来看，一个膨胀节都不能落下，得一周时间。

第五天，查出 4 个打坏的膨胀节。唐老问："这回你看出啥没？"徐雁哲没有言语，盯了这么久，看了听了记了，一字不落，也算明白点了。她说："师傅，我一直不懂，您帮我分析一下对不对。一个钢管，两端顶着墙，给介质加热几百度，要是管子结实，墙就会倒；若墙结实，管子就会爆。所以必须加补偿器调节。墙就相当于固定墩，支撑管道，这么理解对不？""可以。"唐总说。

"师傅，固定墩也叫固定支座，这里的支座有啥问题吗？怎么安装好呢？"

"立柱上面安平板，平板与下面固定，固定在钢筋混凝土里，打入里边。"

"没有板立在柱子上行吗？""水泥柱易坏，最好是用钢板，一端固定，焊住。"

"您的意思是不是说事故出在固定支座和盲板力上？"雁哲又问。

"有可能啊。"

"有没有可能打压操之过急？没慢慢打压一下子打到最高点，像量血压，得一点一点地加压，可他们一下子加到顶了？"

"有可能啊。"

"那咱们的设计有问题吗？"

"没有哇。"

"那太好了。"徐雁哲跳起来说。

"好了，明天上午交差，中午回家。"

"是，首长。"

第二天事故分析会上，徐雁哲给甲方讲解管道是如何设计的。唐总谈了管道应如何敷设。问题出在施工方和运行方。徐雁哲在会议纪要上下了结论：

牡丹江轮胎厂架空管道，使用轴向无约束波纹膨胀节，由于管道固定支座没固定好，其强度不够，承力不够，打压时由于盲板力的作用，管道里不应有却有水积（大量），在高温蒸汽作用下产生巨大冲击波从而发生爆炸，把管道甩出 30 多米远，险些酿成大祸。

单位：盛京波纹管制造集团

代表：徐雁哲

时间：1994 年 4 月 25 日

没有任何一方承担责任。不了了之就是胜利。

回沈阳的火车上唐总正儿八经地问："小徐呀，你和我说实话，你真的很喜欢二人转吗？"她说："您还不如问我'你真的很喜欢农民'吗？"

第 六 章

在人间

　　一个人飞，穿过破败的村庄，跌入黑暗的宅院。战争结束，与之并发的瘟疫结束。院子里混沌一片，烂泥可哪儿都是，裹着牲畜的粪便，天底下最脏的地方莫过于此。徐雁哲感到恶心，多年的恶心促使她拼命地往外逃，姿态狼狈……她总想忘掉童年，又千百回往家里跑，在有月的梦中，在白天的想象里。

　　没看到牲畜。百年老屋如垂暮的老人在风里打哆嗦，刚经历浩劫，千疮百孔，野风咆哮着要将房子撕碎。心痛至极，无可奈何，亲人们活在这地儿！我都28岁了！

　　门口幻化出高个儿妇人，50来岁，瘦削的身材看上去还很硬朗，像山一样。千岩老人管她叫母亲山。像拍电影，观众能看到影像，看不到摄影师。闺女没有说话，母亲也没有料到雁哲穿越时空回家。她托起银盆，里面盛着天水，连通老屋后面的王八坑，这样的坑在东北上通苍天之灵气，下连大地之宝泉，几百年不涸不溢。女神手擎远古的水罐向南山倾倒，那水就如天马腾空而去，地上现出大道，蛋黄般四溢，继而银光闪闪，流向远天，流向将来。徐雁哲跺脚喊："停下，快停下，那是农家肥，都冲到别人家的地里了。"梦里说话母亲听不到，舍弃时毫不吝惜，俨然一位敢作敢为的女王。

院当间的大道已经畅行，左右还有污泥，雁哲希望父亲或别的什么人到南山运些白沙，将院子铺成沙地。母亲不听，她说请你转告雁哲，让她把自个儿的事整好得了，这里不用她操心。多亏还能动弹，要不还能活吗？

徐雁哲问："我爸还好吗？"母亲不答。又问紫桐怎么样，母亲仍是不答。千岩老人告诉她，父亲带外孙女放牛去了。她没有到野外找他们，像去时不打招呼天没亮又回到沈阳。

又是个寒冷的雨天，6℃~11℃，仿佛回到旧社会。徐雁哲站了一会儿，洗漱后煮了方便面。最近两腿像泡在冰水里，不是自己的，是祖先的。此时此刻，祖先的骸骨沉在风雨里。土地结了冰碴儿，农民种地会碰到他们。想到先人她的眼睛就流出液体。老祖宗可否知道他们的后人在挨冷受冻？他们留下游牧的基因，不东奔西跑就担心会成为死灰。多少白领在城里还不如农民，精神空虚，身体疲惫，不如种几亩地养几头牛老婆孩子热炕头。

4月30日，还没有"五一"放假的消息。工人说龚厂长给他们放一天假，上班给加班费也希望放假。40岁出头的男子进来，是龚厂长。"这天气，妈妈的，真冷。"他抱怨。

雁哲最近比较胆小，一听谁来一句"他妈的"心就一激灵，就觉得那人野蛮，匪气十足，有时是故意的。他京剧演员出身。在京剧团里演过老生杨子荣，也演过李玉和，有时也客串旦角。生旦净丑剧本里所有的台词都背得滚瓜烂熟，哪个演员没到场他都能顶上去，比如《智取威虎山》里的老生少剑波，净角李勇奇，《红灯记》里花旦李铁梅，老旦李奶奶，净角鸠山。改革开放后文艺人说散就散，自谋职业，或挂靠哥们儿的公司，或下海经商。原先吃饭靠脑袋，现在抓钱靠两只手和赤胆忠心。他没文凭，会干活。马总喜欢模样俊的，不管是男人还是女人。

石部长与雁哲见过一次面后跑到铁西老穆的公司了，剩下的都是马总的心腹和等待跳槽的人。徐雁哲用纸杯给厂长接了杯水，说："厂长您先喝口水暖和暖和。您吃早饭了吗？"

"多少年不吃早饭了。"

"我出去买吧，不吃不行，长期不吃……"

"我都查出来了，肾结石。以前根本不信。"

"请等我一会儿。我马上回来。"雁哲噔噔噔下了铁楼梯跑过厂区大门，花了4元5角钱买了一碗牛肉面，送给厂长时还腾腾冒热气呢。以势利交人，雁哲一向深恶痛绝。她想苏老前辈因不堪每月150元的工资，已到女儿家享受美国西海岸风光去了。想到苏老徐雁哲瞅了一眼办公室里屋的储藏室，那里还堆着老先生的东西，没人下令清理给她腾个睡觉的地方。从这点看老龚是个铁石心肠的人。要不就是他在观望，他不清楚马总的态度。她希望这碗面能有个转机。

厚黑学，对，就是厚脸皮、黑心肝。通过高级培训班认识高层人物，表哥为她做了。向有益的贵人靠拢，她已经做了。现在她想结交"权力层"，打开局面，正在进行中。老龚吃完面说，最近活太多太忙，我还得回车间。说罢急匆匆出门。关门的声音不大，打击不小，相当于给人搧了耳刮子加上一句骂：还想耍愣老子，见鬼去吧。

老照推门进来，笑着说："大小姐，吃好东东西了，喷香，给洒家留点汤也中中啊。"雁哲回过神来说，要不我再给你买一碗？老照说，好哇！拿个棒槌当针使使了，我没一天不吃早饭的。投我以木瓜，报之以琼瑶，非报也，永以为好也。记着，今儿是开支的日子，一会儿我请你下馆子。雁哲听见"琼瑶"，别的也不敢问。她的文学知识只限高中语文教材和语文老师的讲解。老照不同，他东北某育才中学毕业，上学没好好念书，不屑于学老师给的知识。他的人生目标是当作家，发誓不成名不结婚，像所有世上单身的文化人那样。

他整天淘换小说，最后考上沈阳电大，爱好一直保持。每月100元薪水，不好好画图纸，成天掰扯汉字。他设计的图纸不是这儿出点差就是那儿多点毛病。有橡皮不用，总用手指头加唾沫戳或是用袖子抹，埋了古汰水裆尿裤的，让人连损带恨叨。架不住他心里有位伟人卡尔·海因里希·马克思同志，他对一切指责与诽谤都毫不在意，平时把它们当作蛛丝一样轻轻拂去，只在万不得已时才给予回击。他的衣服常沾些饭粒。夏天穿衬衣上班，后襟渗出白花花的汗碱地图，怕得皮炎才泡在脸盆里，三天三夜不洗。发酵后的布片足够制成一张大窗户纸。

老照是唯一让雁哲感到亲近的人。原本同行是冤家，现在他因为不务正业成了陪衬和同盟。她本来想向他学点文学，怕传到领导的耳朵里说她也不务正业，始终没有行动。

老照主动将自己的作品拿给她看，让她提意见。她没看出好来。既不是小说，也不是散文，是骡子一样的东西。据说有一些国人已经这么写了。老照的作品也没有出彩的内容，书读得太多了，没有个性。明明是只狐狸，偏偏要当刺猬，还不如不写。

"大小姐快给哥提点意见。"老照恳求。雁哲说："如果你是我哥，我一定提。"

"我早就是你亲亲哥了，你没看看出来？"

"那好，大哥！"她说，"上高三的时候老师让我们仿写王蒙先生的小说《青春万岁》里的诗，有个男生写了照搬生活。"

老照没有吭声。雁哲感到气氛不对，心里甚是惶恐。她在脑袋里说，我多么愚蠢，跟他开这么大的玩笑，太伤人了，不是普通人，是一个做着美梦自娱自恋的大老爷们儿，这么大会儿我把他最后的快乐以及我唯一的人脉炸飞了。这样的季节没有友谊人间多么寒冷。老照说："老徐，谢谢你！你让我想起鲁迅先生，一下子把我从黑暗的铁屋子里拉拉了出来。你即兴写出这么好的东西，胜过我上的十几年的语文课。"

"不是我写的。"

"绝对是，因为你念高三时没有仿句类的高考题。"老照说，"我本姓孙，孙悟空的孙。我外号叫老照，你不就是为老照写写的吗？老照就是照照搬生活的意思。"

"你要是非这么想我也没办法。最初照搬没什么不好，比如学国画，最初都从临摹古画开始，最终都要变化。文学不是现实的海市蜃楼吗？所有的艺术家最后都得向生活投降。"

"这也是你的话？"

"老师说的。"

"可是我们老师怎么没说？他们说书上的话——散文是形散而神不散，像项链一样。这是害人的话，所以我不爱跟老师学习。"

"我们老师大小还是个作家。她说散文的结构最起码是叙之一事，绘之一景，抒之一情，言之一理。我们老师有时心胸比宇宙宽，有时狭小连个针鼻儿都计较。教师就那样，超级自尊又超级自卑。"

"是吗？以后我照搬你，把你整到天上海市蜃楼，中吗？"

"随便你。只是你怎么不写诗呢，像普希金、莱蒙托夫那样锋利的诗？"

老照说继"五四"及建元之后45年，中国几乎无诗可言。前者处于萌芽状态，以至于"雨巷""康桥"竟成经典，至今为人喋喋不休。而与此同时所涌现的聂鲁达的《马楚·比楚高峰》、艾略特的《荒原》、黑塞的《中国诗翁》、佩斯的《进军》鲜为人知。后者甚至与诗的原则背道而驰。相比古典的普希金和莱蒙托夫的锋利，中国不乏其人，比如北岛的若干诗作，像"卑鄙是卑鄙者的通行证，高尚是高尚者的墓志铭"。北岛绝非中国当代最优秀的诗人，诗人是一种生存状态。很多诗人默默地活着，因为他们已经不再写诗，比如多多、芒克、老彪、王小龙等，他们都曾是锋利的诗人。很多诗人已经不能写诗了，因为他们已经死去，比如海子、顾城等，他们的人生不亚于普希金和莱蒙托夫。当然，还有一些人快乐地写着，在各种刊物上时常见到他们的踪迹，写着不是诗的诗，他们的确不需要靠诗去过活。这不是一个诗的时代，所以没有诗，更没有锋利。

"额的个神哪！"徐雁哲赞叹，"哥你太太有才了，比我们语文老师强百套。她说话我听得懂，你说的我听不懂，听不懂就巨有魅力，像迈克尔·杰克逊的音乐，越听不懂越想听。请问这些智慧从哪儿淘换的？"

"去年 11 月我去北京追寻海子的足迹，拜见了海子的一个哥们儿。"老照说，"我想和他云游半个中国，可他只给我 15 分钟时间。他喜欢山，请原谅我叫他岢岚山。1984 年开始他与海生交往，那时他是北京站的装卸工，而海生是学院的小先生，日子过得不堪入目内心却很自由。有时他会参加聚会，听姜世伟（芒克）开骂赵振开（北岛）、栗世征（多多）谈论意识流。海生小，很少说话。岢岚山说自己连高中都没毕业，只有听的份儿。那的确是一段难忘的经历。"

"你知道吗？你谈诗的时候很自信，伟大的脑门子在发光。是不是进入文学你就是王上？"

"说说你吧，刚才我想今天无论如何我都要把储藏室的东西倒腾出来，看哥怎么给你装饰新新居吧。"

"请问为什么？"

"不如此不足以感谢你给我畅谈海子的机会。说干就就干。"

"孙文卓，开支了，签字。"一个男子进来喊。老照说老徐，你手干净，你领的时候顺手给我的也签签一下。会计说没徐工的名。老照的手僵在空中，走出来瞅瞅徐雁哲，又看看会计，说："大佬，有没有搞错？徐工上班正好一个月，画 1000 个补偿器图纸呀。还去牡丹江处理过事事故免受赔款。能耐人都走光了，新来的还不知道心疼，搞赞助作广告出书上百万都打水漂了，你们不指着过过了？良心丧尽不能一点仁义都不留吧？"会计说："我管不着，有想法去找马总。"说罢一甩剂子走了。老照说："关门前把我的那份留下。老徐，给马总打打电话问问咋咋回事。你打还是我我打？我一定为妹妹出出头。"

"不用了。你不要打。"

"不能就这么算了，我是你大大哥呀！你等着钱回回家！"

雁哲苦笑道："谢谢你！"老照说："你不会哭吧？要不我先借给你50元，'五一'得回趟家吧？什么东西，还不通知放假，还敢不给开开支。徐雁哲想，真是幽默的讽刺呀！我终于明白啥叫乐极生悲。我从来不敢欺骗生活却被生活欺骗了。她将行李放入手提箱，无法决定是带着箱子去见老马还是再回来取。她忘记出门时是否向老照告别，也许再也见不着他了，一辈子。

出大门时听到有人唱京剧《武家坡》：

一马离了西凉界，

不由人一阵阵泪洒胸怀。

青是山绿是水花花世界，

薛平贵好一似孤雁归来。

坐上公交车，心沉到地底下。沈阳人，车里的，车外的，除了老照没一个人同情她。樱花被风雨吹打尽失本色，海棠花与纸花没有不同，万物如荒漠坟冢一般。即使所有民居都变成别墅，所有的院落开满郁金香和牡丹花，大街上站满桂树，遍地长着音乐一样的红枫，天上响着花瓣一样鸟的歌声，与我何干？如果一个城市没有人情，人情中没有道义和良心，连工资都敢扣下，还属于人间吗？

许多年后，一位朋友在北美打工。华人老板在家玩博客月入4万美元，所写无非是吃喝玩乐在网上教人空手套白狼的玩意儿，3 个月没给她开工资，只给个旧笔记本电脑，已用过一年了，还欠她 15000 元人民币。他的上海老婆公开叫嚣自己懂法，如果有人敢索要工资她就立刻向移民局举报说她非法打工，让她在北美得不到永居权。而她自己不怕调查她老公非法雇佣华工。这老板得意扬扬地在家里让记者拍来照去，上了百万富翁杂志，继续逍遥自在。商家在他的博客上做广告，无数为钱发疯的年轻人追随他。他说他写博客只为钱钱钱，BLOG FOR MONEY MONEY MONEY，他能教人在互联网上赚大钱，那个物欲横流精神毁弃的国家！剥削和被剥削这是个问题。马克思说工人的劳动属于资本家，产品是资本家的所有物。她痛恨资本家，痛恨古今中外所有不给工钱的家伙。她祷告沙暴龙卷风埋葬那些狠毒肮脏的豺狼。她甚至埋怨旧工业改革不彻底，那人的资本家祖父失去 6 个工厂，3 个老婆被解散，后代跑到北美，迁怒，报复，剥削。他们离开"爱""平安"与"喜乐"，但凡有一点人性也会生活在恐惧、诅咒和罪恶里。他们忘记"君子报仇，十年不晚"，欠债不还会寝食难安积久成疾，人只有善良才能得到幸福。人要活得好良心和自强最重要，千万别被花颜、鸟鸣、色情蒙骗，形式主义害死人，那国表面文明自由，背后老想着剥削，省下钱骄奢淫逸，总有失去的一天。

古中国有个宋国大夫名叫子罕，有人要献玉给他，他拒绝了。他说我以不贪为宝，你以玉为宝，如果你将玉给我，那么咱俩都各失其宝，不如我不受你的玉，各得其宝。还有枣园主人让游客用脚踹树，一脚 5 元钱，掉落的枣全归出钱的人。有人挑个小树飞出一脚，全部落地。另一个男子挑最大的树踹过去，一个枣都没掉下来。

这事属于全人类，早晚都会碰上。此时徐雁哲想说让老天爷操心去吧，老人家现在可能没空，得空就惩罚那些罪人，他们作恶，忏悔，行骗，再忏悔，直至化为白骨。欠人家一分钱你们都进不了天堂。一秒又一秒，心窝好似滚油炒。徐雁哲决定即便被辞退也要讨回一个月的工资，这是人之为人的标志，然后向媒体讨公道。她不能等待 10 年后报仇。

完事后我去哪儿？她下车时走过小广场，见一个中年女人鬼鬼祟祟地和一个穿蓝裤子的老头子搭话。老人不搭理，女人悻悻地走开。有人说那是站街女，绝对不是亲戚。雁哲为女人感到羞耻又为她难过。她想那人一定是走投无路才上了那道的。自己被人逼到无路可走时会怎样？如果不这样我去哪里？

俺伍员好似丧家犬，满腹的冤屈我向谁言？

我好比哀哀长空雁，我好比龙游在浅沙滩。

她在荒凉残酷的舞台上悲愤地唱起来。还没有想好逃跑的路线已来到总公司大门口。保安先生没有阻拦，也没有多言。她走入大楼时两腿有些飘，她想大概精神被掏空的人都这样。有人敲门，有人开门。马总一愣，问："徐工，有事吗？"徐雁哲没有说话。马总又问："怎么了，出啥事了？"徐雁哲确定自己已经把愤怒、失望、泪水安置妥当后说："马总，我想问问我的工资。"

"工资？工资没给你开吗？"

"没有。"

怎么搞的，怎么没人向我汇报？马总说完，在便笺上写了两行字签了名，递给徐雁哲，让她找会计。

什么都看不见，只有数字和数字单位：400 元。临别时马总说："破例给你 3 天假，回家多陪陪父母和孩子吧。这是两瓶老龙口酒，给你老父亲。祝你们全家'五一'节快乐！"

"谢谢您！同祝福共繁荣，祝马总和全家'五一'快乐！"回的什么、用什么语调她忘记了。

徐雁哲领到工资，一丝喜悦都没有。先是悬崖跌落江心打翻舟，然后被人救起，叫谁谁能感激涕零？被伤害久了，积怨就会堆上心头。

第　七　章

至　亲

新翻的田垄，两畦水葱剑阵般刺向天空。天空淡绿，是童年的颜色，也是家的颜色。

徐雁哲在规整的埯子里看到豆角秧、黄瓜秧、柿子秧。父亲的剑麻、夹竹桃和仙人掌摆在酱缸的周围，左前方是文冠果树、海棠树和葡萄架，圈在苞米秆栅子里。植物应该知道雁哲回家，大家在梦里经常见面，永远想念依恋。纵然时光飞逝几十年，只要活着，人走到哪儿房后的白杨树都会在梦里跟到哪儿。

雁哲喊，爸！妈！紫桐！声音太小了，她喊不出来。母亲从房门里出来，手拿高粱篾儿扫帚，说，大雁儿回来啦！母亲的声音也很小。

"我爸呢？紫桐呢？"

"下地了，一会儿就回来。"母亲接过东西说，"买这么老些，咋不省着点。"

雁哲进了外屋地，七零八落的锅台上跑着蚂蚁，像开运动会。"怎么这么老些蚂蚁？"她问，"为啥不搭个新锅台？"她把东西放在里屋炕头上，回身就用苞米皮扑落蚂蚁。挪开朽烂的菜板和陶盆，又见一群蟑螂，老年、中年、青少年什么年龄的都有。锅里的水翻着花，母亲截住闺女的目光说，那是你爸养的，电视里说养蟑螂、蚂蚁能赚钱。雁哲从灶坑里取出一铲炭火压过去又淋了几瓢沸水。她说："也听说养苍蝇能致富，还能作画，像竞走运动员在比赛，有的还像老板和女秘书隔办公桌谈话。真是穷疯了。我爸搞过试验，什么穿地龙土豆，个数不少，就是长不大。别人家两茬庄稼，咱家的一茬到秋。临了，要产量没有，要秸秆也没有。冒险钻研的精神特像加西亚·马尔克斯的长篇小说《百年孤独》里的布恩迪亚。还有文冠果，1976年纪念毛主席从大洼工宣队带回家，至今18年了榨出一滴油了？这就不如人家补偿器发明大王啦。妈你看，看什么叫赴汤蹈火，什么叫人仰马翻。"

母亲张秀之说："蝼蚁也是命，你表姐北京科技大学毕业，见到蚊子都会网起来开窗放走。你这么狠从啥时开始的？有老蟑家里就不穷。"想到表姐被非法集资人骗去数万元钱无法解脱最后信佛，徐雁哲说："你看到的未必都是真的。谁都靠不住，要靠就靠自己。知道《国际歌》吧？和你说也听不懂。文明人信个世界级或国家级有名有分的也罢了，还信起蟑螂了！"母亲说不过她就出去干活。

雁哲进里屋掀炕席，抱怨说："让买新的就是不买，还等我从沈阳背回一领不成？大窟窿小眼子的，土都露出来了。什么日子！窝囊废的日子！"

徐雁哲回头看见一个三四岁的小姑娘站在炕沿下愣愣地瞅她，腕上挎着柳条筐。雁哲转身下地，伸手过去问："你好吗，紫桐？"小女孩眨眼间不见了。雁哲跑出门喊："紫桐，紫桐！"她喊得一点都不响。父亲把牛拴在当街的杨树上，拎着镰刀背着一麻袋草进院撂在地上。

雁哲说："爸，回来了？"声音小得听不见。"啊，徐雁哲，啥时回来的？"父亲的声音有些抖。他叫女儿的大号，很郑重，总希望用这种沟通情感的方式让孩子时刻感受到责任。

我的老父亲！雁哲在心里感慨。她说："我刚到。爸，看见紫桐没？她和我藏猫猫呢。"她掩饰着泪水又说："爸，洗洗手吧，我压井。"说着话，一条杯口粗的井水亮闪闪地涌来。雁哲倒入锅里，舀出温水浇在父亲的手上。看到老人静脉曲张的腿，雁哲的心狠狠地疼着，透不过气。小时候她多少次抚摸过那些蚯蚓似的血管不懂得心疼，也不懂得那里面有一个单门阻止血液流动，长大才明白一点。多少年了，父亲在草地雨水中放牛，双脚踩着冰冷的黑泥，麻而且痛，直到今日。遭过多少罪只有他自己知道。60多岁的人了，头发稀疏花白，每天下地干活，还要带她的小孩。父亲的恩情从女儿的心口启程驶向远方。

母亲有高血压，头疼时吃阿司匹林和降压药。雁哲告诉她必须天天吃降压药，必须保证生命质量。阿司匹林不能天天吃，要每月停几次，小心引起口腔溃疡和别的毛病。这很重要，否则遇到出血点会出事。

小女孩说，道铁蛋说我唱歌不好钉。

雁哲听不懂，知道女儿是讲给她听的，就问母亲她说啥呢。母亲抹搭一眼说，她说"陶铁蛋说我唱歌不好听"。

雁哲问谁教你这么说话的，嗯？"陶"说成"道"？赶上印度人说英语了，T硬说成D，数字one two three four five，1、2、3、4、5里的2，two说成dwo。雁哲拉开旅行包的拉簧，抓出一把糖块在紫桐眼前晃着说，叫妈妈，手洗干净，吃糖，好吧？小女孩盯着糖用英语查数。英语说得好哇，杨紫桐。这些是你的，那些给姥爷和姥姥分享。雁哲说罢看着孩子魂画儿的花脸就难过。城里的孩子一天一洗澡，两天一洗头，自己的孩子离开爹妈头发打绺，头皮糊了一层硬皴。她抽出一块糖说，叫妈咪也中。Mammy妈咪是英语的妈妈。你喜欢中文妈妈还是英语妈咪？

"猫米。"

"妈咪。"

"妈咪呀,陶铁蛋说我唱歌不好听。"

"紫桐想吃糖吗?先洗手吧。"

"想吃糖。"

雁哲带女儿洗手,将一块糖放到手里说:"好闺女,这么说就好听了,别人也能听明白。听妈咪说,你想唱啥你就唱,唱自己的歌让别人说去吧。快给我 mammy 送一块,再给我 daddy 送一块。"

母亲接过说,别老给孩子吃糖,会长虫牙。雁哲道,儿童时代没糖该多么寂寞,人这一辈子还真得靠回忆童年的糖取暖呢。架不住给她刷牙、漱口、用牙线剔牙。

"那得多少工夫!"母亲皱起眉头。

"照您的意思天天睡大觉就省工夫了?我爸以前总警告我'何必久睡,久睡如小死'。"她顺手把女儿的鞋脱了把她抱上炕,又把桌子搬上来。父亲正要从白塑料桶倒酒,雁哲从包里拎出两瓶老龙口说:"爸,这是我们总经理送给你的。"

"你们总经理?几年了,怎么一下子要送我酒?"

"爸,我换单位了。在沈阳一家民企,一个月了,怕家里惦记没吱声。一个月 400 元工资呢,比老照多 300 元,老照也是设计图纸的,比我大一岁。"父亲脱鞋上炕,盘腿坐着,很安慰的样子,问:"紫桐的爸爸也去了?"

"还没呢,快了吧。"

"怎么?"

"没怎么,他说他也去,现在工作关系还没整利索。"

紫桐坐在姥爷的腿上说:"妈咪呀,陶铁蛋当班长了,老师没让我当。"姥爷说,这孩子老要强了,人家当班长她没当上哭了好几起儿呢。有啥哭的,不当就不当,学习好就行呗。将来当个大官给他看看。

"爸,这么教育孩子可就不对了。小孩子必须上进,必须争强好胜,必须爱出风头。只有老年人因身体健康才淡泊名利与世无争。出风头还要有取舍，挑最有前途最适合自己且能够实现的，以智力为成本。"

"百事通不如一门精，好好学习就是。"

"紫桐，看妈咪给你带什么来了。"

钱！一盒缩印版的纸卡，除了尺寸不同其他的与真钱没两样。雁哲说，必须向小孩子灌输金钱的意义。男孩穷着教让他穷则思变，女儿富着养以免将来谁给个小恩小惠就堕落。先崇拜钱，长大后挣大钱致富后视金钱如粪土。某女子说得好，你们让我嫁豪门？我就是豪门。看看这个，这是英语阅读器。紫桐，这是识字卡片，中文、英语、法语、西班牙语啥都有，都有图。还有这个，一本中草药图片。她就势用指甲在紫桐的手背上划了一下，马上现出一道红，不久又起了一条山梁。雁哲摇摇头，问："妈，汤药是不是还在吃？上次的偏方有效吗？"没人吱声。

父亲说："我和你妈都老了，你妈高血压，老累了，还要求那么高干啥。前一阵子紫桐发烧，吃退烧药都下不去。最后到医院扎滴流，6天才好，糟老心了。要是我绝对不让老人带孩子。带自己的行，磕了碰了不觉咋的，带别人的揪心哪。泥娃娃尿娃娃咋的都能长大。别磕了碰了，皮实点，吃饱穿暖就行了，谁还没点小毛病。等大一点到大医院看看吧。"

话没说完就开始就咸菜喝酒。父亲徐天牛一天三顿酒，家里怎么穷都没离过酒，都是大闺女买的。无论做饭的人起多大早他总要先来两口，仿佛酒是他一辈子的理想，酒能销尽万古愁。母亲埋怨够了，端上一盘馒头，一小盆雪里蕻炖豆腐，里边是从酱缸里打捞的熟猪肉，外加一碗鸡蛋羹。

雁哲问："你们平常也吃这个？"

"这不是你回来了，天天吃哪有？没挠啃死就不错了，有些人家春天只有葱叶蘸酱。"母亲说。"为什么？"雁哲想说我给过你们1000元钱，相当于城里人小半年的工资！时间有的是，她不愁弄不明白。

紫桐下地跑出去薅葱，与婆婆丁、苦碟子、荠菜一起在大盆里左洗洗右涮涮，连泥带水放在桌上说，这个好吃，总吃这个。

雁哲拾起来到外边用清水洗了3遍说，这个好，城里人喜欢吃野菜。她换了思路说，这些都是绿色食品，在城里值老银子了。现在高干大款都吃啥？吃粗吃野吃杂。只是你们一定要保证营养，每天每人一个鸡蛋一杯奶，保证吃上肉、米饭和青菜，饮食要均衡。她想知道咸肉有多少蛋白质。

杨紫桐拿出情人节礼物，双面贺卡。正面是一个小木屋，屋旁站着棕色树干，树很高，塔形，五瓣叶片，树冠外竖着木篱笆。背面是一颗红心，顶着雪花，右侧飞着两只白鸽。里边写了几行字：

亲爱的女（妈）妈，对不气（起），我不在（再）淘气，也不在（再）re（惹）你生气，祝你开心。

你白（的）女儿杨紫桐

红太阳停在天上，绿色的花自由地开放，粉色的心长出两个翅膀。心上写着：

妈妈节日快乐！

雁哲被太阳光照着，她亲了女儿的脸颊，说："谢谢你，宝贝！你会写字了，这么有感情，我全认得。明天是你的生日，你祝我快乐，真懂事呀！"她又给女儿一个幸福的吻，说："这几个地方这么改一下就更好了。"雁哲说吃完饭我给你画一张。咱们一起给姥姥姥爷画两张。紫桐在妈妈脸上回亲了一口。

雁哲说，亲公公、婆婆和妈妈可以，可不能和别人练习这个呀。

"呀，我和同桌都练过了。"

"是男孩还是女孩？"

"我才不亲女孩呢。"

"小朋友不笑话你吗？"

"上课呢，都在看书，谁能看到哇？妈咪呀，我想和你结婚。"

雁哲问："为什么呀？"

"我喜欢妈咪呀。我和你结婚咱们就能住在一起就不分开了。"

"那当然。只是你还小，还不到结婚年龄。"

"等到了就能结婚吗？"

"可以呀。"

"那你再给我生个孩子行吗？"

"行啊。等赶上个节假日生一个没温台（没问题）啦。"

听雁哲说广东话，紫桐又问，妈咪呀……雁哲说，吃完饭咱们再谈好吗？

"谈恋爱吗？"

父亲给两个孩子夹肉，雁哲没有吃，说吃咸肉对心脑血管不好，盐是高血压的第一杀手，希望大家都少吃盐不吃咸肉，以后也不要往酱缸里放，不科学。小孩子吃了更不好，盐津重对肾和气管害处极大，糖也是。

母亲说，一进门就和我唱对台戏。不吃我吃，我啥都不怕，早死早托生。紫桐吃了半个馒头两口豆腐，放下筷子任你敲锣打鼓都不吃了。雁哲说，紫桐还想去沈阳不？想的话就赶快吃饭赶快长个儿，个儿一够就去。

紫桐又喝两口鸡蛋羹。她拿来毛绒小口袋说："妈咪呀，明天我过生日，老师送给我一个小毛狗笔袋。老师说看我表现好才给我的，晚上我搂着它睡。你和爸爸给的我轻易能得到，老师给的是我努力的，不容易。"

人人都能得到。雁哲想。儿童多么弱小，每天都在仰望大人的脸，姥姥、姥爷、妈妈和老师的。想到这儿，她就很想痛哭一场。

"妈咪呀，陶铁蛋他不会查数还当班长。"

"为什么呀？"

"他能打架，大伙都怕他都听他的，可他不会查数。"

你说得对，雁哲说，如果他会查数还和小朋友好那就好了。等捡完桌子咱们一起出去查数好吗？母亲说你领紫桐玩去吧，不用你捡，多点事呀这是！

雁哲拿出水果：枇杷果、火龙果、木瓜、人参果、山竹、释迦，全是辽北农村没见过的。她平生热衷冒险，喜欢猎奇，对从没见过的东西一直着迷。大家尝了，母亲说没啥意思，还不如买 10 斤苹果。雁哲将唇吻弯出蔑视的线条，心里道，农民，永远的农民，瞧不起天下人，天下人瞧不起农民。

紫桐摇着雁哲的手说，妈咪呀，查数去呀。这样吧，雁哲说，妈咪先给你洗头，然后换上生日礼服再出去查数。

紫桐躺在炕上，头仰着搭在炕沿边。雁哲把水盆放在凳子上，给女儿洗了 3 遍。雁哲又用吹风筒吹头发。起先紫桐害怕，禁不住逗叱就乖乖配合了。徐雁哲是理发天才，她的头发都是自己剪的，天生的鬈发也不用花钱烫。她用剪刀很快剪出个上弦月，与紫桐圆满的脸蛋正好是一轮十五的月亮，祥和、漂亮的满月人见人爱。

小姑娘穿上黑色打底裤，外套红格超短裙，米色伦敦雾小风衣，亮白的旅游鞋，再戴一顶银白公主帽，整个国际小童星亮眼秀兰·邓波儿。姥爷说，好是好，就怕和村里的小嘎们儿生分。

雁哲听出来了，父亲的意思是又花了冤枉钱。穷人哪穷人！她不想合计太多，就带紫桐跑出院子，飞上田野。

一望无际的土地被打成田垄，土地被雨水充分浸润正好撒种，农民吆喝着牛和毛驴在期待里劳作。西边的招苏台河是老天爷的厚爱，即使全东北大旱也不用怕，家家地里有井，用柴油机和水泵抽水灌溉，土地旱时保收，发大水绝产的年份也有，几十年一回。

铁铧犁过新垄，雁哲和女儿捡拾着露出新土的牛蒡（当地称老牛锉），刚刚绽出新叶，刀锉形的叶片周围长出灰色毛刺。雁哲问："杨紫桐，你说牛蒡像啥？""像牛。"女儿回答。

"为什么呀？"

"有牛犄角。你说像啥呀，妈咪？"

"像牛也像杨紫桐，紫桐爱干活又厉害没人敢欺负，头上长着牛犄角。"

"那也像妈咪呀。"

"是啊。这世界上有挡我路的我先用智慧解决，不好使就不理他，还是不好使就用牛犄角顶他。"

"也像咱们的孩子吗？"

"当然。你知道它长大后开什么花吗？"

"红花？绿花？粉花？紫花？"

"一种。"

"紫花。"

绿色的花托包着紫色的花骨朵儿，特别坚强，如同英雄，没有克服不了的困难，没有完成不了的任务，没有战胜不了的敌人，什么都不怕。这样的季节、这样的土地、这样的农民、这样的牛蒡俄国有位老爷爷也见过。

"你咋知道？他见过你吗？"

没见过我，可我读过他写的小说和散文。雁哲说，散文就是许多字连起来，把你看到的画面想到的意思写在纸上。

"让我见见他呗，我好想他呀。我管他叫什么呀？"

"他叫列夫·托尔斯泰先生，你可以叫他大胡子老爷爷。"

"那我就有两个姥爷了。妈咪呀，等牛蒡花开了咱们就结婚吗？"

"等它们开过 20 年你长过 24 岁，你就知道了。"

"那你不老了吗？"

"你为什么老想着结婚呢？"

"妈咪呀，我想要个孩子。我有时候老担心了，天一黑就害怕。"

"怕啥呀？"

"我怕，要是我的后代死了，我可怎么活呀？我很担心哪。"

雁哲说："你怎么不担心你的前代呢？也不担心你自己，人只要不担心自己，再大的恐惧都能缩小，再小的快乐都能放大。"

"我也想过，可是我就是怕我的后代死喽。"

"没有事，咱俩一起抚养。"

"那就拉钩。"她们将手指钩在一起。

"好吧。咱们查数吧，你会查啥？"雁哲问。"姥姥、姥爷教我查数，见啥查啥。天、地、太阳、月亮、星星、大树、房子、人、牛、鸡，可哪儿都是数。"雁哲让她试试，果然，有的只能查出一个数比如天和地；有的能查到十位数，比如壕沟。树能查到100。她想到死，人死前是多么感激它们。远亲不如近邻，它们是人类的邻居，也是老师！雁哲想，女儿才4岁，如果上不了清华、北大那一定是大人没引领好，因为她没得到成长的环境。有位耶鲁大学的华裔生物学家在中国江南农村长大，从小接受母亲的查数训练。

"紫桐，等我老了，你能管我不？"

"那要看我有没有工夫，我那么忙怎么管哪？给你找个保姆吧。"

"你能给我买辆车吗？"

"你不是有老公吗？让他买呗。"

"在姥姥家高兴吗？"雁哲问。

"妈妈，老姨的头发叫人薅了。老姨哭了，姥爷姥姥都哭了。"

"怎么回事？老姨回来过？"

"老姨夫打她了，都迷糊了。"

"甭怕，紫桐。有姥爷、姥姥谁都不怕。咱们回家好吗？"

回家的路上她们向乡亲们打招呼。徐八先生扛着锄头从对面走来。徐家几代人和全屯的大人孩子都在八爷家院里长大，像在生产队一样自由，他是最亲的祖辈。按当地风俗，八先生管雁哲叫老杨，在雁哲的肩上拍了两下，他打听她对象有没有来人还好吧。

还行。雁哲说时心里一阵愧疚，她一直想长大有出息报答老人家，一直没出息。八先生走了，雁哲想到什么对女儿说："紫桐，咱们还没向八太姥爷说再见呢，快喊住他。"

八太姥爷，紫桐喊，回来，我还没说再见呢。母女俩走近八先生，雁哲说，八爷再见！祝您一切都好！紫桐说，八太姥爷再见。

乡亲们都夸紫桐懂事，穿上这身行头像画上的孩子，就怕和村上的娃们不合群。雁哲一一谢过，紧赶着回到家里。

父亲刚睡过午觉，母亲在纳鞋底儿。见她们回来两位老人都下了地。雁哲说爸妈你们先坐会儿，我想问我老妹出啥事了。

父亲看到窝心的事捂不住就说，这不是嘛，5年前他们盖房子借了大伯子的钱，人家孩子要结婚叫他们还钱，可是没钱，他们俩下岗了。她老姨夫就让她老姨回娘家张罗，她不同意，人家就下黑手打人，还要离婚。父亲言语简练，也有意将关键细节作必要的省略，比如那王八羔子的把你妹妹往死里打，倒在地上晕过去20多分钟，好歹最后活过来了。20多天起不了炕。伤口稍稍好一点就来娘家张罗钱。不为别的，只为5岁的儿子华鹏，怕他从小没爹挨欺负。在老人眼里那娃子比亲孙子亲。

"借了吗？家里有钱吗？""你给的1000元全拿去了。"

许久，雁哲说，没想到那人还当过班长呢。父亲咳嗽一声提醒她注意，紫桐在听。雁哲说，早晚的事，不能让孩子不明白是非美丑吧？我看出来了，这 1000 元钱不会还的，单位下岗他们成天打麻将。雁哲以前告诉老人，手里有点钱一定藏好不能显摆，别像法国巴尔扎克小说里的高里奥老头让两个女儿搜刮殆尽，病危都不来看一眼，那边还和达官贵人跳舞呢。

父亲说，他还当过班长呢！

"陶铁蛋也是班长。"紫桐提醒。

"什么世道！"雁哲说。

母亲说大雁儿呀，你也用不着生气。你为女儿撇家舍业，就不能理解我们一回吗？我和你爸几乎把全部精力放在你女儿身上，头疼啥样都得挺着。退一万步，你雇个保姆得多少钱？在沈阳连个家都没有你咋安置孩子？将心比心，我们也心疼闺女，是好是孬也是身上掉的肉。

"那就认了吗？"雁哲这么一问，老少三代一起哭起来。雁哲心疼父母和女儿止住泪水说，面包会有的，苦日子是暂时的，咱们要永远以为好日子即将到来。我会努力挣钱，希望早日在沈阳买个房子，把你们接过去。爸，天要下雨了，穿上拷花呢大衣，那是城里老工程师穿的。大衣呢？

"叫你爸给她老姨夫啦。"

那是我买的。我给我爸织的毛衣毛裤呢？穿上。雁哲说。看，在这儿呢，老姨给姥爷改成了毛坎肩，紫桐递过来说，多余的给小哥改了毛衣。

"爸妈，你们的雨靴呢？"

"让人借去了。"

"让什么人借去了？借了不还，我爸的腿怕着凉，你们还同意了，啊？"

"我不会当妈，可是我总不能让三个闺女都离婚吧？我担心……那我可咋活呀！"紫桐说："我总担心我的后代死喽。"

谁……离婚了？父亲瞅着雁哲说，你离婚了？瞒着我？

是的。是我让我妈瞒你的。不自由，就离婚。她本想说不自由毋宁死来着。在残酷的年月她不能再增加老父的忧虑了。至于母亲，雁哲从小就和她对着干。母亲一直护她老闺女，还重女轻男，大儿子意见大。老父总算有点文化意识，他注重教导二闺女雁哲往学业上奔求。

父亲 20 年前当过三乡联合的干部，去过铁岭、沈阳，还和军分区苟耀德司令员一起开过会、吃过饭，给工农兵宣传队当队长，就差去北京了。本来国家要给他转正到县里工作，全家很快就能落城市居民户口。他拿着调令回村办调转，基层党组织大队书记徐爱岷说村上需要他，留在徐家屯工作吧，不给签字。鉴于徐爱岷在南甸子大水泡子里救过徐雁哲的命，父亲认了。

雁哲决定翻页。她说，爸你知道我为啥恨打麻将的人不？一个男人整天不着家，整天喝酒赌博。当官出贵人，赌博出恶人。就我这个性格我能和他对付五六十年？离婚是文明，没有爱情的婚姻是活着，生不如死，没爱情在一起混就是耍流氓，很不道德。

别说了别说了，我管不了你，你们都自己的经自己念吧！父亲穿着胶鞋拎着镰刀出去放牛种地。雁哲不想与母亲在家，趁一家人都在，她赶忙对紫桐说："闺女，同妈咪下地帮爷爷干活好不好？"

"好！"紫桐说，"不是爷爷，是姥爷！妈咪刚才说错话了。姥爷姥姥还有紫桐都哭了，你再这样我就不和你结婚了。""好了，"雁哲说，"我再也不会让大家哭了。在英语里啊姥爷和爷爷的字是一个，叫 grandpa。"

"姥姥和奶奶的字也是一个？"紫桐问。"是啊，叫 grandma。以后哇，我要把自己当成爹娘的儿子，你也要把自己当成小伙子，当爷爷奶奶的孙子，挣很多钱给他们，把爷奶接到城里，住别墅，出门开轿车。你长大要到到哈佛大学念书。"

"那我能见到牛蒡爷爷吗？"紫桐问。

"能。他是俄国的也是世界的。你能读到他的书，知道他每天想啥，怎么在烈日下躺在滚烫的铁板上锻炼意志力，怎么为救济农民将自己的土地相送。你看到的文字进到脑袋里都像电影一样，因为文学里有很多形象的名词能画出画来，咱们要注意这些，你要多多使用名词，然后是能移动和不能移动的动词。"

"我现在就想看书在脑袋里演电影，与奶奶。"紫桐找出童话书。

"也叫 grandma。"雁哲强调，"我和 grandma 在家看电影了。"

什么玩意儿，土不土洋不洋的想叫啥叫啥。明明是姥爷、姥姥，非要改成广东话叫公公、婆婆，这会儿又叫爷爷、奶奶。也没问我同意不。母亲埋怨。

雁哲给紫桐递个眼色。紫桐就问："grandma，我要给你当孙子，长大挣钱买碎布打袼褙，那你就能纳很多鞋底子了，我管你叫奶奶行吗？"

"随意了。还是紫桐懂事，知道姥姥天天为啥事乐呵为啥事犯愁。"

紫桐纠正说："是奶奶，不是姥姥。你是小哥华鹏的姥姥，是我的奶奶，可要记住哇。"

第 八 章

拯救世界

黑夜下着黑色的雨，天地之初如此，我离开后亦将如此。徐雁哲被外力吸引，扶摇九万里进入太空。一个声音拼命往回拽，她仍以超光速之速被拉向黑洞……从梦里惊坐，心仍在狂跳。窗外传来火车鸣笛声、汽车喇叭声、雨打瓦片声。她庆幸自己还在。感谢夜里的动物、色彩和味道。她拿起笔，各种图像渐渐清晰，女儿、父母、前夫和前婆婆，最后是老照。

徐雁哲睡在办公室里间得感谢老照。他把杂物搬到室外，用两个旧桌搭了床，铺了草垫子，立了壁柜。没等她从乡下回来致谢，老照也去了老穆的公司。

偌大的办公楼白天黑夜只有她，连只老鼠都没有。她的心就从天地分离时启程，扇动翅膀，驶向天地合的终点。是不是得了风湿性精神病了我？为啥害怕风雨，为啥闭上眼睛不是向天上飞就是往地下沉？三更半夜不敢开灯，巨想长啸几声。丁零零，电话机在办公桌上跳起来。徐雁哲开灯，看表，已是子夜12点。她拿起电话机，没等开口就知道是老照。

老照问："是徐工吗？你还好吗？不好意思呀，这么晚给你打打电话。

也没啥事，想找人说话，我快得精精神病了。"徐雁哲想这下好了，两个精神病要上演午夜惊魂大片，要多惊悚有多惊悚，还会十分纠结。

她笑着说："哥们儿，你扔下俺自己跑到解放区，这两个月不是还行吗？"她没提马总给她月薪400元，和哥们儿谈感情就伤钱，谈钱就伤感情。

"好啥呀拉倒吧，明天班都没地儿上了。"

"怎么了，老照？"

"老穆给抓起来了，厂门封了。"

老照把发生的事转述一遍。原来老穆的厂房是从某器材厂租的，法人代表赵向东。他们单位一年都没开资了，75万元的租金至少能解决眼前困难。老穆一经手大小合同轰轰隆隆地上，钱哗哗啦啦往银行账里跑。消息传到老赵耳朵，他就觉得应该分杯羹，因为没他的厂房老穆不会生出银子来。第一个月人家没理这根胡，他就在失望中等。第二个月又没理，他就想一个季度过去应该点钱了吧，怎么不得两万三万的，可是老穆一点动静都没给。他就像从坟圈子里蹦出来的立马举报。告啥？某星1989年偷税全民尽知，于是赵向东给穆月出安个罪名偷税漏税。上面就封了厂门，把老穆带走。老照说："可惜了了，我刚过上好日子，前天得了BP机，今儿天就塌塌了。是不是我给妨的呀？"

雁哲想说你本事够大的，不声不响兴这么大风风掀这么大浪浪。最近她的思维和语言又不能同步了，有时一着急还会像老照那样磕巴。她想老穆差不多是我徐某的师傅了，一切技术的根都来自老穆，多少人靠他的发明吃饭，就像许多文学评论家靠《红楼梦》吃饭一样。这个节骨眼儿不该开玩笑。也不知他在哪个笆篱子叹息。他累了得歇会儿，是蹲在地上还是双手铐在暖气管子上？以前听说嫌疑人铐进去全这样。渴了饿了有人给水送饭吗？偷税漏税可能性很大，肯定是业务太多，老打白条子。嫉妒出恶人，没恶人告状他会被抓？宁肯入狱也不想把钱送人。想到这里她问老照："那你想怎怎么着？"

"还能怎么着？郁闷呗。如果不写写点啥就得沦陷。早不来晚不来，今天得到出版社签合同的消息。老穆是文学爱好者，也爱写东西，他资助我出书。他要是一时半会儿出不来我的书也玩完了。"

"我能帮什么忙？"

"帮我还是帮老老穆？借钱你没有，老穆有，只要他能放放出来接着办厂我就有救了。可是你连自己都可怜巴巴地强维持……算算了，苦命人撞上苦命人，悲伤遭遇悲悲伤。"

"俗话说，世上没有办不成的事，如果办不成就是努力不够。"

"是吗？要是这样，咱们都得想办法救他。这样吧，时候不早了，你把我的 BP 机号记记一下。"他句句迟迟地说号码，又重复一遍，然后说："妹子你也别太秀咪了，别等马总上赶子给你，你得要，比如 BP 机，虽然不值几个钱但是有用。你父母和孩子有事也可以及时联联络。要，不要白不要。常联系呀，有啥事往上面打电话。"也不等徐雁哲回话老照把电话撂了。

徐雁哲忘了生存和死亡的问题，也不再孤单恐惧，她把自己与老照、老穆绑在一辆战车上。她想如果我自己刚办厂遇到老穆的事该怎么办。过了一会儿，她按电话本上的号码给表哥打电话。接电话的是位女士，十分蛮横地问你找谁，声音很粗，是老妇人的粗嗓子。徐雁哲说："我我找……我找……"对方骂她是神经病，半夜三更打电话。

过了半分钟男子打回来问刚才是谁打的电话。雁哲说："是我，表哥。你从日本回来了？""啊，雁哲呀！"表哥问，"你还好吗？工作还顺利吗？怎么不和我们联系？我今儿早上刚回来。我和你嫂子合计要请你出来聚一聚。这么晚了是不是有要紧事呀？你家里还好吗？紫桐也好吗？有啥事直说吧，没事，我尽全力。今天我一到家就给你们老总打了电话，他说你有能力，很优秀，你就安心工作吧，日子会好起来的，世界上没有完成不了的任务。"

"表哥，不是我的事。"

"谁的？"

"是从我们单位走的总工，自己领一伙人办厂，被举报了抓走了，厂门也给关了。"

"与你有关吗？马总恨他。"

"他对我有恩。他走之前正好让我遇上，教给我很多东西，给我很多资料，包括他画的图纸和专利技术资料。我想救他，不知怎么救，请你教我。你见多识广，经常接触高精尖人物。你一定认识管这事的人，还会搞策划，你能给我一些建议吗？"

"我的建议就是你不要管了。"

"可是我现在很难过。黑夜里下雨很害怕，我想着帮别人时就不害怕了。就凭这个我也得报答老穆，要不我老担心自己会得精神病。"

"好吧。明天上午吧。"

"几点？能不能早点？"

"9点。"

"8点半吧，表哥。"

"好吧，就8点半，在中街日月潭酒店，好不？"

"谢谢表哥！我联系老穆的人。"

没有事。再见！对方先把电话撂了。

徐雁哲迅速往老照的BP机上打电话，人工传呼台作了信息传送。老照兴奋地回电话，约好明天8点半准时到。

周五的早上街市依旧太平，树木碧绿，繁花盛开。工人上班学生上学都没耽误，大家不知道老穆出事了。整个城市可能也没几个人为他思为他想为他忧愁牵挂。雁哲很高兴能熬过一个夜晚，为很快能和表哥解救老穆有所期待。她向龚厂长请了假，他有BP机，她说有事就打电话，我不会影响工作。

穿着绿色 T 恤衫亮白色棉麻笔裤。她看看表，严肃而庄重地等着公交车。乘客们翘首盼望，远远地一辆大客车轰轰烈烈地驶过来，乘客开始往上挤。雁哲说："不要挤，请列宁同志和雷锋同志先上。"众男子都慢下来瞪她。

一个男子笑着说："请问女士，您是徐工吗？"徐雁哲一愣，觉得来人十分眼熟，大个儿车前站，不穿也好看！这人曾在她的梦幻王国里走来走去……

男子说："请允许我介绍一下，我叫郑云开，穆月出是我五姐夫。"雁哲一听心里甚是紧张，感到这回非磕巴不可了。她说："你……你好，先生！我们见见过面。"郑云开也不接茬，故意歇了一会儿说："请坐我的车去饭店吧，老照昨晚和我提起你，谢谢你为我姐夫为我们公司打电话。"他把她带到黑色轿车前，绕行半圈为她开了副驾驶的车门。雁哲想这台车见过，至少两次，一次就是瘪三摆假钞耍弄她最后逃跑坐的那辆车。她十分气恼，不知该不该坐车，会不会又要被人戏耍。见她站着不动，他就说："徐工请上车吧，快 8 点了。"

徐雁哲打开后边的车门上车，郑云开也不阻拦就给她关了门坐进车开起来。雁哲想起过去，愤愤不平。偶尔看看那人的背影不禁叹息：头发是昨天修剪的，有棱有线。白净的头皮露出来，很讲究卫生的样子。可怜他白白生了好皮囊，推倒三座大山解放奴隶 45 年了，这人脖子上还挂着粗链子。大热天穿牛仔裤、T 恤衫那么不搭嘎！雁哲拿出手帕捂住嘴。

郑云开问："怎么了，徐工？不舒服吗？是不是工作太累加上很久没坐车了有点晕？要不要停车？"正好是红灯，他就随着前边的大客车踩了刹车。

雁哲看向窗外，但见一个瘦弱的男子弯腰捡拾车轱辘下的塑料袋。那人穿着沈阳环卫工人的工作服，嘴闭紧，不在乎人们可怜的目光，也不担心遇上车祸，就那么专心地捡垃圾。谁敢说普通劳动者家里不会出现优秀的子孙？那些暂时富起来的人过的是什么日子？幸福指数哪一个更高？至少这位老人感动了我。郑云开不在乎无人搭理，只管认真开车，正点停在饭店门口。

他下车给女士开门，然后领她往大厅里走。"怎么样，徐工，好些了吗？里面歇一会儿就好了。"徐雁哲说没事。她摆脱掉对方的胳膊。那人身上有一点烟味，以往她喜欢那种烟味，淡淡的，是久违的男人的味道。

10 分钟后表哥才到。两位男士长得都很材料，表哥矮了人家半头。郑云开利用海拔优势热情地迎上去，请客人到二楼的包房，冲门入座，他自己背着门。表哥谦让了一下，架不住人家多让就上了正位。

表哥问："你们是怎么认识的？"郑云开说："我们早就认识了，我和我姐夫穆总到铁西办厂也时刻惦着原单位的朋友。家也没搬，不经意在路上就能遇着，所以她刚来沈阳不几天我们就认识了。是不，徐工？"

雁哲将嘴唇拉成怨怒的线条，表哥就觉得他们有问题。他说："今天我请两位，一是初会新朋友，另外为我表妹接风。请两位点菜吧。"郑云开急忙说："谢谢连厂长。我早就想请了，等了 3 个月，终于把您盼回来。请给我个机会，一来欢迎您载誉归国，二来为徐工在沈阳打开局面，三来为我姐夫的事有了眉目。"

表哥问："请问先生哪儿毕业的，这么好的口才。"郑云开说："不好意思，我小本没毕业。""没毕业"说得很轻。东北人习惯发重音，他没有。"小本？啥意思？"表哥问。"你们俩是大本，我在小学三年级就没同学了。没好好念书没毕业。请两位点菜。"

雁哲挑个价格低的红烧豆腐点了，还加个祛暑养颜的五色莲子羹。表哥点了苦麦菜和小鸡炖松蘑。郑云开点清蒸鲈鱼、烤鸭和松仁烧鹿筋。松仁颜色红润，鹿筋软嫩。表哥又加了杏鲍菇炒蕨菜。

服务员说："鱼腥草深受欢迎，被视为时髦的保健佳蔬。鱼腥草有抗菌、消炎、助消化、清热、解毒、抗过敏、抗辐射作用。鱼腥草同平常的蔬菜一样，有很多吃法，生吃被认为最有益于身体。凉拌鱼腥草成为夏天备受推崇的凉菜。""好，就你这口才我点凉拌鱼腥草。"表哥说。

东道主还没确定是谁，三人同时选了主食东北黏豆包：用昌图的大黄米面做皮铁岭的红豆做馅包团而成，黏嫩、丝滑、香甜。表哥从小到大一直在人群里当大头领，他有时认定犀利也是范儿，所以一开始就想给郑云开留个不好惹的狼王印象。他讨厌这人个头儿比自己高，没学历，年龄大，更讨厌他脖子上的金链子。还敢不卑不亢，拿学历谈笑风生。他担心他用花言巧语糊弄表妹，不知她同样想疏远他。

表哥叫了老龙口，郑云开拦住要了五粮液。服务员送上来忙别的去了。表哥吼道："服务员过来，啥意思？你们经理没教你什么叫服务吗？"服务生过来说："先生您有什么吩咐？有不周之处请多多指教。"表哥厉声道："把酒打开。"表哥劝大家吃菜喝酒，突然感到杏鲍菇炒蕨菜有些咸，而且很油就说："服务员请让厨师重新处理一下，清淡点。不要放味精，中国人还吃味精，我当味精厂厂长还不知道里边咋回事吗？国外不食用味精很多年了，查查他们进口的中国酱油看有没有谷氨酸钠。在中国有，在那国没有。真是的！"

徐雁哲不理解表哥图意啥。老穆还关着呢，谁有心吃东西？表哥看到她不满的表情就说："这是消费者的权益。"郑云开说："是的，连厂长做得对。社会上的不合理现象必须有人出头，要不很多干事业的企业家就会受到窝贬，人才颓废对国家没有好处。"

人家都领到道上了，表哥还不往老穆的事上用力。雁哲想找机会提示一下。服务员把菜重新端上。郑云开用手点了雁哲的胳膊肘提醒她不要动，他怀疑里头有猫腻。表哥也没动。可惜了杏鲍菇，在某国这"平菇之王"连一滴汤汁都不会扔掉，它不单有杏仁味，肉香味美，仅凭硕大嫩白的造型和浑圆平滑的棕色蘑菇头就让人想起大象的特征。崇拜山峰、洞穴和植物的性文化在某国很流行。

表哥对郑云开说："你说话很嘹亮，尾音高亢，不是沈阳口音。"

"我是辽西山沟沟里的。虽是矿区，和农村没两样。"

雁哲说："我们也来自农村，我从来没因为是农村长大的自卑过。"

"农村和农村不一样。"

"铁、朝、阜在辽宁的贫困线后排一样。"

"农村赶不上城市，山区赶不上平原，北方赶不上南方。请原谅，我的观点未必全对。"表哥说，现在中国经济赶不上那国，学起来，学夷以制夷。

"等将来强大富裕了，咱们就不稀得和任何国家比了，就走咱们中国自己的路，爱咋咋地。"雁哲说。

小本的赶不上大本的。郑云开继续开玩笑没人笑。许多年后有人发现这种抬高对方贬低自己的语言艺术与沈阳企业业务员和江浙售楼员的营销套路一致。表哥今天很愚蠢。雁哲想，何必这么为难人家？还不谈正事？

"我很佩服你们老板，敢拉出一伙人办企业。我当分厂厂长几年了就不敢出去单干。"表哥说。"单干风险大，朝不保夕，操老心了，我姐姐们哥哥们两天没吃东西了。"郑云开说，"厂子大门关了。请连厂长帮忙，我们会很感激，也感谢徐工给我们介绍这么好的朋友。"

雁哲问："表哥，你联系上上面的朋友了，是吧？"

"联系了，找了几个人，最后是汪先生，这是他的大哥大号码。放心，按他说的办，马上放人。"他把一张名片递给雁哲。郑云开悄悄买单。表哥说："让你破费了，下次给老弟一个机会。"

走出饭馆，郑云开开车门请两位客人上车，先送表哥回家。临别时，他从后备箱里拿出两大箱朝鲜海红毛蟹。他说："非常感谢连厂长，这点东西不成敬意，请一定收下。"表哥客气两句，以为收下是礼貌，不收，人家肯定上火，咱不能让人家上火。他同郑云开一人一箱提上楼。表哥邀请雁哲到家里坐会儿，她以工作忙为由没有动。

郑云开出来就和汪先生通了电话约他见面。汪先生说，不必了。事情很简单，把欠的税全补齐，有人问你们就说从来没想过偷税漏税，只是晚了点，也没超出期限，误会误会了。郑云开千恩万谢地说："我想今天请朋友们喝茶，大家认识认识，以后就当朋友相处了。"

汪先生说："不用了，老弟。作为共和国的长子，我们都盼着沈阳企业重振雄风再创辉煌。以后有啥事给哥来电话，我们全力支持企业家，为人才服务。要是你们单位招兵买马的话别忘给哥安排个人。""可以呀，您请说。"郑云开慷慨地答应。

"我大侄从部队转业半年了，农村孩子，还没找到工作。"

"好吧。要是明天厂子开工就让他来上班吧，直接找我。"

"谢谢你，郑先生！"对方说。

雁哲提醒郑云开，10分钟后你给老穆打电话。

10分钟一过郑云开说，人出来了。徐工，你说吧让我们怎么谢你。雁哲说不用了。她心里蔑视道，多点事呀这是，折腾这么久。

郑云开要送她回单位，说，请坐前边副驾驶座上。

"为啥？我又不是总理和首长。"

"在没有首长和总理的情况下你坐前边是起码的礼貌，要不别人还以为我新抓个人质呢。"

"穷讲究！"

"和我在一起长知识吧。坐好喽，您啊！"

"我要下车。"

"我的天奶奶，要不要把你表哥请回来。你和他在一起就不晕车，我终于明白贾宝玉和林黛玉是怎么纠结的了。"

"停车。"

"怎么了？真晕车了？"

他递了一块糖，她装作没看见。徐雁哲问他是否遭遇过捡钱、分钱的事。他就像脑袋上蹿火的葫芦娃，头发直竖，满脸通红，仿佛不和她来真格的就认定他是二百五。他说："傻丫头，你只见过黑色的车？黑色的车在沈阳不知道有多少辆。请你看清车型，出厂厂家，我这样的车沈阳得有几万辆。你还得看准车牌号，一车一号。"

"停车。"她说。"快到了，到前边就停。怎么样，你是不是很崇拜我？几句话就不晕车了。"郑云开停下车打开车门，他振振有词："大丈夫当雄飞，安能雌伏？徐工，这是我的名片，有需要大哥效劳的尽管打电话，我们公司全体员工听您调遣。"

第 九 章

标书

公司聘来大学毕业生，仍忙不过来，订单太多，人与人之间没时间交流。只是为钱工作就倍觉劳累。想多挣钱就抢着加班，得到钱后更加烦躁。每天盼着休息，羡慕受伤的人，补助的钱多还能休息。有时累极了希望倒在地上不起来。精神压力大，缺少沟通，日渐孤僻。这不是性格问题，开朗乐观的人也会渐渐沉默寡言。要么是集体文化缺乏，要么就是思想掉进盲区。

徐雁哲近来情绪低落，在办公室无所事事。大脑一片空白，好像从来没装过正经玩意儿。原先心里还有一束光温暖平凡的日子，每天充满激情。光束突然暗下去，视野开始模糊，画面不透气，她用拳头击打钢管和铁板，得到更多的烦恼。从来没有像今天这样无望，什么都不想做，什么都做不来，做什么都没用，她担心这样下去意志会熄灭。

偶尔想到郑云开，小学没毕业敢直面惨淡的人生，那么嚣张，特别乐观，信心十足，活得有滋有味，跨步高远，或水上漂，或踏雪无痕，比神仙还活泛。他们是两个不同质地的管子，连接对焊稍一碰撞就会断裂。一位焊工说要坡口焊接，用车床分别将焊件接头切削一下然后加工成一定形状，对接后在槽里焊实才能焊透。作为管子她想和另一个焊在一起，她愿意削减自己适应人家，要是那人也削减自己那就没谁了。对，给黑眼睛画上高光让画面闪亮。她的管子离开郑云开，把愿望寄托在那人身上，重新振作，万木复苏。

她决定买一件自己看得上哪怕穿不上的衣服。买一盆仙人掌、一盆剑兰、一盆剑麻、一盆月桂，避人避邪，与一个发明家的世界连起来，即使是空想社会主义也会让生活有声有色。

徐雁哲重新分析牡丹江的产品事故，大胆假设，小心求证。

无固定支座直埋式套筒补偿器：内套筒、导向封严环、注填栓塞、外套筒、主承力圈、副承力圈及柔性密封。

其特征：主承力圈与外套筒连接，副承力圈与内套筒连接，主承力圈与副承力圈之间无间隙。柔性密封采用盘根及高压注入柔性密封填料。

采用上述结构的补偿器具有优良的密封性能。热网管线可以取消所有固定支座，运行安全可靠，结构简单，降低工程成本，利于实施。介质工作温度可达 250℃，工作压力 0.25 ~ 2.5MPa。

一个月的考察、研究、实验、论证使她眼界大开，她幻想尽早完善，早日见到那个人，问他能否申请发明专利，什么程度才能获得批准，她希望自己也能成为靠知识产权致富的发明大王。

这期间业内温度开始回暖，如仲夏夜之梦。此时有一个人的想象力达到极致。上级政府说科技是第一生产力，老穆就搞发明。听人说教育要产业化，马总就另辟蹊径，凭借社会声誉和政府扶持用 4 个厂区作抵押，从银行贷款2000 万元，加上手头的 3000 万元现金，1994 年秋盖起补偿器大厦。在远郊创建私立中学、陶瓷厂、养猪场，到土耳其开两个农场。

马总忙于外交，补偿器生产全由龚厂长负责。那天龚厂长递给雁哲一个单子，这个波纹管补偿器的活要在 5 天后投标。徐雁哲没做过标书，搞技术设计的也不负责做标书。她说小王和小李新毕业接触新信息，交给他们吧。

"那怎么行？"龚厂长说，"知道多大活不？ 500万。这是咱们厂有史以来遇到的最大的活，因为重视才招投标。你想啥法子我不管，你必须做好标书，必须得到合同。在工厂工作请你记住，凡事不能说'不'，要说'中'，至少得说'让我试试看'，用我女儿的话说'Let me try'。""中，让我试试看。"徐雁哲重复一遍。

雁哲明白厂长的意思，只要钱向你招手，你要不管三七二十一把合同拿来。怎么拿？怎么都行，就是不能说"不"。徐雁哲召开三人投标小组会，她任组长，另两个小伙任副组长，两天内要做完标书，以最佳方案。

初生牛犊不怕虎，他们立马答应："中，徐组，你指哪儿打哪儿，世界上没有完不成的任务。我们保证。"

"首先咱们商讨一下方案，做标书需要哪些东西。"徐雁哲说

小王说："一定要有图纸。"小李说："必须有报价。能否中标，报价很重要。"

"还有呢？"

"各种证书。"

小李说："如果我是甲方，我还需要厂家提供各种生产管理和业绩的资料。剩下的就是时间、地点、通讯地址、电话、盖公章，这些不说也必须有。"

徐雁哲说："咱们没见过标书，不知长啥样，怎么办？你们能通过同学和朋友弄来标书样本吗？"

"徐组，我们刚才听到你和厂长的对话了。"小王说，"我们来自农村，新同学刚上班，未必接触到标书，大敌当前，我们必须回答您，中，让我试试。"

"好，有你们这句话足够了。"雁哲说，"行动吧！小王你将有关总经理法人代表的证件以及集团所有生产管理、税务等证件复印出来整理后交给我。小李你收集整理所有利于中标的文字材料打印出来交给我。"

全集团一部386电脑，放在总部的财会室。厂部打字只能用老式打字机

或到外面花钱打印。1986年社会上出现NP-200型台式复印机，集团1994年还没有。徐组说："费用由单位出。小王和小李，你们还有什么建议或困难？"

"就是，我们……"

"我马上请龚厂长出钱。"雁哲说。

"那就没困难了。"

徐雁哲从龚厂长那里请来100元钱交给两个小伙，自己将波纹补偿器和套筒补偿器的图纸找出来放入透明文件袋。她从手袋里翻出一张名片，裂痕明显，写着副总经理郑云开。

大脑一片空白，天地间除了空气什么都没有。四肢无力，思维凝冰。她呆坐在座位上，脑袋里一个数都上不去。她把窗台上的仙人掌搬到桌子上，又把剑兰放在桌子堵头，缓过神来。

"喂，您好！是郑先生吗？"她拨通了电话。

"啊，是我呀。你是？"对方问。

"我是徐雁哲，咱们以前见过。"

"对不起，我忘记了。你是不是打错了？"

徐雁哲想这些天我尽干什么了，人家早就把咱忘了，也许压根儿就没放在眼里，咱还胡思乱想恨个没完，真是油梭子发白——短炼哪。即使可能性为万分之一，老徐家人都习惯试试。雁哲问："您是郑云开先生吗？"

"是啊。你……是？"

"我是徐雁哲。"

"对不起，"郑云开说："我在道上开车，车太多。等一会儿我打给你好吗？徐雁哲，徐雁哲，徐雁哲是谁？我不认识这个人哪。"

待对方关了大哥大，徐雁哲放下电话，用两个鞋底在地上画圈。她突然将拳头砸在桌子上，吟诵：把吴钩看了，栏干拍遍，无人会，登临意。

"丁零零……"电话机蹦起来，响声震耳欲聋。徐雁哲拾起。

"补偿量 100 的 6 个，200 的也 6 个。"电话那头说，"好的……喂，半个小时前谁给我打电话了？喂，有人听吗？请问徐工在吗？喂，请找一下徐工好吗？喂喂……没人接，那我可撂了。"

就这智商，还和我玩弯弯绕。徐雁哲说："您好！请问您是？"

"我找徐工。"郑云开说，"她给我打过电话，麻烦你帮忙找一下。"

"我就是。"她说。"对不起，刚才喝了些酒。我想了半天想起来了。半年多没联系了，一干二净。你找我有事吧？"

多说两个月。你喝酒了？喝酒还开车，狂到天际了，也不怕出事。歇了一会儿她又说，也没啥事，你刚喝过酒，等你醒酒再说。

"别，别，别撂。"郑云开说，"有事请吱声，大哥给你办办成。要是我不行，我还会发动人民群众拯救你，大大妖怪小妖怪一一起收拾。"

"我想问您能帮我……"

"又外道了不是？别您您的，直呼其名，或叫大哥，你要再您您您的我就啥忙都不帮了。"

"你能帮我弄个补偿器标书样本吗？"她问。

"这是技术机密知道吗？和图纸一样不能泄密。"他故意降低声音，像和情人说话一样。"根儿不是一个吗？只是分家另过，可兄弟还是兄弟朋友还是朋友。这不是你说的吗？"

"我啥时说的？我都不记得你怎么记得？瞎编的安给我。"

"烦人！不行就算了。还口口声声说有事吱个声就中，什么知恩图报，本来就是个大骗子。还好，我早就看出来了。今天只是求证一下。我撂了。"

"徐工你真会说话，不为别的，就为你今天污辱我说我是大骗子，我非弄个样本给你不可，也不管泄密不泄密，只要能证明我不是大骗子，也不是小骗子。这样吧，我给你送两个样本。波纹的和套筒的，中不？马上送。"

"别价，你不是喝酒了吗？晚上也不迟，等醒过酒再送吧，省得父老乡亲牵着挂着。"

"谁牵着挂着了？刚开车时我妈牵着挂着，现在又多个牵挂的人，我老郑也有今天！"

徐雁哲放下电话，暗骂自己愚蠢。他根本就没喝酒，全是圈套，这鬼子六，早就知道我是谁，故意套我的话，骗我的感情。每次与他交手都被他折磨得七零八落。

电话再次响起，她决定灭灭他的威风。是业务员的。徐雁哲说："19个半压力没事，咱们是按24个做的。还是100台这家呀？我的天，施工队都开始焊了，资金怎么还不到？"

"我找他们追，他们说没有钱。"

"你得让他们办钱哪，至少是保质金。好的，再见。"

徐雁哲觉得这业务员说话有水分，保温管都安装了怎么能不给钱？一定是没认真做工作。刚结婚，媳妇将钱卡得贼紧。龚厂长成天急闹，钱没到还得先发货？50多万，到现在才给5万预付款。脑袋里的另一个雁哲说，上这火干啥。这个雁哲就说看好自己的门，管好自己的人，做好自己的事，研究技术吧：

保温管，设计院要考虑压力大介质的流速就大，还要考虑流通面积。保温管厂要考虑黑料和白料发泡问题。热水管网运行时保温管外壳不能超过25℃。

黄昏的音乐像一条河，盛京城的汽车就是河上的船。路旁的大广告窗现出河岸和山峦，男人是山上的白桦树。雁哲骑单车与地下交通员接头。郑云开也骑自行车，这回脖子上没戴锁链。头发长出许多弯弯卷，像大卫王。

大卫王说："如果有人邀请你喝茶，你不会介意吧？"

"我会告诉他十分抱歉。"雁哲说。

"为什么？"

"我在加班。"

"什么时候不加班，能告诉他吗？"

"不能。"

"好吧。我问你几个私人问题你不介意吧？"

"为什么不呢？"

"介意我也问。你知道为什么做标书吗？"

"让没来过我们公司的专家代表了解我们，然后选中我们，把合同给我们。"

"好。这就是标书样本，价格我也给你算好了。哪家单位？多少台？能说吗？"

"不能。这是公司机密。"

"我的给你了，你的为什么不给我？"

"不是我的，是单位的。"

"如果是你的，你能告诉我吗？"

雁哲说："我为什么要告诉你？你凭什么让我告诉你？"

"显然你的脑子有问题，你的想象力差远了，更可怕的是有人还自以为高智商！你不能往远一点想想吗？"郑云开说。

"我已经想得很远了。"她说，"为了活好每一天，我不能只是呼吸，还要行动。为了寻找希望的枝头我必须从一个遥远飞到另一个遥远。"

"你找到树杈了吗？"他问，"难道每一回起飞就没想到先垒个鸟窝吃饱喝足攒够力气吗？"

"这关你什么事？什么垒鸟窝？那叫筑巢。"

"这么酸，牙掉了一地，还筑巢呢。"他说，"不关我事，我想知道你这么卖力想得到什么？"

"一个 BP 机，2000 元的，数字的就行。"

"何用？"

"这还是问题吗？"

"当然。"

"方便给我家里人打电话。有啥事我能第一时间知道。"她说。

"我有手提电话，还有闲置的传呼机，借给你行不？"他问。

"我只要 BP 机。"她没有说更大的愿望——500 万元的合同一旦签订，老板会给功劳大的人买住房，我得个单间就行。那样我就可以把紫桐接过来，或者将长春的集资楼处理掉，买个套间，把父母亲也接到城里。

"BP 机也叫传呼机，这个你都不懂？"郑云开觉得她太可怜了。

"要是没别的事我回去加班了。"她没有时间可怜自己。

"最后问你，你为什么怕我？"郑云开问。

有一串汉字从她脑袋里走过，他是全世界的王，以前的帝王能留下历史资料，他从我眼前扫过连沙漠连个黑点都没有，留在我脑袋里的是白花花的空气。我害怕这辈子就这么完了。她说："对不起，再见！"

"好吧，算你狠。"郑云开飞身上车头也不回地驶向车流。

真理总是无情的。她想。贫穷固然可怕，更可怕的是依附一个男人最后与草木同朽。回到办公室，雁哲打开标书样本。上面的内容大都被想到，只是没人家讲究细节。

有两处让人激动不已，法人代表穆月出的名章和他发明的专利产品证书及简介。投标小组 3 个成员连夜将 3 个样本整合最后落实。

主要资料：企业简介、厂区规模、经营模式、企业人员状况、生产制造机具设备状况、独立企业法人营业执照副本、税务登记证、设备制造许可证、质量保证体系、国家检测中心出具的各种检测报告、近几年来具有同类产品的业绩。合同的签字页及业主单位出具的供货业绩良好证明材料、专利证书复印件（1994 年以前老穆的）、图纸（附加设计原理、生产及使用说明）、报价、近 3 年经过审计的财务报表、银行信誉等业绩证明。投标人、法人代表证或法人授权委托书、个人身份证等。

　　一周后，马总和徐雁哲去营口开招投标会。老板骂了一道儿，骂 Y 城单位的人不是腊月二十八开标就是早 8 点开标，让远的近的都不得安宁。要是 10 点钟多好，当天去，当天回，也省了一天的时间和花销。现在单位摊子铺得太大，时间金贵，哪儿都得用钱，太紧张了。要是中标买原材料的钱都没有了。招标单位的领导老换，去年两个负责人，今年换了。如果不换这笔活也不用再做工作。什么人都有，采购部的女经理一点魄力都没有。前天上来个领导她带来考察，昨天换个领导她带来考察，明天还会带新领导来，折腾死你。恨得你直么想说，这活爱给不给，都不稀得要了。企业的下坡路都是这么走的，你不是领导一年一换吗？有些供货厂家就搞小动作，五层不锈钢板，夹碳钢，胆子大的全用碳钢。既省钱，打压还不爆。坏了没关系，反正领导也换了，再买新的。受害的是国家，国家是谁？国家是咱们老百姓啊。

　　"那厂家不担心赔偿受罚吗？"

　　演说家继续说，国家质量标准要求至少保证两个安全供暖季。虽然承诺书上是 10 年甚至 20 年，可是两年一过换了领导，谁去追责？国外的犯一次错马上整改处罚，以后不敢再犯，再犯倾家荡产。不管白猫黑猫，谁能挣钱谁就是好猫，显然他们误解了小平同志的三 M 理论。

　　"三 M 理论？"

　　"猫论、模论和摸论，小徐，你头一回听说？"

　　"是啊，马总，同您一起出差我就不用上市委组织部参加培训了。"

第二天 8 点钟没有开标，因为热力公司没有准备好。直到下午两点，马总中标，500 万全部拿下。

没有奖金，马总提示雁哲给家里安电话。3000 元，全部报销。还配了一个 2000 元的 BP 机（传呼机）。工资没有涨，能开就不错了。没办法，徐雁哲只能在小账上算计，比如取暖费，希望马总给报一份。雁哲制造了一个证明邮寄给长春的原单位，那边也给报销一份。

长春的集资房刚下来，头一年必须交取暖费，离婚后归她，没人居住，相当于白折腾了。

有一天她做了个梦，梦里她与一个男子带着紫桐横渡黄河。河水滔天，3 个人在里边像鱼似的自在地游动，惊奇而兴奋，忘记世间的忧愁烦恼。俗话说"乱世的黄金、治世的古董"，他们上岸后发现到处是古董地摊，往来的人密不透风，可哪儿都是来自河里的秦汉物件。不论个儿，用秤称，一斤两块五。她巨喜欢，买了一马车。

不几天她就从马总那儿得了取暖费。当年徐雁哲被评为厂内优秀员工，得了一条价值 300 元的毛毯，后来作为结婚礼物送给大姐的儿子栾天宇。

第 十 章

思念如血

霜露既下，木叶尽脱。找不着拿事的人，龚厂长就派徐雁哲去盘锦。别人的图纸出事让她处理她当成学习旅行的机会。这回图纸是她设计的，哭吧，哭死拉倒。

一路前往，如火如刀。10点钟时热电厂的面包车把徐雁哲从火车站接送到市郊的事故现场。十几号人头戴蓝色头盔查看补偿器。有人递来安全帽说："补偿器坏了不少，很危险，请务必注意安全。"

雁哲戴上安全帽望着架空管道，悄悄从人群背后走到前排。甲方的李总向她点头问候，示意3家供货单位负责人都已到齐。她努力将帽子压低，脸上烈火熊熊，无地自容。不久她发现众人围着一个中心转——穆月出。

海风从红海滩那边盘旋而来，吹得徐雁哲心跳加快，手足无措。3家供货：马总的压力平衡补偿器、老穆的铰链型补偿器、沈阳大新厂的大拉杆横向型补偿器。老穆的所有产品都露在外头，没毛病，他是甲方请来的专家。听了一会儿徐雁哲明白点了，老穆从头到尾全明白。

甲方总工说："管道注满水后，用打压泵继续加水加力，原先16个压，应该打到 24 个压 2.4MPa，可打到 7~8 公斤不得不中止。"

专家说两家产品都有事，打压必须半道停止。大新厂设计的强度不够。拉杆两边固定的拉板拉卑了。马总的产品在里头，焊口开了，不起平衡作用，固定墩变形侧歪了。说罢专家瞅了徐雁哲一眼说，诸位继续，我去农家院洗个脸。

众男士和老穆一阵风上车走了，只留下两个代表自责。徐雁哲听老穆说里头焊口开了，心里稍稍宽泛了些，也拿不准是不是他手下留情，不管是图纸出错还是焊工失职，产品必须换。

老穆步行回来冲徐雁哲说："老徐，见了我怎么不打招呼？才 2 年光景就不认识了？"徐雁哲说："穆总一直忙，也没给我机会呀！"

"有个问题可以请教吗？"老穆问。"不敢当，"她说，"不过我会认真聆听，不放过任何学习机会。"

老穆说："刚才去农家院，你说里边有啥？饭馆。红色文化经典怀旧徐家屯生产队农家院。徐家屯啥意思？就是你家开的馆子。看看这个，我请了广告，上面有字儿：

火红的年代，

激情的岁月，

奔腾的旋律，

朦胧的回忆。

农家院饭馆墙上贴着标语：

全力支持抗美援朝志愿军部队！

全世界无产阶级团结起来打倒美帝国主义！

战无不胜的马克思主义列宁主义毛泽东思想万岁！

深挖洞广积粮不称霸！

"写的是毛主席的题词，手写体有一个字'挖'，我想看看毛主席的原稿。你猜店里还有啥？东北十六怪的木版画：家家院里有酱缸啊，过节待亲吃黏豆包哇，养个小孩用悠车子吊起来呀，还有大姑娘叼大烟袋。老喜庆老夸张了。大人小孩所有人的厚嘴唇全咧到了天上。我的问题是中午可不可以上你家小吃一把？"

"您希望我怎么回答？"雁哲问。

"怎么想怎么答。"

"我上吊的心都有了，还能上这么好的地儿吃饭？心咋那么大呢？那么有特色那么有情调的地方是给我这样的无产阶级预备的吗？"

"给什么人预备的？"

"给您这样的专家预备的。"

"我的第二个问题是我去合适不？"

"您希望我怎么回答？"她问。

"怎么想怎么答。"

"我不知道。"

"还那么低调！何必呢，你哭个试试，哭能解决问题吗？真正的企业家敢于直面惨淡的事故，敢于正视淋漓的赔偿。"

"谁哭了？是饿的吧？"李总下车邀请大家回公司食堂吃午饭。男人为显摆自己很有修养请女士先上车并给她摆好了坐垫。

中午吃过饭，大家在厂部会议室召开分析会。沈阳大新厂的代表说是打压方操之过急，设计 16 公斤的压，确实可以打到 24 公斤。只是要一点一点地打，先慢一点，打到 1~2 公斤要看看动静，再打。停下 1~2 分钟，再看。打到 10 公斤时得多停一会儿好好看，可是打压方打到 7~8 公斤时就打不下去了，原因是什么？是打得太猛了。雁哲说是设计的压力强度不够，以致固定墩侧歪了。

李总和老穆决定再去现场查看，回来继续开会，一直开到晚饭时间。专家的结论和先前的一样，两家都有责任。三方代表签字后确定两个解决办法：加筋板做补强或是补偿器作废将拉板加厚（根据图纸原先 20 个厚增加到 30 个厚）。

甲方要求重新换，陆续换。大新厂赔老钱了。小伙子吃不下饭，冒着大雪连夜返回沈阳。

晚饭是甲方在热电厂附近的小饭馆招待的，装潢草率，油腻味重。本来也想安排大一点的酒店，也想带省城的朋友坐车逛逛红海滩、苇海，全被老穆拒绝。

酒香不怕巷子深。李总说话时回头发现短了个人，问大新厂的小伙哪儿去了。老穆说回沈阳了，关门炒辣椒那叫一个够呛。李总有事要我帮忙吗？

"没有。"李总说，"现在男人比女人更自卑也更自负。光有敬业的态度还不够，很多事得靠自己去争取。职场里可不是靠混就能成功的。虽然小伙不懂啥，技术问题问他还不如问波棱盖儿，可他敢为自己的公司无理辩三分，我很欣赏啊。好样的，敢起刺儿，敢耍魅力。男人要有承重感责任感，无论面对家庭还是事业。沈阳小伙有尿性！沈阳的女士也硬气！"

老穆脱下黑呢子大衣挂在衣架上。其他人也跟着挂。

"穆总平常喜欢喝啥酒？"李总问。老穆问雁哲想喝什么。雁哲说白开水。老穆就说，喝白开水。改日李总去沈阳，你有故事我有酒，你我坐下唠一宿。全是好酒，喝一口得一口，见一面少一面。歌德同志有句诗咋说的？时间哪，请你停下来！

李总说："穆总，我头一回看你穿西装啊，咋回事？"

"这不是重视对手尊重朋友嘛。"老穆冲徐雁哲笑了笑。

没别的？我咋觉得怪怪的。李总道。

老穆在自己的地盘上要求员工甚严。他曾说公司员工全体都有，背心裤衩可以半年不换，外表必须立整光鲜，这是公司形象上的大事。可他自己不是民装就是劳动服，迫不得已穿一次西装还是从裁缝店现做的。他这次以专家身份出来是一身青色西服、白色衬衫，蓝条领带，深邃，威严，不可侵犯。面容清素，戴副眼镜，儒雅正气，亲切有度，像民国的先生。

老穆临行前公司有 3 位残疾青年送他出门。

赵博说："总经理你去相亲吗？"

李博说："穆总你去奔丧吗？"

孙博说："董事长你去参加葬礼吗？"

一想起他们老穆的脸上就溢出光彩。李总说，人在开心的时候嘴角肌上扬，颧骨肌上提，眼角肌收缩。老弟换媳妇了？啥时候办的咋不照会一声？这么外道我可不满意呀！老穆说，怪不得你现在这么不开心。换啥媳妇？原本就寻思随便抓一个算了。正好一个街坊上我家串门，待上就不走了。一待就 16 年，还生个闺女。

"弟妹原来是街坊啊，日子还算美满呗？"

穆月出说那还说啥，闹着玩呢？越过越滋润。从今年正月开始每天给咱洗脚。换成别人行吗？

"去年没给洗脚？你同意了？"李总问。

"咱又没傻实心，怎么不同意？"老穆说，"天天洗脚，还做好吃的，最近衣裳都给熨板正了。蒸汽式熨斗，谁发明的？太厉害了。"

1926 年在纽约出现了第一个蒸汽熨斗，它产生的蒸汽喷雾能使正在熨烫的织料潮湿。该蒸汽熨斗是一家叫作"Eldec"的公司生产制造的。而电熨斗的广泛使用改变了当时仅在夜间供电的传统，并促使其他家用电器相继上市。因此人们认为美国的家用电器工业发轫于电熨斗。

徐雁哲对此尚有模糊印象，没有讲，怕人说她浅薄。老穆的每个字她都听得仔细，像子弹呼呼往心窝子里钻。她暗里还击：真是炫耀主义时代呀，和平、和谐、繁荣，他的地盘挂满了旌旗。他的国家幅员辽阔，铜墙铁壁，比革命根据地还安全牢固。

　　一条大河波浪宽

　　风吹稻花香两岸

　　我家就在岸上住

　　听惯了艄公的号子

　　看惯了船上的白帆

　　这是美丽的祖国

　　生我养我的地方

　　在这片神奇的土地上

　　有我的弟兄姐妹

　　还有生我养我的爹娘

最后几句是她临时改的。徐雁哲听说老穆的企业聚集了众多亲属。他自己这边兄弟4人，他排行老二。媳妇那边兄弟4人、姐妹6个。媳妇排行老五，即传说中的五姐。侄子、侄女、外甥、外甥女以及各自的配偶、堂兄弟、小学同学不下50人。随着时间推移，根据地各个重要路口都会被他们牢牢掌控。早已森然壁垒，更加众志成城。本是第一世界，海陆空多维立体，如今在辽阔的宇宙又有外星人助力。这位补偿器发明大王已走上巅峰，到了敌军围困万千重我自岿然不动的境地。生活水平提高了，幸福指数也上去了？为啥发一通美谈叫人听了不自在？证明自己情商高良心纯吗？德鲁克说企业最大的忌讳是家族式管理，他有能力把一个理念改写成神话吗？

"徐工，怎么不说话？想啥呢？"李总问。

"我想起一首歌《我的祖国》。繁花，人要支棱；奋斗，人有面子。"

"徐工的岗位角色演得不错，能积极并创造性地做好本职工作，还能承受委屈，会妥协，善于合作。"李总说。

雁哲回道："谢谢李总鼓励，这是我努力的方向。只是……"

"只是什么？"

"我说话分不清口语和书面语，您的话比我的话还酸。"

老穆瞪了她一眼说，生活中这么说话确实有点酸，有关工业生产这样说非常合适，简练得体。他没有夸人家语言雅致精当、幽默诙谐、温良谦和、妙趣横生。这是他自己的目标。孔子说"上交不谄，下交不渎"，对朋友对客户要端庄而矜持，谦逊而不矫饰造作，方能显示诚挚之心。

雁哲继续把老穆想成对手，一面是强大的敌军，一面是她的独立团，团长是我自己，士兵就我一个，非进攻不可。她将自己化成无数个孙行者，在敌人的炮火下扶着藤绳过江，绕过封锁线，钻入地道，抢占敌军的堡垒，利用周围布排的枪眼和强大火力进攻，进攻。不一定取胜，一定要尽力消灭敌人的有生力量。一直想着进攻，想到发狂的地步，想到湖泊、草地、山峦、森林。那里水草肥美，群莺乱飞，杂花生树。

李总问："老弟的女儿多大啦？是不是将来要接你的班？"

"我闺女对企业不感兴趣，也不想当老板。"老穆说。

"太遗憾了。她想干啥？"

"从小立志捡垃圾。"

李总感到十分遗憾，说："不会吧，穆总为人这么好，智商又高，女儿一定有出息。她捡什么垃圾呢？""捡垃圾也分三六九等。"徐雁哲说。

老穆倍感欣慰，说："她要捡企业垃圾、地球垃圾、太空垃圾。她在上高中，将来要到中国科学院生态环境研究中心工作研究环境工程，让视野所及的地方都长满绿树，让人民吃上放心的粮食蔬菜。"

走自己的路，让别人说吧。雁哲愿意将所有的崇敬奉献给老穆的女儿。

晚宴归来，老穆在前边走，雁哲和司机在旁边跟着。遇到一个二层楼建筑，老穆激动地说："徐工你快过来，看，这就是集中供热分公司的换热站。看看板式换热器，那个大箱子，看着没？那么高，里边还有除污器。"又走了一会儿，他抬头望着高大的公寓楼说："抬头，看那，那么高的下水管道，到二楼就不见了，知道上哪儿去了吗？"

"改道了？"雁哲问。

老穆有很多话要讲，他说："正是，多聪明。这就省得污水堵一二楼的下水道了。徐工，你有时心不在焉，怎么回事？"

"我想请教，您在事故现场说'拉杆两边固定的拉板拉卑了'，我查过词典，里面没有'拉卑'这个词。"

"'拉卑'是土话，就是把拉板拉变形了。"老穆说。

"我可以写到资料里吗？"

"不可以。"

一行人走入热电厂招待所的房间，电视上显示天气预报：-5℃~7℃，小到中雪。雁哲什么都不想做，躺在一个人的床上。许久，她打开日记本，写了几行字。

晚上她梦见葬礼，父亲一会儿躺在冰棺里，一会儿收拾庭院安排前来吊唁的亲友。他将后院的树全部砍掉，也将刚出土的蔬菜全部铲除，为了给亲友们腾出更大的哀悼空间。或现实，或梦里，表哥总在生死攸关的时刻到来，还是大学生模样，永远亲密。他的光芒驱散了死亡的雾霾，父亲复活，依旧是原先慈祥的模样。

许是在孤单的世界停留太久，一个亲密的人来到她的身边，没有任何人干扰和羁绊。他递给她一本杂志说，闲时他也写点东西，不是诗歌，是科技论文。她高兴能和这样高质量的男人留在一个时空里。他们自在地躺在一起，两个变成一个，他把他的生命融入她的世界，她的身心十分滋润十分愉悦，那么自然轻易。没有崇拜、鄙视，也没有幸福，只是企业王国里的伙伴。

十分惊喜又十分诡异。半夜的时候老穆来到她少女时代的老家，作为江湖工匠，他坐在炕当间儿给她家修戏匣子。无数的电子管晶体管，她不明白，他全明白。他不说话，她想跟他说话，看他那么认真地干活她一忍再忍。有一会儿，她终于忍不住坐在他的面前对他说，我要走入你的世界，请你接受我。她仰望他瘦硬凝滞清寂的形体，如瞻仰嶙峋的石头山。

庄严的科学家神情安静，脸是黄白色。千岩老人提醒她，他的爱人在一个神奇玄妙的世界，任何俗女子只可远观不可亵玩。她说，没有奇迹创造奇迹，没有机会制造机会，我想闯入大门看看是什么魔法让他乐意用一生的时间钻研，别的什么都不做。他不说话。她再次不耐烦地将嘴闭严。整个晚上她孤独勇敢地追求，被一个念想摧残，头疼欲裂，花容尽失。第二天醒来，思念如雪越下越大。

老穆安之若素，表情十分吝啬，不会因为他夜里到她梦里旅行过就对她稍好一点点。徐雁哲不得不装成冷酷的路人把他当成雕像或假想他已经作古。

两个人僵持着，趁人不备，老穆说："老徐，还搁那边混啥呀，赶快过来得了。基础建设要渐变不要大变，看看老马把厂子整得稀里哗啦，要管理没管理，要技术没技术，还搁那边混啥呀。"

"混？啥意思？"徐雁哲觉得他否定老马也否定了她。过去就过去，何必打回2年前，我又不是补偿器有几十个压。年轻不懂爱情，本着广泛培养重点选择的原则我认真筛选过，还是掉坑里了。世上的女人都会倾其一生寻找男伴，我的他必须只爱一人，喜好和修行与我匹配。我还想往前走一步，抓住50%的可能，遇不到就在意识里造一个，像千岩老人那样生死安慰，死后继续安慰，做比翼鸟连理枝，在人们的议论中永生。别看不起我的文凭，文凭在江湖上让我充满底气和战力，自己拼命硬干，偶有贵人相助，积累才能识见还能等待。我渴望加入人才成山的集团，与高素质的同事为伍，这得看马总给不给我分房子。她说："谢谢您，穆总！容我考虑一下。"

老穆换了脸色，本以为她能欣然答应，不想2年过去她如此任性。他说："那好，你想好了告诉我。雪这么大，坐我的车回去吧。"

"谢谢您！"徐雁哲说，"单位还有事，我想坐火车能快些。再见！"

"先送你到火车站吧。"老穆说。

"不用了。"雁哲狠心告别。

老穆甚是失望，他很想好好待见她，可是人家不想让咱好好待见。他就反省是不是咱啥地方把人家得罪了，怎么得罪的。他看到她远去的背影渐行渐小，有一个动作甚是真切，她上车前用手擦过眼睛，左一撇右一捺，或泪水或雪水。

单位6个月不给开支，除了厂长、徐雁哲还有几个工人。1996年年底，一半的员工辞职。搞技术的小王、小李也另谋出路。马总的私立学校招不来学生。招上来的还不够养活教师的，还得往里搭钱。城里人养猪也是胡闹。陶瓷厂做陶瓷成不了胎，成了胎疤疤癞癞的出不了正形。有几个成形了又没人订货。不给贷款，盖补偿器大厦银行天天催债。

第十一章

变迁

元月的天空寒冷而沉重，马总给部分员工买住房。有个男子打电话想把局面搞乱，说徐雁哲与穆月出私下交往甚密，时间、地点了如指掌。马总上当，4 套房给了自己、龚厂长和云部长，还剩 1 套。

他心狭量窄，不知道签协议保护房屋产权也能留住卖力工作的人。苦苦等待 3 个月，徐雁哲和马总被大峡谷分成两块陆地。

她脑袋里的山谷滚着 2000℃的岩浆，日日跳荡着硫黄的火焰。她想从这岸往那岸甩出钢丝绳然后顺绳滑到峡谷中央，俯身用另一条钢丝采集岩浆的样本。温度太高，钢丝被熔化，她在回来的路上采了石块。电话铃响起，她不情愿地握住，希望不是马总打来的，她对他不抱希望，他赚多少损失多少与我何干。

"你好，我是南宫一明。"电话从设计院打来，厚重的男中音。

"您好！我是徐雁哲。"

"有一笔活，"对方说，"本来想给南京，以前都给他们。这次活不多，不知你们能干不？"

"南宫老师您好！我们能生产许多型号的补偿器，您能具体讲一下吗？"

"白朗河水库大坝，普通型号的补偿器，用碳钢支撑，用橡胶辅助支撑。也不普通，很特殊，起沉降作用。"

"行啊，我们能做。"

"我怎么和你联系？"

"请您记一下我的 BP 机号吧，有事您给我打个电话我就过去。您看行吗？"

"好的，一言为定。再见！"

"谢谢您！我是徐雁哲，再见！"

徐雁哲不再研究岩浆而是怎么活。她拿起电话，接电话的是女儿紫桐。

"您好，我是杨紫桐。您是妈咪吗？"

"Hello, Zitong, how are you doing today？（你好吗，紫桐，今天怎么样？）"

"Fine, thank you！ How about you？"

"好！我先检查上周的作业吧。四大名旦是？"

"梅兰芳、程砚秋、尚小云和荀慧生。指定对。妈妈我考你一个数学题好吗？两根筷子，顶连着，下边分开，有几个角？"

"一个。你说几个？" "一个。3 根呢？"

"我得想想。"

"4 根呢？"

"我得查一会儿。"

"查出来了吗？"

"不好意思，我紧张。你呢？"

"6 个角。"

"对呀。你怎么算的？"

"4 根筷子，我给你一点提示吧，中间不是有 3 个空吗？"

"我得查，得很长时间。"

"能马上算出来，4 根筷子，3 个空，1+2+3=6，6 个角。要是 5 根筷子就 1+2+3+4=10，要是 6 根，就 1+2+3+4+5。"

"谁教你的？"

紫桐说："是表舅家的小哥哥告诉我的。他在沈阳幼儿园学的。妈妈，我也想去沈阳。小哥会背唐宋八大家，我也想背，也当幼儿园的小博士。我也想学游泳、跳舞、弹钢琴还有……"

雁哲说："啊，会的。你一晃快 7 岁了，该上小学了。Grandpa and Grandma 还好吗？"紫桐说："Grandpa 想 Grandma，姥姥让小姨接去看病了。姥爷天天惦着，不开心。"

"我刚才问你 How are you doing today，你回答 Fine, thank you. 怎么回事？"

"老师都这么教，没教'今天不好'。"紫桐慌忙解释。徐雁哲说："中国人的英语都这样，不怪你。麻烦你快请姥爷接电话，好吧？"

父亲接过电话，声音里带着哭腔问："徐雁哲吗？"

"爸你还好吗？上周打电话家里还好好的。我妈得了什么病？怎么不给我打电话？"

"脑血栓。"

"多久了？"

"半个多月了。"

"上次打电话为啥不告诉我？咋才治呢？这不给耽误了吗？"

"都 60 多岁的人了，死了也不年轻了。古时候 60 岁不死就活埋。老而不死，是为贼。"

"爸你以前说过这话，没想到来真的。我马上回家。你和紫桐在家等我。我大姐知道吗？"

"你大姐回来看过，给了1000元钱。活忙，又去满洲里了。"

徐雁哲向龚厂长请了假，到银行取出所有存款坐火车去小妹家。

从曲家火车站出来，顶着老旱风，走在东北防护林里，一路走一路哭。父亲讲过母亲的事。姥爷从河西卧龙泉逃劳工来到徐家屯，第一次见到就将10岁的闺女桂珠子许配给12岁的他，从那一刻起，他不畏生死去兴安岭去草原寻亲救人。母亲过50岁得高血压头疼，一点都不要强，和梦中的女神没法比。她想念她苦命的爹娘彻夜哭泣。有时无故寻愁觅恨，没事都会长吁短叹。迫不得已加句注解：你们以为我是装病，等你们老了就知道。她悲苦几十年也影响全家几十载。雁哲与母亲不同，与小妹也不同，她要摆脱忧郁。她担心在贫穷悲伤的洪水里泡得太久会艰于逃脱，就日夜努力，也养成用长短句分行记日记的习惯。

她在林荫大道上举起拳头说，不能就这样完了。不能走母亲的路，必须改变。她想她自己也可能会遗传心脑血管疾病，就下决心只争朝夕。定在65岁吧，改变世界，紫桐的，父母的。人得了脑血栓等于退出历史舞台，活着对世界还有贡献吗？她想起父亲的话。父亲一生除了不啃石头啥活都干，为别人操劳，男人的活女人的活都担着。他经常提醒雁哲不要像你妈那样总想着睡觉，何必久睡，久睡如小死，久睡如小死呀。父亲67岁身体好好的却日渐悲观，他太累了。要是把紫桐接到沈阳，两位老人也到沈阳该多好。

一路哭了几场，想起母亲37岁时领着雁哲走30里路去大洼公社看望在那儿工作的父亲。父亲50岁时骑自行车驮着母亲行在乡路上，他放开两手做飞翔的动作，赢得路人一阵阵喊叫。这样激情燃烧的岁月一去不复返。幸福与生命一样短暂，有时就是一瞬，而悲伤连绵不绝。手心里掌控着无限，一刹那便是永劫。

过了招苏台河又行3里，到了东北防护林。远远地看到沙陀子上的村落，五六户人家，周围被杨树和松树掩映着，母亲就在村东头的红瓦房里。"暖暖远人村，依依墟里烟。"陶渊明的诗意能辐射到这儿吗？好几个月都不联系了，母亲病了小妹也不打个招呼。

小妹在院子里洗菜泼水，雁哲走过去，没过来迎接，仍是里里外外忙着。她长得比雁哲高，脸也比雁哲长。画家要是见了一定说，嗯，女人的形，鹰隼的魂，几笔就能画出来。等雁哲进院，小妹重新走出房门，说："咋不打个电话好到车站接你。买了这么多菜，多累呀！"刚强和人情是一种习惯。徐家老少几辈有个习惯，无论到谁家都要带上肉食蔬菜，为大家也为自己，包饺子图个团圆乐呵。雁哲说："才多远，不用接，走路是个好习惯，少得病。"小妹接过去，领姐姐进屋。

院里打了20米深的井，井底可冷藏食物。房子的款式50年不过时。这是7年前盖的瓦房，间量大，中间是厅，东西屋是卧室。妹夫在社会上混了多年，有见识。室内是按县城的新格局设置的，有厨房、浴室，也有储藏间。

走进西屋，母亲躺在四方形的砖炕上，在扎滴流。因为定时生火，屋里很暖和。什么声音都没有，仿佛世界上从来就不存在声响，这样的死寂让人感到窒息。徐雁哲来到母亲跟前问："妈来多久了？"

"半拉月了。"妹妹说。

"治得怎样了？用的是什么药？哪儿的大夫？"雁哲问。

妹妹说还那样儿。得病一周我才听说，让爸给耽误了。扎的是蛇毒、维脑路通。是后院潘大夫给治的。太晚了。

母亲听到说话声睁开眼睛，看见二闺女两股泪水就淌下来。雁哲问："妈，还认识我吗？"说罢就和母亲一起哭起来。她紧握老人的手，除了叫妈妈说不出别的话。母亲也说不出话。妹妹严厉地说："哭啥呀哭？不疼不痒的，不是没得脑溢血吗？也不是癌症。慢慢治呗。"经她这么一恨叨，雁哲立刻将泪止了。她问母亲："你觉得扎10多天见好没？"母亲摇头。雁哲说："雁妹，得给妈转院。"

雁姝停下手中的活说："咋地？信不着我呀？这不是爸不想治吗？能活到现在已经是奇迹了。"妹夫进来，见屋里的人在吵，也没和雁哲打招呼，只是带着满脸的烦躁等着。雁哲说："半个月了扎药也该见点效了，妈，你说是不是？"母亲一会儿摇头一会儿点头。雁姝说："你问她有用吗？她要是能把握自己的生命她早都张罗看病了。"雁哲说："你说咋办？反正不能继续下去了，找个好大夫还能治过来。"

妹夫说："你说这话可就不对了。潘大夫全镇有名，治好的脑血栓病人上百人。你凭啥怀疑人家？"雁哲硬气道："你给我住口，这是我妈，不是你妈。你没资格不让我带她到别的地方治病。"

"你好，你能耐。"妹夫说，"你给家里安电话，怎么没人告诉你老人病了需要看病？没人信任你知道不？你不会对任何人负责，你谁都敢背叛。你说你在沈阳买房子把老人接过去，几年了做到了吗？你前脚带走后脚就兴许出事。"

"不用你诅咒，用不着你管。雁姝，你能给我叫辆车吗？"妹夫说："你问她敢吗？她敢叫车别想再回这个家，陪老头老太太过一辈子吧。她也是个信不过的人。"

"你到底想怎地？"雁哲问。"想怎地？"妹夫看到这个单身女人被他逼到死胡同黔驴技穷十分得意。要是换个女人他会拿出更多的手段，只是对在省城工作的所谓亲戚他还想观望几日。他说："带走可以，这半个月的费用得算清楚。"

"多少？"雁哲问。妹夫给雁姝使个眼色。雁姝同男人到东屋合计，回来把一张纸片交给姐姐。

"打车去韩州医院做脑 CT 及其他费用 600 元。"

"为啥做脑 CT？手麻话语不畅任何人都能断定是脑血栓。"

"你也太没常识了。做脑 CT 是想确定是脑血栓还是脑溢血，这两种病是反着的。"

纸上还写：

打车来我家 50 元。

医药费半个月 2000 元。

护理费每天 50 元共 750 元。

所有加一起 3400 元。其他的住宿费、伙食费因为是娘家妈全免。

雁哲说："好。雁姝，大姐给爸买牛，爸卖牛的钱 2000 元你用你的名字存到银行了是吧？大姐新给过 1000 元是吧？妈借给你们 1000 元先不提，你们卖了 3 头牛也不论。这 400 元给你。我们走。"

"谁告诉你的？"小妹接过钱问。

"难道不是事实吗？"

"是。只是……你想把妈带哪儿去？"

"那你别管。"

"她也是我妈，凭什么不管？我没治好她还不至于治死。"

"带妈到爸 20 年前工农兵宣传队的老队友王金山家。"雁哲说。小妹让妹夫去叫车。妹夫得了钱不满地说："你二姐有能耐让她自己叫车好了。"小妹出门叫来毛驴车。妹夫忙前忙后，让雁姝去护理，他在家带儿子，过些天去看老太太。

雁哲提醒说："雁姝你跟着我不拦你，我不会给你护理费。正好邻居大叔在，麻烦您作个见证。"

一行 30 里到了韩家屯，毛驴车停在农家院门口。男主人不在家，中年妇人出门迎接。妇人个儿不高长得也平常，心眼儿巨好。一听说是男人从前老同事的老伴慕名来看病，她立马将老太太安置在里屋的暖炕上，骑自行车去邻村找当家的。

王大夫回家进屋就管老太太叫大姥娘，早在 70 年代初他们就攀了转折亲。望闻问切后他说："没有事，大姥娘，刚才给一个患者看的也是这病，常见病，农村治城里治都用一样的药。别的保不了，我保证给大姥娘用真药，药是真的就一定能好起来。能下地走路，再活 20 年没问题，活到 90 岁也是小事一桩。"

老太太苦笑着，想说话说不清楚。雁姝翻译说："我妈说活那么大岁数干啥，得给儿女添多大罗烂。"

半个月后王大夫说，还好，大姥娘血栓的位置比较偏比较轻。本来我该送大姥娘回家，只是这边的患者等我治疗，我只好过几天再去徐家屯看望大姥娘和大姥爷啦。徐雁哲一家三口千恩万谢地道别，付了 2000 元医疗费，坐上毛驴车回徐家屯。

父亲木头似的站着。院里没有牛，少了很多生气。活着的力气没有了，有的是对生命的怀疑和愧疚。年轻时父亲听人说全世界无产阶级革命领袖卡尔·马克思的二女儿劳拉·拉法格和丈夫保尔·拉法格都是革命家，没有儿女。67 岁时他们觉得身体不行了，对世界无产阶级不会再有贡献只有麻烦就决定一同自杀。于是二人坐在安乐椅上注射了氰化钾。父亲到 67 岁经常想起那个场景，面对死亡毫不畏惧。他这辈子就是来给众人打工的，什么活都干，没有业绩。他不甘心去死，又怕无所事事，以后伺候脑血栓病人何时是头。1997 年是老人的坎儿。人哪人，半懂不懂难做人，要么有崇高理想珍惜岁月，要么啥想法都没有享用自然的寿禄。心里为未来做着悲观的打算，老人开始做饭。

紫桐屋里屋外飞着帮忙，她能分担家务了。BP 机响起来，从设计院打来的。那边要尽快见面谈图纸。雁哲说："爸，反正我妈也治好了。我沈阳那边还有工作，得马上回去，有空我说回来就回来。"

父亲不舍得她走，说："不能多待两天吗？""我要死了。"母亲说。小妹两手叉腰道："得把爹妈安排明白才能走。""怎么安排？"雁哲问。

"得搁人伺候。"

"谁伺候？上哪儿？"

"我伺候，上我家。"

"多少钱？"

妹妹硬气地说："这不得你说吗？按现在的价连吃带住两个老人每月500元。我是爹娘的女儿，300就中。"雁哲感觉被逼到死胡同，说："大姐高血压，不能再让她操心了。而我一个月就400元工资，我和紫桐怎么活？"

妹妹说："你长春的房子下来了每月房租100元，长春的厂子不是还给你开支吗，少说也有170元吧？""我都忘记了，亏你惦着。"雁哲冷笑道，"你要300元也不多。可到你们家还是我爸伺候我妈，你和你老公成天打麻将、干仗，根本不在意老人的感受。再说了，国家给老人地，30年不变，据说以后上边还给补助。每年地里都出粮食，租出去也有不少钱。这地就是国家给老人的养老钱。谁继承谁养老。你这300元要的是什么钱？"

雁妹说："爹妈生了你，老人这样需要亲人照顾，你不舍得？"

"赌徒也讲孝心和良心？我头一回听说，真是太可笑了。我拿钱雇人，我是老板，我雇谁我说了算。钱我可以拿，但不会雇你。爸妈，你们不能去她家，如果一定去我一分不出。"

"那去你家呀？"小妹说，"你还有家吗？你不拿钱法庭上见，不怕丢人现眼的话！可怜爹妈养了你，还供你上了大学。"

"医药费2000元，你花一分了？"

"你以为你那几个破钱能顶一切呀，你给擦洗过一次没？你会逗妈乐不？收拾屎尿你伸一回手没？"

母亲说："别说了都别说了，我哪儿也不去。我还活着干啥？我不想治病就想死来着，你们为啥一定要给我治？"

雁哲说："爸，妈，我会努力工作，争取尽快买个房子，把你们接到城里。这是 600 元钱。国家法律没有具体规定，咱们这样穷的乡镇老人过 62 岁子女每人每年 200 元赡养费。我先带紫桐回沈阳，过几天再回来。有一点我再强调一下，这 600 元你们敢放在别人手里我永远不回这个家。"

雁哲从一本杂志上看过一篇文章，关于一位女烈士的儿子的。他内向，忧郁。他被姑妈送到某大学外语系读书，无论是学习还是后来工作，连日常生活都处理不好，连管理工资的能力都没有，婚姻也不顺利，54 岁时自杀。

小妹说："这事今天解决不了你别想走。"

"你想怎么着？"

"找村委会解决，不行就上镇里。反正你也不嫌碜碜，爸妈白养个大学生。"

"好吧，这就去。"

雁哲牵着女儿的手往出走，见一辆黑色轿车开到院门口停下。她想这是哪位亲戚这么奢侈敢打这么豪华的车，得多少钱哪。再走几步，司机从车里出来，险些气破肚皮。紫桐上前问："您好，先生！我是杨紫桐，请问您是谁，打哪儿来？可以告诉我吗？"

"你好！我叫郑云开，从沈阳来。"

"您找谁？"紫桐问，"我妈妈叫徐雁哲，您找她吗？"

是啊。你还好吗，徐部？看到曾经清水一样的女人变成沙漠上倔强的蓬草郑云开奔过去问候。一个声音火焰一样扑杀过去问："你来干什么？谁指使你来的？"

"是穆总让我来的，来看望你和家人。"

"你还好意来！我一直想知道什么人打电话骚扰马家禾让我丢了一套房子。"

"这个以后再谈好不好？人才是电缆，电缆一断，损失百万。"郑云开看见一位老人从屋门出来就急忙上前打招呼，"您好，大叔！我姓郑，从沈阳来的，我们总经理派我来看望两位老人家。"

"请屋里坐吧。"父亲把客人请进屋，用红茶招待。炕头坐着一位老妇人，泪水涟涟。郑先生说："大婶，我们总经理派我来看望二老，您还好吗？"老太太只是点头，发着含混的悲声。郑云开问雁哲老人的病治得怎么样了，最好去沈阳继续治疗。徐雁哲故意亲密地说："能独立行走，就是话说得不太利索。你还没吃午饭吧，正好我们也没吃呢，我去做饭。"

"别麻烦了，我都带来了，在车里，热一下就好了。"他和徐雁哲出院门拿东西，送回屋又出来说话。

"徐部长，家里都安排好了吗？"郑云开问。

"没有。"

"我能帮什么忙吗？"

"不能。"

"怎么回事？"

徐雁哲把情况简单复述一遍。郑先生说："看你这点出息！还敢悲观，有必要吗？为啥不往远处想，为啥不想着当大老板挣很多钱？还和妹妹提钱，提钱就伤感情。地要租给外人，老人家没儿没女吗？还敢提法律，提法律姐妹就生分了。老人这辈子白养儿女了吗？"

"那你说咋办？"

"你小妹呢？"

"去村上了。"

"多好的一件事，让你给整砸了不是？"

"你能耐你说咋办？"

"把老人和孩子接到城里。把地和房子给小妹留下。"

"不，决不。我不跟她合作。圣人说纵容恶人就是纵容犯罪。"

郑云开说你还和我谈圣人？听过一首诗没？

谁都不是一座岛屿自成一体

每个人都是广袤大陆的一部分

如果海浪冲刷掉一个土块

欧洲就少了一点

如果一个海角

如果你朋友或你的庄园被冲掉

也是如此

任何人的死亡都使我受到损失

因为我包孕在人类之中

所以别去问丧钟为谁而鸣

它为你也为我敲响

"哦，好像有这么一首诗！"

"这么吵来吵去想达到什么目的？"郑云开问，"为老人的幸福是不是？怎么幸福？让他们在城里农村都有念想。你知道老穆的公司上个月出啥事了不？公司抹账得了辆轿车 30 万元。新来个总工，5000 元的月薪聘来的，工大的硕士。有一天他朝老穆借车参加同学会，不想他刚得驾照还敢喝酒开车，撞马路牙子上了，保险杠折了，坏了两个轮胎。为修车公司损失 10 多万，把所有员工都给恨完了。回来上班你猜老穆做了什么？为他接风洗尘，庆祝人活着回来。你们孔子不是一听说谁家着火就先问人吗？前两天有一笔活，按甲方要求做产品，和图纸不一样，被这位总工发现，硬给公司要回 10 万元。佩服穆总不？请问你这一辈子最怕什么？"

"疾没世而名不称焉。"

"好好说话行不？我没上过学，听着费劲。"

"我害怕人死了名声与草木一起腐烂。"

"这就好办。请你听听我最近的读书心得。"郑先生掏出口袋书朗读潦草的笔记："很多人对于生命错误知见，弄得自己很痛苦，这样的痛苦就叫作魔。魔不是指长得青面獠牙很恐怖很可恶那样的，而是指被错误的生活知见引向痛苦的生活方式，被折磨，走不出来，所以叫魔。

"真正的出家人吃饭时有啥讲究？饭前给神灵，让他们分享。饭后无论你乞得多乞得少，必须留一些给身边的畜生。不是得得得，而是分享分享分享，这是印度和尚。汉地的和尚，施主一粒米大如须弥山。今生不了道，披毛带角还。锄禾日当午，汗滴禾下土，谁知盘中餐，粒粒皆辛苦。你们这些年念的书大都教人夯夯夯。天堂与极乐根本不在别处，就在我们的生命之中。若每个人简简单单、恬恬淡淡、喜喜乐乐的，天堂就被创造出来。

"下一条，佛陀广度众生，好坏都这样度。现在知识分子自杀者多起来，为什么？因为没有处理危机的能力。困难发生了，只有自杀一途。还有，我分条给你念仔细给你讲。不会读书的小孩人生观反而健全，比较豁达，比如郑云开同志。愈会读书的小孩愈刻板，比如徐雁哲同志。不会读书的孩子反而孝顺，逗你玩逗你笑，让父母觉得养育这种孩子会让他们感到幸福，比如你妹妹。生命是活泼的，这条路走不通就走另一条，不会卡死在那里，我就是这么做的，将带领徐雁哲一起做。

"像佛陀所说菩萨无住相布施，福德亦复如是不可思量（若是菩萨不执着于物相比如声音、香气、味道、感触、意识去布施，他的福德就无法去揣测和衡量）。我们从因地向果地走，佛陀从死向生从果地向因地看。徐工，你要用老穆的脑袋想问题，他能把50个亲戚邻居拉到身边工作，还会再来5个。不住六尘境界的布施——不管色尘、声尘、香尘、味尘、触尘和法尘，都一样布施。菩萨也需要安慰，人家安慰她时她能放下，不执着。"

"谢谢你呀，郑先生！最近读书有长进哪。好像有几句重复串行了。"

别谢我，他说，应该感谢释迦牟尼佛的大觉悟！感谢靳师傅的大智慧，还有我姐夫穆总。为了能说服你，他让我读了一本诗集和一部《金刚经》，现买现卖，你想买吗？先在沈阳租房子住，公司出钱。过一阵子再买房，钱你出一部分，公司借你一部分。最重要的是赶快到我们公司上班。

徐雁姝跟着村自保主任进院，雁哲上去打招呼，介绍郑先生。村干部把郑先生当成徐雁哲的男闺密，一点不外道，进屋就说事。雁哲说不议了。我同我哥通过电话，他在赤峰打工，回不来，说没能力管老人。房子和地他同意先由雁姝经管，我把两位老人接到沈阳。

小妹说得签协议写遗嘱。我也有赡养权、知情权，全写明白，签字画押。雁哲看看众人，说，全依你，还有什么要求？雁姝想了又想按自己说的签了字。她觉得还缺点啥，又补了一行字：老人的地和房子谁经管收入归谁，给老人的赡养费自愿。徐雁哲说同意，让父亲签字、按手印。

父亲把饭桌摆上炕，留村干部喝酒。人家说吃过了，还有事，不得不告辞。妹妹没有吃饭，独自生气去了。父母这么一走她一个人在农村和家暴男人过日子，她会失去对生命的把控能力。离家30里地她争到的财产只是个影子，还要付辛苦。她从小到大一赌气就绝食，直到意志力彻底丧失。

徐雁哲想，冤，比窦娥还冤。愿这块土亢旱三年，等父母过世，一定呼吁政府收回老人的土地，以免落入不孝子孙手里。我不要一分钱，我也不希望他们成为恶人。不求他们离开人世，只求他们脱离罪恶。她说什么都不带，必须带走照片、书信和父亲的花树。

父亲悲哀地走出院子，母亲不住地回头，雁哲满脸泪水，紫桐又蹦又跳。只有郑云开满身的太阳光，他打开车门，临别前对徐雁姝说："妹妹和妹夫有需要大哥的地方尽管打电话。"他将自己的名片递给雁姝。

　　大家陆续上车。小妹突然伏在父母的肩上痛哭失声："爸……妈……在城里待不惯就回来。姐……我想你们……"雁哲主动与小妹拥抱告别，说："对不起，老妹，怪二姐无能，姐没能力让家人过上好日子！这是我的名片，有事就往 BP 机上打电话吧。"

第十二章

走进恐龙故乡

明媚的早晨太阳很大也很温暖，这样的日子人们喜欢躺在草地上看天上的云图说闲人的诗话。徐雁哲到新公司上班还要去设计院，无暇顾及春天的脚步。

她的新家在铁西区艳粉屯，到单位坐公交大巴 20 分钟。拐弯走了一里砂石路看见黑瓷亮面的大门。一辆墨色红旗轿车缓缓开过，尘埃里男子探出头来招手，没等确定是谁，车驶入厂区。

一位老人正在训话："妈拉个巴子的，你就折腾吧你，想一出是一出，啥时髦赶啥，有几个钱不够你糟践了。没见过钱咋地？没见过钱还没见过死人？50 多岁的人还给出钱学车。花不花，四十七八，老眼昏花，撞着人咋整？不惜自己的命也不惜别人的命？"

老人姓穆，60 多岁，天天来公司打卡，上个月上班过马路时被 50 多岁的男子开车撞了。刚能走动，听说儿子穆月出给副总们出钱学车就急三火四上岗。徐雁哲觉得狗血也淋到自己头上，天底下有头一天上班就被含沙射影的吗？为了苟活她不得不低三下四向老人作揖说："您好，先生！我叫徐雁哲，第一天上班，请您多多关照。"

老人说："没有事，闺女。我姓穆，打更的。这儿的老板是我家二小子。他刚进去，到小白楼找他吧。"心里咕咚一声，徐雁哲不知叫他穆大哥、穆大叔、太上皇还是穆祖宗。她决定当一切都拿不准时就给人一个泛称。"谢谢您，先生！"说罢，她向老人告辞，整个心从云端掉下来停在三楼房顶。

这是个小厂，一个器材厂的旧址，东北面是三层白楼，西北是4个红色厂房，制造车间连国企车间的一半大都没有。西南停着5辆轿车。高个红发女人指挥司机摆放车辆，直到车头齐成一条线。

女人穿着驼绒大衣，梳着两条蓬松卷曲的长辫，被司机簇拥着从20米远的地方走来，派头不亚于在诺曼底登陆的艾森豪威尔将军。女人嚼着黄瓜，她吃黄瓜从来不洗，水果也是，乳腺手术后仍不管不顾。她说："牛肉干对黄瓜相当美味呀，还有小米饭煮鸡蛋，葱叶拌土豆茄子酱。啧啧，我就得意月子饭。"

"队长，穆总也得意这口，他每顿饭必有一个炒土豆丝。"司机说，"切完丝要立刻用凉水过一遍再炒，硬挺爽口。""那还说啥。"女人笑道。

徐雁哲上三楼没看到老穆，又下楼出来。司机们仍将队长围在中央站着唠嗑，她走过灌木丛躲在葡萄架下假装欣赏樱桃花。

"男人对女人就得先打后商量。"女队长继续说，"男人一生只能容下一个女人，要养她终生。有的女人不争不抢被你霸占，结果她叫你家老少流离失所。有些女人不迷信但迷人。有些男人色不迷人人自醉，情人眼里出西施。像某位大佬，自迷一段日子有一天终于对女子说，你过来吧，咱们结婚。大佬的姐姐就说，将来整个世界都是你俩的。若论看上眼的女人哪我没遇上一个，也没有一部不朽之作。像王朔说的，近代和现当代的文学作品都赶不上《红楼梦》，都不及格。看现在的电影太忙叨了，气质、表情、皮肤和服装都不能叫人满意。光鲜靓丽的美女，像李嘉欣，大美女，大明星，名门之女。

有钱有势有外貌走的路线也另类。大陆的论气质好的也有，去年，1996 年，演过《忽然丈夫》的女主，叫啥了？对了，叫徐静蕾。你们瞧着吧，早晚出彩，尤其是她的恬静和招牌式的微笑。总觉着没入戏。有人在伦敦机场见过她，就是普通女子。大美女，骨架得大，像王菲、张曼玉，宽肩膀，扁身板，脸盘宽窄不重要，得高颧骨，过 40 岁仍然年轻，这才叫大美女。"

"胡雪岩，八面玲珑。"女队长将话题转向巨商说，"胡雪岩出身平民，单亲家庭，就一个妈，还是老太太。但他聪明，找红颜知己，困难时处着，发达了娶回家。一生娶了 12 房妻妾，个个服服帖帖。初恋情人嫁人了，他给拆了，也娶回家。看了真好，我看的只是多个小故事。有很多人要写他，包括铁岭的戴宝军，二月河也要写。小说有些情节吸引人，富可敌国，红粉销魂，就想操纵，全归自己管。胡雪岩靠的是左宗棠，左宗棠和李鸿章不对付。还有美国，玛丽莲·梦露不穿衣服贼拉好看，穿衣服就像牛犊子似的。只有奥黛丽·赫本始终如玉。男人兽性一些，行，女人为什么不矜持点？别什么车都上！父母离异，女儿没人疼，要不给她精神的，要不给物质的。老李，你儿子很优秀，不打架，要是给哪个女生整出肚子够你一受的。"

徐雁哲想，别人都敛声屏气，只有她呜嗷乱喊，想必就是传说的开夏利车与老穆出来办厂的张丝丝了。这女人咔咔一通杀威棒比穆祖宗让人胆寒。在酸味弥漫冷箭走失的沙场如何应对？那人对山喊你好，山就回你好，在脑袋里和气商量。她骂山王八犊子，山就针锋相对。你想控制全世界别想控制我，步入此门的都不是一般斗士。现在我得走，我为啥走？她要说我，我就和她顶。理智告诉我不能顶她，我必须走。

徐雁哲重新上楼来到穆总办公室。办公桌上、书柜上、窗台上绿色铺天盖地。墙角高大的巴西木在大瓷缸中站立，龟背竹一人多高从 N 个角度擎着风车巨轮从大青花瓷盆伸向天花板遮住铁窗。一盆剑麻，一盆麒麟掌。不愧是发明大王，所有的绿萝、吊兰或植根于大硕塑料瓶或生在绿彩方便面桶里，从铁架上瀑布似流到地上恣行无忌……这与我有关系吗?

老穆努力留给徐雁哲更多的时间。她穿着3年前的黑色风衣,紫色衬衫,4个月又见,他看见成熟、锋利、干练和忧伤。他从办公桌对面站起来,没有伸手,也没为他老爹道歉。老穆说:"欢迎徐工加入。在民企工作必须有心计,有智慧。搞技术IQ要高,搞销售EQ要高,因为他们不侧重专业,什么情况下都能干。徐工不适合跑业务,还是干老本行吧,到设计所怎么样?"

"服从安排。"

"你在原单位月薪多少?"

"600元。"

"那好,这儿也600。"

她后悔少说200元。老穆也觉得她胆子不大。他走到地当间儿说,咱们与那边不同,两年涨一次工资,每次200元。签订单有提成,年终按业绩发红包。好好干,面包会有的,牛奶也会有的,一切都会有的。列宁同志知道这事。

"谢谢列宁同志!"

好!他笑着说请跟我来。老穆领徐雁哲下楼走入一楼设计所。屋里有5位技术员在做工作前的准备。老穆说:"各位,我给大家介绍新到任的副所长徐雁哲女士。"老照从桌子底下一节节站起来,走上前与徐雁哲握手说:"欢欢迎妹子加入。"

"妹子?"老穆说,"我想起来了,大作家和徐所在一起至少共事一个月,今天重见就算久别重逢啦。"徐雁哲说:"老照是我的偶像,我本来想向他学点文学,不想让他跑了。这回好了,我又把他逮住,从今往后别想逃出我的魔掌。"老照说:"既然你乐意当当螳螂我当然愿意做做蝉,可真正的黄黄雀在哪儿?"众人瞅着老穆道,穆总?"穆总会使咱们的大家庭十分融融洽。我们的理想就是让世界充满爱,爱身边的一切以及爱自己所爱的——一切。"

老照说。

"我一直主张具有高科研水平的高校及科研机构不要停在实验室里搞研究的层面上，应该多与企事业合作，有针对性地研发产品，力争最大化地把科技成果转化成物质。过几天咱们公司还会高薪聘请化工学院的博导教授，使公司再上新台阶。"老穆说罢吩咐老照给徐雁哲安排桌椅书柜。"各位先忙着，我一会儿再过来。老照，徐所先由你照顾，照照顾不好我一会儿回来收收拾你呀。"

老照目送穆总回道："那是，吃人家的嘴嘴短，拿人家的手手短。"1994年老穆为给老照出书在身陷囹圄的情况下指令会计拿出 3000 元钱。值多少银子不说，那是情义。过了一会儿，老穆回来，见徐雁哲蹲在铁柜下往里放材料就问："上边的柜是谁的？"小董过来道："是我的。"穆总说："你才 26 岁，你还年轻，为什么不把上边的柜让给长者？你蹲着放东西不是很容易吗？"

"不用啊，穆总。我才 31 岁，我很老吗？"徐雁哲说。

"大一天也是长者。"

大家拗不过，又倒腾一番。"穆总，"雁哲说，"我想马上去设计院，要讨论图纸，那边催我赶紧过去。"

"好哇，带订单过来的。以后设计所的人向你请假，你和我打个招呼就行，不一定非到单位请假，有事直接去办。"老穆说罢离开。

雁哲向老照打听去方型广场的路线。老照在纸上画好地图递给她，说："给公司办办事，打车或是公司派派车。设计所的活动包括吃饭、唱歌、旅游穆总全部报报销。"

雁哲没享受过特快专车待遇，觉得小麻烦根本不算个事。她冷静地走出公司，走过一里地来到马路上。从不远处跑来一辆大巴，她摸出一元钢镚准备上车，一辆轿车停在汽车后面，有人将红发探出车窗喊："妹妹，等一下。"

那女人远看像只红蜻蜓，近看酷似大风车，两绺金红长发迫着高光敷在马脸和龅牙上，唇薄眼凶难接近，是车队长。

张丝丝下车打开副驾驶车门，抚平坐垫，请她上车。雁哲说："姐姐不好意思，我得去设计院办事。"丝丝说："我知道，送你一骨节道。才听说公司来了个妹妹，一来就带了大活。有人说你坐公交车去办事了，我就寻思这哪行，显得咱公司太没人味了，我就开车追出来。快上车吧。"

雁哲低头，低得不够撞了头，还不敢唉哟。张丝丝冲她笑道："妹妹，这人世间哪有时候真得该低头低头，要不就会撞头。""姐姐说得是。"雁哲说。等她坐好，张丝丝上车，边开车边自我介绍："妹妹刚来还不了解。我主管车队和食堂，我的长项是开车做饭。司机管我叫队长，老总们管我叫大侠，业务员管我叫大哥，老公管我叫大活驴。你们马总管我叫铁子，他坐过我的出租车，就一回就把我聘到他们公司。老穆也是，自己出来办厂首先拉我入伙。"

她在炫耀她和老穆的关系，老穆是她铁子，她是开国元老。雁哲没有应答。"妹妹，以后啥事都不用愁，有姐在谁都甭怕。在铁西甚至整个盛京城到处是咱的哥们儿，要不还能出来办厂吗？另外我同体育界、娱乐圈的明星也有交往，只要妹妹喜欢，我全都介绍给你。看看，"张丝丝从抽屉里取出照片，继续说，"知道他是谁不？"

"他唱过《铁窗泪》和《愁啊愁》。"

"妹妹，认识你真幸运，你真有文化，谢谢你！"

"迟志强的歌有名，铭心刻骨。"

"妹妹，我不能送你太远。我已安排穆总的司机小赵到这儿接你。他马上就过来，我先离开办点事，你别急，慢慢等啊！"张丝丝轻踩刹车，侧方位停车。

"谢谢姐姐！"雁哲在路边等了5分钟，果然有一辆黑色红旗轿车开过来送她去设计院。

11 点半，张丝丝把徐雁哲领到公司餐厅的里屋包间。

昨天大侠收到老穆的一张打印纸，上面是他的读书笔记，名堂不小：

在荷马时代，希腊人非常乐于设宴款待宾朋甚至是陌生人。比如，奥德修斯四处飘零之时经常受到隆重的款待。在阿尔基诺奥斯宫殿中，女仆将水倒入银盆请他洗手，然后放置好平滑的餐桌，把各色佳肴一一摆好，极其殷勤地予以招待。因为在当时的希腊人看来，盛情款待是建立关系的必需，人们在分享饮食的同时彼此交谈，从而相互了解，甚至可能结为同盟。日后不仅在对方那里得到同样的招待，甚至能够获得有力的政治支持。

张丝丝仔细看了落款，作者刘章才。她敬佩老穆引用任何文字都会标明作者。她仿佛懂了，又好像没懂。她说请穆总放心，一切都妥妥的。

她向大家介绍："女人们，男人们，乡亲们，大家中午好！请允许我隆重介绍我妹徐雁哲，咱们公司的新任所长。以后请各位老总多多照看我妹，只要照顾好，今后您用个车呀在食堂请个客呀有求必应尽礼尽情。"说罢她又将带总字的领导介绍一番。

老穆说："纠正一下，是副所长。"张丝丝说："石勇不回来上班我妹不就是所长了吗？"雁哲听到石勇的名字心就向上一挑，她初到马总的公司接受过那人的考核。时间不允许回想，她急忙说："各位老总好！我叫徐雁哲今天正式报到。"她给大家行个礼说全体都有。

"欢迎加入？"方总乜斜着眼睛说。他是老穆的大学同学、老班长，恢复高考后的第一届大学生，比老穆大 10 岁。在铁岭某设计院时给粮库设计过楼，楼倒入狱，老穆将他赎出来。他放弃国企工作，过来一起办厂。这个白楼也是他设计的，知情者担心有一天小白楼也会倒塌。老穆不怕，还鼓励他学车，不顾老父的阻挠。

高大的赵总告诉徐雁哲方总的女儿在某国留学，老材料了。你说两句他会很高兴。老穆回头对方老说，老不着调的，别把人家吓着。不过小徐，你不必拘束，以后都是自家人，实在亲戚，谁怕谁呀。

雁哲以前学过几句，看过两册教材，能唱谷村新司的歌曲《昴》，忘得差不多了。她想起前婆婆讨厌外语，关系断了。想起大学同学在她家住半个月不准说外语，不再来往。除了老穆可能没一个人想听外语，在穆总的鼓励下，她说："为什么要说日语？对日本政府在二战期间欠下的债一直没忘，所以我不想说日语。当今社会日本是世界经济大潮中的一员，要知己知彼，了解日本，研究日本的人。对他们在电子、动画、汽车以及环保方面的贡献也想了解。中国的汽车工业还走着外国的老路，而日本，比如在节油方面正在研究一箱油变成一小盅，喷雾式。中国不乐于投资，花费大，一直等现成的，我很担心。"

"外国人搞试验，用一箱大粪产生的沼气开摩托车，能开70里地，抱歉，我没记准。"大侠冒失地帮腔。众人沉默了一会儿，觉得徐雁哲太一本正经，这样的场合大家不喜欢一本正经。

方总说："弟兄们，我全招了吧，我女儿去日本留学我们全家是极反对的。他们战败撤退前往垃圾堆里埋了许多炸弹，我大哥当时7岁，去捡罐头瓶，双腿被炸烂，不得不截肢，要不他身高有180厘米。我女儿当时正处于叛逆期，全家人说哪个国都可以去，除了日本。她说哪个国都不去就去日本，她喜欢变形金刚。"

赵总觉得十分抱歉。方总说："有一对自称老科学家的夫妇发文，观点是中国科技已经超过或赶上欧美日那是胡扯。比如医院各种检验仪器95%

以上来自国外，基础应用物理学中国几乎没有贡献，贡献等于零。中国只能进口，比如市面上最好的助听器价格单只 5 万元，也就是说咱们的助听器起初引进该技术要花 10 万元。"

彭总说："说话的人已到耄耋之年了吧，说的是几十年前的事吧，没有自信力的颓废主义者听了是不是很舒服？现在助听器 500 元左右的可哪都是。沈阳人有搞科研的，比如穆总。世界上 2% 的发明来自中国。没看见不等于没有。中国各个大学要开设未来科学学科，比如生物科学，用电子技术，发明小探头，进入病人的血管探测，解除血栓病灶。想到这个我就为无数心脑血管疾病患者激动不已，为科学家鼓掌，盼早日成功。"

"总经理，是不是该上菜了？"张丝丝请示。

老彭说的是沈阳齐贤中学的老师，就是咱们设计所小楚她嫂子。老穆说，"她老公下岗，几年没找到工作。他们就教育儿子好好学习，一定考上名校，有稳定的工作。在厦门大学被保送到北大硕博连读。老彭我没白疼你，你能鼓舞人。正式点说生命的舌要造就人，形成生命树。习惯泄气的嘴使人心碎。人过 60 岁应该有更大的激情。"

赵总想起 Joyce Meye。少女时被父亲性侵，一直痛苦没有自信。后离家结婚，三四十岁时好了一点。最沮丧的是第一个丈夫和她离婚，人生到了低谷。后来成为勇敢的老太太，畅销书作家，给读者以希望。能达到这个境界全靠包容，尽管有些观点有待商榷。

"日本的电子业确实好，"老穆说，"美国人发明了照相机，他们搬过去发明数码相机。前不久长春出了车祸，日系轿车和德国轿车相撞，德国的只撞坏了前盖，日系的成了一堆废铁。钢板太薄，里面空间大，省油。德国汽车费油。美国的一般，安全耐用。买车千万别买日系轿车。"

老彭说："我导师有支日本圆珠笔，在香港买的，红的，20 年了还能批卷，不掉珠也不漏油。"

老穆说："老照去哪儿了？刚才谁问上菜不，等一下照搬生活。这老照，肯定又去渤海国了，一时半会儿回不来。这顿饭没他不行，是不是老徐？"

雁哲感激老穆等待老照。方总说："月出哇，老照这么重要咋不提他一官半职呢？""我就要压他，"老穆说，"人不压不成器，井不压不出油。他搞设计只是为了活着，他的理想是写作。"

穆总略知一二。1989年3月26日诗人海子离世，老照强忍半年的悲痛，感觉无法解脱就在当年10月去北戴河、北京和德令哈追寻诗人的遗迹。而后瞄准文坛"射雕五虎将"之北丐，背个双肩包跑到长春。北丐当时在写书，没能长谈，也不提自己即将调入沈阳。老照说有缘再见。1994年8月，有人通知老照到铁岭开原参加为期一周的小说作家笔会。会上老照拿出自己的新书《三十之殇》赠与大家，说这是我们穆总出钱出版的，很满足的样子。大作家看不下去了，说："小孙，领导只赏识庸人和蠢材，你不知道？我就纳闷儿，笔会为什么非要谈写作？像那几位谈宗教文化、谈胡雪岩经商、谈音乐舞蹈、谈书画不好吗？"一语惊醒梦中人，原来写作也是从农村包围城市最后夺取城市。打那以后北丐在老照心里占了位置，稳如泰山。现在他人在铁西，灵魂行在乡间。

老穆说："我就欣赏庸人怎么了？庸人的生活是令人窒息的，我总想活得不平庸。逻辑不通是吧？别看我没提他当领导，咱公司我就佩服老照，热也好冷也好活着就好，有兴致写下去就好。咱们不能允许自己无作为，眨眼的工夫就退休。搞写作的人永远不会退休。是谁说的，即使是皇帝如果没有作品流芳百世那也是无味的，无作为的皇帝会与草木同朽。曹丕说的。"

方老心里说，像你穆月出不管下雨刮风就是专利。一个设备安个螺丝钉也叫专利？50个发明，49个闲着。报纸上称老穆为发明大王，专利何时派上用场？他说，值得佩服的是两个狂人不管别人说长道短，天天乐此不疲，仿佛置身在幸福的天庭，俯视众生，替浪费时间的闲人着急，人生一眨眼就过去了。

郑云开的车打门口经过。有人提醒穆总这么重要的场合没有云开和月笙会缺彩。老穆说正好相反，这样的场合穆月笙不够级，郑云开没资格。

穆月笙是老穆的四弟，师大体育教育硕士，辞去大学教师工作来当业务员。小舅子郑云开只是名片上的副总，他自己心中的大干部，名片上他想印啥是啥。

彭总问："小徐你为啥离开原单位？"

"我和人家好像分不出'撇''捺'似的，我想和他们一条心。不是一个娘的孩子，他们和我不一条心。"

有人鼓掌。老照进来说："谢谢大家欢欢迎，让各位久久等了。""好人来了！"方总说。"啥叫好人？现在的社会不危害别人的人就是好好人，对不对妹子？"老照挨着雁哲坐下。雁哲点头。"你去渤海国了？"老穆问。"给女儿扎个疫苗。"老照说，"我女儿会说话话了，开口就是'我靠'，'我了个去'。"

"和什么鸟学什么脏口。"有人说。

"我就认为所有中文最赶劲的就是这词。"老照说。

张丝丝开始上菜。雁哲请她坐在身边，说我要挨姐姐坐。丝丝声明作为好名之徒，我不入列。有老照在他们不敢怎地你。抽空我把我和明星的合影拿给你看，老鼻子了。

"我闺女还会说，菜贼拉好好吃。"老照开始动筷。

"各位女士爷们儿，"老穆执酒起立说，"记得今天啥日子不？建厂3周年。今天有两件高兴的事：一是老徐加入咱们，二是她带了笔活过来。请大家先喝这杯酒热烈欢迎。老徐，大家敬你，喝！"

"今天是厂庆3周年，我祝公司再发展30年，喝完这杯我敬大家一杯。30年后，我再敬一杯！"

　　"那可得老大岁数啦，挺拔的男人腰弯弯了，柔软的女人腿僵僵了！"老照说。"纠正一下，老徐，今天是 3 月 26 日，厂庆是阴历'五一八'。建厂和厂庆不同。"穆总提醒。"喝酒不能喝水。"方总强调。彭总站起来说："干企业要知其不可为而为之，不能任性子。不喝酒那是自绝于社会。办企业不能灶坑打井房顶开门。"

　　"抱歉，我喝酒过敏。我得为家人保持清醒的战斗状态。"

　　赵总问："你去办款，喝尽这一杯，10 万元货款马上到手，喝不？"

　　"钱我所欲也，生我所欲也，二者不可得兼，我怎么选择？"她看看老穆。赵总说："问题就像猴子，如果员工把猴子都推给总经理那他身上就爬满猴子，不能惯她毛病。"老穆回道："有人帮你是你的幸运，无人帮你是你的命运。生命是你自己的，只有你对自己的生命负责。"

　　"咱也学过《孟子》。如果二者可以得兼呢？那是个假设句，很多中国人都用错了。"彭总说。

　　"我选择生命，法尚应舍，何况非法。我先喝为敬。"

　　"妹子喝水，在我看同喝酒一样，我用酒陪你。各位大佬随随意。"老照说罢将一张照片立在桌上，以酒祭奠。他说，"今天是 3 月 26 日，情不能禁，请诸位原原谅。"

　　"老照，大家一直等你，畅所欲言，童言无忌。有光就照吧，主要照你女儿，余富的万分之一照谁都行。"穆总鼓励。

　　老照说："我朗诵一首诗歌可以吧？我头一回给他写诗。"众人鼓掌。

地老天荒

——纪念诗人海子逝世 8 周年

　　北方的夜依然萧瑟

　　勇敢的星群藏在山那边没有出声

风旅行万里从北来从东来从 70 个方向吹来

疼醒了草原的胸口

此时玉兰花开遍安徽省怀宁县高河镇查湾村

人们在异度时空向诗的南方奔跑

从初一到岁末

年轻的王上与北戴河穿过思念

在苍白惊慌的日月

我走进轰轰烈烈的人群

蒙古安达赠予我第一首诗

目不暇接我惊奇他的心跳与才华

铭心刻骨的地标，桃花泣血的称呼

姐姐，今夜我在德令哈

黑夜一无所有为何给人安慰

每个意外都被你锻成铿锵的果实

我还在人世上行走，走上你的海岸

陪你活到地老天荒的人森林般举起右手

亲族聚会书生们为人类的理想长歌

面朝大海，春暖花开

　　"请问徐所写过纪念海子的诗吗？"老穆记起与徐雁哲初见时她说高考
作文得了 28 分。

　　"没有。我不会写诗。我哥的诗如同我写的。"

"诸位同人，"老穆说，"咱们热力队伍不仅需要扛枪杆子的战士，也需要拿笔杆子的先锋，我们欢迎更多的作家、诗人、音乐家、画家到铁西区来。我决定每年举办一次纪念诗人海子的朗诵会，经费公司出，由老照负责。企业要搞上去，也要培养自己的作者。"

赵总说："我是学工的，仍喜欢喝酒。穆总，咱公司好不容易形成了良好的酒风，现在要让徐所高洁的翅膀带到别的世界吗？"

"穆总善于变通，气场大，人气日益上升，为为啥？因为他体谅人情，对人的苦衷有感受。有恻隐之心、不忍之心、是非之心。我们乐意与您干事业，希望自己能像穆总那样把发明创造当成信仰，把企业当成天天堂。"

"乐意听老照忽悠，我得意这口儿，可是酒风不能改。方总是军师，彭总是总设计师，赵总负责生产，我们公司的所有图纸变成产品都要盖上他们的大脑印章。"

"我来到铁西如同游子找到了归宿，仿佛从国统区进了解放区。早就耳闻这里的领导简朴廉洁，不断开拓新局面，全体员工亲密团结，如同家人，穆总善于抓关键。"徐雁哲说。

穆总示意雁哲说话要得体。饭局上违背规则会被视为异类，不懂事，没礼貌。可不是嘛，老班长说，老穆开车冬天不开暖风，夏天不开冷气。别墅里养猪，用风车发电。床单落满补丁。不会运动和游戏，手贼拉壮，抓扑克摆不开，画面上全是大干部。老穆干了杯中酒，说："老徐，你刚进厂，是不是觉着这里很小？ 50 年的企业中国没多少家。私企外企说黄就黄。像我们这样的小厂100家10年后剩下20%，15年后剩7%—8%，20年以后只剩5%，之后基本都能站住。"

"伟大的社会变革，伟大的人民，新的起点。多角度、多层次、多色调反映现实生活的责任将会落在老照这样的大作家身上。文学应当引领人们更高尚更高雅地享受精神生活。文学呼唤社会正义、公平。人文关怀将起导向作用。"彭总说。

"我和雁哲3年前就想把你们整到天上去，是不是妹子？"老照闭起眼睛回忆。"啥意思？"彭总黑红的脸膛和青色的髭须突然活跃起来。他说："优秀的企业家有责任将老照培养成卓越的作家，像鲁迅先生那样的最有民族责任的作家。把唤醒世人迟钝的心催动国民的自审与自奋捣毁古老的精神锁链的使命担在肩上。改革在深入、体制在转变、利益在调整、人们的心理在失衡，文学对抚慰人们的精神世界存有责任。要接受时代的挑战。时代是文学的催化剂，要不怎么写创业的小说很有激情而守业的小说老重复车轱辘话呢。至于徐所，你敬酒时说30年后再敬一杯，这话得掰扯掰扯。怎么就30年，为什么不50年300年呢？"

"彭总对文学如此关心令人感感动，我看你刚才在瞅讲话稿，这么深刻的思想你从哪儿淘淘换的？"老照问。

"爱是打开幸福之门的钥匙。这是穆总让我准备的。我读的书太多，忘记从哪儿淘的了。是陈树义同志还是冯骥才先生？"

"不愧是总工，时刻保护人民的知识产权。"老照说，"天底下有几位同志非常好，他们的话随便引用，比如孔子、庄子和鲁迅先生的话。离咱们越近引用越要小心。以后读书，不但要知道鸡蛋的味道，还要记住母鸡的姓名。回头再说徐工的话。'燕山雪花大如席'，文学上这种夸张是美，如果说成'燕山雪花大如扇'像夸张又不像夸张就不美。回到工厂，说300年就显得缥缈。30年是美好的祝愿，听了就愉愉作，也有忧患意识。"

彭总、赵总、方总将第五杯酒喝尽。老穆说："弟兄们都好好干，家家买上几套房、几辆车，让手上的银子稀里哗啦，让好日子轰轰隆隆，使生活富裕得顺理成章，叫企业发展得惊心动魄。"

"再娶几个小媳妇。"方总说。

穆总你成天多累。赵总说，你怎不海南安个家，嘉兴安个家，通辽安个家，有空多生几个儿子，多自在多滋润多那啥哈！我临时写了几句话，凑个份子。

迟桂花

> 梅花洲鱼虎，荷盛秋月闲。
>
> 夏日一百六，木兰上玉杆。
>
> 走过景千里，俯仰稀以专。
>
> 江南迟桂花，遥闻香满天。

"搁个副标题，献给谁谁的，赵总？"老照问。

"那还用问，想谁给谁。咱们好好和穆总工作，富裕后喜欢谁就是谁。想上哪儿就上哪儿。"

"赵不正经，总惦着生儿子。"老穆说，"革命胜利后你们以天下为家，远走高飞。我一个人在沈阳留守。""穆总的幸福只有专利专利专利，是不是？"老照问。方总说："就像你，写写写。""二位真是'落霞与孤鹜齐飞，秋水共长天一色'呀！我老方在大学时也是文学爱好者，有空给你们露一手。"

老穆又敬大家。以往他会说酒桌上女人不解风情，就是没看上敬酒的人，今天没有。

"诸位大佬，有个甲方来电话说有两个厂家争合同打起来了让我解释。"雁哲引向别的话题继续说，"我说波纹补偿器国家有检测标准，发 A 级生产许可证。套筒补偿器只有 B 级证。所以两家争套筒补偿器的活，一方拿自己的波纹管 A 证咬对方没 A 证是无稽之谈。我这么回答行吗，穆总？"

"按规则喝酒不谈工作。今天例外，你回的在理。"穆总说。

"还有个问题。"徐雁哲说。

"都提出来，下不为例。"

"关于白朗河水库大坝波纹补偿器的图纸。"

"请设计院的朋友过来。"老穆收杯道，"就到这儿吧，各位。老徐你到我办公室商量一下。""怎么，这就散了？还没同徐所唠够呢。"一些人嘀咕。"没唠够晚上再喝。"老穆回道。他巴不得顿顿喝酒，像很多老板出于爱好或为了工作得了酒精依赖症，老穆也是。

来到办公室，老穆让徐雁哲挑简单的介绍。她说设计方案上讲水泥要一段段捣筑，中间要软连接，连接钢管，否则会断裂。波纹管两侧用橡胶作挡板，也就是水泥＋软连接＋钢管。南京的国企4台要19万元，甲方说太贵。设计院的总工希望我们降价。要使用50年。

"应该叫浇筑。水泥浇筑到一定高度后下钢管（水管直径1.4米），再浇筑水泥，随着水泥的凝固肯定会有沉降，所以钢管一定要加个波纹补偿器。如果不加，钢管因为管道沉降会产生裂缝。著名的中国某大坝的波纹补偿器有的直径12米，一般厂家根本做不了。"

"哦，是浇筑。"

"不是捣筑，水泥捣的话还不得捣稀碎。1997年，中央政府给香港的政策也是50年。咱们出17万。咱们的图纸还没有设计软件，先按你设计的方案做，打压过程中再修改。"想到辽西近几年干旱，老穆随口来了一句：红山女神，你还有多少眼泪，灌溉恐龙的家乡。

第十三章

女人香

　　你还好吗？你认识巴西木吗？我办公室里的巴西木今早开花了，淡绿色，没开的像一丛丛炮仗，开起来如细长的喇叭，是杜鹃花、橘子花的味道，香气进入血液弥漫全身。槐树也开花了，从厂区开到艳粉屯，白的多，红的少，花朵攀上五楼。屋里室外香气一样，是丁香的味道也是感情的味道，让人从内到外包括思想和梦境都沉入想念里。

　　我舍不得开窗，怕幸福溜走，我得告诉你。

　　老穆打完字又自恋地欣赏一番，最后将"怕幸福溜走"删去，存入486电脑的私密日记里。像所有从乡野走出来的知识分子关注植物那样，老穆喜欢栽花养草。他再次凑近巴西木深呼吸，走出小白楼来到花园。

　　新绿爬满葡萄架，翠叶遮住枸杞子的枝条，粉红的花朵在海棠树上将青春展示。在想象里他摘了几粒放入一个人的手心。可地都是苣荬菜，在水井周围热热闹闹地生长。苣荬菜是张丝丝领人从于洪区野地挖回来的。不久的将来，公司会率先到开满野花的那地儿建厂，成为第一批铁西工业园的建设者，而眼前这个小厂是租的。

老穆手压铁把用清凉的井水浇了一遍苣荬菜，到葡萄架下观赏丝瓜的幼苗。十几棵新株举着椭圆形的旗帜欢迎他，没有声音，只有感恩和微笑。有一棵从子叶里生出真叶，像早期的大清朝地图。决明子也长出来，一丛丛，小小的豆科骄子很快就会生出金花，装点老穆的江山。祝你们早日开花结果！老穆走向车间看徐雁哲定的活怎样了。

她去朝阳办款，这边在打压检测。突然看见沙堆上长出一棵苞米苗，心里甚是激动。沙漠上长玉米这不是好兆头是啥？最近很迷信，见到什么都往好事上想。有一天一头猪羔子莫名其妙跑进院把他可兴奋完了。整整等了3天，没人认领就留下让大侠好好饲养。他许诺全体员工过年一起吃猪肉炖粉条子，血肠熬酸菜。也不怕外人笑话，每次听到猪叫他都乐欢脱。

要到车间门口时朝阳的工程监理气哼哼地过来说："什么玩意儿，还这么吹那么嘘的。打压一直鼓包，半个多月了还那色赖样。"

"怎么回事，老弟？"老穆问。

"你自个儿看吧，瞅瞅你们管生产的邋遢鬼，像生产队喂猪的，裤子都系不上还来管生产，还十分豪横。"

他说的人是老穆的三弟穆月福。原先生产由赵总管，由于活多干不过来，人家又图挣钱快，从某个热电厂联系到一批大活，更忙不开了。于是老穆从辽南某电厂把三弟请过来。别人管生产都给安排个副总，他不行。他从来没当过干部，扫地组长都没当过。为人特别狂妄，他逢人就说什么副副总，我见官我就大大半级。我啥活都能干，有能耐无无人晓。

老穆哥四个，脑袋都够用，3个天才。老大没学历看不出来。老二老三老四都是人物。老四穆月笙最能耐，以后再谈他有多厉害。这老三是正经大学毕业，机械专业，铁岭农学院张铁生的校友。而赵总学的是焊接专业，老穆相信自己用人不会错。

穆月福动手动脚能力巨强。生产波纹管不用画图全是心算，他知道波纹管有多少个波，挡板多大尺寸，接管和外罩的尺寸是多少。只要你告诉他多大口径多大补偿量就行。老穆清楚他三弟的优秀也了解他的低劣。这小子自小在家就是受气包，大的小的都欺负他。因为他贪吃，肥胖，小短腿，弓个肩，侧楞个膀子。刚来公司体重180斤，一个半月不到已过200斤。领口尽是油渍，裤子前门有拉锁不拉，也不系扣，前门错开，裤腰翻起，有的地方多，有的地方少，相当不均匀。每个星期天回葫芦岛的家媳妇都不让进门，衣裳脱在门外才让进。先洗澡，否则不让沾边。大作家莫言和余华厉害不？怎么写埋汰都赶不上这哥们儿埋汰。媳妇长得可以，人也能耐，是电厂的财务科会计。说话办事有条理，像个领导，层次甚高。公司同事去他家串门买多少蟹子买多少肉都媳妇分配，怕他抠搜，因为他小气远近闻名。媳妇还能喝酒，她陪客人唠嗑，他在厨房做菜。人们都纳闷儿这么好的媳妇怎么看上他了？

老穆走到老三跟前，问："咋整的，怎么鼓包了？"老三说："问问你自己，你让谁设计的图图纸。""我审核过，图纸没事。"老穆说。

"哪没事？12个压都打打不住。"

监理说："一打就鼓包，那是强度不够。为啥不再加一层？""不行，"老穆说，"加一层得割掉一些部件，那就报废了。"

"那怎么办？我们还急着安装呢。"监理说："你们整吧，我还得去橡胶厂，看看你们给的图纸出事没。"老穆赶紧说我派人开车送你，中午一定回来陪我喝酒哇。老穆给张丝丝打电话要车，将大麻烦支走。

"老三，知道怎么解决不？"他问。

"不知道，头一回遇上。"

"知道气球为啥鼓起来不？"

"力和气。"

"怎么让它不爆？"

"不知道。"

"把气球放在铁盒子里怎么吹都不爆。"

"哎呀天奶奶,额的个亲娘啊!我明明白了,做工装,把补偿器固定住再打压。好,老二你回去等等信儿吧。"老三得意地指挥工人打压,不一会儿就向二哥报喜。

每回报喜他脑袋里都闪出吃饭的画面,这回徐雁哲的形象越来越鲜明。这边打压,她那边在办款,17万元。4万预付款已经到位,合同上要求带款提货,不给全这边就不发货。等她把13万全要回来她至少能得5%的提成,8000多元,我得分一勺汤吧?好的,她一定这么说。她做过什么?是我二哥全面把握,我心里上火外头冒汗。她唯一做的就是坐几趟火车。若说辛苦,也就是困急眼躺在长椅下面与众鞋底共眠。不是我小心眼,也不是我看谁赚钱眼气。只要我一会儿没闲着,所有人都得像驴似的给咱老穆家拉磨,像猪似的天天给我们家撅屁股拱地。谁敢偷懒龇牙立马开除他我。工人得加班费得请我吃饭,徐雁哲这笔活不请我吃饭我就让她活不愉作。

他给工程监理打电话说这边打压通通过了,那边呢?橡胶管全部达标。那边回话。好,老穆说,专等明天徐雁哲上班。

细雨打湿了黄昏,徐雁哲顶着槐花往家里赶。背包里装着手袋,里面是13万元的支票,将有5000元属于她。人都累塌腔了,日思夜想,为钱劳神,快两个月了。这笔钱不买彩电,也不买486电脑,要给父母买药、买营养品。至于把生活质量整上去那得往后推。把孩子送进普通家托幼儿园,省下钱加上这5000元得买房子,搬家,办户口,到9月份女儿得上小学。

来到艳粉三区门口,高大的槐树在路边伫立。红色的槐花竞高直上遮住五楼,仔细查过,是12棵槐树。紫桐喊着妈妈摇摇摆摆扑过来,把雁哲带起兜了大半圈。她脚下穿着旱冰鞋,雁哲把她接住抱紧说:"我的天奶奶,长本事了，太能耐了，和谁学的？"

"爸爸给买的，爸爸教的。"

"你爸来了？在哪儿？"

"他说他去深圳上班，顺便看看姥爷、姥姥、你和我。住了两宿，要等你，那边催了，就急着走了。他说过些天还来。"

"你咋一个人跑出来了？"雁哲问。

"姥姥、姥爷在院里看花，郑伯伯也在看。他搬家了，离这儿越来越近了，正好碰上。"

还好，只是碰上。雁哲想。

"爸爸教我时还不怎么会，郑伯伯今天一教我就会了。他说重心要把握好，还要学会卑躬屈膝。"

"哈腰屈膝，谁送你去幼儿园的？"

"前天和昨天是爸爸，今天是郑伯伯。"

"就隔一条马路，你多咱能自己去呢？"

"我现在就能。"

"那可不行。有人贩子。"

"郑伯伯说他还要教我学游泳。"

"学游泳很好，只是现在还不是时候。"徐雁哲蹦起来够到槐树条，将白色槐花顺手撸下，说，"快给姥姥姥爷尝尝，还有郑伯伯。"杨紫桐七扭八歪滑到 3 个大人跟前请大人尝鲜。

郑云开站起身说："徐所，我刚巧要走你就回来了。"

"你好！谢谢郑总！"

"徐雁哲你还没吃饭吧？"父亲问。

"吃过了。你们呢？"

"吃过了。"

　　父亲说话时眼睛像两眼深井，要把闺女的世界收到灵魂里。"还顺利吗？"郑云开问。"还行，"雁哲说，"全办回来了。"回头她问两位老人："爸妈，你们喜欢这儿吗？咱老家没有这么多树，很多植物在沈阳都能过冬了。期待沈阳将中西方的园林艺术引进来。耸入云层的白杨，成排的美国红枫和恐龙时代的银杏树以及白桦树、合欢树、梓树和栾树。你们见过玉兰花吗？要多栽玉兰树，那是我的最爱。野生的牡丹、芍药花随风摇曳，碧草连天渐行渐远还深，看了心情特别好是不是？还有郁金香，野生的，冬天的根冻不死。荷兰到处都是，希望沈阳也到处都是，西方的植物在中国都能活。"

　　老人不说话，只是瞅着二闺女想着大闺女和小闺女，也惦记大儿子和孙子孙女。他常常在梦里看到徐家屯荒芜的土地，心慌里慌张的总是不落体儿。在3位亲人面前雁哲努力让他们再高兴一点，就对郑云开说："谢谢郑总今天带我女儿过马路上幼儿园，您辛苦了！"郑云开第一次见她这么温柔吓了一跳，说："吓坏我了，看你这样。我只是顺路，没做啥。"雁哲心里说："还当真了，这是礼貌用语！"她问："爸，听说槐树花能做很多好吃的，你会吗？"

　　父亲说从前张家沟老白家你桂筝大姑的婆家烙槐花饼，做槐花豆腐，还能泡茶降血压。现在你大姑在四平也会想起从前。

　　这是我买的菊花、决明子和槐花，一起泡茶喝。徐雁哲说，紫桐，你负责管理这些花茶，好吧？

　　"好。我也负责烧水吗？"

　　"不。你只管负责往出拿督促姥爷姥姥按时喝茶。" 两位老人向郑先生道别。徐雁哲说告辞一会儿。她将老人送回屋回来对郑云开说："两袋红山大枣，一袋是你的，一袋是张丝丝的。"

　　"谢谢你想着，我心领了。"郑云开说，"还是留给两位老人和闺女吧。至于张丝丝你最好离她远点。她念中学时是一群野丫头的头儿，看哪个女生长得好就欺负。看谁穿好衣裳放学就劫道。梳两个红辫子贼土。和老公坐个车路上啊啊啊一通唱。有时唱歌能把猴子唱到四楼，总给人大活驴的印象。"

"要形容也得说是马吧？马是战友。好驴拉磨一圈圈走个不停。她的优点是效忠老穆。""因为无路可走，她也得靠上一面墙不是？你难道没注意，有时她不拿好眼珠子瞅女人。""这话可就邪了。'谁说也不信他，谁说也不信他，只要我今生认定了她，走遍天涯去寻她'。"

"寻谁？这是1991年电视剧《乙未豪客传奇》里的歌曲。导演纪小黑对吧？曲折离奇，抗日有看头。就是后期制作太粗糙，连导演指挥人物出场都忘消音了，观众那么急着看，电视台那么急着播。"

"张丝丝是我来沈阳第一个用单位的轿车送我办事的人。这份恩情我要永远记住。"

"对她你只管提防，一点不可怕。怕的是老穆家的第二代。谁挣俩钱如同挖他们的心肝。"郑云开说。雁哲觉得自己和这位男子的感情还没亲密到可以说长道短的地步，她说："以后再说吧，谁管得了那么多。"

"你多咱买房子？眼瞅着紫桐就要上学了，有啥打算吗？"他问。

"一想这事腔子就疼，"她说，"一疼就困，睡觉能忘掉烦恼，要不还能活吗？"她看紫桐写字：我爱妈妈，我爱爸爸，我爱姥爷、姥姥，我爱正伯伯，我爱我自己。

雁哲说有两点，你把自己放在最后，别人会觉得你有礼貌很懂事。其实人只有先爱自己才会爱别人，这是真诚。第二，郑伯伯的姓是郑成功的"郑"，不是正负的"正"。不过小孩子写字要立整才好。

"妈咪呀，美术老师说中国字像画。"紫桐说。"这也太高深了吧。"郑云开慨叹。徐雁哲把脑袋里的图像调出来说，汉字是流动的线条，飞翔的韵律，舞蹈的构图，是笔墨的音乐。里面有灵魂有性格，比如颜体和柳体或气宇轩昂或骨力劲健，像关老爷像文天祥。我喜欢二者合一，写起来像秋瑾烈士既刚烈又曼妙。汉字的每个线条都可以冲破团块，忽略立体性，像画画，很空灵，很有诗意。而小孩子写字必须先立整。她没有告诉女儿，据说学书法学欧体和柳体参赛不容易获奖。也不提王羲之的顶尖书法艺术"三点切圆"，每个字都能画出几何图形，或三角形或梯形，讲究很多。

郑先生坐立不安，男人的特征将肥裤顶起来。他本来十分讨厌人们用高深的文化挑衅，用他说不出来的话拷打，认识3年了，没有进展。徐雁哲瞧不起离异单身而又没学历的男子。在单位他拿多少大活老穆都不会提他当副总。他知道她喜欢谁，他们没戏。老穆身边有50多个亲戚挡着，她冲不进去。她和老四穆月笙倒很般配，他比她小一岁，她带个孩子，还有老人，黄花小伙找她全世界的人都会跳起来反对。除了我她没有合适人选，也没有一个人像我这么在乎她。他站起来坦荡地说："我没听懂，你听明白了吗，紫桐？"

"没明白，可是好听。"紫桐说，"汉字像飞，像跳舞，像音乐。要美要厉害，像人。写字得立立整整，不能像鸡叨的。"

一位女教师过来搭话。雁哲问候说："老师您好！请问您平常尽给孩子买啥书？"女士说口袋书，巴掌大，讲小青蛙、小水壶的故事和一些生活常识。我总觉得王子与公主的故事对人格塑造没什么益处。"好妈妈胜过好老师"也全是套话，看了受不了，不看。最近发现《巧虎》不错。大陆的儿童读物讲道理说规矩，台湾的儿童读物讲道理能动手，多是自然科学，像三角形、正方形啥的。台湾接近西方的多一些，大陆学生只是说，不去做。咱们想得好不知怎么做。还是买《巧虎》吧，聆听也很重要，女生动手能力要强。近几年的高考状元女生也不少。说女生到高中时笨根本没有科学依据，指定是不重视女孩教育让她们啥活都干给耽误了。学习成绩上不去家长跟着上火。当学生都当不好，愁哇。孩子学不好对家长来说是个考验。

"上哪儿买呢？"

"上网上查查看。特别期待大陆出一些数理化儿童图画本，打好自然科学基础。"

"请问是什么网？"

"互联网是新鲜事物，1994年中国才实现，听说用电脑上网，目前没多少人上过。1989年开始发行巧连智（巧虎系列早教产品），我同事给的是她朋友从台湾买的。将来制成DVD就好了。"

"谢谢您！齐贤中学的老师真棒！"

紫桐说："妈妈我想看《巧虎》。""紫桐你知道咋能整到吗？"郑先生问。

"妈妈能给我整到。"紫桐确定。

"'整'，广泛动词，相当于英语的have、get、take，最好说'弄'。这样用词准确雅致。"雁哲说。

"紫桐你得自己想办法弄到。"郑云开说。

"我的办法是麻烦郑伯伯。"

"那你可找对人了。"

"你也不和我一个姓啊。我和妈妈好，因为我们都是女的。爸爸老出差，不好。我为什么要姓爸爸的姓呢？"

"你是爹妈共同生的，只有你的思想是自己的，那就看你怎么争取最多最好最有用的思想了。"雁哲说。紫桐问："那你不认为也有遗传因素吗？"

"这孩子说话太砸人了，两句话就让你断电。紫桐，让郑伯伯试试淘换《巧虎》。"

徐雁哲从网上看过一头野驴独行于塔克拉玛干沙漠，脱离了主人的车轭、奴隶的枷锁，一丝不挂走得十分悠闲从容，令人羡慕。假如有一天把我一个人丢在那里，我会和驴相依为命到老到死。这样的情绪突然跳出来，她将第一张回款支票送给老穆。

她走到穆总办公室门口，浓郁的花香席卷而来，仿佛伸手可得，醒时又两手空空。

"怎么样，老徐，出差顺利吗？"老穆问。

"不顺利。省水利厅、市长、施工单位一起开会，我也列席了，可郑重了。他们反复强调所用产品要保证50年。我保证了，我想说100年。辽西今年大旱，根本没水，老沉痛了。总经理，这是支票。"她双手奉上，说："我刚才以为跑进《红楼梦》大观园了，吓了一跳。"

"巴西木开花了，外面的槐树也开花了。"老穆说着接过去，写了字条：8000元。他让雁哲去财务处领。他忘记扣除活动经费了，雁哲怕老穆反悔想赶紧跑。

"你不喜欢植物？"他问。"我喜欢植物，"雁哲说，"我不喜欢沈阳这样式的。看咱们的马路，十几里一个品种，或槐树或杨树或柳树，最近上了一批银杏树，松树太少了，白蜡树更少，一点穿插变化都没有。再看公园的郁金香，在一个平面上，要么一片白，要么一片红，没有野性。沈阳人喜欢得不得了，包括摄影爱好者。建筑也一样，只是用于居住，缺少审美价值。看南方的一些富裕样板村，像从一个图纸出来的。中国人只会从南面开门开窗，不会转个儿从房山取形。这种公式化思维用来踢足球可就不好办了。"

老穆不再谈植物，说："买部手机吧，跑业务没手机不行。"

"怎么会这样？"

"怎么，你不是刚刚说要变化吗？"

雁哲说我买。她想好不容易挣点钱还不能自主能不羡慕野驴吗？怎么办？想用谁的旧手机应付一下吧，公司没几位有手机的。沈阳1996年才有，以前全是大哥大大砖头，也养不起，双向收费。没办法，雁哲花掉6700元买了部摩托罗拉手机。

穆月福提议到饭店庆贺一下，相当于农村人买了四轮子得请客，老母猪下崽也得请。雁哲拿出200元麻烦他领几个工人兄弟先小酌一把，以后会大操办。

有一天雁哲忘带充电器了，不懂得专用充电器对应专用手机，她冒险用了郑云开的座充，充坏了，又花 800 元买了电池。

全厂上下开始抗议穆老三。业务员怨他多次干预提成，工人们恨他克扣加班费。奖金由他一个人定，只向总经理汇报甚至不报。一人制，好几个月了。两耳不闻世上风雨，一心只干分内事，提意见就被踢走。有些人在下班的路上跺脚骂。

年轻人跳槽是能耐，只有跳槽才会接触新世界。厂长和副总们很年轻，业务骨干们说，副总不死我就上不去。三十六计，走。在雁哲买来电池的第二周穆老三被撵回辽南老家。

第十四章

幸福指南

3年厂庆轰轰隆隆到了，老穆把宴会安排在厂内的广场，全体员工参加。

白楼碧草枣花，霓虹新月晚霞。

古都西城音乐，热力人五一八。

一等人跑销售，领来客户钱无数；二等人当管理，上下协同忙关系；三等人搞技术，没有外财无约束。70来人7张席，副总级以上领导前台就座，其他员工按序排列。

人们看到首席出现3位新人：穆月笙、郑云开和化工学院教授张维可。徐雁哲在三等座位坐着，偶尔离席接个电话。牡丹江橡胶厂安装公司找上门让她做10万元铰链型补偿器。

人们背后议论，哎呀妈呀，定那点活就急成这样，和郑云开没法比。中国北方的钢铁厂哪家没他定的活？国家上一个钢厂少则四五十个亿多则百亿，哪年他不从邯郸拿五六百万。这是按键和电脑的距离。总以为自己是西湖景里的祝英台，其实哪有那么好看。女炊事员说，像她那样的美女沈阳保工街每天都能遇上几个，中街、太原街和北行更多。

"谁都比不上张曼玉，是不是侠姐？"张丝丝反驳道："胡说，我就认为徐所绝美。""我也这么认为，"另一个说，"张曼玉颧骨太高，照片看着让人着急。中层以上领导24位，灯光一闪，徐所就眼前一亮。"

请大家肃静肃静。张教授主持庆典，将麦克风调了几下说，女士们，先生们，同志们，大家晚上好！我宣布《走好自己的路》盛京热力设备制造公司成立3周年庆典现在开始。掌声过后，他继续说，大家一定期待总经理讲话是吧，请不要着急，好饭不怕晚，我先转述他的著作以飨诸位：

"同志们，我们公司成立整整3年了，时间不长，几经风雨，公司能有今天无疑是同志们努力拼搏的结果，是上级领导大力支持的结果，也是八方朋友热心关照的结果。不谦虚地说，我们这个公司算是在银根紧缩的岁月里诞生并取得小小成就的公司，靠我们的产品、靠我们有特色的专利我们已经成为同行中有竞争能力的厂家之一。告诉大家一个好消息，刚刚过去的半个月我们公司产值500万，5月份有望实现公司成立以来第一个月产值超千万的纪录。"

"500万？"众人惊叹。

"正如'焦点访谈'节目所讲，要搞好一个企业光靠一名厂长不行，但要搞垮一个企业有一名厂长就够了。我比较清楚自己对公司的责任。我要按'四个对得起'努力学习，努力工作，吸取并采纳所有有益于公司发展的意见和要求。假如有一天我的工作不能使公司发展，告诉同志们，你们一定要力挽狂澜，让优秀人才率领大家奔向前方。

"俄国有句谚语：骗人一次，终身无友。这是人生的辩证法。一个人如果没有诚意、不讲信用、不负责任，就会失去别人的信任，工作和生活必然处处碰壁。纵使偶尔得逞一次，最终也会失败。因此，做好人不但要有道、有德、有智也要有信。

"同志们，我们不要抱怨过去过多的坎坷曲折给人带来的不幸，也不要设想不着边际的未来，我们要的是脚踏实地地向前想、向前走、向前干。如果一大批有道、有德、有智、有信的优秀员工集中在一个公司，他们又都在光辉的道路上奋勇前进，这个公司就肯定是大有希望的公司、大有作为的公司。我们为什么不让这个公司就是咱们公司呢？"

"为啥不自己读？我乐意听老穆说话。"有人说。

张教授继续说："聚是一团火，散是满天星。全员合作主义精神将成为现代企业人必备的品德。记得总经理说过'不善于与人合作的人，永远是孤独的人；不会与人合作的人，身边永远缺少朋友。要获得别人的尊重，必须先尊重别人；先想到别人的利益才会有自己的利益；光想自己的利益最后连自己的利益也难以保全。'总经理的话告诉我们每个员工，合作意识是热力人的美德，与人合作是热力人最基本的行为规范。不思进取的人，无所事事的人，不善与人合作的人，不是真正的热力人，迟早被淘汰。

"世界著名管理大师卡耐基说过，一个人的成功，只有15%是由于他的专业技术，而85%则要靠人际关系和他处事做人的能力。关于这一点，许多同志都会从自己的切身体验中证实卡耐基的理论。总经理说公司不少相对杰出的人才，他们的共同点是好为别人着想，为别人做事，为别人服务，结果经常感动别人又为咱们服务。同志之间见面有个笑模样，谈论事情先让个座、倒杯水。坐你的车时帮忙开下门，整理一下坐垫，友好地送到工作地点……如果这些小小的服务细节都能做得不错的话，我们公司的将来一定会比现在还好。下面请公司总工彭总讲话。"

彭总上台念《兴旺之源，发达之本》里的文字："同志们，大家节日快乐！外来客人走进咱们公司大门就会体会到一种朝气蓬勃、欣欣向荣的青春活力。看后都惊叹，哇！真了不起！很难让我相信这是一家民营企业，买这里的产品放心。人们说创业难，难就难在管理上。我想用下面11个小题目谈如何去探索、去实践、去总结、去生产。"

都在心里装着呢，谁不认识谁呀。一听11个题目人们就不耐烦了。彭总也很识趣，挑硬菜列了11条：全员是人才。全员务实。全员销售。全员创新。全员为产品质量奋斗。全员平等。全员合作。全员节约。全员文明工作。全员大家庭。全员合作利益分享。天下熙熙，皆为利来；天下攘攘，皆为利往。不论什么合作，都要考虑"利益"二字，利益是连接合作的锁链，利益的分配与合作的牢固度、持久性密切相关。心胸狭窄的老板患有"红眼病"和"嫉妒病"。只想让员工多奉献，不愿让员工多获得。只让马儿快快跑，不让马儿多吃草。我们公司的全体员工都公认，我们的总经理胸怀宽阔做事大气，思想开明远见卓识。

老照对徐雁哲说，"红眼病"和"嫉妒病"能并列吗？重复也是病句。最后一句好像不顺，缺动词"有"。像"迅雷不及掩耳盗铃之势"听着别扭。

彭总听人议论就沉下脸，说，在保证员工利益方面，总经理动的脑筋最多，许多决策都深受员工的拥护。应该做到的你做到了，你应该获得的总经理就慷慨兑现。

"天哪，我又饿啦。"老照说。

张教授接过话筒道："下面请穆总作重要讲话，大家欢迎。"

老穆说弟兄们，今天是1997年阴历五月十八日，建厂3周年，大家吃好喝好。

"宴会正式开始！请大家畅饮美酒，朗诵诗歌，翩翩起舞，或拥抱，或亲吻，或跺脚欢呼，尽情放纵，来庆祝公司3岁生日。好，下面请穆总的老班长方总朗诵诗歌《安天下》。"

屏幕上出现黄果树瀑布的大场面，方总来到话筒前，说："在如此美好的良宵佳节，作为老同学，我将拙作献给我的好兄弟穆月出以及公司其他同人。"

电脑专家将歌词投到屏幕上并配以多媒体音乐。

安天下

敬爹敬娘敬上苍，目送赤兔闯四方。

一轮清月伴鞍出，六合重担任我扛。

盛京为台兄弟好，青春作酒笔墨香。

建功热力安天下，告慰平生尽思量。

"呀，里面有'穆月出'的同音字。"老照说。"方总自己写的还是老照代笔？"有人感到意外。

"胆量过人，首句不合平仄，尾字险用轻声押韵，显然在向唐代格律诗人挑衅。"诗词爱好者议论。有人回道："人家也没说是律诗，这样写自由，自由就好。"

老照走到前台说，请允许我代表全体设计所的同志将这首诗献给大家，作者徐雁哲。他朗诵或当主持人时从不磕巴，他许诺一定倾尽毕生的才华将每个字用感情充分灌溉演绎：

山

你把千年的翠伞

立在陡峭的巉岩上

让天下的朝圣者

有了攀登的力量

黄山迎客松？方老觉得这首诗的格式好像在哪儿听过，按此套路，他一刻钟能写3首，一天能出一本诗集。

酒过数巡，老穆举杯过来，手搭老照的肩膀说，我和三等人喝几杯。没人起立。穆总就坐在老照的座位上，两眼盯着酒说，想我穆月出，平生不会打麻将，不会踢足球，更不会交女朋友，唯一的爱好就是喝酒。让我刻骨的日子有两个，一是上大学，那时家里穷，没钱下馆子，我省下钱，会上好哥们儿到青年公园喝酒。两毛钱一大碗，每人一碗，没有菜，只有酒，可是我有好哥们儿，我心里痛快！不信？你们问问老班长。那时我就下狠心，有朝一日我若为王，我一定请兄弟们天天喝酒。只有喝酒时我才觉得自己是个人，主人，男人，顶天立地的大男人，其他时候我都是孙子，所有人的孙子，三孙子。你们听好，我是你们的三孙子。还有就是我蹲局子的时候，三天三夜睡不着觉，我愁我痛我恨我不甘心我嗷嗷叫，像落难的狮子，我担心我要疯掉，我怕我这辈子就这么完了。我多希望我的兄弟我的老班长给我送一碗酒，可是没有。我的家人，穆月笙在念硕士。郑云开是个大傻狍子不懂我。你们都不懂，没有人懂，没有。那时我就下决心，如果东山再起，我一定振兴我们的公司，让弟兄们天天喝酒。谁不喝酒谁就跟我二心。听到没，弟兄们？今天咱们大家在此相聚，是因为酒救过我的命。

张丝丝送来果盘，外加一小碟桑葚。徐雁哲将桑葚盘献给老穆说："请总经理品尝。曹公有诗云，何以解忧，唯有杜康。行军饥渴，桑葚为粮。"

"老徐，"穆月出说，"前两句算是好诗，后两句算你杜撰得有情有义，我还就佩服曹操同志。各位，你们知道公司谁的酒风不正不？徐所她不给我面子，我第一次敬她她滴酒不沾，不识抬举。为此我特地为老徐写了一首诗。"他给徐雁哲斟满酒，句句迟迟地念：《整顿酒风》。

老穆知道这不是诗，不给大家品味的机会，继续说："在企业喝酒也是工作，玩和工作一样，都得专心致志精益求精，谁敢不喝试试。全体满上。

这杯里的酒是我的兄弟、理想和信仰。"

徐雁哲像石头般坐着。3年了，她一直想知道老穆在看守所里是怎么熬过来的，最难的方程式终于破解，心为之解放。接下来一些人要陪老穆在战场上打拼还得喝酒，公司已有两位骨干得了三高。离开酒场老穆是个英雄，端上酒杯就是疯子，典型的酒蒙子。他们家的基因特别，酒精分解快，怎么喝都没得病的。让一个人透支健康陪他玩命就等于殉葬，我要为他殉葬吗？

"只要你喝了这杯我就吃了所有桑葚，往日的感情一笔勾销。"

徐雁哲左手握杯，又轻轻放下。老穆说："端起来，鉴于我表现好，我再给自己满上。这杯酒一是对老徐表示欢迎，二是对老徐表示感谢。"徐雁哲右手举杯说："谢谢总经理，我全喝。"

"你不是不喝酒吗？""我喝的不是酒，是公司的兄弟和总经理的理想。"

老穆看着老照的酒杯说："你喝多少都白搭，说话费劲，又跑不了销售，好好写作吧。老照，你觉着徐所的文学水平能和你比不？"

"那还说啥，和我学文学闹着玩呢？"老照乐意和老穆侃山。

"我的诗有她写的好没？"

"不是真正的企业家写不出您那样的诗。"

"你即兴来一首。"

老照说30年前，"人人会写诗，人人会画画，人人会唱歌"，"一县一个郭沫若、梅兰芳"。以后进入网络时时代都用电脑写，中国诗人遍地开花，我不凑热热闹。要写就大圈套小圈写海市蜃楼那样式的，把你们整到天上。我写小说了，总经理。

"不照搬生活了？"

"难道总经理不认为比艺术更高的是真正的生活吗？如今有多少艺术家文学家不得不向生活投降。"

"你往天上整一个，赶紧地。"

老照说，不好意思，献丑了。

想你

想你，在邯郸七月天

想你，在锡盟大草原

想你，铁西飘雪花

想你，工人村吃年夜饭

俯首想你看尽春草

举头想你望穿双眼

每寸钢板将你苦苦等待

每条线段为你细细挑选

既然今生把你遇见

何不珠联璧合共续情缘

千万里你终于来到身边

感谢你的时候我的生命无比绚烂

"啥意思？"老穆问。"见见笑了，"老照说，"模仿之作，总经理想到谁了？"老穆问："你冲谁写的？"

老照笑呵呵地说，借一个男人想念徐所写全体员工惦记补偿器。众人跳脚起哄。徐雁哲说："我要造反，我怎么就是补偿器了？"

"造反无效。"老穆说，"老徐我早就说你小心眼儿，还不服不忿的，你以为补偿器就你的10几万的活？咱们公司以后每年得几千万甚至几个亿，咱们不能单靠补偿器活着。不过老照，你也是，想补偿器都想疯了。这也叫诗？听起来直么起鸡皮疙瘩。我看你投笔从戎算了，当兵都比你写作有出息。"

他回头对大家说："诸位知道不？这老照，越讽刺他越有战斗力，越打击他越要将写作进行到底。"

"穷且益坚，不坠青云之志。"雁哲说。老照拽雁哲的衣角让她打住。

"捅咕我干啥呀，老照？"雁哲高声问。老穆说："徐所，我是以高智商的人才把你请来的。没想到哇，老照都懂得为人不要功高盖主。你看你，刚才这两句显然是盖我，以后还能有你好果子吃吗？"

"徐所喝纯净水喝多了这是。"老照说。穆总道："我到别的桌，各位好好玩，好好活，一直活到死。老照让他多带些桑葚。"老穆说："老照你以为我没摸过词典，Y 和 R 不分是吧？不叫'桑印'是 sāng rènr。"老穆吃了两串放回桌上说："曹操同志说这是真正的战友，大家吃吧。"

"总经理，将来'起鸡皮疙瘩''狐狸精''讨厌''性感'都得变成褒褒义词。"老照紧赶着补了一句。

大业务画家白天白自编自唱《我把青春献热力》，一些年轻人进舞池跳舞。郑云开从远处向徐雁哲举杯，想邀请她跳舞，没有动。

穆月笙一手执酒一手拎瓶过来说："各位弟兄姊妹，咱们在一个公司很久了。一起喝酒是头一回，我敬大家。男人都干好吧？这位是徐雁哲所长吧，你随意，大家开心就好！"

这位体育硕士以善交际著称，本来轮廓分明白白净净的英俊脸蛋硬让他风里踢球雨里赛车折腾成东北混合面大饼子。他体格健硕，气场浩大，让人感到他身上长满了健美的肌肉块和威风凛凛的鬃鬣。他给大家斟酒，从雁哲身后经过，膝盖碰着了她的屁股。他说了句英文 sorry（对不起），细如蚊声。雁哲听到没有回。酒罢，他又给雁哲斟满水，把米饭递给她说："人生境界有四个层次：欲求境界、求知境界、道德境界和审美境界。无论哪种境界都离不开吃饭。饮食要均衡，肉类、谷物、牛奶、果蔬每天都要摄入。米饭不要多，含糖高，是面食的二倍，一小碗儿的三分之一就行。东北人一顿两三碗饭很不科学。也不能一点不吃。"说罢这位单身汉又问雁哲的女儿多大了，老家在哪儿，父母亲还好吧，和谁一起过。他告诉她请放心工作，家里有困难尽管提，大家都会有所尽力，千万不要外道。

在他告辞时，雁哲说："谢谢穆总关心，非常感谢！"

多年以后有人说厂庆上好像播放过张俊以作词、孙悦演唱的《快乐指南》VCD：

讨论一下你为什么不快乐

我们看看幸福手册上它说些什么

你照着它去做会收获很多

别让那快乐走了噢吧吧吧

不要枕着难题总是很忧郁

命运安排我们日子都有许多坎坷

如果发现错了就马上改过

别让那快乐走了噢吧吧吧

不贪不占你会快乐

不抽少喝你会快乐

清清白白你会快乐

善待朋友你会快乐

孝敬老人你会快乐

有了爱情你会快乐

好的心情总是让你快快乐乐

你笑一笑它很容易

不要忧郁不要心烦和叹息

用你的珍惜和你的感激

有了知己有了幸福和甜蜜

好事者说气氛差不多，没有播放这首歌，我敢肯定。

穆月笙一走老穆的小舅子郑云开就过来给大家敬酒。他私下里对徐雁哲说，半个月 500 万产值太撼人了是吧。穆月笙提了副总管生产，尽挑大活干，干完发不出去，在外头风吹雨淋的。小活甲方催得直叫唤，一直拖，以后有了大活还能给咱吗？公司刚见亮就这样折腾，早晚毁在他手里。老穆和他干好几仗了。他大学教师不干了，怎么想的？跑销售还算听话，管生产就野心膨胀，天那么大，忘记是他二哥和我五姐供他上大学念硕士了。

雁哲除了以水代酒敬本所同事没向任何人敬酒。晚上 9 点钟，穆总同意工人下班回家，不准小白楼的人离开。雁哲告诉设计所的弟兄说，大家见机行事。一些人就借洗手之际开溜。

老四穆月笙又过来，问："雁哲，你着急回家吗？你平常怎么回家？By bus or on foot（坐公共汽车还是步行）？"她说："我家在艳粉屯，在歌手艾敬家附近。我同所里的同事约好一起走，一会儿就到。"

老四说："你能再坐一会儿吗？我派司机送你，这么晚这么黑又这么偏僻。"

"谢谢穆总！你忙吧！"雁哲没有等，离开的时候也没向任何人告别。

一轮清月要从黑的云里逃走，始终没有成功。晚上徐雁哲梦见自己躺在手术台上，胸以下的部分被切断，做手术的男医生一直在附近为她忙着。她觉得被切掉的部分失去了知觉，被男子推入巨大的仪器里检查。一点疼痛都没有，没有恐惧和痛苦，大脑清醒，血流畅快，很幸运也很幸福，那男子一直微笑着说安慰的话。他的名字叫穆月笙。

第十五章

带你去哈尔滨

"喂，是老徐吗？"老穆在电话里说，"你准备一下，出趟远门。"

"什么……"

"哈喽，"老穆问，"你咋不问问为啥，和谁，去哪儿，干啥？"

"穆总，我正想问呢。"

"我开车，去哈尔滨，喝酒。"

"为啥？我要起义。"

"喝酒也是工作。星期天厂庆你不也喝了吗？"

"我再强调一遍，我喝的不是酒。再说我牡丹江的活还没给干，我得在家盯着。"

"小心眼儿，除了这活你啥都装不下，扶不起来的天子。"

"反正这活不给我干我哪儿都不去。"

"好了，快回家准备一下，半小时后启程。还起义？我这就北上。"老穆怕徐雁哲磨叨就把手机关了。

走出小白楼，张丝丝问徐雁哲怎么了。"姐姐，"雁哲说，"都半拉月了，我的活还没给干，人家都催好几回了。还让出远门，心塞呀。"

"用车吗？妹妹说句话就中。"

"不麻烦了。"徐雁哲说，"我急着回家，姐姐再见。"丝丝的手机响起来，是穆总让她备车。她说总经理，让大侠办事没说的，司机和油足足的。老穆说："不用司机，我自个儿开。"张丝丝说："那不行，总经理，不是说全员文明工作、全员大家庭吗？凡是与车有关的我是最高大统领。出远门得给你配两个司机双保险，也显得咱气场大。我得对大家庭负责不是？"

车队长关了手机，又打电话给郑云开。"云开，请你来单位一趟好吗？""啥事？我正往单位开着呢。"郑云开回道。

"总经理要出远门，需要俩司机，我只有一个。想麻烦你顶一个。"

"你个大疯娘们儿，我警告你：第一，你以后别拿我当司机。第二，你以后别管我叫云开，让人家听了怎么想？你是我媳妇还是我妈？"

"爱来不来，别到时候后悔，反正徐所也去。"丝丝把手机关掉自语道，"等着看彩色宽银幕武打枪战言情谍战片吧。"

郑云开把车开进厂门时看见老穆正同张丝丝理论。他把车停到停车位，过来问："怎么了，姐夫？用我削谁不？"

想到昨天的扑克牌，她说："为了安全，除了小沈（丝丝的侄女婿），我还想给大王总经理配个能开车的小王。""正好没事，下雨天打孩子闲着也是闲着，看我像小王不，大侠？"郑云开问。"那还说啥。"丝丝回道。"那不行，你不懂技术，我带根木头干啥，大老远的。"老穆说。

"总经理，这话可就不中听了。"郑云开开启冲锋模式说，"不是说全员平等、全员合作、全员销售、全员是人才、全员为产品质量奋斗吗？你拍拍胸脯子问问，全公司我定的活是不是最多？按你的话说我定10个亿你也瞧不起我呗？只要你骂一个人傻匹，好哥们儿也会立马分崩，不信你试试。"郑云开的长项是同姐夫干仗。"可不是嘛，"张丝丝补充说，"像我，一个大字不识也知道什么叫波纹补偿器、套筒补偿器。还知道马上要上压力容器，还进行 9000 质量认证。不是说全员搞创新吗？"

"好了，别吵了。我个玉树临风的总经理连用车的自由都没有了！"老穆明显感到有三股军队正向山口集结。女魔头和公野驴两股势力开始联合，力量之强大已让他没有还手之力。倒虎不倒架，他说上车吧，还等啥？丝丝说，郑总，全交给您了，您辛苦了！嗷，闹着玩儿呢？郑云开说罢启动车，哼着酸曲开出大门。

过小街上大道，行 15 分钟，老穆问："谁知道徐所家？""我知道，"郑云开问，"她陪咱们坐车？"拐进小区，郑云开下车看见来人就迎上去问："咋地了，出啥事了？"徐雁哲说："我爸不让我出差，他要回老家，梦里梦外全是'种豆南山下，草盛豆苗稀'，想家想疯了。好好的，添什么乱哪这是。"

"你老爸在梦里作诗了？最近我学了句沈阳话，没有事，相当于你们英语的 no problem。"老郑走到副驾驶前说，"姐夫，徐工的老父亲要回老家，正好后面有个空位，还顺路。可不可以送老人家回去看一眼，回来顺路接回来？"老穆问："你说呢？""我说中。徐所，扶老爷子上车。"说罢，郑云开给小区的钟点工邻居巧婶打电话，希望她帮忙照顾老太太和小姑娘。巧婶放下电话从楼里出来，没说完第二句话就到雁哲家上班了。

看大家把老爷子请到后座坐好，老穆问候："大叔，您老好哇！一看就知道见过大世面。"老人说："不行了，落魄的凤凰不如鸡。"

"可是凤凰还是凤凰。"老穆问："您在沈阳还待得惯吗？""还好，年轻时常来沈阳，同知青们的家长处得好，也到省里开过会。我们雁哲受知青家长邀请来沈阳待了半拉月，有了理想，一路扑腾，要不能有今天的出息？几十年一直记着沈阳人的情义，是辽宁省实验中学的教导处主任。"

"爸！"徐雁哲拽了拽父亲的衣袖说，"真是横看成岭侧成峰，远近高低各不同。就我这样我爸还认为有出息呢。有时我都觉着一瓶不满半瓶逛荡还不如老老实实当个村妇。"郑云开说："那得有多少人抢着找你放羊啊，你若成为牧场主，徐家屯不就成沙漠了？"

"啥意思？"老人问。郑云开说："牛羊一多，别说庄稼地，就是野草都会啃光。像日本人，放着自己的国闲着，跑到中国雇人养山羊，啃成沙漠。之后有几个日本人又来中国栽树，栽几棵羊就啃死几棵。没辙，只得给村长送礼，成活率立马往上蹿。他们植树出了名，到电视台录节目，啥都不说，只管嘲笑村长。有人偷砍一种红柳卖给城里，说用那种树枝烧烤出的肉特别香。我觉得应该禁牧。"

"草籽乱飞，很难附着到沙土里。牛羊踩踏能将种子踏进深土。西藏的有志青年正在研究如何治理。沙漠地区开始用草方格治沙了。"雁哲说。

"老徐，给你出道心理测试题，想猜不？"穆总问。

"当然。"

"给你几种动物让你选一个当宠物：鼠、狗、羊、猪。"

"羊。"老穆得意地伸开手心里的字"羊"。"为什么选羊？"他问。父亲说："雁哲小时候养过一只羊羔，通人性。她走哪儿羊跟哪儿，还领它上过学。后来趁她出外串门，给卖了，好一顿哭。"

"有首儿歌听过吧，老徐？"老穆问。"知道，我唱过，《玛丽有只小羊羔》，1832年美国的童谣。"雁哲说："老爸说的是，直到此刻我一闭眼就能看见那只羊，眼神巨温柔，有时它欺负我小，不顾组织纪律吃生产队的高粱苗，我拽不动就跺脚哭。真想它呀。"

车过高速公路收费口，老穆说选羊的人城府很深而且小心眼。大家就笑。小沈说，说起羊我就想起羊奶。我儿子做酸奶可好了，用筷子一插再一挑，能站住。"小沈你啥族？"郑云开问。

"满族。"他说。"满族？"雁哲说："别人穿破裤子上街，八旗子弟就穿裤衩子闲逛。手里还拎个鸟笼子、蛐蛐罐。"

"我也是满族。历史上所说的'旗'都是政府发工资，里面有满族、汉族和蒙古族。清满族与金女真不同。"老穆说。

"我也是满族，"郑云开说，"这要是在清朝，我一定将徐所抓家里当使唤丫头，起个名叫玛丽。玛丽，过来，给我捶背。玛丽，过来，给我洗脚。完事给她5两银子，给羊羔一捆青草，打发了。"

"那可不能。"老人说，"我们祖上在关里生活。我祖父是丰润有名的抄书匠，来东北当过师爷。雁哲的五爷是宫廷御医的徒弟，给张大帅看过病。大帅要成立东北开垦局聘五大夫做事，没一个月皇姑屯出事了。那时候一到腊月就有毛驴车往我们家送年货，像《红楼梦》里演的，狍子、鹿肉、冻猪肉、黏豆包啥都有，说是感谢五大夫救死扶伤。五大夫有钱，后来国民政府强令兑成金圆券。五大夫心灵，手里的大部分钱换成了美元。去世前给侄子侄女们一家一大匣子。60年代我们家的美元全让雁哲她妈烧了。"谈起过去的日子，老人又活泛又伤感。众人就想出更多的办法让他开心。

"爸，可不能泄露组织机密，别提我五爷是辽北韩州城中共地下交通站站长，进过奉天日本人的监狱。也别说我七爷救过解放军的连长，藏在碾磨底下，躲过国军的搜捕。60年代一位解放军连长的儿子还找过七爷要报答他呢。有人要将我爸的故事写成书，名字都起好啦，叫《滣》，这么写。"

"什么意思？"老穆问。徐雁哲说："《诗经》里有'坎坎伐轮兮，置之河之滣兮'，'滣'是'漘'的古体字，'河的嘴唇'，即'河岸'的意思，常突额勒克，即昌图，有泉水的崖岸。"

"这字生僻，最好改一下，比如《河唇》。"老穆问："徐所你小时候吃过蚂蛉没？"

"没吃过，我知道蚂蛉也叫蜻蜓，用网套过，也用手捞过。我妹妹吃过烤蚂蚱，吃着玩儿的。"

"你们的日子过得不错。猜猜我们穷孩子吃啥？知道蝴铁落吗？"

"就是蝴蝶。"

"扁担钩呢？"

徐雁哲说："学名叫短额负蝗，我们也叫扁担钩，细长，像螳螂类的昆虫，用两手轻捏后腿它就跳舞：扁担扁担钩，你挑水，我馇粥。棕色、绿色的都有。"老穆说："我们小时候吃蚂蛉，穿串儿，烤着吃。吃红蜻蜓，不吃白医生，鼓肚的那种里头全是屎。还有二愣子、大老黑、大老青、大老黄、大绿豆、红辣椒、青茄子。蚂蛉喜欢落单枝，倒着落。还有一种，能在水上飞，又小又细，绿的，透明，最厉害，很难抓，我一手一个，叫……叫烟袋锅儿。小嘎们儿一起跑着抓，还没抓着就喊那只是我的！不想让别人先捞着，抢到手就给踩死。另一个就跺脚喊你赔我你赔我。那真是一个梦幻主义加自由主义时代。"

小沈笑着回忆童年说："我家在劳动公园旁边住，总去卫工明渠的沟岔子。夏天下午两点多写完作业就跑去捉鱼。"

"夏天我们山里孩子还抟泥球，玩玻璃丝。把丝埋在坑里，布置好，绕来绕去，让另一伙找。有时候还挖陷阱，里面布满烂树枝和黑狗屎，用土盖好，使劲踩，我们称作狗屎雷。"郑云开介绍。

"看《地雷战》看的。"老人说。

"有时还和稀泥，下雨时修坝。"

"看《红旗渠》看的。"徐雁哲笑道。

"穆总，你知道抗大小学不？"小沈问。"你们城里有，我们山里没有。"老穆说。

过了昌图县城，郑云开提议，小沈，是不是该换换了，我也想唠嗑。小沈下车上了驾驶座位，开车时忍不住继续讲童年："70年代兴办抗大小学，我们各处走班上学。有时在居民楼里，有时在外头。街道的小平房被腾出来做教室。秋天生炉子，用油毡纸点火。树下立个小黑板，大人们讲课。"

徐雁哲见父亲睡着了，自己也闭上眼睛。

"老徐根本没睡，10 万元的活还没干能睡着吗？心没那么大吧。"老穆提醒，"现在也是上班时间，你不能闭眼睛。"

徐雁哲瞪了他一眼说："那可不一定，我做梦都在工作，梦里我一直催活。""徐工，看看车镜，你怎么老用羡慕的目光看我呢？"老郑说，"你崇拜我至少还得 20 年。待我 60 岁的时候你就说，老哥哥，我看你也没啥能耐了，我崇拜别人去了。""老徐，你玩过树油子没？"老穆讲小时候的试验，"我教你，把桃树油子装入玻璃瓶，搅和，使劲搅和，搅到里边上气，用棍子一提，嘭的一声。两伙比，比谁的响。"老郑说："那是，有时也赢泥玩，倒扣泥碗，摔泥娃娃。不软不硬的泥最好，往地上一摔，比谁的声响窟窿大，小的给大的补泥。我们还做灯笼，小的学大的，大的欺负小的，让小的回家取东西。大的给自己做的大，给小的做的小。等你大了就欺负别的小的了。假如徐工在咱们矿上，天天被大的欺负会不会哭鼻子？"雁哲笑了笑，说："太有意思了。"说完又把眼睛闭上。郑云开提醒说："徐工，你不能精神点吗？怎么这么不懂事？你不知道大家在逗你开心吗？如果你表现好一点，我姐夫马上打电话给穆月笙，你的活马上投入生产。"

"是吗？我会尽力表现。"雁哲精气神又上来。车行百里终于进入南山地界。公路两侧生着杨树、柳树，有时也有榆树和松树。树多的时候仔细查过两边纵列各 18 排，她就假想自己开车行在森林里。没人说话，只想盯紧沿路的植物和房屋，轿车愈行愈高，飞上云端。徐雁哲和父亲看得更仔细，常常挺直身子向外张望。有时看到钻井铁塔，有人就问什么情况。雁哲强忍着内心的波澜说："没啥，勘探好几十年，一会儿说有石油，一会儿说有煤炭。"

"真有的话你们老家可发达了。"老穆说。"不一定，我以为还不如在地底下藏着给子孙后代留点残羹冷炙。"老穆从不说泄气话，他看着窗外10里长的柳街，尽找好听的说："不错嘛，老徐你们这儿都通汽车了，砂石路也不错，要是变成柏油路和城里都没差别啦，很羡慕田园生活呀。"雁哲不说话。车在大岗子行1500米，左拐下到小南屯。行3里左拐1000米进了徐家屯，在村西柴门外停下。

雁哲说："家里很久没人打理，破败得不行，穆总、小沈，请你们在车里休息，我们马上回来。"老穆埋怨："这不外道了吗？怎么也得拜访一下老徐的故居呀。"

打开篱门，原先的铁门不见了。通向房门的甬道打成垄种上苞米，庄稼苗有一肘高了。雁哲搀扶父亲从垄沟里走。窗户被炕砖堵死，旧木门散了架摇摇欲坠。水缸一个不剩，外屋的灶台是一堆圆土堆，铁锅不知去向。屋里没有炕，一堆土堆成坟形。地上长出杨树新蘖和野谷野葵。墙根是鼠洞和鸡毛。屋里只有两个木箱子，其他所有铁质和木质的东西不翼而飞。

父亲坐在门槛上抽泣。这就是我家。雁哲说，我的童年和少年在这度过，这是我身心寄托的地方。我梦里的家不在长春也不在沈阳在这里。将来我老了甚至离开这个世界，它还会在梦里出现，才几个月……

没人说话。许久，老穆说燕燕于飞，上下其音。春燕衔泥，老燕哺雏，或愉悦或劳作，它们没有不快乐呀！郑云开过来劝道，凡事都要用心，一天都不能含糊。我帮你整修，将来盖个别墅。

"不破不立，破坏旧世界建立新世界，我看可以。"老穆安慰。徐雁哲呆愣一阵，说，我也想过盖大房子，让父母和兄弟姐妹荣耀地活着。招苏台河连带地下水已被四平某化工厂严重污染。河两岸的村民得糖尿病、脑血栓、脑溢血和癌症，已没有投资的必要。井水烧开后和红茶水一个色，漂着油污。她转身对父亲说："爸，你有啥打算？是和我们去哈尔滨还是去看你老闺女？"

"这……"

"想看雁姝就去，等我们从哈尔滨回来接你，好吧？"

老人站起来往出走，看一眼再看一眼。

出院门上车，没等离开村子老穆就给穆月笙打电话："四弟，兄弟，穆月笙，别人的活你都给我撂下，生产徐所的，赶紧地，就是牡丹江 10 万元的铰链形补偿器。太那啥了这也。"

"好吧，二哥，马上。"对方回答。老穆回头说："老徐，我想到诸葛亮了，你想知道为啥不？"

"肉食者谋之，吾又何间焉。"

老穆说："大山、大河、大雾、石头和老屋，有形无形的都能化成雄兵。"

"没懂。"

"这一转身有如神助。"

"我姐夫的意思是你等着 5000 元的提成吧，"郑云开说，"这回不用买手机了，全归你支配。"

"我并不懂得感恩。"雁哲回敬。

"那是，让你受委屈了。看来这次微服私访很有成效嘛。"

轿车从烂泥桥上驶过，下边是一条即将干涸的黑水。雁哲指着那水说："这就是我的母亲河招苏台河，从我们村西边流过，流入辽河，流入渤海。我第一次蹚水是跟村里的小嘎们过河挖野菜，大家结伴由我八爷家的老姑领着，我被魔法罩住留在河当间，一个人，走不出去也回不去，心里要强不想死。小老姑听到我喊救命就领我上岸。之后见河就晕，我一直不明白河怎么像人似的日夜不停地走，河要去哪儿，有什么比我老家还好的地儿吸引她。这条河，我和大人喝过水，父亲蹚冰水抓鲤鱼给母亲的堂弟熬汤治病。有村民捞过王八，我跟屯里的小孩跑到人家猪圈门口看热闹。现在竟然这样了。"

老穆说你提到四平某化工厂的污染，可能有磷硫化合物。烟气处理、污水排放不用心有公害。气体中合成的硫化氢、二氧化硫、一氧化碳对空气、土地、粮食作物都有严重污染。

"是的。流经高力农场的稻田绝收两年。"

"被日本开拓团占领的农场是吧？"老穆问。"是。离此30多里地，开拓团种过水稻。"父亲徐天牛说，"1940年我去过，每个村子都有日本语名。"

老穆说，国家要么取缔聚乙烯化工厂，要么改造。要尽快出台新政策，年产量必须超过50万吨的才允许开工，不够的就整黄它。小化工厂上不起污水处理设备，每年20个亿的活得拿出3个亿处理。大化工厂大小污染全能处理。像辽阳化工厂，3万人，有实力做污水处理。杭州下令取缔130家小型玻璃厂，整个城市一年损失老了，可是对环境有利。1997年国际开始关注环保，中国各种项目都要上，中国感觉到了还没有大规模行动，国际组织就干预。沈阳铁西区某冶炼厂烟尘废水造成严重污染，含放射性物质，有毒有害。夏天刮小南风皇姑区都开不了窗，附近的老百姓有得癌症的，恐惧像气泡一样包围着肺器官。

"据说农民的待遇在提高。"郑云开说，"种地还有补助。牧民禁放五畜，牧场在缩小，为了保护生态形成天然保护区。过度开采矿山地下水源浪费并有化工污染。粉尘满天飞，雾霾沙尘暴一年比一年严重，从20世纪80年代开始到如今热电厂的大烟筒都没熄过火。大多数媒体描述和上传的都是美景和赞歌。"

"很多危害都是化工厂造成的，咱们公司怎么还给煤化工企业做设备？"徐雁哲问。"咱们的产品无害，请你听我把话说完。"老穆急着解释，"全世界都在上核电站。核生产保护再好也有辐射，工人45岁退休。化工厂工人50岁退休。沈阳某冶金厂，大学生实习回来开班会谈感想，10个人有9个失望，问，这就是工厂啊？实际上那是沈阳最好的，环境是工厂中相当不错的"。

徐雁哲蹙紧眉头说："咱们厂噪声特别大，震得人身体直么打晃。焊枪声能有 90 分贝，比放鞭炮还响。啪啪啪，还有烟气，都是碳氢化合物。咱们的工人还要在直径 600mm 的筒子里电焊，噪声比装修房屋的电钻声大好几倍，烟也出不去，据说有刚来的工人把自己焊在里面了。"

"用二氧化碳的设备声音大，氩弧焊的声音相对小。"

路过小镇菜市场，雁哲买了鲤鱼、草鱼，都 3 斤左右。2 斤牛肉、一些青菜。上车后徐雁哲说："下大道往右拐，五六户人家，那个村子就是。"

车在树林中慢行，很快看到村东头地脚很高的院子。再走，雁哲一眼瞅着了父母家的铁门，还看见院里水泥板上的两个水缸。郑云开让老穆和司机在车上等着，他和雁哲送老人进院。

雁妹出来，表情冰冷，尽管大太阳满世界晃着。郑云开从钱夹里抽出 500 元钱，递给老人，被雁哲生生拦下。她说："我们心领了，你不能这样。"郑先生说："这是人情。"

"如果你执迷不悟这人情我也不领了。""为什么？"郑云开躲开她的手问。"你想给别人钱时要先看清对方有没有向你伸手乞讨，否则就是污辱。问问阿富汗的男人你就懂了。""听我姐的。"妹妹说。"赶紧收回。"雁哲命令。"我要是不呢？"郑先生问。"那就等于干涉我家内政。"见郑先生犹豫，雁哲告诉父亲："爸，多和你老闺女唠唠嗑，我们办完事就接你回沈阳。"

徐雁哲没有进屋，也没给老人留钱，转身示意郑云开上车。郑云开没心思开车，就挨着雁哲坐在后座。

"我还是不懂。"老郑说。"为了让我爸打消在农村长住的念头，必须像我说的那么做。"雁哲想，都说到这份儿上了，没必要将家丑外扬。要是收了钱，老父疼孩子，还好显摆，手还没焐热乎，不是立马交给雁姝就是被闺女哄骗了去。打算长住的话那就不是养老而是当牛做马挖树根劈木头……那习惯打麻将的夫妇还指望他们孝敬老人？眼下给老爸一瞬的满足无异于推入火山坑。

从徐家屯到郑家屯再到哈尔滨在地图上是个极斜的三角形。经过郑家屯时徐雁哲说："这地儿因为于凤至女士闻名。"轿车开往哈尔滨老穆要谈读书心得。他说，我最近看了篇文章，写性格学者吴秋辉的。这位怪才研究《诗经·关雎》，"雎"字里"且"是大的意思。"隹"是帮闲的摆设。"鸠"是鸟，加一起就是大鸟，鸠类中最大的鸟，什么鸟？谁猜对我给谁500块钱。郑云开问："这种鸟有什么特征？"

"雌雄不肯乱配。你小学没毕业，猜不出来。"

真是个冷酷主义时代，无人欣赏的世界。郑云开说，有些人动不动就像阿Q那样与人家比吃虱子比丑，为什么不比美比谁揽的活多？你若看得起，士为知己者死。赏识是阳光，照到哪里哪里亮。说完郑云开看看天空说，若论纯洁，只有大雁，徐雁哲的"雁"，可惜现在不是秋天。

"算你小子聪明。"老穆说，"吴秋辉说雁群中若发现孤雁那便是寡妇或鳏夫，可见它们的爱情非常真挚。所以拿这种鸟来比君子和淑女就非常贴切，就是鸿雁。"

"那你说话还算数不？"老郑问。老穆递给郑云开5张百元现钞，说："老徐，做人要有悲悯之心你说是不是？""是啊，穆总。郑总在研究释家教育，爱心有点泛滥。我为他得大奖表示祝贺。"穆总说："马斯洛把人的需要划分为五个层次：生理的需要、安全的需要、社会的需要（友爱和归属的需要）、尊重的需要、自我实现的需要。真是的，又闭眼了。年纪轻轻的拒绝一切知识和文明。网上说女人25岁前的美丽是父母给的，25岁后是自己修的。女人 35 岁不读书就没气质。"

读书让人有气质，女强人读书不是儒雅大气就是咄咄逼人，眼冒凶光。徐雁哲嫉恨老穆先前用词草率，决定睚眦必报。她说，从现在起，大佬们想讲啥就讲啥，即使在梦里所有信号我都能接收。她努力睁着眼睛睡觉，没有成功。郑云开一不小心睡着，趁火打劫把脑袋奔在她的肩膀上。

老穆带郑云开、徐雁哲和司机在哈尔滨见省热力系统的四大金刚。某电力设计院院长兼某热力学会会长是老穆的同学。他介绍了热力公司董事长、安装公司总经理、电力公司总工。老穆之前邀请 4 位来沈阳旅游，人家太忙没有成行，只好亲自率队前来拜访。

酒宴非常成功，相当愉快。如果给活至少 1000 万元。他们说周末会沈阳的朋友，十分高兴。我们老大是清华大学的高才生，只可惜他英年早逝，他若在场今天堪称千年盛会。

临别前原先的小五现在的老四张洽闻先生向徐雁哲推荐了牡丹江 96 万元的补偿器项目。他说老妹，这个项目和你那 10 万元的项目关系密切，好得就像咱们这样。

第十六章

百万是什么

　　七月的沈阳热辣辣黏糊糊的，手不知如何举措，身不知怎么安处。衣服密不透风，脖子上伏着头发，随手去抓一抓一个准。不喝水就像烧着文火的干锅，喝过水马上跑出汗珠子像毛毛虫蜇着皮肤。直到晚上，让对流风恣意行走，躺在床上拿出全部身心倾听世界。

　　车声从小区外传来，如大河拍打石岸，像瀑布撞击深潭，一个浪又一个浪由远及近、由弱到强，忽而曲里拐弯摩着楼擦着墙，似春天的巨风呼啸，又如北戴河的蝉噪。有时传来喇叭声和马达声，大号短笛般涌入，一通接一通输送清凉，打脚心沁入，过双腿、屁股、上身推向脑顶。若问此时怕啥，怕感冒。溽暑十日，窗户全部打开，夏风从树林穿过装入虚枕，老百姓凭自然力也能度过几十个清晰有梦的夜晚。

　　夜雨打湿城市，天地为之碧绿油亮。早上上班闻不到汽车尾气，也没有呛人的烟尘和下水道的肥皂味。昨天空中浮过酸雨，引起头痛发热。不久传来本溪某工厂夜里排污的消息，广播有声，报纸有字，你们往哪里跑？今天可以，穿大布衫棉麻裤觉得凉，穿风衣感觉热。我信步来到小街，这是艾敬在歌曲《艳粉街的故事》里回忆童年的地方。

艳粉街原名艳粉屯，清朝初期努尔哈赤分封八旗时这里划为镶蓝旗封地。20世纪90年代初伴随下岗潮这里出现破败的棚户区。现在沈阳市政府开始改造，艳粉街即将高楼林立，道路宽阔，交通便利，更名艳粉新村。

艳粉街有很多树，嘉树清圆，顶着金色的冠冕。几十棵此起彼伏演绎着街舞。花期正盛时地上铺满金色花瓣。

去年秋天我珍藏过栾树种子，妄想穿成项链像陶薯链戴着美丽所有日月。好风吹着虎皮兰，小心翼翼攀上枝头捧出浅绿的花朵，兢兢业业开出六个花瓣，跟巴西木一样将透明的芬芳奉献。平静的日子里有多少细节被人含糊掉，做城市的建设者吧，把时间捆扎结实，珍藏大自然的讯息，包括龟背竹钻出的叶尖和牡丹花的关怀。

1997.7.2 沈阳

徐雁哲打完这些字又浏览一遍，随心所欲，自然主义，比较满意，而后觉得飘，大喜大悲，心态不稳，心态不稳是写作的大忌。不给任何人看，包括老穆和老照。生活的真实不是真正的真实，铁西区的老百姓生活在这样的环境里！冷军先生的作品像照片，比照片价值高，因为有取舍加工。生活中无缘无故产生爱情，文学里必须有救命之恩。当散文吧，读过的散文多是赞美，四大名著都没那么多。我的生活充满矛盾，删吧，明天也可以吧。她存入3.5寸软盘，把电脑里的文档清除。电脑是公司的，她说不清烦躁的理由。

老照走进办公室说："徐雁哲同志，一大早忙忙啥呢？"

"没忙啥。"

"我也这样发愣过。写写啥了？奇文共欣赏，疑义相与析。"

徐雁哲说没写啥。想孤芳自赏结果孤独自闭了。她不知啥时感到老照这样的作家师心自用，除了爱他自己的东西不会欣赏同事的文字，更不用说刚会开机用五笔字型打字的新手。只有真正的大家才会海纳百川，中国有，还没遇见。与其和他交流文学还不如向山外摄取民俗。请记住，别跟中年人谈写作，不要评论他们的作品。你把多年吃苦得来的经验教训给他他不接受，还固执地为他自己的作品辩解，将幻想中的东西比如一个灵感一个念想或一个典故一个知识当成成品，实际上连图纸都不是，离大厦竣工远着呢。有人甚至拿金钱和名气衡量文学价值，如果作品没有变现就被认定一无是处。虚无主义者的幻想高于一切文学艺术。

老照说，其实你该知足了。牡丹江的 96 万元的活轻易到手。他不谈文学真是太好了。徐雁哲说，我知足。上次去哈尔滨一听到这笔活老穆、郑云开当天就陪她去见牡丹江的工程处处长。没送钱也没吃饭，只是介绍了公司的产品性能、生产能力和业绩。没几天处长就来沈阳考察，合同就签了。预付款 28 万已到，马上投入生产。

公司的 3 个大业务没有这样的好命。赵总上山东投标，好不容易搭上甲方采购部部长的车，将人请出来。看到赵总山一样的大块头那人不敢不去，去了就得给活。部长说朋友，咱们唠嗑可以，以后有活我一定想着老弟，这次的活已经给没了。

赵总和司机目光如炬，对着部长说："两个，你选好，要么喝酒，要么走人。"那人见东北虎来真格的，只好将答应出去的活分出一半，120 万。很久以后召开庆功宴，老穆安慰赵总说："理解，理解呀老弟，创业之初艰难哪！"

还有公司新聘的容器设计师，他在原单位曾和老板一起到外地招标。他们问两个南方业务员："这是哪来的老母鸡？找不到鸡窝了？喝点鸡汤吧吃啥补啥。你们为啥抬价？"对手立马跑回老家。

然后就是郑云开了。他去千里之外的某地投标，联系到热力公司的一把手，那人没办事，差点把老郑火楞死。半个多月没干别的尽瞎摸人了。那人可哪儿躲。一次开招投标会，市里的大领导都在，一把手也在。老郑将那人叫出来说，实在有急事，帮帮忙吧。那人傻眼了，说尽力了，本来我说了算，没办法，这回我说了不算。还了银行卡，短了三分之一。

徐雁哲感激老照给她讲这些，她说，怪不得好久不见郑总。老照说名花有主了，感情有有归属了。郑云开的前妻是知青，比他大 3 岁，刚结婚就有回城的政策，马上离婚。

"她找过他吗？"徐雁哲问。"他开车找过知青，大美人，在金海岸附近擦车。人家说宁肯擦擦车、捡捡破烂也不会和他复婚，她不想回忆过去，一回忆满脸全是泪泪水。"

"有骨气的女人！"

"前些天有人看见他和一个女子在浑河边采桑葚。"

"女子？"

"唉，人哪，到啥时都得有个伴是吧？要不得寂寞啥样。可老郑管人家叫山顶洞洞人。"

"这就不对了，"雁哲说，"爱一个女人为什么不给她起 Lily 或Catherina 这样的名？"老照说："吊带背心，超短纱裙，不是山顶洞人是啥？其实一点都不黑，就是不会打扮，抹得和二人转里的村姑似的。老郑穿个大裤衩子露出两个大长腿，堆囊的，眼睛迷离状。没方向，不知道自己要要啥了。"

"你估计是啥人？"

"你猜，猜。"

雁哲一拍桌子，说："好了，8 点了，咱们赶快去楼上听课吧。AutoCAD 画图，容器讲座，都重要。"二人走进会议室坐下，在潜意识里不得安宁。

彭总的课很深也很精彩，可惜徐雁哲对容器十分陌生，只听懂一个题：

"请大家选择，如果太阳光直照三种物体——铁、玻璃和木板，哪个最热？"有人答，铁。彭总说，用温度计量发现一样。但是铁让人感到最热，然后是玻璃，木板没有变化，为什么？是传热系数作怪，铁的传热系数最大。

手机响起来，雁哲出门说："我在听课。我一会儿给你打回去好吗？"说罢关机重回课堂。一个小时后她到走廊打电话，是穆月笙，他说你的活完工了，通知甲方带款提货。

雁哲给牡丹江处长打电话，好说歹说对方答应了，由于企业正在改制，国企改为私企，资金困难，只能给22万，其余的46万有钱马上补上。徐雁哲去见老穆。老穆说："这下坏了，企业改制，千头万绪。不马上把钱清回来就白忙活了。"那怎么办？徐雁哲急了，脑袋里的屏幕走过5万元。

老穆说你先答应，22万元，让他们提货时带来。得一笔是一笔。一周后，老穆在纸条上写了25000元现金，对雁哲说："赶快凑钱吧，把工作关系和户口迁到沈阳。把长春的房子卖掉，加上这笔，买个房子安个家吧。"

雁哲愣了半晌说："谢谢总经理。"她心里嘀咕，这笔钱够买房子吗？徐雁哲没有等房改政策下来被迫将长春的集资房退还单位，按政策和市场价换算的和集资款总共26000元。合起来共56000元，想在齐贤中学附近买个学区房套间可能性为零。

徐雁哲打电话约郑云开见面。她说郑总你好！我爸包了饺子，牛肉圆葱馅，让我给你送一盘。郑先生穿着蓝色西裤，蓝地灰条T恤衫，一脸萎靡状来到小区凉亭下。雁哲看到他从荒漠出来的样子说："真冷，把我冻坏啦。你还好吧，我爸念叨你好几回了。"

"很好。"看到她的白色真丝短袖衫，黑色一步裙，一副淑女的架势，他就迷迷糊糊地说，"这两天有立秋的感觉。"

"饺子刚出锅，你最好赶紧吃。"雁哲说，"我们家有点乱，不敢请你进屋。"

"你还没吃？"

"我吃不吃都行，啥都能对付一口。"

"好久不见我都忘了，神仙不食人间烟火。你们喝西北风吃花瓣喝露水。"雁哲说："都和谁在一起了？几天工夫长行市了。"郑先生把饺子放在木凳上，冷不丁问："快点招吧，拐弯抹角的有意思吗？你有啥事要我帮忙？没事能找我？是不是你唆使你爸给我包的饺子？"见徐雁哲木头似的呆着，他又加了几句，"快点招吧，没啥。你需要啥我都能给你。想要太阳不？"他把太阳光收在手机屏上，枣树闪出金光。"想要月亮不？容我回家取个盆，连月亮带盆都送给你。"

"这是发高烧的节奏……"

"最好是你连我一锅端，有时我就想你怎么不是土匪来劫我，要啥给啥。狼也行，把我给吃喽。"

"郑总你烧得不轻啊。"

郑云开说："我刚从精神病院出来，除了偷我啥都干了。你为什么不去医院看我？你个冷血的徐所，闹心闹肝眼睛发蓝脚踹窗户台两手挠炕沿，你忘记我怎么去徐家屯救你了？"

"对不起，我一直忙。"

"你心里除了自己的活什么人情都没有。像白天白夫妇，两个大业务，被总经理重视，不被重用，为啥？因为他们心里只有自己，他们太看重钱了。只有以事业为重以公司利益为重以感情为重的人才能被提升为副总，长期受重用。"

"感谢郑总教导，我虚心接受。"雁哲说，"我乐意往您指的方向奋斗。只可惜你刚才说的是长句，我没听全乎。另外英语中'除了'有两个单词，except 和 besides，前者用减法，后者用加法。你的'除了'是包括'偷'还是不包括？"

"行了。"郑云开不耐烦地打住，陷入沉默。

"赶紧吃饺子吧。"

"为啥要赶紧？你着急走还是着急说事？"

"怕饺子着急，你要不赶快吃它们就会马上颓废。"

"为什么不上我家一起吃？我明白了，你胆儿小，你不敢去。"

"怕死不出风头。走，上你家吃，再跳个舞啥的。"

"算了，家里乱七八糟的，想去的话你提前吱个声让我找个钟点工收拾一下呀。"

"你雇我当钟点工行吗？"

"露馅了吧？我知道你为啥找我。"郑云开从枣树上掰下带刺的枝条，折成两根筷子，夹个饺子放入口中说，"行，好吃。谁和的馅儿？"

"徐雁哲。"

"老天爷呀，赶快把玛丽派到我家当使唤丫头天天给我包牛肉馅饺子吧。求您了，老爷子。"

他用筷子递给她一个，她用嘴叼住，想骂他自作多情，又怕得罪他不得不就范。他问："你最近很忙吗？"她说："还行，不忙，牡丹江的活干完了，又有22万元的回款。你呢？在忙啥？好像有很多好事似的。"

"没好事，只是一厢情愿罢了。"

"为什么不说来听听，我帮你乐几天。"

"我想带你们全家去草原。"他说，"你先别说不行，至少给我一个妄想的机会可以吧？7月初，就这几天，草原是绿的，8月就变色了，草也开割了。我们最好坐火车去，坐汽车不舒服，尤其是小汽车，啥都不能干。300公里以内开车行，以外就累了。去时精神百倍，回来身心疲惫。"

"怎么不去丹东？"她转换话题说，"你开车我坐车，看鸭绿江河口，参观抗美援朝纪念馆，去大鹿岛，河口很秀丽，小岛很休闲。不开车也行，四五天，雇当地的中巴。回来再去凤凰山。"

郑云开说："我还是想去锡林郭勒草原，最美的山地草原，纯自然的风光，让人心胸宽广。换换环境心就不同，比如和红牛、黄牛、白牛、花牛照相，背后是一片绿地，绝对神奇。草原的牛天天想着与人合影，呵呵。听当地人唱歌吧，嘹亮婉转，调特别高，都是歌唱家。喝白酒，那是绝对的情怀。多走几处，多换地方。有一条河叫西拉木伦河，老板是当地的企业家，土著孩子考上高中、大学都发奖金。一般人喝酒都三四个茶缸，相当于八两到一斤。那酒好哇，一般人喝了不醉，因为是当地自己人酿的。喝多了人家把你照顾得好好的，下次就不让喝。有个电影《悲情布鲁克》，马上功夫了得。"

"《悲情布鲁克》？"

"这个都不知道？ 1995 年上映的电影啊。我去的那家饭店一大家子都好客。饭菜里是热烈、强劲和骁勇，烧酒里是欲望、征伐和创造，歌里是绵厚、苍茫和粗野。重要的是席上的仪式。"

"从哪儿听来的？是不是该说'粗犷'？"

郑云开沉在过去里说："父亲唱歌，有《下马酒之歌》《上马酒之歌》。姑娘伴舞，母亲陪酒。音乐多是民歌，呼麦来自原始的生命，就是那么深沉悲伤，就是那么悠远绵长，就是那么震撼深情。咱都不敢张嘴，一唱显得咱太萎靡了。要去就到草原深处，一直到 8 月中旬。到二十几号草就黄了，割了。不用去景点，就去自然的深山大谷。先遭点罪，走一段柏油路，再到砂石路，最后没路了。坐大车颠簸，颠起来顶到车棚再落下。瞬间身体趁惯力自然提升，再坐下，可可乐了。坝上多伦诺尔生态草原在锡林郭勒大草原南端，处于北京的正北方，蒙古语意为 7 个湖泊，白枕鹤特别活跃，打斗，交配，跳舞，飞翔，向天叫，拍摄稳定。草原水最重要，任何人都不能在水源附近做不干净的事，对水非常尊重。对狗也是，你好心喝完水给它倒水，狗舔一口气得乱叫。第二天一早狗就咬人的大腿，因为狗喝奶不喝水。也不能踢人家的门槛，要么进去，要么出来。再说科尔沁，非常喜欢扎鲁特旗南宝力皋吐草原，据说要建出土遗址公园。置身其中人的灵魂能回到古代，与先民一起住地窨子、狩猎、唱歌、跳舞。特别喜欢怀孕母亲的大肚子陶俑。"

"古希腊有基克拉底煎锅，寓意怀孕的母亲，谁看谁感动。"她说。

"山地草原辽阔无垠，地平线的树木和山峦都是咱们这号人喜欢的。广袤的土地和奇特的歌声能让人返老还童。热情好客，勇敢豪爽，那叫一个爽，两个人的舞蹈竟有冲出千军万马的感觉。男子跳舞能迷倒一大片女生。"

"力量型的舞蹈伤膝盖，膝盖粉碎机。"

"真不好跳，我学了一下，差点把腿崴断。4个8拍动作一气呵成。"

"感谢祖国大家庭长期影响我，虽然我没去过。你刚才说的门槛风俗我老家也有。"

"那太好了。"郑云开继续说，"关于庙宇中门槛的说法有几种：大乘佛教中说门槛是菩萨的枕头，小乘佛教中说门槛是菩萨的肩膀。藏传佛教说门槛男性应先迈左脚，女性应先迈右脚。在通辽50元钱吃一桌子，全是肉，老实惠了。"

"听说有个大青沟，离沈阳近，怎么样？"

"那是森林公园，附近有沙漠。"

"不是说它是科尔沁沙地绿色明珠被称作大漠奇观，大青沟国家级自然保护区距沈阳200公里，距通辽市区80公里，总面积12.5万亩吗？"

"麻烦你说话短点好吗？不要老想着挑衅我。草原的牛大都是花的，像缎子一样。酒店老板出来亲自唱。烤全羊，羊尾最好吃。顿顿桌上有羊肉，你去了都受不了。还有奶茶、马奶酒，甜的酸的都有。喝不够，心里老敞亮了。1996年我坐火车去的，当地有人接。真是不枉此行。去就一定去深处哇。国家政策对边疆地区有倾斜，当地人工资比沈阳公务员高。"

雁哲说：“据我们小区的女老师说在阜新某县，高中教师是县委书记的一秘，那儿的老师可范儿了，总跟县长吃饭，相当于大城市里的大学教授。而京师的部长是骑车上班，跟普通人没两样。回头再说阜新，某中学是当地的最高学府，那边的老师到沈阳全住商贸饭店。就有那股子劲儿，就是有地位！有人搞民调说幸福感最高的是县城的人。”

“他们很满足和他们见的世面有关。”郑云开说，“没见过更高的，老子天下第一”。徐雁哲说：“事实上穷人不分地域，普通百姓让人羡慕，是教师就行。我羡慕他们，旱涝保收，无忧无虑，据说将来退休他们每月能拿万元退休金，要跟欧美接轨，或去海南或回老家，以天地为家。可惜我考大学报错志愿了。”

郑云开听到“大学”像听到英语一样，说：“别拿这些话让自己高人一头，也不要过分炫耀自己的快乐。除了爹妈没人喜欢你的钱，没人快乐你的快乐。这是普遍的人性。我最后问你，你到底想不想去草原？不用问肯定回答说不想。”

“我想，真想，快乐不会长久，瞬间就过去了。心咋那么大呢？房子买不起，工作关系落不下，户口过不来，女儿上不了学。要去得一切落实之后。

“等到白茫茫一片演《射雕英雄传》。”

“那么晚？”

“要快也能。”

“怎么快？”

“不就是钱吗？借呀。”

“向谁？”

“我想借你你敢借不？”

雁哲不说话。郑云开也不说话。他把时间推向看不见的地方，说：“徐雁哲，我看你没我日子就没法过。你不会朝老穆借吗？傻丫头。”

"那怎么行？人家是总经理，我和他也没有交情。"

"向他借比花自己的钱自在。"

"没懂。"

"明天上班你实话实说，试试，不用多，两万。你就说我要答对客户，不给好处费牡丹江就不给余款。"

"你在教我撒谎？"雁哲倒退三步。

"怎么，你要走？我为什么不再等一会儿告诉你？"

徐雁哲从老穆那借来钱，凭公司挂靠的国企，借沈阳市人才引进政策买房，办调转关系，安排女儿上学。

老穆皱着眉头怪徐雁哲龙性欠缺。徐雁哲怨老穆能力不足。两个穆老板为46万元的回款整天拉拉着驴脸。有一天，穆月笙从朋友那里借来一位女士，见过总经理就成了公司员工。第三天她由徐雁哲陪同去牡丹江清账。半个月后46万余款全部到手。

潘云女士的丈夫是某银行分行的行长，认识牡丹江的行长。那边的银行给那厂贷款500万才还了欠款。潘云从老穆手里取出8万元提成。据说美国58岁的托尼30万的欠款给公司要回20万，自己舍弃9万的诱惑，得到1万的提成，以公司利益为上，圆了人生梦想，进入世界美学圈。

在庆功宴上，潘云大谈自己如何呼风唤雨，八面威风，气坏了一个人。

酒后，徐雁哲找到老穆说："总经理，我不理解，公司规定清欠部清账对象是欠一年的，要回来的款才有20%的提成。我这笔活欠账还不到半年。"

老穆说："没有潘经理就清不回来，结局一样。公司利益应放在首位，能等一年吗？咱们走着瞧，牡丹江的公司没几天就会消失，电视台播放的巨大轮胎广告很快会无影无踪。列夫·托尔斯泰同志说得就是对，人生的一切变化一切魅力一切美都是由光明和阴影构成的。"

第十七章

死亡不是新鲜事

徐雁哲被任命助理后觉得老穆不简单，按理 96 万的活 5% 提成应给她 48000 元，已借给她 45000 元，还差 3000 元，3000 元一个助理。

提了助理就在二楼办公室工作，徐雁哲掌握了一些机密。公司在容器方面签了 6000 万元订单。厂区动迁是上面规划的。是生存还是死亡成了问题。风雨如磐，企业和家人面临考验。穆月笙从省里的朋友那儿得知在沈阳西南沙岭地区建立工业园，铁西大小工厂都要迁过去。某副区长出版了一部著作，关于新区政治、经济、文化以及教育如何发展、企业如何改制、兴建多少工厂的论文集。

穆月笙给公司买了书。副区长斩钉截铁地说，从铁西农村到新民，你随便建厂，相中哪儿建哪儿。土地许可证还没下发，那是早晚的事。建厂好处多，一者老弟有了用武之地，鲲鹏不能窝在池塘里，我祝愿老弟建个像海尔那样的大集团，世界闻名。扶植企业是我们工作的一部分，也是政绩。国家会给东北新政策，辽宁为振兴老工业基地从省到市到区县各部门都在招商引资，铺天盖地。老弟你大胆往前走吧，我乐意为你们保驾护航。

"土地证下不来，银行不给贷款。"穆月笙说。

"中国人没有办不成的事，办不成是不够努力。"副区长说，"放心吧，老弟，好事多磨，天若有情天亦老，人间正道是沧桑。"

"好吧。我们建新厂，7万元1亩，100亩。"穆月笙说。

"先用着，不着急给钱，合法。"副区长说。

回到公司，人们传说穆月笙神通广大，走了上层路线，最先优惠得到上百亩土地。事实上不是，十几年后还有许多空地长着庄稼和野菜，放眼望去如同草原。圈起来的也没全部开工，很多人靠这块土地发了财，直到国家有令凡是买土地者务必在两年内建厂，否则收回。

起初，穆月笙每次去副区长那儿都备受鼓舞眼界大开，回到公司立刻给副总以上领导开会。他的智慧如同井喷，不论是社交能力还是口才都令人羡慕。此时，有人开始担心日月双悬，厂运不济。可怜穆总以补偿器起家，60来个发明专利要退出江湖。补偿器呀补偿器，如果公司务实些每年至少挣500万元，10年会是多少？穆月笙回来说补偿器的活挣钱，我承认，但解决不了大问题。5000万的补偿器全公司50人就够了。设计所一个设计员足矣，一个月就能画完图纸。可咱们公司目前员工500多，编外的不算。从今天开始所有业务员都去跑容器，好的一个活上千万甚至几个亿。我们现在需要钱，要盖厂房，要发展壮大。他乡之石可以攻玉，只要把活拿来，宁肯把价降到最低，宁肯赔钱。土地证还没批下来，银行不给贷款，为了活下去，不得不借甲方的资金运作。等我们缓过气来再生产补偿器不迟。我们还要生产高压开关、锅炉，要让大家有活干，有钱挣，必须扩大再生产。不鸣则已，一鸣惊人；不飞则已，一飞冲天。我们的理想是做辽宁同行业的No.1，要超过大连金重集团。

老穆说，别小瞧国企，只是纪检部门查账，没别的管理。官员由政府任命。当然想干稳当必须时时关注政策。国家给国企的政策会渐渐宽松自由，管理模式也会发生改变。

每次听到 No.1 彭总都会想起 50 年代的大跃进，他感觉身体发麻，吱的一声，电流从胸上的一个点通向另一个点。作为学者型总工，彭总瞧不起从高校教师队伍退出来的人，穆月笙就是。官大的全交，小的一概不理。穆月笙原先大学的至交同事没几个真正搞学问的，就交这样的人，好像和他们在一起很有面儿。

穆月笙鼓励副总们学车买车的同时将单位 3 辆轿车借给江湖上的兄弟，随便到单位加油，包括交通事故全管。也有回报，年底能给个荣誉证书。彭总继续听课。

张教授说我听了月笙的讲话非常激动振奋。我有很多学生毕业分配到石化设计院，还有某海油，我尽快和他们联系，我想一年一个亿没问题。从某化院到化某院，做穿山甲，钻进去。

穆月出说好！人就得有志气，倒驴不倒架。别看现在银根紧缺，有想法就行。不用多，有教授一个就够了，一个亿啥都能解决。先照会一下，各位，这个月我们可能要拖欠工资，除此之外还打算集资。10 分利。只要咱们兄弟心往一处想，同富裕共繁荣，我老穆不会亏待大家。怎么样，诸位？

众人说中。虽然中国人有不少在集资路上吃过亏，疯癫者有之，跳楼者有之，家破人亡者有之，咱们信得过发明家。

"先报个数好吧？也好有个估摸。"

教授说 50 万，郑云开说 20 万，彭总 10 万，赵总 10 万，方总 8 万，还有 5 万的。大家看着赵总灰土暴尘的脸，想他刚刚痛失亲人，于心不忍，想劝，没人说话。还有徐雁哲，没人敢看，她的姐姐得了脑溢血。

穆月笙说，一些大业务也会加入。发动全体员工为公司排忧解难，预计 255 万没问题。郑云开问："徐所怎么不说话？你集多少？"徐雁哲满脸倦怠犹豫。彭总说："改口，郑总。雁哲同志是总经理助理，Equals（全等于）

副总。"

郑云开就说："徐总，你想集多少？"

"不好意思，我想把我彩票上的 500 万献上，只盼能中。成不成就看明晚 9 点了。"

"那你 24 小时啥都别干，好好做梦，为公司也为弟兄们共同富裕。钱不在多，雁哲的话鼓舞人心。"穆月笙严肃地说。

"说不定是大神仙借徐总显灵，人不能光靠吃米活着是不？"方总说。穆总攥紧拳头道："吃饺子没酱油暂时困难。改天请大家喝酒，括号，我老穆掏腰包。边喝酒边商量股份制，每个副总都有份，合计取啥名。"

十分羡慕沈阳的树，不管是浩劫还是自然灾害总是努力活着，不介意是否招人们待见。合欢树在万绿丛中抢出天空，绽出粉色的马缨花。木芙蓉的紫骨朵不卑不亢，从容不迫。枸杞子匆忙边开花边结果，串串红色在墙旮旯里晃动，生怕被人忘记。最有耐心的是桑葚果，从 5 月到 7 月末。国槐在艳粉地区随处可见。

黄昏时徐雁哲陪女儿紫桐溜旱冰行在绿色的光里。偶尔摘点桑葚，先放嘴里吃个痛快，然后摘下两捧送给两位老人。随处可见用长竿打杏的人，有夫妇也有母女，都上了岁数。老年人全心全意体味生命的甘苦，谁都拿不准是否能见到另一个夏天。

徐雁哲看着地上的杏，嘴里润出酸水，她勉强提起声音问："您好，大姐，我可以捡两个杏吗？"中年妇人说那还说啥，随便捡吧。那一刻她好像是自己的亲人。遛弯儿的老太太们说话声大，敢于拿生老病死开玩笑。看到从容的步履和花白的头发，谁都不相信她们是 80 多岁的老人，有的 88 岁了，失去老伴，仍乐观知足。多么了不起，历经战火饥饿活这么久，羡慕敬佩呀。雁哲连连说："好厉害，好厉害！"滑翔公园十分热闹，扭秧歌，打腰鼓，跳绳，在音乐里成群结队释放激情和热量。

雁哲喜欢静，她带女儿去了公园。路上有许多树，紫桐揪下大圆叶问妈妈是什么树种。雁哲说好几年了，东北的大小城市都有，是环境树，高高的树干，乳白色花朵，果子细长有如豇豆。雁哲见过多次，不知何名，路人说是梓树。她大吃一惊，原来这就是传说中的梓树。桑梓是故乡的别名。她告诉紫桐不要揪叶子，这么美的树大家都想看，揪下来都会心疼。也告诉别人不要摘，好吧？

"咱们的故乡在徐家屯。"紫桐说。"没错，"徐雁哲说，"故乡越来越大，沈阳含在桑梓里，这里也是家乡。天下的人都以出生地为圆心，以父母和个人的能力为半径，在地球上或大或小地画着轨迹。父母极尽所能用最强的弓最大的力将孩子射向最远的地方。于是有些人的圆越走越大，大到以天下为家，有些人越走越小，最后走入坟墓。"

"人死了桑梓地还是家乡吗？"

"人离开后整个地球和天空都是故乡，在诗文里。唐朝大诗人李白的故乡是碎叶河，在吉尔吉斯斯坦，他属于全人类。"

"妈妈，我怕我的后代死喽，那我可怎么活呀？"

"紫桐，这话你以前说过，又来了。"

这话被一个男子听到。赵总？雁哲看见赵总坐在路边的轿车里看她们。她来到车旁让女儿问候。赵总从车里出来与紫桐握手说："认识你很高兴，你是紫桐吧？"紫桐说："伯伯好！你家也在附近吗？"

"我家离这不远。"

"你怎么长的，比郑伯伯还高？"

"郑伯伯？"

"就是郑云开伯伯呀，他教我轮滑，还要教我游泳，还说给我淘换《巧虎》，台湾的。可是我好久没看见他了。"

"我偶尔能看见他。"

"那请你代我问他好,然后问问他给我淘换到《巧虎》没,好吗?"

"可以呀。"

"请您再告诉他,我们老师在考试前对大家说考试成绩不好就升不了二年级了。我有时很担心,但上不了二年级我也不哭泣。"

"好的,我告诉他。"

"赵伯伯,你真好!"紫桐说着从衣袋里取出一张笑脸小粘贴贴在赵总的手腕上说,"你一个人多孤单,咱们一起听民乐吧。"

"到哪儿?"

"前边的广场,长亭上。您没听过?"

"没有。"

"一起听吧。"

"好吧,等我把车停到泊车位,马上过来。"

紫桐滑过去停在赵总身边。三人一起来到广场,紫桐绕圈滑行,两个大人坐在长椅上说话。雁哲将地上的梓叶拾起问:"你猜这是什么树叶?"赵总摇头说:"好久没有关心植物了,你突然一问叫我想起小时候,我一哭姐姐就弄来花草哄我。"

"很幸运我们都有姐姐。"

"生我的是娘,教我的是姐,我想你不明白。"

"我明白。"她说,"我读过孙晓明的一篇散文《有个姐姐叫小芳》,入选散文家夏立君先生主编的散文集《老师的作文》。大姐在妹妹心里是母亲、老师、保姆和最最亲爱的朋友。"

"请讲讲你姐好吗?"

徐雁哲说:"大姐大我 12 岁。我在她的背上长到 3 岁,刚刚记事,大姐就到 30 里外的大洼公社上中学。每个月回来一次,我盼她回来,天天望着南山，看天上的云。有一回下雨我看见大姐举着伞在彩虹里和人有说有笑地往家走。有一天国家下令上山下乡，她初一没上完就回乡务农了。我 7 岁的时候与大队书记家的孩子跑到南甸大水里玩，羡慕徐爱岍的儿子飘在水上，听说淹着了就与同龄的女孩伸手去抓，掉入脱坯坑。大姐听说后跑去救我，淹了 20 多分钟，我已被书记徐爱岍救起放到岸上。我一个人往家走，路过村前大道旁的老井，精神恍惚，四肢打哆嗦，好险没跌进去。大姐迎过来把我抱回家，帮我洗去污泥。她继续说，一奶同胞，大姐总是特殊关照我。她婚后有一点钱都想着买衣服、钢笔和稿纸送给妹妹，叮嘱我们好好学习，来证明如果没有那十年大姐也会考上大学，有美满的婚姻，不会被婆家辱骂，遭丈夫家暴，几十年。我上高中前大姐邀请我去她家对我进行引导，关于学业和恋爱。大姐一直是农村户口，有 3 个儿子，卖鸡蛋攒钱寄给上高中的我。大姐总担心被丈夫谋杀，希望我学业有成，成为律师，为她申冤报仇。那些年她把我当成希望，天天制造希望。在忧虑里，姐姐为即将大学毕业的我找工作。1988 年，她买酒给负责分配的人。人家不要，说没问题，只要把你妹的名放在分配名单的第一号就行了。在大姐的资助下我的工作住房得以解决。她两次救过我的命，因治疗及时加上精神安慰，我没有得上带状疱疹和乳腺癌。"

"后来呢？"赵总问。"为了 3 个儿子大姐没有离婚，做小买卖。"雁哲说，"她倒卖过粮票、国库券、鸭蛋、水果，从绥中到满洲里边境，背井离乡。她患高血压，高压经常 170。有时头疼睡不着，照样洗、刷、腌、煮，只有她自己知道有多累。她常常半夜起来为妹妹和妹夫织毛衣……"

"我想她一定遭遇了不幸。她现在怎么样了？"赵总打住她的话。

"脑溢血，50 多天没有抢救过来……"

"姐姐叫啥？"

"小芳。"

"我好像听过。"

"其实不叫小芳，是与知青有过感情瓜葛的农村姑娘的代号。"

"想起来了，前几年流行一首歌叫《小芳》。"

"是的。有人要将这首歌改为剧本，请的是著名剧作家的女儿，至今没有完成。为什么？因为违背生活真实，万民不答应。大姐发现姐夫将单位的女人领到家就到单位闹，身为国家干部他将她绑在椅子上毒打。"

赵总问："你痛恨那十年吗？""以前不，"她说，"因为我在生活和学业上没受到影响，今天亲人遭受不测才有所不同。女知青嫁给农民，男知青娶村里的小芳，几代人的感情、思维错位。人为遗留的灾难不亚于战争的后患。无边的宇宙，作为生命的个体，修炼几千万年，得到一瞬的生命，被生杀予夺，殃及子孙。"

赵总说："我家是下放户，下放到辽中农村。两个姐姐一个哥哥都在农村结了婚。80年代按政策办假离婚回城，姐姐不忍丢下3个孩子，把老二办回沈阳。不想没几个月就因病离世，不到18岁。我姐受到打击精神失常。姐夫是生产队会计，两人吵了一辈子。现在大姐不在了，昨天是头七。一年里我失去了两位亲人……我爸和大姐。像是做梦，想到疯狂的时候我就想给姐姐打电话，问姐夫我姐在家吗，让我姐接电话……刚送走姐姐时梦里我在太空踩着飞毯，突然天翻地覆坠入深渊。要不就是出门扫院子，冷不丁扑向电网，生命渐渐离开身体，直到化为灰烬，真真切切。个体生命对于宇宙来说就是一瞬。现实也是一瞬，总感觉时间从远处呼啸而来，又嗖嗖离去，现实根本站不住。生命就这样没了，万劫不复，想起来十分恐惧。"

赵总的两位亲人死于心脏病，家族遗传，他每天吃降压药血压还在100~160之间。每晚注射甘精胰岛素空腹血糖还在12以上。他现在42岁，有人说他活不过50岁。

徐雁哲说："兄长你说得有道理，现实好像真的不存在。经历这么多我们不得不把时间捆绑结实每天想着干点正事。看看这么多楼房都是在现实中立起来的，无数个瞬间将沙石连在一起筑成城堡，无数个个体生命构成人类的链条。皇帝轮流做，人民永活着。听说尊夫人怀了小 Baby，培根先生说养育儿女可免去对死亡的恐惧。"

"谢谢你这么说，雁哲。"

"好像有说教之嫌。"

"聊天而已，我乐意听。"

"人生来平等，我刚刚理解。"她说，"人学会饶恕就会少发火少得病节省时间。祈祷平安，释家的教育反对暴力，反对赌博，反对喝酒，信之就不会打麻将少出事。可悲的是我姐得了脑血栓还去打麻将，赶上下雨摔倒出了事。儒家是粮店，其他有名有分的是药店。有些人脸上冷冰冰，缺少这样的道理。尼采说即使是渺茫的想象也比没有希望强，至少能医治心理疾病，想想都会轻松。"

"人死后有魂灵吗？鲁迅笔下的祥林嫂这么问过。尼采有不同观点。"

"有。英语 Spirit，属于精神。中外名人比如屈原、文天祥和西方的达·芬奇、卡尔·马克思，你不认为他们还活着吗？以文化的形式活着，他们是古圣先贤。我目前就理解这么多。"

"你这是喜欢，不是信仰。"

"中国文化是多元论，只要对人生有利，可以吸收各家优秀的文化。苏东坡先生儒、释、道都信些。"

"人能得到永生吗？修古罗马建筑、立古埃及神庙石柱还是建万里长城？"

"活着的时候有所为，否则死后不能被人想起。古书上说立功、立德、立言。有人说不为害社会就是行善，这是一种劝诫，无作为怎么会被人记住，只能与草木同朽。"

赵总问："学工的能立啥？不立功就不能永生？"

"我们感激电灯的发明者，他活在黑暗的光明里，活在人类的感激中。"

"好像离现实很远。"他说。

"大姐走后我收藏了她穿过的一件衣服，为了证明她活过。"雁哲说，"姐以前对我说人早晚都要离开世界。蒲松龄没有白活，他写过《聊斋志异》。"她继续说，"方总的诗也很好，'建功热力安天下，告慰平生尽思量'，中年人是承上启下的链条，是家庭和社会的中流砥柱。我们活着，国家无战争，人民安居乐业，搞好环保，这三点做到就是千秋功业。后代子孙会感激咱们，就像咱们感激祖宗。谁都不是孤岛，我们是人类的一部分。培养后代，说不定哪代子孙大有作为，生命有所托付，DNA 在他们身上延续。"

音乐响起来，No limit 没有极限，高亢、强劲，比听诊器上的心跳响亮。徐雁哲说："赵总，一起跳迪士高吧，老照说跳舞就是音乐散步，小说就是行走的电影。每天早中晚各运动半小时啥病都能好。"

"你跳吧，"赵总说，"我血压高，医生说不宜剧烈运动。""初期高血压患者可以。"雁哲说，"不是跑步没事吧？前脚掌着地慢跑，像皮球一样弹跳，每天 20000 步，不会伤及膝盖和半月板。跑步腿疼是因为方法不对或是风寒。人体如同瓶子，里面的水要晃动，所有细胞都运动就不会发绿，所谓流水不腐，户枢不蠹。饮食方面穆月笙说少吃主食，大米饭糖最多，吃一小碗的三分之一就行。面食含糖量是米饭的一半。肉类、蔬菜和奶要均衡。东北人盐津重，吃大鱼肥肉能不得病吗？豆类对大部分人都有好处，肾结节除外。饭后一定要运动，饭后睡觉等于慢性自杀。要保持快乐的心情，中医说所有的病都源于着急上火。一个人愤怒时喷出的气体能毒死瓶中的小白鼠。西方人早就开始吃保健品了，比如磷脂 E 和核酸。在亚洲某国，有的老板给中国老年打工者发保健品，软化血管。我们必须尽快从悲痛中走出来，年龄不小了，体力用来创造不是应对伤痛。"

"为了忘却的记念。你开始玩彩票了？"赵总问。

"有一位古人刚刚丧妻就敲盆而歌，那是不得已。与其说是顺其自然，不如说是无可奈何。"

"是庄子。玩彩票是另一种赌博。"

"我不打麻将却遗传了祖上的基因。"

杨紫桐又给两个大人贴上笑脸说："赵伯伯，妈妈，咱们听民乐吧。"

"谢谢你，紫桐！能告诉我民乐是啥吗？"赵总问。紫桐说："中国古代民族乐器分为琵琶、二胡、编钟、箫、笛、瑟、琴、埙、笙和鼓十大类。"

"对！"徐雁哲说，"我最近听说一种乐器，中阮，是我国的民族弹拨乐器，古琵琶的一种，已有两千年的历史。阮指'阮咸'，是'阮咸琵琶'的简称。"

"西洋管弦乐器四大分类为木管乐器、打击乐器、铜管乐器和弦乐器。"

"他们都演什么？"赵总问。紫桐说："《赛马》《扬鞭催马送粮忙》《鲜花盛开的村庄》《翻身农奴把歌唱》《北风吹》《洪湖水浪打浪》《再见了，大别山》。都是高手，比电视上的好听，妈妈说她是听这些歌长大的。"

"都什么人表演？"

雁哲说："老宣传队队员，如今五六十岁，工人阶级中的文艺精英。沈阳的工人与时俱进。70年代后期我跟着知青的大巴车来沈阳，曾和皇姑区黄河大街的市民欢送知青下乡，彩旗招展，鼓乐喧天。天地间的夹缝里即将远行的中学生站在奔驰的大解放汽车上，十几人哭喊，一成欢呼，上千人保持奋发前进的姿势。"

"多好的人民，还有啥说的。"

一位50多岁的女子在听他们说话，凑过来说："你们好！我没下过乡，在城里当工人。还不如到农村去呢，有农忙也有农闲，农村的活我也干过，远没有城里的累。我在重压厂上班，手割伤的，脚划破的，多了去了。看我的手，这只，还有这只，手指头都挤棱登了，多少回，肿老高了，多少年下不去。留城里的也有没上大学的，知青也有上大学发达的。沈阳也有长反骨的。"

老赵说是张志新，省委宣传部的干部，敢同"四人帮"斗争。有人为她写过诗：

重　量

韩瀚

她把带血的头颅
放在生命的天平上
让所有苟活者
都失去了重量

女士说："刚才看到大检阅的画报，看到众志成城的队伍，国外的敌人不敢轻举妄动。苏联、朝鲜和中国都有这样的场面，群众举着画像，游行喊口号。画像是无产阶级的领袖，有些无产者偶尔也被伤及，大多数穷人热爱他们。公园里老年合唱团的队员一唱到那些歌立刻满面发光，如同老人家就在身旁。沈阳的工人想念老人家，尤其是下岗工人。每年的诞辰日和平区的中山广场都围得水泄不通，大家唱歌纪念伟人。几十年了，韶山故居的民众络绎不绝。未来还要靠伟人的话处理国际事务，对抗国外势力。工人阶级在歌颂草原、祖国和领袖的音乐中老去直到离开人世，这是他们自主选择的。"

告别特别的声音，躲过儿童荧光滑板小分队，绕过路旁中年毽球比赛场地，不打扰老人们学唱《请到我们山庄来》，三人走入长廊跟前的人群，里三层外三层。尽是啥人？南来的，北往的；土著的，到访的；上班的，下岗的；擦鞋的，建房的；教书的，办厂的；亲生的，领养的；尊师的，爱党的；

甩鞭的，擂响的；吊带的，光膀的……黄发垂髫个个心醉神迷，入诗入境。

拿麦克风的老者向几位琴师鞠躬，又向观众致敬说："老少爷们儿，大家晚上好！下面我唱一首《篱笆女人和狗》。"吹笛的中年男子用沙哑的嗓音对乐队说："《篱笆墙的影子》，B调，走……"

星星还是那颗星星哟

月亮还是那个月亮

山也还是那座山哟

梁也还是那道梁

碾子是碾子

缸是缸哟

爹是爹来娘是娘

麻油灯啊还吱吱地响

点的还是那么丁点亮

哦……哦……

只有那篱笆墙影子咋那么长

只有那篱笆墙影子咋那么长

…………

"雁哲！"赵总将手按在雁哲的肩膀上又马上松开说，"等我们离开这个世界歌里的日子还会继续，什么都没有改变，一切又都在变化。我们会想念歌中的一切，曾经陪伴我们的一切。"

"你听，"雁哲说，"《看天下劳苦人民都解放》，'为革命砍头只当风吹帽'。我有时纳闷儿歌里的人咋不怕死呢，真服了他们。你说我赶上那个时代会不会当叛徒？"

　　"不好说。革命烈士不怕死是因为仇恨太重，日子太苦，又死了那么多人，该不会怕死吧。中国现在在发展经济，缺少仇恨，过好日子才会怕死。"

　　"你说邓小平同志离世前怕不？"

　　"不怕。"

　　"为啥？"

　　"他为中国设计了改革开放的图纸。"

第十八章

天鹅舞

赵总步行上班，走进一楼设计所，将3.5寸软盘中的梦打印出来，回到自己的办公室专等徐雁哲。她接过文稿。

从　容

昨晚地球上剩下4个人。天似倒扣的锅底，浓云压过来贴在耳根说话，我踮起脚伸手薅一把。空气湿冷，没有花草。世界发生变故，春天我回到老家，逃回父母的院子。只有3个人，他们收留了我。

那是礼拜天，母亲、大姐和大哥放下活专程送我到墓地去。我病了，白天看《霍乱时期的爱情》，晚上就得了叫作霍乱的传染病。什么症状都没有，神明告诉我我活不过6天。

3位亲人手持农具送我出门，没人说话，没有表情，不怕我把病传给他们。母亲40多岁，能走能撂。大哥不再会朋友，大姐不惦记生计，他们的心思全在我身上，送我离开人世。

我的衣裳很普通，80年代初农村少年的旧衣服，很单薄。脚下的黄胶鞋上大学穿了4年，脖子上的黄格围脖显示我与别的人类不同，其他的没有差别。心里平静，走路从容，不是去死而是赴会，或去异国出访，要不就是去天堂看父亲，3位亲人帮我完成这次旅行。

我们走过村庄，走上崎岖的路，大地在颤动，空气在燃烧，到处是石头垒土。这样的路估计要走5天。走路时我在想他们用锹挖的是坟，在我看来不过是地道。我大义凛然地钻进去，到另一个世界散步。我在世上生死一样，有我如此，没我时毫发无损。

很快就不平静了。我一生结识很多人他们没来送我，都哪儿去了？我爱的人和爱我的人哪儿去了？老婆、女儿干啥去了？为什么只有母亲、大姐和大哥陪我走最后一程？多少次埋怨大哥，明明父亲能活过80岁，他和媳妇不孝顺让老人70岁病逝。母亲得中风6年他疏于照看，半年不露面，让人日夜怨怒。大姐离父母家400米，一样半年不看一回。多少年来我疑惑而又无奈，给的钱都落入谁的腰包。眼下只有他们为我送行。刹那间，心苏醒过来，在最需要关怀安慰的时候最亲的人来到跟前，什么都不计较。这样想罢怨恨荡然无存。我和哥姐身上有相同的血液，我们踩着肩膀头来到人间，这是任何矛盾都改变不了的。就这样，还没有走到墓地梦就醒了。

我在冷汗的包围中感到幸运，在偌大的世界流浪又迂回到亲人身旁，回到生命的起点。现在年龄不算大，早一点觉醒比离开前后悔好得多。一切都来得及，如果能让亲人好一点，在能力所及的范围里有什么不可以尝试？只要他们健康快乐长寿，我为什么不尽力？常常感到生命无多，也没必要紧张过日子。面对死亡都很从容，还有什么担心的？从今天起我要和死神签契约，在他敲门前做完应做的事，尽应尽的义务。那样我就可以说我的人生无怨无悔，我可以坦然面对死亡了。

1997.7.29　沈阳

徐雁哲回到二楼办公室问："你打算做什么，赵总？"

把母亲从哥哥家接过来。把姐的女儿也接过来，那孩子长得好，学习走心。姐夫还会另娶，我不能眼瞅着孩子毁掉。赵总说。

"你的负担会很重。"

"这样才能心安，我要重新活一次。"

"同是天涯沦落人，咱们的境遇相同。"

"谁是天涯沦落人？带我一个行不？"郑云开走进屋，彭总拎个文件包紧随其后。赵总说："你们两大家子五六十口人都那么健康很羡慕哇！像穆总怎么喝酒血压、血糖和血脂都正常。"

郑云开说："没别的，心大！像老穆天天有愁事，比咱们愁，愁死能咋地？进一回局子就不愁了。喝酒也行，喝上酒就忘溜干净了。"

"我最近一直犯愁。"彭总说着走了一圈。

"啥？"

"徐雁哲同志家也安了，工作关系也调过来了，缺个男朋友，咱们得帮帮她。"

"我正犯愁呢，各位大佬，手头有库存没？给我留着。"

"咱公司人才济济，省市的朋友也认识不少。"彭总说。

赵总瞅瞅郑总。雁哲蹙起眉头，牙齿磨出动静。

"你想找啥样式的？"郑云开问。

"找下三流的企业家和奸商。"

"你看我中不？"郑云开问。"云开是下三流企业家和奸商？"赵总问。"无商不奸，企业家三流也算不错了。"彭总说。徐雁哲说："同意，本来我和他第一次见面还真有点感觉，越接近越遥远。这些年遇到许多好男人，本可以成为情人，处着处着都成了哥们儿，遗憾不？我骨子里就是男人你们没发现？" "你和咱们都亲人同性了？怎么搞的？太遗憾啦。"彭总说。赵总道："喝纯净水喝多了，真是男人世界的损失。"

穆月笙打门口走过。赵总说："咱们是不是该去交集资款了？一起去吧，有气势。"彭总边说边往出走。郑云开问雁哲："你姐夫家都安排好了吧？"

"在海洲、深圳和苏州，3个外甥都成家了也有工作，不用我惦记，我没再联系。谢谢关心！"

"不用客气，我已经把他们当成亲戚了。"郑云开想起前几天开车陪徐雁哲奔丧的情景。在徐家屯、四平之间的韩州，雁哲用手抚摸姐姐冰冷的脸颊，亲吻她的遗容，明里暗里多少回。她摸着手喊大姐大姐！妈，妈妈，我大姐越来越像父亲……哭够后她进里屋见炕上的人，将刚刚吻过死人的唇贴在姐夫麻木的手背上叫声大姐夫又哭个没完。从这些举动郑云开看出她和姐姐一家感情有多深。那几天雁哲除了说姐姐的好，还向人们讲述6岁时她第一次见到橘子是姐夫从海洲带回来的，还有海米、带鱼和鹦鹉牌扑克。看妹妹们小，姐夫还在炕头哄她们玩，给她们剪指甲，教眼保健操。上初二时平面几何难学，姐夫给她买了两本厚厚的数学习题集。高中暑假回家大水冲断了道桥，姐夫举着她过河。直到上大学，姐夫还亲自把她送到长春的宿舍。

又见雁姝，似乎开始懂事，她也讲小时候的事。大人下地干活，母亲喂完奶就哄她睡了，醒来找不着娘亲只看见3岁的雁哲，她就爬上窗台大哭。雁哲太小也不会哄小孩，急得跟着一起哭。从前的事姐妹讲了很多，郑云开听后又心疼又羡慕。他恨不得伸手抹掉她所有的悲痛，尽其所有安慰爱恨无限的女人。她得有怎样宽敞的心掩埋愤恨，有多少空间保留那么多的亲情，细细研磨加倍珍藏。9辆车、50多人护送遗体。在焚炉前，雁哲向姐姐吻别。郑云开想40岁的人，我参加过多少葬礼，没见过那样不管不顾的。等我有一天离世也得到她的吻别这辈子足矣。

瞬间过了一遍电影，郑云开说："以后有啥事请吱个声。我去交款了，用我给你带一份儿不？作为副总你咋说也得投一万吧？"

"让我天天扛个麻袋上班？"

"咋整啊，大雁，愁死了。"

"你想怎地就怎地，与我无关。"

"借你的名，我多投一万中不？"

"随意，你自己保管好收据。"

过了一会儿彭总回来告诉雁哲到会议室继续听课。老穆在门外问："老徐，你觉得我安排讲座有道理没？"雁哲只管往会议室走，说："谢谢总经理！只有像咱们这样的公司才有培训，小单位从来没有。不信叫号打听打听，每年上级都有调查，咱们是实打实地培训，我觉得自己很幸运。"

"都是本分人家的孩子，大小还认得几个字。穆月笙说，总经理，什么时候安排徐总讲课呀？我很想聆听。""让她讲？别以为提个助理就能讲课了，和我比还差得远呢。"老穆说，"容器我不懂，她把容器整明白我马上叫她老师。老徐，在咱们这类企业想一辈子当个小人物会补偿器也能活，想成为大企业家大圣人你必须懂得容器。"赵总过来说："总经理，你就不怕鸿雁啥啥都行飞走吗？"

"飞？飞走还得飞回来，要不怎么叫迁徙呢！"老穆说，"中国人办公司婆婆多，势利小人层层揩油。国企能像咱们天天摆酒局吗？其他私企有培训吗？就凭这两项我认为咱们公司是本地区本行业最好的。"

教授说："大家上午好！鉴于公司最近进行大的革新，总经理提议继续培训，我就目前公司生产中遇到的问题谈谈粗浅的看法。"教授讲话习惯程式化，学院派学者腔，还偏好长句，像背论文。讲了两个来点外行听不清他说什么，要么理论太深，要么太脱离实际，大家同情他也可怜自己。要结束的时候教授说："关于容器，公司最近出现多个不合格产品。我们要认真参照 GB16749-1997 压力容器国家标准，也要因地制宜加入咱们自己的革新。

厚度5毫米以下的一次整体成型，5毫米以上的就不一次整体成型，要根据实际情况解决问题。还有补偿器，我们还处于设计拍脑门子阶段。最近我们有个想法，大家知道中国现代工业的经验是从美国过来后改动的，美国军事领先和工业发达分不开。我们只是在原有的基础上做了改进。而像总经理这样能深入研究搞发明的企业人少之又少。人们急功近利，不能沉下心做学问。我们的想法就是一定要尽快购买设计软件。从哪儿入手？从上海的大学，从南京晨光同行企业，从各大设计院。化工部下边好几个院，化二院，山西的，最小，干煤化工最早也最重要。还有化三院，合肥的。我们要向他们学习，向他们要技术。化二院一年能设计几十个亿的活，希望他们把我们公司推荐给客户，5年两三个亿。"

"真提气呀！"老照慨叹。教授继续说："接着说发明专利这一块，这是总经理最重视的，虽说眼时不能获得巨利，对企业长远发展对公司的宣传功不可没。怎么也比到电视台到报社花大价钱发广告强吧？到目前为止总经理的发明已给公司创造近8000万元的价值，以后会更多。有条件者一定搞发明创造。总经理、副总及其他技术人员会大力支持。""I see. 我听懂了。"徐雁哲点头。

"我现在想调查一下，除了总经理哪位有发明，或是正在研究，正在构想也中，哪位？"教授问。没人说话。老穆问："怎么搞的，老徐，你在大东区那边天天干啥了？你不是一直在搞技术吗？"徐雁哲回道："我不是天天翻腾你留下的图纸吗？我以为都完美了还改啥呀？"赵总说："不会吧？你一直羡慕科学家，不会安于现状吧？再说咱们……"

"你不是处理过很多事故吗？有些图纸还是有问题的。"老穆甚是失望。

"好吧，容我想想。"雁哲道，"要不我马上编造一个，就说我在那边搞过发明？你们看看，不把我吃了今天就没完似的。对我这样的弱女子至于吗？""就这么定了，今天徐雁哲同志不编个发明，就……"教授忘记怎么往下说了。众人不计较，知道他说话向来缺少因果逻辑，有时还打锛儿。

徐雁哲较起真来。她这几天还真想了，想起 3 年前从牡丹江事故现场回来后琢磨过一些东西。她回到办公室将档案袋翻出来，终于找到几张纸。

无固定支座直埋式套筒补偿器：内套筒、导向封严环、注填栓塞、外套筒、主承力圈、副承力圈及柔性密封。

其特征：主承力圈与外套筒连接，副承力圈与内套筒连接，主承力圈与副承力圈之间无间隙。柔性密封采用盘根及高压注入柔性密封填料。

采用上述结构的补偿器具有优良的密封性能：热网管线可以取消所有固定支座，运行安全可靠，结构简单，降低工程成本，利于实施。介质工作温度可达 250℃，工作压力 0.25 ～ 2.5MPa。

徐雁哲查证了一些新资料，用一下午时间。下班前她把整合的材料打印出来送给老穆。

老穆看后一言不发，很久才说："你可真行，啥都敢编。"最后他说："先放这儿，脑袋都给你整迷糊了。不行，喝酒去。"

"那好吧。"雁哲退出总经理室。

"啥？告诉你了，忘了？你还真把自个儿当科学家了？连我的话都敢忘，总以为自己高智商。也没啥能耐，就是长期自恋、盲目自信，用老百姓的话说有一股子虎劲，加上总能被和谐社会拯救。"老穆打电话时觉得和徐雁哲吵架很有趣，甚至把她气哭才好。人家一句都没听到。

徐雁哲走入酒店贵宾楼二楼包房，受到五六位同事欢迎。

大圆桌，24 个座位，特别宽敞。她先环顾四面墙，马上喊，呀，是范老师的画，两幅。老人、牧童和牛，另一幅是老人、牧童和毛驴儿。她说他的画有个特点，甜。不管古人的日子多苦衣服多破烂，所有人物都淡定都幸福，失去真实性，缺少震撼力，能给人安慰和希望，是中国式的坚强和自信，能治精神病。

赵总问："是真迹吗？真的可值银子了，我猜是从生产线上下来的。"

老照说："也可以从网上下载复印。"郑云开只是听。雁哲将地上的12瓶纯净水放到同事跟前，然后是大塑饮料。穆月笙认识酒店老板，自带的。

张丝丝安排座位，三男隔一女，按平日的亲密关系排列。总经理和其他副总、大业务、大技术到齐后酒会正式开始。穆总说首先我代表东屋的同志敬西屋的同志。他一饮而尽。西屋的员工也一饮而尽。

"总经理，啥也没有你老摸肚子干干啥？"老照问。老穆说："我以前肚子上有个窟窿，女儿总摸，越摸越大，后来干脆不管了。今个儿又想起来了。"

穆月笙说："我十分羡慕小白楼的同志经常走动。尽管我没有机会上蹿下跳，私下里也总想找些借口和大家取得一丝一丝一丝丝的联系。""想着，念着，想念着一张张张丝丝。"老照帮腔。"还好。"穆月笙说，"咱们总经理作为纽带总能上这屋说那屋的事，上那屋说这屋的事，把全体同志拢到一块堆儿。我代表西区敬东区，喝。"东区的都站起来，喝啥的都有。

老穆站起来看杯，问："赵总喝的啥？别和老徐学，咱们都是知识分子，酒桌上和女人较劲显得底盘低。那啥，所有男士必须全喝。"赵总站起来。徐雁哲给了个暂停的手势，让他以水代酒，她说："人总得讲究点饮食科学吧，这样的场合只能自己对自己的生命负责。"老穆质问："老徐你啥意思？谁没病？有病不吃不喝活着有意义吗？人活着为啥？民以食为天。人生在世吃穿二字。男人不喝酒在咱们公司就等于退出历史舞台。"

我喝我喝。老赵听劝。郑云开代表西宫敬东宫满杯酒，与穆总不同，他说大家喝啥都中，喝多少都是情怀，我不介意。搞管理的东宫虽是正宫，但没有跑业务的西宫厉害。人们窃窃私语。接着喝酒就巧立名目：邻居间对喝，

50后、60后、70后喝，有车族喝，学车族喝，买避暑帐篷者喝，同楼层者喝。谁为谁做过技术服务了喝，谁为谁出头主持公道了喝。

赵总远远地从桌对面冲雁哲举杯说："知音，咱俩喝一个。""知音？"郑云开惊问。"好。"徐雁哲举杯走过去，一路款款，尽现交际花的放浪和歌女的妩媚。赵总过来迎接，迈着太空步。"为啥喝，知音？"她问。赵总一根根伸出5个手指，又用英语说了7位数。然后从衣袋里掏出字条，雁哲点头。

"哪个绺子的，彪彪哥？威虎山又招兵买马了？"老照给赵总起外号张口就来。他追问："能让我看看联络图吗？我也想加加入你们。"他从雁哲手里接过迷魂阵"彩民十等人"，脑筋飘上九霄。

老照问雁哲："妹子，你是几等人哪？"徐雁哲说："我在编外，巨想裹挟入列。众彩友心驰神往，就是这两天的事。买彩票的道上我遇上赵大哥。和赵总谈了一拍即合。今天我又买了一张，打算中500万。卖彩票的说你买这种，看，就这个，如果一等奖人少你能中800万。再少，会中1000万。我说，好，为了证明咱有魄力就再买两张，我是老徐，我怕谁？"

"你前些天的500万呢？"

"捐给灾区了，淮河发大水了。"

"淮河？"

"船离洪泽岸头沙，人到淮河意不佳。何必桑干方是远，中流以北即天涯！诗人杨万里写的。"老照说。"女王陛下，杨万里是谁？"郑云开问。

雁哲瞪了他一眼说，"南宋四大家"之一。

"记得你以前用他的句子形容过你父亲：种豆南山下，草盛豆苗稀。"郑云开说。

"是吗？我回家好好翻翻历史。那是陶渊明，别故意整事儿。"

"一个是西宫，一个是陛下。你们得喝交杯酒是吧？"张丝丝逮着机会提议。雁哲说："这是机密，岂能向外人道也。"

"还没喝就有家庭暴力了？"张丝丝继续发力。"这是办公室暴力。"徐雁哲回复。

老穆让服务员打开卡拉 OK，鼓动弟兄姐妹唱歌、跳舞。服务员上楼来，由于老板与穆月笙有朋友之谊，加赠了基围虾和象拔蚌。杯觥交错，有人离席唱歌：《我的心里只有你没有他》《月亮代表我的心》《让我再看你一眼》《不了情》。雁哲穿着性感白裙将祖国各地的民族舞蹈融合在自编操里尽情演绎。

往日雍容宁静悠然自适，今天妖眉亮眼火光冲天。方总指着徐雁哲问："教授，那是谁呀？"教授说："此徐雁哲非徐雁哲，是名徐雁哲。不要相信你的眼睛，因为那些都是梦幻。""禅宗，禅宗啊！"方总竖起大拇指。

4 条自带的白背心，4 条服务员的白短裙，老穆邀请方总、彭总、教授与自己扮成 4 个男天鹅跟着 VCD 里的 4 只小天鹅跳芭蕾舞《天鹅湖》。多彩的霓虹灯里郑云开的大红裤衩子往来穿梭。

张丝丝说："走个迪士高。"单舞、双人舞在霓虹灯里交相辉映，各路仙人大显神通。张丝丝请来的音乐学院的乐师通知全体上场，音响师播放 Penguin's game 音乐，大家前后用手扶着肩膀，步调一致，跳意大利兔子舞。

Left left right right go turn around go go go. Left right left left right right. Left left right right go go go. Left left right right go turn around go go go. Jumping grooving dancing everybody. Rooling moving singing night&day. Let's play the penguing's games. Smacking beating clapping all together. Rocking bumping screaming all night long. Let's go everybody. And play again this song. Left left right right go turn around go go go. Left left right right go turn around go go go.

有些人听出英语单词：左左右右前进转弯前进前进前进。活泼可爱，重回青春向上的时代。老照说诗歌回环往复，有古风的感感觉。

"烦恼和压力倒尽，让人忘记年龄和家乡。"徐雁哲告诉自己。

"总经理，"教授建议，"这种活动还得经常搞。"郑云开提议："找机会到有水的地方烧烤吧。""到棋盘山水库烧烤中不？"张丝丝提高音量说，"我全包，兄弟们到场就是给大侠面子，厨师长我提前感谢大家！"

"有些人就喜欢有小孩的小媳妇。"张丝丝告诉郑云开。老穆回道："做梦也是艺术活动。"郑云开不愿意了，眼光里现出子弹，他说："关你们屁事？你个大疯娘们儿，听说十八流明星来了你派两辆车到飞机场迎接，免费使唤多少天，从头照顾到脚，今儿送毛巾，明个儿送香皂，照几张相片到处嘚瑟。而你，穆月出，大傻狍子，亚洲金融风暴刮不着你，人性风暴把你掀个四仰八叉，有病还逼人家往死里喝，酒蒙子……"

第十九章

颗粒机

天亮了，不到 5 点，每天被窗外的大鸟吵醒。在新买的套间居住，有亲人没朋友，鸟是朋友，不请自来，天天天见天天天蓝。雁哲还想磨蹭一会儿咬着背边子倾听时间的步伐。有只鸟发颤音 R 超地道，俄语和希伯来语都有，如水在喉咙里打滚儿，浑厚响亮，这个音她一直发不好。

女人在脑袋里哼唱着自编的歌曲起了床，穿好衣裳。拉开窗帘，四五只麻雀认真地在对面楼顶的红瓦上问候。女人很羡慕，心里生出液体，弥漫到脑海又将前胸后背浸润。腿有些痒，她幻出两个人，公司的人或别的人。她想替他抚摸欲望的国土，时间不早了，她来到厨房。寒气走遍肌肤和关节，她感到小腹在痛。等她站直身子就觉得自己老了。没有事，她安慰自己，只有自己。她幻出多个角色关心自己，父母、女儿和千岩老人。她像情人一样跟自己说话。

千岩老人说你不知道 4 月一到全城的供暖都停了吗？多加件衣服，不必惊讶。手又冰又麻，从冰箱里拿出面包，取出两片放入烤面包机里，又用黑夹子夹好袋子放回冰箱。给煤气点火，将一个鸡蛋放锅里煎着。按统筹方法她又将一杯奶放入微波炉加热 40 秒，将昨晚留的生菜叶用凉开水过了。回头关煤气，等烤面包机跳闸牛奶也好了。她将肉拿出来化冻，将水果放在盆里泡起来，面包牛奶放在父亲伸手可得的台面上。完成这一切不到 3 分钟。感谢影响中学生的课文《统筹方法》，作者是中国数学家华罗庚先生。徐雁哲把像样的早餐准备完毕，面包香窜透鸡蛋和生菜叶，在嘴里咀嚼，芬芳上午的工作。她将玻璃饭盒放入旅行包，到公司用微波炉热一下就是午餐，西方的老板每天上班都这样。

昨晚徐雁哲又把一个人当成王上。想到他整个身心迅速升温。巍峨的男人，山一样的发明家，我多想说我来了我看见，将来一定加一句"我征服"。清爽亮堂的四月天女人希望有事发生，不管高低贵贱，不论荣耀耻辱，不要一天重复几年的内容。没有事情发生。那人在她面前什么都不做，自以为是，昨天在走廊遇到了。还没股份制呢，人们称他董事长，说时顺口，听时顺心。

办公室旁有专用洗手间，由赵博把守。为赵博着想他到二楼净手。女人想知道是不是在找借口。老穆帮她申请到发明专利，本该署她一人的名，他问了，她谦虚过头，签了两个名。他最近对科研更加痴迷，申请了几个专利，连公司管理甚至搬迁的事都不管了。也可能没能力管，尾大不掉。只有一个人热爱他的发明，不把他的权力丢失放在心上。就这样在一个公司上班，彼此天天凝视一眼不打招呼也行，做几秒钟的停留，淡淡地微笑，幸福跑到梦里唱歌，种子在春天发芽，枝条绽出荣丽的花朵。

昨天看到她没有说话，他低头叹息，像失望也像心痛。伴君如伴虎，彭总提醒她不要离头儿太近，谁知他天天为啥拉拉驴脸，整不好会把火盆砸到身上。想到这儿她开始惶恐。公司遇到事了？图纸不出事啥都不怕。又被骗走几万块钱？想到被骗，徐雁哲觉得那人还有轻信、盲从、单纯、质朴的凡人味道，不要离人类太远就好。

没人告诉她董事长为啥发愁。住房有了，女儿上学了，1999 年沈阳各中学高级教师月工资从最低到最高 401~881 元，徐雁哲月薪 1000 元。还有什么风雨能把人打得七青八黄呢？什么都不怕，就怕他换脸，黑色的忧郁让人想到北大西洋的冰山。今天上班该有个说法，啥时加油，哪天解放，都能知晓。

往日徐雁哲与冯总坐一辆轿车上班，今天她坐通勤车。赵博先喊姐姐，抓起空位上的帽子请她坐下。年轻的技术员一把拽过赵博的袄领子说："为啥不让我坐给徐总占座，中国游客到日本旅游在公交车上占座，还到法国埃菲尔铁塔下跳舞，怎么想的？"赵博猛一挣脱将脑袋送到人家怀里说："你打，给你，你打呀。"抽冷子用左肘一别，右手握紧对方的左腕，笑着问："麻没？"传说他学过翻腕和大背跨，没人拉架，大家觉得不屑和残疾人冲突。徐雁哲心里忽然一颤，为"麻没"不能平静，不一会儿她感到有种液体在心头打转。赵博说："姐姐怎么了？想紫桐妹妹了吗？昨天董事长说妹妹病了，她好了吗？"雁哲不说话，只是点头。有人曾告诉她，遇到赵博这样的傻子不能回话，否则他们会像小羊、小猫、小鸭子跟着你，可得小心。有一回她出差，赵博到老穆办公室一会儿一问："姐姐回来了吗？姐姐多咱回来？姐姐为啥还不回来？"等她回来，冯总就逗她说有人特别想你。她十分害羞地将头低下。追问之后老穆告诉她赵博很想你。她不气不恼，马上将糖块挑最好看的送给赵博。那天赵博朝她要了手机号，他手机里只有董事长和她的号。

赵博在车里发现没人理他就自言自语道："呀，这么多车！呀，快到清明节了！全城的暖气都停了！今天，姐姐你看看天气，董事长总看这个。"徐雁哲低头看到手机屏幕上的字：最高温 11℃。赵博补充说我天天转给董事长。这是我妈从电视上看的，我妈还说不错过春天，也不错过你。

这就是传说中的手机，在春节期间给董事长发短信打电话。节后上班老穆到处显摆说："老子也有今天，老子过年十分畅快呀，多少年了终于收到春节贺电，来自咱们公司的，猜猜是谁？猜着赶紧上我办公室登记，取前十名，每人奖励 200 元钱。"大家上班一整天和 200 元钱较劲。登记者一位，赵博获奖。

董事长说刚接电话时整个心如同澎湃的钱塘潮，好不容易稳住神，对方开始审问："你知道我是谁不？"

"不知道，你是？"

"我是赵博，不是李博，不是张博，也不是孙博。"

"啊，赵博，你过年好哇！"

"董事长，我给你发短信你高兴不？"

"高兴！"

"我给你打电话高兴不？"

"高兴！"

"好了，那我挂了。"

想到这些徐雁哲抬头看看赵博没有说话。赵博从衣袋里掏出一块糖，用粽子叶包成三角形，巧克力糖。他说："姐姐，你看这是董事长给我的，是他朋友从泰国带回来送给他的。要是给两块就好了，这块给你，你再带回家给妹妹。"说罢他放进嘴里。先前要动手的男子说："赵博，你一会儿叫姐姐，一会儿管她女儿叫妹妹，怎么回事？你凭啥给徐总不给俺们？再这样明天你自个儿走着上班，4 个钟头，拎个饭盒子，你以前也不是没走过。"

"董事长让我走我就走，你说了不算。我妈不让我和别人说，我喜欢董事长，也喜欢姐姐，姐姐是我偶像也是我朋友。温哥华有一些华人婶子不许丈夫的侄女叫婶子要叫姐姐。我妈说这话不能和外人说，所以我不和你说。你以后别上三楼洗手，那是董事长的，徐总可以。"赵博一口一个董事长把大伙镇住，没人再敢咋呼，直到进入厂门大家才缓过劲儿来。

走入二楼办公室，看见冯总坐在靠椅上梳理头上的羽毛。他原先是某电力设计院的副总工，技术上的一把手，因总工上去一个死一个，正总的位置长期空缺。他硬被老穆挖墙脚挖过来，最后以精神病为由办了病退。雁哲看过他的伪证，眼睛斜愣着，恐怖而狰狞，仔细一瞅还真像。地中海式发型，脑袋变成脸，脸成了脑袋，些许的发丝都有姓名，整天在沙滩上埋伏。50岁了，能用 AutoCAD 画图。他心智甚高，既懂锅炉也懂容器，还能应付上级检查。他对雁哲不吝教诲，一年来把她从容器社会解救出来，主人算不上，基础技术基本摆脱了奴隶地位，被提升为副总。副总9名，她在尾巴尖上，与原先当助理时位次相同。有时她想把别人的野心偷来用用……她感到当家做主的日子特别好。

徐雁哲边抹桌子边问："师傅，您又遇到乐子事了？"冯牧羊用两个指节点着桌子，潮水般的笑声让人忘记星期几。他说昨天你刚下班我从外地回来，董事长来咱办公室，专门给我看手相。伟大的灵魂太活泼了，快跑出身体了。他说他喝酒后看手相贼拉准。他拿起我的左手说你的家庭老温馨了，今年的事业线又长又重，一定有大成就，杠杠地。即使犯错……也绝对不算错误。他还说他看手相已到了登峰造极的地步。老能吹了。徐雁哲听到"错误"心就使劲沉到地下，说："我没听出来，师傅您太有才了。"她心里嘀咕啥错误？在我不在现场的时候来办公室谈错误、做铺垫？要是给我看手相还不得立马起飞西行？冯总说："小徐呀，你还年轻，不懂得里面的奥妙，哪天让穆总看看手相。"

徐雁哲想到老穆神经兮兮的突访就问："董事长怎么讲您的家庭的？"冯总努力找证据说："比如……反正你也有女儿，你不会忌讳吧？""不会。"徐雁哲说，"一位敢讲一位敢听，咱都是老江湖了，我怕过谁？"

他仔细回忆道："我说董事长你算得太准了，我老婆，家庭妇女，没啥能耐，在家里啥都不干还说了算还特有地位。早上她也不管孩子。我小儿子过来摸我的奶，问爸爸爸爸，妈妈咋不过来摸呢？我就说她自己有……"徐雁哲没有笑，连忙问："董事长说啥？"他说："董事长非常认真地解释，男人有两个奶头，知道为啥不？上帝觉得不毛之地没景色不好，就安了两个图钉，权当装饰。我问安钉就不一样了吗？他说那当然，因为有这两个物件我们就同儿女建立了联系，要不怎么说男人的一半是女人，父亲又当爹又当娘呢？至少紧要时能安慰孩子，让他们有归属感，也让男人更有魅力。"

"哦，原来董事长的科研有扩张跨界趋势，从钢铁直达人体了。"

"可不是嘛，他又将穆老三请回来，哥儿俩一起搞新产品开发。"

"开发？"她问。冯总说："颗粒机，颗粒机生产的生物质颗粒燃料可以间接替代煤炭。将高粱玉米的秸秆、稻草壳子、锯末子只要含碳的原始能源啥都行。此设备工作原理简单地说是将所有生长时摄入太阳光的原料搅和在一起粉碎，再掺和煤矸石、砂土和水，经过高压压在一起，最后成形，节能，比煤易燃。""啥形？"她又问。"说白了就是厄厄橛子形。"冯总对技术不含糊，给年轻人讲述很认真，他继续说，"机器快造一台了。这个发明最大的好处是再回收利用。老穆说他的发明是零排放，我看这是吹牛，植物生长要经过光合作用，吸入二氧化碳放出氧气，吸多少放多少。中国是世界上排碳较多的国家，西方国家的能源再利用是30%，中国3%，有的甚至0.3%都不到，尽使用即将枯竭的能源，比如煤炭和石油。穆总说这个发明每年年产量能达到3万吨。"

"投资多少？"

"20多万吧。"

"有人买吗？"

"上锅炉赔钱他不也上了？要不怎么又蹦又跳又急又闹呢。"

徐雁哲说："这是为子孙后代谋福哇。钱学森先生写过利用庄稼秸秆造福人类的论文，或养牛或养蘑菇，将里边存蓄的太阳能合理转化利用。日思夜想，只有真正的科学家上下求索时刻想着造福人类。"脑袋里的雁哲说，不用别的，就凭这个发明我就乐意把自己奉献出去。

　　"成本忒高，还不如买煤取暖。"冯总说，"只有地球上的煤炭和天然气奇缺各国大范围停电煤价高出很多倍才能卖出去，用不了20年全世界的能源危机就会到来。"徐雁哲说："20年就是一猫腰的工夫，甚至比人们想象的还快。欧洲的能源主要依赖俄罗斯，就怕发生战争。停电有多种原因：一、煤价上涨。二、出现疫情。三、外企增多用电量过大。所以要尽早开发新能源，如同用汽车代替马车，现如今养马只是个别人的爱好。请问师傅，如何开发新能源？"

　　"风力、水力、潮力、海力发电。"

　　"还有，"雁哲说，"我建议除了留些阳光给动植物，凡太阳照到的地方比如房顶、墙面、路面、汽车顶、书包，全方位蓄积太阳能保障家庭和个人用电，人尽其力，电尽其能。"冯总说："未来的人类会像蜜蜂一样在空中飞行。走路只是一种运动形式，为了保持人类的体征。核发电也行，核电厂会逐年增多。""齐贤中学的一位物理老师说他相信人类的智慧，煤炭、石油用尽后一定有别的办法。"雁哲说。

　　冯总继续介绍："颗粒机技术是从沈阳一个大学买的，公司再加改造。给某教授20多万不算，还借给人家一台车。账都了了，穆总不好意思往回要车。你没看见那台车隔三岔五就来公司加油吗？免费的。要是有交通肇事的话也由车主赔偿，也就是咱公司负责。"雁哲关切地问："多少？"冯总说："那得看事故的级别。""这还有闲心看手相？"雁哲急问，"心可够大的。"

　　冯总说："董事长根本不和大家商量还打肿脸充胖子。他继续给我谈人体，说你小子，脑袋都快成葫芦了，还那么花花肠子，有个闺女还超生个儿子。都想啥了，民企员工有点臭钱就想歪门邪道，有意思吗？你看赵总，俩亲人离世，媳妇怀孕，孩子出生自己就得了糖尿病。咱们要多想正事，比如创新发明。你们得想着给儿子攒钱，得买房子置车。以后生活水平要与国际接轨，好好合计吧，别让聪明的脑袋闲着。"

徐雁哲说："穆总也有可敬处，那么有钱不超生不瞎扯。不管盈利与否就是发明，境界呀。人活着为钱吗？他把钱当回事吗？图个乐和，干自己想干的事。人生就是一瞬，就是一猫腰的工夫。"

"其实他没有钱，"冯总说，"要是公司黄喽最穷的是他。他要将新厂区房屋土地全部抵押出去，2000万。设备全部抵押，1000万。再靠关系拉贷款5000万。分期分批贷，多笔，拆东墙补西墙。可土地证还没下来，贷不到款，工资也开不出来。"

"土地证批下来就不一样了。没钱拿啥开工资。"她深感忧虑。

"有钱，上个月还了贷款。"冯总说，"如果没穆月笙公司早黄了，因为他能张罗，虽然拖欠，还能开出工资来。而老穆年龄大了，思维陈旧，小家小地自负盈亏。穆月笙少壮派，运动员出身，敢作敢为。又是硕士，交际广，能整来钱。你没发现中国有两种人很吃得开吗？"

雁哲说："运动员和孔武有力者。据说穆月笙新婚第二天就来上班，每天不到晚上10点不回家，总低个头抽烟合计事。他总说真正的精英在外企和政府机关，比如副厅级干部，他们有政治头脑，能处理好上下级关系，没有正点下班的。在咱们公司除了两个老板，人人都想给自己挣钱，没人管公司发展。"

雁哲问："他们这么累到底图意啥？名和利？"冯总说："有些人名利双赢还不罢手，还要将企业做大，不断膨胀，没有止境。如同造塔，只要不倒就无限地加高，垒到天庭。有生之年发挥自己和兄弟们的能量，达到极致。想做大就得保证公司不黄。公司不黄亲戚们就有活干、有饭吃，不要以为什么都得不到，他们在想象实现人生价值时得到了快感。"

"万一黄喽资金转移容易不？"雁哲问。

"容易。"冯总说，"只是银行受损，欠得多了会进去。"

"谁？"

"法人代表。"

"他进去过。再进是啥地方？还是笆篱子吗？"

"监狱。"

雁哲感叹："山，离天三尺三。"

有人敲门。冯总说"请进"。

"董事长请冯总和徐总去他办公室去去一趟。"赵博说。

第 二 十 章

哲 学 事 故

二人往三楼走，徐雁哲的手机响起来，她对冯总说："师傅，请您先上楼吧，我接个电话，一会儿就到。"

是老业务员李向红。上周徐雁哲陪他去抚顺投标，甲方选了双保险补偿器，竞争对手除辽阳一家企业就是刚出去办厂的白天白夫妇。价高，没实际价值，相当于尿罐子镶金边。雁哲说按全埋三报价，83万元，很低了。甲方打听到全埋三那几家也能做，就又把大家喊过去，降20万，说这都是常用的，谁都能做。

向红说："徐总你好！原以为抚顺的活拉倒了，突然又有了转机。让几家重新报价，辽阳出60万，白天白67万，我降到66万，你看行不？"

"行！"徐雁哲说，"比他们低一万。对，对，对，好。行，对，对，对，行，不给拉倒。一旦有人给产品做假，到时候真给剖开检验就得重做，还得偷工减料，不合算。小厂觉得没意思了？对，对，对。行，等信儿，66万咱就做。行，好。66万，材料费30多万，4%提成的话那也没啥提成了。好的，再说。再见！"

"徐总，能再给我一分钟时间吗？"

"请讲。"

李向红说："下周二想去太原投标，想请一位懂容器的技术员。二老板没同意，说以后出差的事都让工艺部的人去。教授也这么说。太原的米总说有答疑。我说那我找董事长。米总说你们董事长说话不好使，二老板好使。我问听谁说的，米总说全国的同行都认识你们二老板，不知道董事长。"

确实，太原某厂扩建穆月笙坐飞机去过，老能摆阔了，旅店一宿住800块钱的，住完也心疼。而向红住的是一宿78元的，老先生觉得不大气不会耍大牌，就让向红对那边的人说咱们公司一年生产10个亿。老先生倚老卖老比比画画的。向红刚给穆月笙打过电话，没接。向红说，我希望徐总协调一下帮我把工作做成。

好的，我尽力。她心里合计只要把活拿来就不能不给提成。能让人家白忙吗？补偿器活多，穆月笙叽歪；活少，闹腾。他曾露出口风要把锅炉和补偿器取消只搞压力容器。如果不是老穆拦着早推翻补偿器世界建立容器王国了。现在补偿器有600万元的活，就几个业务员，年底也能到千万。向红今年到现在还没拿到活，这个成不了明年就不给开工资就得走人。即使没提成保留个工作也行啊。

穆月笙上楼来，脸色阴沉冰冷。他徘徊一阵见徐雁哲打完电话就过来说："还定补偿器？你不知道补偿器的活挤一块堆干不过来吗？你不知道补偿器磨磨叽叽回款不好吗？用货单位总拖欠，不是拿旧车抵债就是耍无赖。还定啥活定活？忙容器都忙不过来，你怎么整的，尽整些精神病项目？"

"这就怪了，"徐雁哲说，"我只管技术、报价和售后服务，我不负责生产，你生产不出来爱找谁找谁。"

"你负责专项、技术，生产的协调工作不也归你吗？"

"我怎么负责？人家业务员想定，价格又合理，又翻番挣钱，我怎么办？"

"你不会在回款上找法子低提成或不提成活不就少了吗？"

"那业务员不都跑了？德鲁克说企业的生命是客户。对业务员负责就是对企业负责。人总得守信总不能朝令夕改出尔反尔吧？这不是3年厂庆上的话吗？"

"滚，徐雁哲我早晚开除你，宁肯公司黄喽。"

"你太高看我了。想让我走得穆总开口，还轮不到你。我要走谁拦谁是狗。"

穆月出推开门把她拉进办公室。冯总劝穆月笙，人家不稀罕就各自下楼。

老穆说："徐雁哲，看看你的工作。"他把通化二道江电厂的图纸从桌子对面推过来质问："你整天寻思啥了？20多万元都毁在你手。现在资金多紧知道吗？"

"怎么了？"徐雁哲高声问。"怎么了？打爆了。"老穆说，"你也处理过很多事故，图纸最后从你这儿出手，虽说不是本专业，可是你接触补偿器都好几年了天奶奶！"

徐雁哲把思路挪到从前，说："以前牡丹江产品出事那是支座、固定墩、盲板力的问题。这次层数强度不够，又没设计软件。不是所有人都天天胆儿突的吗？不是一直想买设计软件吗？"她自言自语道，"打爆了，20万。"

又提20万，简直是火上浇油。老穆离开座位，手捶铁窗，突然转身吼道："我要杀人……"

徐雁哲把眼睛闭上，像座小丘。很久，那深隐的唇纹终于往上一跳，她说："世界上最毒也最美味的是河豚，人间最冷酷也最温暖的是战友的匕首。我一直做梦，梦想和一位战友刀里来火里去，梦想有一天为了梦想为了他的安全迎向敌人的子弹欣然倒下。假如我染上霍乱，我会要求他把我的遗体焚烧。好吧，先生，反正我也不想活了，有好几次我都想雇佣杀手将我杀死。

现在好了，免费的，我愿意同归于尽。"

老穆冷笑道："想殉情？事故不解决想死没那么容易。你说怎么着吧。"

"我在原单位和老马学的是产品坏了到任何地方都不认错。"

"在这儿呢？"

"在这边和穆总学的是该认错认错该理论理论。"

二道江的产品辽阳和咱们各一半，都出事了。不能在哪个沟摔倒在哪个坑趴下。他说。

"啥意思？"

"大笨！你自己亲自跑通化处理。我看你就会处理事故，像孔子诛杀的少正卯，行为邪僻而又顽固（行僻而坚），说话虚伪却很动听（言伪而辩）。"

"你不觉得他杀少正先生是个错误吗？"

"错杀怎么了？有道之士贵以近知远，以所见知所不见。错杀一人匡正了儒家的意识形态，影响千秋万代。"

"和谐、中庸，传统文化救不了中国。"徐雁哲说，"想发展必须融合一些世界文化。发展工业，科技造福全人类，学不？和设计院联合学不？在当今中国，企业家因在儒家的圈子里跳舞就迈不开步子，说裹足不前也可以。"

老穆说："图纸是老照设计的，你是总负责人，别再和我谈这个那个，凡是对技术含糊者都不可饶恕。这几天睡不着觉我就想，经验有时也是灾难，早在根儿上就错了。我决定，从今天起把以前的补偿器技术全部推翻，去沈阳仪表所、去南京晨光、去上海交大购设计软件，按计算程序设计。以后再说不懂补偿器谁都救不了你。"

"即使是火山坑我也往里跳。"

老穆递给她一张纸说："给你这个，我从广播里听的，玉屏风散加味治慢性荨麻疹，向中医求证一下，看适合你女儿不。"

雁哲低头一看，方子上有一些黑字，高高瘦瘦，刚健挺拔：

黄芪、白术各 15 克。

防风、僵蚕、当归、蝉蜕各 10 克。

制首乌、荆芥各 12 克。

牡蛎（先煎）30 克。

川芎、甘草各 6 克。

随症加减。

还有灵芝汤，克数写得仔细，她不着急记住。徐雁哲说："谢谢穆总，大悲伤大喜悦，感天动地！"

"给你看看这 4 张照片，上报一个材料。"

雁哲头一回看他的照片，粗看一眼也把握得相当准确。她说："年轻时（书桌前读书）太正经，让人望而生畏；中年时（发明奖颁奖大会上留影）太深远，仰之弥高，钻之弥坚；最后一张（在浑河边微笑）最帅，像祖国的山河坦荡而亲切。我是不是今天就去梅河口施工处？"

"辽阳的人可能都到了。有些人办事就是慢，吃啥都赶不上热乎的。"

她将嘴唇往两侧拉出愤怒的曲线大义凛然地往出走。有人紧跟了几步，超过她将门锁了，回头全心全意把她抱住将她挤压，用章鱼的几十根触角将她缠裹让她无力呼吸无法逃脱。她的火气还没有熄灭就觉得意外，她开始挣扎，也许没有。既然一叶小舟掀翻在巨浪里，反抗已无必要。

他亲吻头发，让她的胸怀温暖世界。他说："请你原谅，也许等你出差回来你再也看不到我了。94 年我第一次见到你就想这样，我一直等一直等，等到上次去哈尔滨等到现在……山程水驿到何时暮雨秋风送走多少似水年华……我再也不想等了，不能等到我看不到你你看不到我。"

"出啥事了？从前那么辛苦我熬过来，是因为心里有个英雄梦。一想到我同一个人在一个单位我就十分知足，可是……"

"请你不要把我的话放在心上。仓库里死只蚊子多大点事呀！虽说损失20万，一台补偿器5万多，4台，重新干，成本多说10万，实际上还是赚。有的平常1000元做的，能卖10000元。我刚刚得到市科委奖励的60万元奖金，就算是老天爷给咱俩的补偿吧。"

"那是你的。"

"高师培养高徒，政府也应该奖励你。"

"哦，这牛吹的。"

也有你的发明，你用女人的梦想将我引诱将我鼓舞。他在脑袋里说，从现在起我将学会爱黑暗的日子同光明的日子一样，爱黑的雨白的山，而从前我只爱我的幸福和你。她在心里说，也许我爱的已不是你，而是对你付出的热情。就像一座神庙，即使荒芜，仍然是祭坛。一座雕像，即使坍塌，仍然是神。这些话是从网上学来的，他们觉得好就记住了，不知是出自圣卢西亚国的诗人德里克·沃尔科特和俄罗斯诗人莱蒙托夫的诗歌。

他说我要到欧洲考察，与国家科委的考察团同行，辽宁省就两位，半个月。我怕再也见不到你了，这是我第一次出国。

最安全的交通工具就是飞机，出事概率最低。她说有爱的人会把旅游看得像小学生回家一样。希望我回来吗？老穆问。

"你说呢？"

"如果我活着回来，我怎么面对你？"

"那是以后的事。"

"怎么办呢，咱们？"

"昨天已经过去，明天由命运安排，好好把握今天吧。"

"今天在哪儿？"

在山顶上。她不想告诉他她一直攀登，她想象着和他走在泰山的天街上，到处是旅友和店铺，和地上的一样，有锅碗瓢盆鸡声鹅语。

他粗里粗气地问："你……不高兴？为啥……不多说几句？"

"怎么会不高兴？我的眼前出现一只玻璃碗，釉着粉色的野花，Flowers Are Flying，花朵们在飞。我把木瓜切成琥珀，将苦瓜打成月牙，刚刚煮好端上来，请喝吧，尊敬的先生。"

"什么时候品尝？"

"黄昏挥动温柔的手臂送走夕阳，月亮吹了一口气将原野变成黛玉，墨色的地毯上曲溪如练，篝火边老人拉起马头琴唱着长调。孩子们与小鸟一起飞。天上层次分明，云蓝如缎，岛屿之间流动着金河。"她说。

"为啥不在奔马的背上喝酒、跳舞？我希望你的生活到处是木瓜和太阳，为啥掺杂苦瓜和黑暗？我为你做什么能让你快乐？为啥叫我'先生'而不是别的？你到底需要什么？"他问。

"我能得到吗？"她的声音开始颤抖。他说："好了。如果是因为我的唐突请你原谅。这么多年了，我只想闻闻你的头发有没有青草的味道，基因里是不是涨满了太阳的分子和森林的叶绿素……"他吻到项链继续说："檀木的，你喜欢木质首饰还是石质的？我从法国巴黎 Lafayette 老佛爷商场买给你。"

"草戒指。"她说。

徐雁哲出差期间，公司聘来一位专家，名项一象。

项先生35岁，一双眼睛整天亮闪闪地东张西望。省电大毕业，父亲是一家企业的厂长。家里有3套200平方米的住房、两台轿车。老爸退休前将他送到上海某大学深造。他的脑袋非普通脑袋，老穆让他与徐雁哲一起管技术。这人在金属结构设计方面异常了得，公司没人不服，也没人乐意与之合作。

这位仁兄从原单位带出图纸，从老穆手里得了两万块钱。他设计图纸不用电脑，也不出图，任何人都摸不着他的心思。所有产品的轮廓全由他亲自送到车间指点工人下料生产。他担心一些人会像他那样把图纸私下卖掉。工厂忌讳跳槽，跳槽的技术员相当于叛徒。

那天办公室的王篇篇来了，要拷贝图纸。项先生刚来，也不想把关系搞僵，心里合计这人是不是想跳槽就说："拷点老的吧。"篇篇说图纸和软件都拷。她也不是专门来弄这个的，是顺带拷的，想研究研究。她工作起来很认真，有一个活她整理出 100 张技术说明书。按常规生产产品都得有合格证，别人家就是一张小纸片。项先生觉得这是个傻丫头，被特务利用了。

他说你再等等，我的图纸从不往公司带，公司任何人都没有权利到我这儿 copy，公司也不存图纸。我家里的电脑有的是，改天你去我家拷贝吧。这丫头没敢去他家，也不敢再来办公室，没几天就到别的公司上班了。

项先生听说两位老板要上金属软管的项目。穆月出第一次与之见面说，金属软管市场需求量很大，我们生产的话一年不比补偿器收入少。石油化工和下水管道都用，软连接。水暖管每家至少用 3 个，全国多少？比较挣钱。我们只投入最初的设备钱和板材。

项一象说是这样，董事长。据我了解小管 40 个，成本 40~50 元。要是以 1600 元出售，整个成本也就 100 多块。70~80 口径的一般不用。用于外部空间，就是所说的派补。安装时做拉伸。按《动力管道手册》上说口径越大管线越长，在发电厂院内应用，只是弯头阻力增大了。化工波纹补偿器一般不用。一个大横弯，然后下来。有空间，50 或 80 的不管，在厂房内啥都够用。有些设计就很蠢，小口径，爱坏，可是他们想坏了就多定。厂家就想反正也是他们花钱，定就定。40、50、70、80，型号不少，架不住有阀门，坏了就关阀门，再换。大阀门价格贵，附近有电源控制柜才行。口径大危害大，小的虽然漏水也没太大的损失。

"派补？"老穆迷糊了，头一回听说，感觉好像是专家自己发明的新词。项先生猜他肯定不懂，继续忽悠。两米长的管子裁成180厘米，自动连续成型，橡胶成型，进里头后把板条放里头，一个长条，将板子一铺，进去后往前走，赶着走赶着焊接。一个机器就能做，焊接，走到一定地方，胶皮压扁，板柱有堵头，压一个一退，再压一个又一退。

老穆看他卷着一张图纸比画，表示明白点了，可是里头的结构他还是不明白。项大师又说，两位企业家，还上外边买啥设备呀，那得花不少钱。眼下搬厂正需要资金，我也能做，只要揽下活说开工马上开工。他项一象临走那天都没设计出图纸。他就想忽悠穆总，把活揽下，让老板高看让员工崇拜，就是不行动。天天说没工夫，没工夫还那么被信任。最后老穆明白原来是个超级忽悠。

大奸若忠，大贪若廉，大富若贫，大忽悠若不忽悠。一直忽悠，临走项先生说："活该！早就听说他们哥们儿喜欢这口，我出于某种利益和名声考虑，也是投其所好。"其实项忽悠来公司不几天就看出问题。这公司啥样？沾亲带故，一千五六；有点关系，一千六七。一个车间主任的媳妇不再开饭店，到这儿坐车间办公室净收1800元月薪。为啥？主任是穆月笙小学老师的儿子。这样的主儿十几个，要么是儿时的玩伴，要么是邻居、师傅，他们不干活，全坐办公室，让业务员、技术员和工人养着。国企谨慎效率低，私企效率高脑袋发烧，梦着啥来啥，傻小子睡凉炕，全凭火力壮。这样的民企年轻人长期干下去没个出息。头脑简单的大学毕业生不了解公司状况，状况全在上层。年轻人干啥都倒霉，暂时留下的是想拿这儿练手。想干很多年那可赔透了，不会好了，人人都想走。不黄就混，除了穆家和郑家的亲戚。

老穆出国期间公司发生两件事。那个卖颗粒机技术的大学教授从老穆的公司借了轿车迟迟不还。他儿子的女友刚得驾照到处开车闲逛，把一个孕妇轧死了。司机个人赔20万，车主赔30万，最后50万全由老穆公司赔付。

赵总得了肾癌。老穆回国从桃仙机场直奔医院看望，他握着患者的手说：
"还好老弟，没转移。上帝早就安排好了，给人类多预备一个，一个完成历
史使命，另一个还能继续工作。没有事，以后该喝酒喝酒，该签合同签合同。"

老穆走出医院对左右说："一个肾养活 6 口人，多亏还有 3 套房，在我
这儿挣了一些钱，至少有 200 万的存款。"

第二十一章

富裕层

　　再次相见是在半个月后。铁西西南的旷野出现新厂区，厂房玫瑰红色，办公楼藕荷色。雨后清亮湿滑，两辆卡车在柏油路对向通行。碧草与流云相望，彩旗装满劲风高高飘扬。石子在水坑里跳跃，麻雀速起速落。许多年轻的树伸出灰色虬枝演绎着太极神功。乳白色的传达室与办公楼遥望，铁红色长方形的石壁上镶着墨色大字：奉天月新电力设备制造公司。

　　老穆下车与人同行，不管风吹浪打胜似闲庭信步。他说咱们终于有了自己的家，当下就是极乐，极乐即是当下。照会一声，中午喝酒，在新餐厅。以后企业能否强大就看这把了。穆月笙过来说："徐总，还得鼓励大伙跑活，补偿器还真挣钱。今年争取 2000 万，还要开发新项目。"

　　徐雁哲只管听，努力保护冰冷的心，嘴角弯成宁死不屈的图案。"老徐，梅河口怎么样？"老穆问。徐雁哲说和你预料的一样，重新做，倒虎不倒威，不能失去信用。"我问的是你做什么了。"他喜欢把人送入绝境。

　　"我坐卧铺去的，"她说，"辽阳的老先生可能没买到卧铺票，到那边开会直么点头，说不明白，基本的技术常识不懂。说不明白还不承认错误。

中午吃饭甲方只请了我，产品还得重新做。""为啥只请你？"彭总问。

"好像说沈阳女士比较实诚懂事。"

老穆又问："太原的活怎么样了？""还行吧，比较顺。"她说，"技术投标后选了两家，咱们排第一。还要讨论价格，3天了，没信儿。""估计有多大把握？"他问。"米先生很有实力，把那几家的报价信息全发给我了。估计50%的成功率。"她说。"好！"方总说，"董事长，我提个建议。"

"啥？老不着调，又出啥馊主意？"

"以后处理事故回来都要写经验报告，这是一笔财富哇。"

教授说，那就从徐总开始吧。"好！"老穆说，"老徐，鉴于你是这项工程的负责人，明天给你配车。你赶紧学车，弄个驾照，像方总、彭总，能人都自己开车，到单位加油。会开车生活圈子可大了去了，去海边去大草原也容易，星火燎原。"雁哲吓了一跳。老穆继续说："另外这回办公楼高了，所有总级领导都有独立的办公室，都配助理，中不，兄弟们？"郑云开过来问："啥中不？给副总配助理？那我就不用了，省点水电费。要是一定配助理就给我配个玛丽端茶倒水。也不累，干完活她可以出去放羊。我看外边就是大草原，放羊太好了。"

"穆总，要不再开个牧场？"

"真想啊！黛色的草原，天上蓝色的岛屿，银亮的河水，老人用马头琴弹起长调，还有马背上的少年孩童。"穆月出说。"你不知道马头琴是'拉'不是'弹'吗？"郑云开质问。方总说："老弟呀，都啥时代了，想儿子想成这样，怕谁呀？像赵总生了儿子，白天白夫妇又生了闺女。像你这样的企业家想生几个生几个，现代人比古代的帝王都自由，在弟兄们心里你还是你，没啥。"郑云开说："方总，你看书都费劲能开车吗？这些楼该不会又是你设计的吧？我一直想问今天该不该上班，我怕自己变成肉饼。你家也是女儿咋不生儿子呢？嘚儿喝地，我好记仇你不知道？老穆是我亲生姐夫，记住。""好，郑总真行，记仇还照会一声，讲究。"教授说。方总道歉："看样子我真老了。"穆总道："你才 58 岁，中国古代有一位名人，他爹 70 来岁比他娘大 50 多岁。还有白石老人有父子合照，71 岁和 1 岁。"

方总说："嗨，最近老朽感觉小脑在萎缩，我真是老糊涂了，该死。只有郑总有资格生儿子，那就赶快请玛丽上班吧。"彭总问："这些房子到底是谁设计的？很大气呀。男人是世界的轮廓，女人则是色彩。看这色彩，充满人文主义关怀。好像是从高贵的女人心里走出来的。埃及有个卡里夫妇艺术博物馆，里面有原宅女主人的画像，法国大美女高贵、庄严、典雅、浪漫。咱们这房子又多了份雄伟，设计者是位女士是吧？""是董事长自己设计的。"教授说。"不会借鉴了徐总的想象吧？"大家转圈找人，徐雁哲不知去向。

施工队还在忙，道里的草丛立着"施工重地，请勿靠近"的牌子。大家往办公楼走。老穆说，办公室和后勤人员先搬过来，车间生产暂且在老厂区进行，慢慢来，不着急。郑云开无动于衷，他手拿书袋说："我离开一会儿，送给徐总女儿一样东西，答应好几年了。"

进楼，郑云开上了三楼，正好遇见徐雁哲往洗手间倒水出来。郑先生吹着口哨，踩着耳机里的音乐节拍潇洒地停在办公室门口，右手放在额头上行礼，说："徐总，你看我给你带什么来了？"

雁哲没有看，径直往屋里走，说："那得让杨紫桐猜。"

"算你说对了，《巧虎》读本。可下找着了，大陆没有，是安阳的朋友委托台商从台湾带的。"

"谢谢你呀，我女儿上小学用不上了。"

"那太遗憾了。"

"没啥，你自己留着，没事回家看看长长见识。"

"好吧，那就留给我未来的儿子吧。太原某厂的活怎么样了？"

"和你说吧，那是最大的舞弊呀，没想到全国著名私企也那么残酷。"

她坐下，他也坐下。她说："我可见着巨富的企业了。美国福布斯搞的世界富翁排名里有他，英国人胡润在中国搞百富榜他名列前茅。不到50岁，家有10亿资产，抠得不行了。每月到太原去两趟，衣服穿了四五年不换样。请14个人上饭店吃饭进的是8个人的包房，一顿饭花100多元钱。看到新厂区屋里白天亮灯立刻把灯泡拧下来，逮谁骂谁。20多亿的电解铝厂，上个100万的项目要是不对他路子说停就停。亿万富翁的日子还赶不上穆总呢。"

"不一定，这种人以节约为乐以勤俭为荣。"

"真服了你，高见。"雁哲说，"只是我不明白家有10多亿资产怎么能上20多亿的项目。"

"傻丫头，他不会贷款吗？用公家的钱下崽懂不？一样，全国知名大企业都贷款。"

"未来福布斯富翁排名他兴许是中国的首富。可怕的是底层人都算计他。他不是不体恤百姓吗？合伙骗。订货使劲抬价，咱们这笔活明明400万，有人加到440万，以外为他的弟兄们再抬40万。成功后40万留给自己，另40万给帮忙的弟兄，你说大老板上火不？"

"活能拿来吗？"郑云开问。她说："50%的可能吧。"她不想告诉他更多的秘密。她同另一个自己说：咱单位的容器技术还有待提高。工艺部的小水大学学的容器，毕业后又搞了6年，竟然不懂得扩容原理，投标书上该有的没有，连最基本的图纸都忘画了，是现画的，用传真传过去。人家问膨胀系数怎么计算，本来有公式，小水答不上来。回旅店算了两个小时才答复。人家听后就笑了，让人身上直起鸡皮疙瘩。雁哲问小水为啥不当场拍板，以前公司的技术员用计算器当场就能算出来。他说硬手走了，已经不是两年前了。现在10多个搞容器的都不会算，只有彭总会。她想他说的也是，要不彭总怎么一来月薪就5000元而我才600元呢。都这样了，他们还给咱们的技术答辩排第一。想到做标书的李小跳，恨不得立马辞了她。一周前就让她做标书，赶紧地，越简单越好。李小跳听不懂，竟敢拖到雁哲临走前的晚上。想到这儿徐雁哲突然锐利地说："多亏咱是老江湖，见多识广，随机应变能力巨强。"

"随便吹吧，啊，别客气。"郑云开笑呵呵地说。徐雁哲现出得意的神色又说："人家问为啥没有报价，我说我们心里有价，比如……我当场说了一个数。人家又问这里还有辅件，为啥没报价？我说辅件毕竟太小了，我们都合一起了，不再单报价。米先生后来说人家说你们单位技术水平太低。我说那是他们故意在您面前这么说，好卖功讨好。他又问你们公司到底是穆月出说了算还是穆月笙。我说，怎么说呢？好比您和您儿子一起办厂，有时令郎在外边活跃一些就给别人非常能干的印象。事实上您说一句话令郎不也得认真领会落实吗？不得为您认真工作吗？最后世人也得说您教导有方不是？老先生点头说，啊，原来是这样。怎么样，服我不？"

"服啥？正常人都得这么说。一荣俱荣，一损俱损。"

徐雁哲愣愣地瞅着他。

"只是……你知道公司的新厂名是啥意思吗？"

"不知道。"

郑云开耐心地解释："'月'，是穆月出的'月'，'新'是他家下一辈中间的字，比如我外甥女穆新锦。穆月笙要是生儿子，中间的字也是'新'。"

"这与咱们何干？"

"多好个人，可惜太缺少想象力。就这智商还想学车？"

"谁说学车了？"

"没有？那可不错。"郑云开说，"千万别学车，你不知道那些教练，又摸又拽又损又骂。每摸一下女学员的手就放 360 伏电。如果喜欢上你了，为了留你故意不认真教你，从科目二桩考开始折腾，让你考试不过关。不说他自己心邪骂你大笨蛋。就你，别看在咱们公司没谁敢惹，到训练场得哭上几个月，谁见了不心疼？所以呀你不能学车，我给你当司机，别听老穆的。"

厚黑学上讲要敢于接触社会上的高端人物，包括教练，教练会给你一张更广阔的社会关系网。她说，我读过《厚黑学》，好几页呢。

"只有被他们喜欢的人才能得到网，那你的小手就变成烤凤爪了。你不知道有时你一个人出差我真想替你去，多危险哪。所以我决定有一天我要是当老板我绝不让你抛头露面到处跑项目处理事故，不会像老穆那样。"

"喊我啥事？"老穆从走廊过来来到门口。郑云开说："美丽的女人学车是虚荣心作怪，不就是一个证吗？有许多女士一次车都开不上。而英国女王伊丽莎白二世没有驾照一样开车，没有护照出访了100来个国家，她年轻时在军队里开过军车，当过汽车修理工。她从5岁开始骑马，成为习惯。她有可能还要演电影高空跳伞。徐总你是自己的女王，我不同意你学车，怕被教练欺负。"

"她不欺负教练就不错了。"穆月出说，"只要老徐将一本书招牌式的一亮，立刻让所有教练没电。要是说上一句法语、两句德语、三句日语、N句希伯来语，所有司机都开不了车。不用动手，就和他们斗外语。还不老实的话还有最后一招，用凤爪挠他们。老徐，闲着干啥，赶紧报名，公司掏钱。大小也算个生存技能，要不总在梦里嫉妒别人开车这辈子活得多憋屈。"

雁哲说："我讨厌一些私家车司机，在路口不给行人让路还按喇叭。嘉兴凤桥镇的马路电线杆子上大大方方贴出标语：礼让行人。不管红绿灯，公交车也得给行人让路。在沈阳每回遇到司机冲我按喇叭伸脖子骂人我都想挠他们。想当年遇到一位司机给我让路，心里老感激了。"她看了郑云开一眼。

郑云开问："你是不是当时就想嫁他？""啥？"老穆质问。

"亿万富翁省吃俭用，你这可好，人家不想学车步步紧逼。"郑云开将唇吻弯出愤怒的线条。

"怎么了，老徐？"老穆看她皱眉手关节在额头上滑动。

"不好意思，两位大佬，我有点头疼。"

郑云开问："是不是屋里有甲醛？怎么办？中国人还能活吗？"

"我心情正好，你别扯没用的。"老穆说，"我从欧洲刚回来，才把心摁下去。德国莱茵河畔到处是哥特式建筑，什么圆锥体、四棱锥体，多种立体几何造型抽冷子在你眼前矗立然后耸入云天，真是扣人心弦哪，世界名筑都在仰望天空提升自己，宗教对西方艺术影响那么大，只有走出去你才知道。还有，像老徐说的，人家的树像五线谱一样，到处是鸟的花瓣。"

"应该称作音乐树，鸟的歌声像花瓣一样绽放。"徐雁哲进入从前的画面继续说，"那里的空气和水十分环保，人们吃的是有机的粮食和蔬菜。谁知道呢。"

"啥叫有机啥叫无机？我一直记不住。"郑云开问。

"有机，有就是好，好的就是环保的。"徐雁哲说，"中国人这辈子不去一回西方不看看世界艺术应感到遗憾。我去过俄罗斯，去德国时游了西欧七国。"

"那你怎么回来了？没想在国外定居？"郑云开问。

穆月出与徐雁哲找到共同话题，他说："他们不喝开水，盆里存水第二天一层东西，咱们看不惯。外边好不是咱家的，每看一眼都付过钱，在旅费里，还要精神透支。神圣、庄严、曼妙，这些词每分每秒都高高在上地俯视我，我觉得两脚踩在灰堆里。没办法，只好找他们的不足，比如欧洲的工人修路磨洋工，一个月的活能磨蹭两年。还特喜欢闹罢工。再说人情、理想和事业，据新移民讲，第一代华人在国外天天打工，从第一天开始盼，盼时间快点过到月末领工钱。好多高学历的知识分子渐渐丢了理想和本专业，成为挣钱糊口的机器，中国的博士学位不好使，必须考证上岗，或修脚或修草坪，辛苦一辈子就为还房贷，等60多岁还完了人也老了，还得继续交房产税。托生一回人不容易，不干自己喜欢的事业遗憾不？那里的亲情十分简单，全得排在挣钱之后。哪能像咱们这样作深层次的交流，进而发展成丰富多彩的关系。"雁哲将嘴角拉成一条曲线。

老穆又说："中国一定要绿化，要比西方好。咱们也开始治理污染了，很快全铁西的工厂要往咱们这边建，叫工业园。其实不光化工污染，香水也有毒。花粉也是，茉莉花花粉能让人昏迷，桂花香能将人醉倒。加拿大就这样，要证明你是加拿大人首先看你是否得了花粉病。"

"啥？花啥病？"郑云开问。

"花粉过敏，短则一年，最多三年，很多人都得。皮肤溃疡，流鼻涕，淌眼泪，严重的咽喉肿痛哮喘，肺器官像塑料袋一样都不能工作了。几个月的娃子脸上起疮。成年患者边咳嗽边喊：'求求你，把我杀了把我杀了吧。'在中国，这么污染都没咋地。噢，我想起来了，雁哲你头疼是不是檀木项链惹的祸？"

"项链？"郑云开好奇地问。他发现她的颈上确实有一串木质项链。他想过去闻闻，没有动，他想老穆是不是闻过？

雁哲摘下项链，仔细检查，有点农村的六六粉味。老穆说："真水无香，素琴无音，什么味都没有才是最好的。"

"这个我赞同。说不定小贩们为了挣钱用有毒的化学香料熏过。另外这新房子会不会有甲醛污染？徐总是 B 型血。"郑云开说。

"不可能吧？"老穆说，"放风半年就行，这楼最先盖的，至少 8 个月了，天天放风。"看到雁哲强打精神坐着，两个男人停下。唉，他们想，这可怜的女人也知道美，买地摊货。像张丝丝被老公和司机们宠着，几万元的金链子金手镯都有好几款，从迪拜买的 LV 包都不稀得背了。谁敢给这位买？买了怎么送？送后被拒绝还能相处吗？老穆出国想买，一想到她要"草戒指"，所有的念头都打消了。郑云开走南闯北也想过，不敢造次。

三人出现冷场，觉得这样下去不礼貌。老穆到处找话题，突然看到衣架上挂着白地帆布包，长方形，也是从地摊上买的，超不过 15 元钱。这简直是对世俗的蔑视，打哪儿来的自信？他看到上面的画怔住了。

正面一棵大树，拔地通天，黑色树干蓝色枝叶，一个长翅膀披黑发穿黑裙的女孩用细长的黄色臂腕将大树紧紧缠绕，脸紧贴其上。另一侧一只长翅膀的白兔做着同样的动作。女孩身后有几行字：

First love Once we dreamt that we were strangers，we wake up to find that we were dear to each other.

老穆在脑袋里译成中文：

> 初恋的味道。 曾经以为 ，我们是陌生人，醒来才发现 ，我们一直珍爱着，彼此……

此时英文的感情是最好的，他觉得没译好。他没有讲，也不评论，这世上有一种情义是不能评论的。

"没有事，吃片去痛片就好了。有什么任务请大佬们指示吧，咱不耽误工作。"

"是吗？"郑云开说，"用我给你按摩不？算你说着了，还真有个活。五姐夫，安阳的公司承包了一个大工程，十几个亿。高炉，炼铁用的，要定 500 立方容量的补偿器，不知咱们能做不。"

"高炉？用货单位是？"

"土耳其的企业。"

穆总说："6 吨的炉上百万，500 立方，涉及烟气排放量，涉及很多东西。咱们从没干过。老徐，你怎么看？"

"头一回听说，一定很麻烦。"雁哲说。"这活想定不？"郑云开问。

"按咱的脾气还真得定。"穆月出说，"咱们公司的产品还从没出口过，这算是第一回吃螃蟹，要不咱们尝尝，老徐？"

"是不是和穆月笙同志合计一下？他警告过我不要定补偿器。生产部长和车间主任也让他给换了，怕干不出来，穆总也不干预一下。"

老穆说："小事我不管，我只管大事。凡是我不管的我说了不算。只要我想管的我说了就算。定。"郑云开说："老楚管生产时活干得又快又好。你得知道他有多自私，总跟钱较劲，出点毛病扣他200元说撂挑子就撂挑子。再不就窝工，心眼儿小得像针鼻儿，高兴时那就不用说了。咱不能让一个管生产的辖制住。"

"好吧，你们决定吧。"雁哲说，"万一出事我承担不起。二位签字写'同意'，我写'不同意'。"

"你看，又小心眼儿了不是？"穆月出说，"老徐，出事我们哥儿俩兜着。技术设计由项一象负责。男人，这点魄力都没有还算爷们儿吗？"

10天后在徐雁哲的办公室重聚。郑云开汇报说安阳让派补偿器技术员过去。老穆说："上次项一象不是和你去了吗？他是补偿器权威。"

"技术上是权威。"郑云开说，"他不会说话，说白了，他跟人家吵吵巴火根本不会说人话。"

这个我信，他在咱们公司与工人没法合作，啥啥玩不转。徐雁哲想。

穆月出说："他会说话呀。我听他忽悠我的水平很高，项大白话，出名了。"

"他的意思是像他那样的专家没必要陪业务员吃苦遭罪，活定下来他一分提成都没有，还不如搅和黄喽。"郑云开恶狠狠地说。

老穆道："这就可恨了，他在挣公司的工资，专家的工资。那你说怎么办？"郑云开放下脸严肃并坚定地说："让徐总去。"

"啥？"雁哲张大了嘴。穆总说："你小心点，尘土会掉进嘴里。"

"我不去。"徐雁哲说。"怕啥？谁能把你吃喽？"老穆极力控制着情绪。

"不怕啥，我压根儿就不同意。"雁哲说。"喝酒你不同意，定这笔活你不同意，派你出差你不去。请问你最近做什么工作了？"穆月出开始发火。徐雁哲说："有些人没动手动脚动脑子了。像领导层的大业务，好像一个月出去跑活就四五天，但脑袋整月没闲着，要不怎么有那么多人得糖尿病、高血压呢？我的语言和想象都属于工作的一部分。"

"有个狂妄的作家在网上发布广告说纸质媒体要用他的稿件一个字5毛钱。"穆总问，"请问老徐你说一个字多少？你想出一句话又多少呢？"徐雁哲回击道："我心里有数，这是笔小账，不用单算，全打到工资里。"

三人不再说话。老穆走到南窗跟前探出头去。他回头愤怒地说："有人往楼下的草坪倒饭，我知道是谁干的。昨天我从我家小区走，听一个保洁老人边收拾儿童乐园边骂：老的少的当奶奶当妈妈的怎么教小孩子做人的，垃圾可哪儿都是。这么培养孩子就得使劲往粮食、蔬菜里灌化肥注农药，都把你们毒死。一个个的什么素质，没好了这个小区。"

"穆总，我听明白了，我去安阳。"徐雁哲说。

老穆出了办公室，径直去见人力资源部部长。他说："我平生没啥爱好，就喜欢栽个树种个草，可是有人5天前从窗户往外倒开水，烫死一片。今天又往外倒饭，你说咋办？"

侄女说："头一起儿已经扣他200元了，还不明步再扣200元。"

"他月薪多少？我记得他是某热电厂采购处处长的外甥，低价给20万的活还顺带送个蒺藜狗子。"

"他没学历没技术，干点杂活还敢不认真。月薪400元。"她说。

"他挣的是中学高级教师的工资。"老穆说。侄女不知二叔为何发火，也不敢问。她说："不辞他，全扣光。要是还不明白就自己滚蛋。"

第二十二章

不谈爱情

从邯郸到安阳坐汽车约 1 小时 70 公里，火车 45 分钟左右，一个在河北一个在河南。郑云开常年在两地奔波，他说安阳不大，因有个钢铁公司在补偿器界赫赫有名。

走出火车站郑云开提醒徐雁哲小心点，别稀里马哈的，我初来这边兜子就丢了。说着话他叫了出租车，沈阳市内起步价 7 元，安阳的 3 元。他把旅行包和手提箱放入后备箱，对司机说去钢都招待所。回头他说出差要住招待所，正规，安全。

郑云开开了房间，一道墙隔开两个世界，让欲望在血液里培育出成千上万个战士，在男人的海洋里个个充满冒险精神，整装待发，向女人国挺进，忘记家乡。他脱去黄色 T 恤衫和蓝色牛仔裤，因为 6 月的热浪过于凶猛，他换了白色真丝短袖衫和蓝色全棉七分裤。他过来看雁哲纹丝不动就说多热呀，咋不换套凉快的？不能委屈自己，身体是父母给的，我担心女子中暑老人中风。

雁哲回道："心静自然凉，高僧热天穿袍不出汗。""那好。"他拎个圆筒工具包说，"咱们先去吃个饭，然后到公园看热闹，好吧？""随便。"

徐雁哲回道。郑云开避开她的目光说："傻丫头，以后这个词不要用，知道为啥不？""谢谢提醒！"她说。

二人吃过饭来到公园。吹拉弹唱、打扑克、跳绳跟沈阳没有区别。只是滑旱冰的几乎没有。郑云开从圆筒包里取出一对直排轮，轻易地踏上在行人的夹缝里滑翔。雁哲来到鼓乐队前。一位长方大脸兵马俑模样的老汉大嘴翕动而无声，长颈伸缩而有律，边击打铜钹边用肢体控制节奏。看了一会儿，雁哲同运动的人群在音乐里走起来。猛一回头，郑先生支着强健的双腿太阳神般立在眼前。他从兜里掏出一张纸，边滑边看，轻盈如飞，把自己扮成天王。她在心里蔑视道："快40岁的人了，敢到河南嘚瑟，太自恋太招摇啦。如果他不是骗子，如果他有老穆的发明，说不定他今天就是她孩子的父亲。"

她每次作深远的想象抬头时眼神总能和他的光芒相遇，她想上前与他搭话，让围观者猜想他和她的关系，哪怕误会他是她的人都不觉得丢脸。她想到岁月流年。

想到这她感觉浑身不自在，胸口炽热，脑袋发胀。她跟跄两步，双手扶住梧桐树。郑云开飞回来问："怎么了，徐总？"他扶住她把她送回长椅上。他蹲下身，露出夕阳色的后腰。这样的天气动物们都在发情期里，在树木面前自在任性，体内的小英雄跃跃欲试。"不行啦。"她说。

"中暑了？用不用上医院？"徐雁哲立马清醒，她想他不知道"不行啦"是个信号，书上写过的，他没读过。

"赶快回招待所吧，里边有空调，不如不带你来了。"

徐雁哲跟着走，一句"不行啦"对他来说相当于出国签证，过绿色通道时畅行无阻。而他，有那么一刻他仿佛感到她的胳膊没有拒绝关怀。她来到房门口一阵恶心，从小腹到胃再到喉咙席卷了半个江山。她说："没事了，只是胃有点难受，你忙你的，有事给你打电话。"

她关好门，回到幽暗的荒漠。昏昏沉沉，简单洗漱后进入苍茫的尘世。

大地如同跷跷板，她在这头，沈阳在那头。梦里有人和他说话，电话响起来，突然惊醒，晚上 11 点半了。

"喂，是老徐吗？你们到安阳了？"

"啊，是的，穆总你好！"

"不好！"

"为啥？"

"睡不着觉。"

"喝酒，喝完酒就能睡着。"

"没意思，不和你聊了，有事明天再谈。"说罢老穆十分不礼貌地挂了。徐雁哲对着手机骂，这是得风湿性神经病的节奏，敢这么晚打扰我。想发短信问问啥事，像全国很多大老板那样他只会打电话，不会读短信，也不会发送。

第二天一早老穆来电话问郑云开技术问题谈得怎么样了。郑云开回道等信呢，说谈又不谈了，时间一拖再拖。穆总指示说太原的老米让徐总过去签合同，如果安阳的活不急你自己先盯着，让她赶快过去。这老米，对个缝也搅得四邻不安。郑云开转达说："徐总，老穆让你去太原，身体还行吗？用我陪你不？"

"不用了。6 个来小时，390 公里。下午 4 点半上车，晚上 10 点多到站。那边的人想一出是一出，没准成时候。"

"好吧，有事给我打电话。"

郑云开为她叫了出租车，要送她去火车站。徐雁哲不想让他送，觉得和他保持距离时大脑和身体都归自己统领，她是她们的王。在火车上徐雁哲收到老米的电话，原先的报价推翻重报。

"你们单位太不细致了，闹死心了都。"米先生说。"给您个电话号，"雁哲回道，"请给我们商务中心部部长标书总负责人许嘉茂打电话，您直接和他谈。"

　　许嘉茂是郑云开二姐的儿子，老穆二大姨子的独生子，大学肄业，30多岁，一直负责采购，笔笔有回扣，钱大。他敢小觑签3亿容器合同的业务员。后来负责做标书，谁都不放在眼里，只听穆月笙和大业务王帅的，对别的业务员看人下菜碟，都是和二老板穆月笙学的，任人唯亲。

　　老米在电话里指导如何充实标书，许嘉茂没搭理。老米冲老穆埋怨。老穆给徐雁哲打电话让她协调。她告诉许嘉茂如何操作，人家不听。许嘉茂在电话里说："本来我不讨厌管这事，可这帮人总定活，还得让我做标书，咋不都死喽，我不想干了。""这不是你想不想的事，是公司的，不是我的，你不爱干也得干。"徐雁哲说。她给老穆打电话。她知道商务中心4个人，陈桂花是给人当妃子的主儿，是穆月笙的初中同学穆月出师傅的儿媳妇，啥活不干，天天听音乐。许嘉茂管她不好使。只有李小跳一人帮他干活，都要累吐血了。

　　徐雁哲在火车上低声对老穆说："穆总，现在说话方便吗？""有啥事说吧。"他说。她肆无忌惮地抱怨："明明甲方传真上写着要标明传热管束、阀门以及产地，可是没有。外购件要分项还要标明重量，结果只给个总价格，让老米怎么想？今天这边说容体要加大，换热管要增加，多少钱都要重新细报。是不是太难为许嘉茂了？"老穆习惯息事宁人，对外软硬兼施，对内觉得不能啥事都插手。他又让她协调。她说："我在公司啥都不是，我协调谁？谁听我的？这是三不管的活，成功了是公司的。"老穆只是听，知道她和老米都不懂容器，说多了麻烦就多。他说这事我知道了，明天上班我找许嘉茂。远隔千里，他的声音和6年前一样魔力四射。

　　徐雁哲走进火车站外面的超市买碗面，一直有服务员跟着，她开始警觉。付完款正要往出走，身后的高架柜突然掉了一箱古董，碎了一地。店里的人就说是她碰掉的，不理论明白不准走人。雁哲说我没碰。店员就加大了音量怒吼，你没碰怎么掉了？她说那谁知道，说不定另有其人。话音没落马上从里面又走出两个男人，知道她行色匆匆，不是赶车就是着急办事，打110报警肯定来不及就一齐上来威胁："你想怎么地？想耍赖？"雁哲想，真是秀才遇见兵有理说不清。没办法，她掏出100元钱。后来她想这就是碰瓷，这个超市是黑店。想到黑店她十分恼火，在心里使劲报复，太损了，至少五六个，她在脑袋里联合鲁迅先生的阿Q用冲锋枪把店员都给突突了。

她把面扔掉，香肠也扔掉，直奔出租车。一个男人从旁边走过来，牵着她的手。像被拍了花子她同人家走进粤菜馆。

"你怎么来了？吓我一跳。"她吃惊地说。

老穆说："怎么？太原是你家的不让来呀？我昨天坐飞机去呼和浩特。今天老米给我打电话，我就飞到这儿。你不高兴？想吃点啥？"

"不饿。"

"那可不行，人活着为啥？以后说话要注意，不管真假对人一定要表示你非常讲究吃穿，这显得你素质高生活品位高特别讲究。"

"我第一次来这种饭店，不知道有啥。"

老穆拿过菜单对服务员说虾饺4个，云吞面两碗，海米炒冬瓜，香菇枸杞乌鸡汤。雁哲说："再来瓶啤酒，你不是顿顿离不开酒吗？"

"在家喝酒没说的，在外头我怕喝大了给人祸祸喽。"他让服务生上两瓶纯净水。二人不再说话，吃东西小心翼翼。

"怎么样，老徐，吃粤菜习惯吗？"出饭店时老穆问。"嗯。"她轻描淡写地应答，不想让他觉得自己眼眶低没上过台面。"我也是刚刚在欧洲领教过。"老穆说，"总以为东北菜是天下最好的，其实在国外根本没什么东北菜，外国人说的中国菜主要是粤菜。"他叫来出租车，替她开门，全上车后，他告诉司机去晋铝大厦。

"不是去见老米吗？"她问。他说合同还得等，今天又不用报价了，哪天报再听通知。二人并排坐在后座。老穆突然将手臂绕过徐雁哲的肩膀靠紧，头冲着外面看飞奔的林中灯光。走进旅店，他们没有说话。他开了房门，带她进去。他把从欧洲带来的 DVD 光碟拿出来在电视机里放好播放。华妙的钢琴曲里庄严的建筑、神秘的森林、自由的动物催动人类的感情在多瑙河河岸涨满行进。他伏在她的脚前，脸靠近她的双膝，说："离开你，我不知道怎么活。"她也俯下身体，说："出乎意料。"

"前天让你和那人出来，我就决定我一定要找机会跑出来，因为你是我的。"

她站起来，拉严窗帘，旋转，一束阳光把她变成白雪公主。他调整好电视的音量。他膜拜高山、平原、丘陵和草原。临到溶洞，用脸贴着把手伸过去，像麋鹿采撷光滑如缎的潭水。他把电视机的音量调低，草原上现出两匹白马继而化作两座山，裹挟缠缚在一起。她在梦里祈祷说，我想念一个孩子，我的殿堂一直期待他的光临。他担心捷足先登的运动健将冲出起跑线。愣神的时候，有的跑出国界，成为无家可归的流浪王子。他问："你的国是不是很安全？"

"不是。"

"……那怎么办？"

"你不喜欢英雄？"

"我喜欢，我需要，可是……"

"怎么了？"

"为什么一定是英雄？我有你就够了。"

"英雄能为父母报恩也能报仇，像永怀乡愁的奥德修斯之子特勒马科斯那样。女儿做不到。生儿子，这种想法在我脑海里盘桓 6 年了。"

"我不能和你结婚。"

"你不爱他的母后？"

"我爱，"他说，"你是我的唯一。我不是百万富翁，我不名一文，我欠 5000 万元的贷款，有一天，我会在监狱里睡觉。"

"那我就带着孩子去见他的父王。"说话时她脑袋里的女人牵着男孩走进笆篱子。"如果结婚我的公司会垮得更快。"他说，"你们母子得不到照顾，要领取一半的债务。怎么活？"

"那怎么办？"

"让我想一想。"

"好吧！"她走进盥洗室，把水开到最大量。他推开门问："你怎么样？"

"如果鱼和熊掌能够得兼，我要得兼。这是个假设句。"

"啥意思？"

"顽强地活下去，我独自养育孩子。"

"为什么要这样？"

"有爱的活人都会这样。这些天很多事都不顺利，我等了这么多年，我需要一个凭证一个结果。"

"不忍心看你们受苦。"

"我有能力让孩子过上正常生活。"

"你想怎么样？"

"请你写下字据，如果出现奇迹，孩子共有。"

"不用麻烦了吧，傻丫头，老祖宗早就给他盖上了家族的印章。孩子的DNA 就是他的身份证。"

"好吧。"

"那……"

"在你想好前，我们分开吧。"她说着将电视机的音量开大。他阻止她离开，霸道地说："我不想再等好几年，更不想等一辈子，我不想再错过。"他们不再说话，把每一寸土地当成战场。电视里在播放战争片，山呼海啸，千帆竞发，10余万古希腊甲兵向一座海岛进攻。那些铁色的水手披荆斩棘，将石炮运到一个个城堡下。滚木礌石一拨又一拨投向阵地，准确无误。直到两座山化为烟雾尘土，直到冬去春来，溪流淙淙，百草丰茂，莺歌燕舞。对方没有设防，也没有抵抗，只有来自魔界的歌声，所有入境的武士一经踏入女王的领地就被歌声俘获，忘记忧伤，失去对故乡的记忆，不计前程。歌声来自美丽的女王，她在众神的簇拥下俯视军队。身上蒸腾着海妖的淫荡，眼神里跳跃着征服者的狡黠，笑声中充满对未来的忧虑。在她的目光里船队的统帅走入她的深闺成为她床上的伙伴。音乐响起，是泰坦神杵捣水中新月的和声……

他愧疚地说："一直坚持，战斗到现在，我投降。""女王很满足。"她说。"外面的甲士不高兴。"他说。

"从今天起，有一个英雄留在我的宫殿我无所不能。"

"辛苦你了。"

"然后呢？"

老穆说："沉着，勇敢，有辨别，不自私。另造个殿，给你父母和女儿雇个管家，费用从我的奖金里出。只是……趁我们还没太老，抓紧时间。"他想起一段野史。据说古时候皇宫里都准备药。有一次一个大臣上朝见皇上，忽然发现一盘葡萄，就顺便吃了几粒，吃完那里马上立起来。他不敢上朝，猫腰上了轿坐下。古代皇帝短命不是病死的，大都是吃葡萄吃死的。从皇帝到平民，有不在意岁月的吗？除非不是人。"好好珍惜吧，人活一世就一哈腰的工夫，啥事都往好事上想人就长寿活得有质量。"他说。

她告诉他以前非常羡慕居里夫妇。居里特别喜欢玛丽亚，起初求婚没有同意。后来他就说哪怕我和你在一个实验室工作也行。再后来他们在一起了。

"我也想过这事。"穆月出说，"我不能给你名分。你们孤儿寡母的让我想起来十分难过。你可怎么办呢？"他将脸贴在她的眼睛上。

"今天是个特别日子，我的生命达到了极致。"徐雁哲说。

"傻丫头，你的人生理想就是这个？"他问。

她说："为了这一天，我努力了 30 多年。一个农民，不努力怎么行？"

第二十三章

胜利者的铁蹄踏上胸膛

有一种叫辣根的调料，生吃三文鱼、海胆时必备，有名有号的饭局必上。气味入口鼻子就抽筋，眼睛流泪，想咳嗽又怕掉份儿，只好委屈自己。徐雁哲有类似的感觉，像感冒，浑身着火，头皮发胀，仿佛每个细胞装满蒸汽，身体开始笨拙。她坐单位的轿车上班，新来的海归派业务员吕尚远搭车。

回到办公室就她一个人。百无聊赖，她想坐下歇会儿。她关上门走步，用鞋底查数。

郑云开敲门，也可能没有，像到自己家一样。正要说话徐雁哲的手机响了。业务员问补偿器的活没有预付款能定不，货到付款行不。徐雁哲说："合金材料，254smo，每吨9万，现在分四步付款3、3、3、1，必须在生产前给30%的预付款，不给不生产不能定。有时公司钱紧，不到80%不发货。好的，就这样，盯着吧，要相信还有转机。"放下手机，她对自己说坏事一转就进入境界，所有的都转啦就成为觉悟者。

郑云开问："怎么了，感冒了？""我终于明白感冒也是悲剧呀！"她说。

"感冒多喝水！你不是喜欢原地慢跑吗？"郑云开说，"你跑半个小时，喝三大杯水，保准好，以前不是这么治感冒的吗？其实没啥，不就是头疼吗？一片去痛片保管好利索。"

别说了，哥们。你越这么说越让我心神不宁。她故意像广东人那样去掉儿化音将"们"字咬得极重。

"要不我给你买药吧，最新的。"

"不用了，挺一会儿就好了。"

郑云开往出走。赵博过来问："郑叔干啥去呀？上厕所吗？那你去吧。""赵博，"郑云开说，"我警告你：一，你以后别管我叫叔叔，我有那么老吗？要叫大哥，这是做人最起码的礼貌，你妈没教你吗？那她太没文化了。第二，英国人不说上厕所，说去见姑妈。你以后别老说那词，听了恶心，至少要叫洗手间，或叫净园。铁岭有个龙首山，那儿的厕所就叫净园。据齐贤中学的老师说，曹雪芹的祖籍就在铁岭，高中语文教材开始这么写了。高鹗也是铁岭人。看人家连厕所都叫得文明。记住没？"

赵博反抗道："我听不懂，你得和穆总、徐总说，他们懂。你干啥去？"

郑云开说我去给徐总买药，她感冒了。关你什么事？

过了一阵老穆推开门，唤他进办公室，说："赵博，你给我好好看着郑总。我有几句德语不会翻译，我要麻烦徐总帮我看一下。"赵博说："中，我给董事长好好盯着，盯死他。"

老穆出访欧洲前学过半个月德语和法语，回国后睡不着觉也翻看过词典，记了笔记。他突然想杜撰信笺，说不定蒲公英的种子已经在领土着陆，需要他的照耀。约莫半个钟头，他用翻译软件查过词典，按语法格式用两种语言抄在纸上，请徐雁哲译成英语。他想用文字游戏愉悦一个节日。

赵博来到徐总办公室，不想郑云开买药回来。他说姐姐，穆总让我给你的，他不会，请你翻译成英语。

"啥语这么重要？我看看。"郑云开上去就抢，赵博奋力躲闪。郑云开知道他爱抽烟，没事总管街上的烟民要烟或在地上捡烟头，得了咽炎，天天咳嗽，已经成瘾。他递给赵博半盒烟说："让我看不？"赵博说董事长都看不懂，让你看也白搭。说罢他就向半盒烟投降。郑先生用食指和中指捏起来提到空中，看不懂。"啥破玩意儿，放着正经的汉字不写写蛮文？"说罢，他把纸和药递给徐雁哲，告诉她一天吃两次药一次两片，中药，副作用小。徐雁哲用纸巾捂住嘴打喷嚏。赵博喊："100 岁，200 岁，300 岁。"

"啥意思？"她问。

"我妈就是这么喊的。"赵博说。

"以前我打喷嚏我妈也这么喊，相当于老天爷保佑你！她说这是非遗民俗！"她冲赵博说："谢谢你！"又对郑总说："我开始工作了你不介意吧？"郑云开说那你忙吧，赶紧吃药吧。一会儿我有事找你。

雁哲将信笺展平：

Heute ist Chinesischer Ǎalentinstag, Happy Ǎalentinstagí

Nimm keine Handys,keine Medizin. Ēin Geschenk für dich, der Schlüssel zum neuen Haus.

她把句子打到电脑上用搜索引擎搜索。徐雁哲喜欢陌生的世界，英语人人都会点儿，已不在她的兴趣里。有好长时间她对法语痴迷，学了北外马晓宏老师主编的两本法语教材，做完全部书后练习题。不会多少，就是胆子越来越大。后又转向德语，听《德国之声》德语教材中文讲解，四册，知道德语长啥样了，其实啥都不会，像学车考票只为消除盲目崇拜的痛苦满足涉险探秘的虚荣心。还好，她还知道肯定句、否定句要搞清。她按汉语习惯不管动词时态也不论阴、阳、中三性，根据生活语境也足以弄懂一封密电。首先她认识"中国情人节"的单词，德文、法文和英文有些词词根相同，见到一种文字就像见到姑表亲。这些字从外到内、由表及里，把办公室变成恒星，将感冒化为乌有：

今天是中国的情人节（乞巧节），祝情人节快乐！

不要使用手机，不要吃药。送你一个礼物，新房子的钥匙。

她的脑屏上走出一句英语：It is far more exciting（太让人兴奋了）。她没写中文，她想老穆摆弄这些字时一定懂得意思，这些句子使整个厂区甚至凡间充满金子、琥珀、玛瑙和象牙的光芒。有了这套房子，父母、女儿以及保姆就有了家。她宁肯留在老房子，因为真正的爱情不需要太大的空间，要的是心心相印、共同奋斗和灵与肉的成长壮大。她把这张价值连城的信笺收藏好，从纸簿上取出一张，经过查证写了德英两种句子：

Glücklicher Ǎalentinstag auch für dichí Ǎielen Dank, meine Liebeí Ich will den Schlüssel sehen.

Happy Ǎalentine's day to you tooí Thank you Áery much, my loÁeí I want to see that key.

（同样祝你情人节快乐！非常感谢，吾爱！我很想看看钥匙。）

她认定自己翻译的一定有错误，顾不上了。外语适合传递情报，高深，还能治病。她抄写完折好，到走廊叫来赵博，她说："我翻译完了，不知对不，你给董事长送过去，请多多批评。"她回屋坐等。一会儿进入冰河期，一会儿从火山口往外逃。约莫等了 N 个纪元被敲门声带回现实。

赵博开门递上信封说："董事长说你翻译得还凑合。"也不管赵博走没走远，她用剪刀剪开信口，信笺上写了新房地址，红色首饰盒里一把圆形铜钥匙躺在绸缎上休息。她将礼物放在唇上亲着，又放在心上暖着，盼着与人到新居走一遭。

情人节满怀"天亮了解放了"的情绪，老穆打电话请人喝酒。因为上午10点多停电没人通知，工人自发下班。有人到公司食堂看过，大米饭不到一盆，一锅韭菜粉条汤，其余全是咸菜。老穆说那还吃啥，上辽中吧，大小是个节。

"什么节？"方总问。彭总说："情人节呀！""你今天给情人送礼物了吗？"彭总问。"情人节只送情不送礼，送礼不是太俗了吗？是不是方总？"教授问，"郑总，你是不是也这么认为？"

老穆让教授给赵总打电话，请他去辽中锻造厂喝酒。术后两个月了，也该上班了，今天就算给他压惊。郑云开问："通知徐总了吗？""她不去。"老穆说，"谁让她不喝酒了，以后这种场合没她份儿了。不要和女人一般见识，同女人较劲还是爷们儿吗？那是地痞流氓。"

郑云开立马变脸，说："我就是地痞流氓，我不去了，一顿不吃能死咋地？"老穆蔑视道："你不去了？你不是有事要和我谈吗？""那我去。"郑云开觉得自己十分无能，总想抗争，总像冰杂似的被对手抽打。他发誓早晚要报这个仇。

一行八人来到辽中锻造厂山清水秀度假村，上三楼，进了"大队会计"包房。全是男人，除了老穆、教授、彭总、赵总四个知识分子其余全光膀子。赵总复检时数字指标全部达标。一次大手术体重减了40斤，身子弱，腰直不起来。

老穆说："首先欢迎赵总归队。你说你呀，没事做哪门子手术？现在不是都好了吗？这苗壮的大块头儿能把大花牛抱起来。多往好事上想，关键是生个大胖儿子。弟兄们，赵总生儿子那是为咱们公司添人进口，为咱们的儿子喝一个。"

赵总很为难。"啥意思？"老穆失望地问。赵总说："徐总怎么没来？好久不见十分想念。她与大家说话时就和小白鸽似的飞来飞去。"彭总说："老赵哇，她只和你小白鸽，她现在晋升为百变魔女了。就现场你看到的人都不是真实的人。"赵总吓了一跳，盯着穆月出说："总经理，哦，董事长，才多长时间你的头发白成这样了？"老穆说："这不都是和你们这些臭小子操心操的。"

老赵站起来说："我模仿一个人，你们猜是谁，猜对了我就喝。"他绕桌扶着椅子背说："'穆总，教授，师傅，大诗兄，公司发生什么事了，个个头发白成这样？你们才多大呀？我不许你们老，不准你们长白头发，因为，因为我看了，难受……'"

"小赵，你别这样。"

穆月出说："是啊，说就说呗，哭啥！人哪有不老的？生老病死自然规律。"

"你们猜猜，这话可能是谁说的？"赵总问。"除了你还有谁？"老方不假思索地回答。赵总说："你们都错了，只有徐雁哲能说出这话，所以这杯酒我不能喝。""不会吧？"彭总说，"她会说一万年太久，只争朝夕。"

"这是毛主席说的。"老穆修正，"她还年轻，还不懂得人一定会老一定会死。即使懂，即使知道明天会冻死，她今天仍旧扯嗓子歌唱，像立秋后的蛐蛐和蝉那样。"教授说："女人总让你捉摸不透。不过赵总的话听起来贼拉暖和。大家在一起太久，感情太深。好在不是生离死别，以后还能在一块堆儿混。穆总先前的话也暖和，穆总见到院子里长棵苞米苗、进个猪羔子都骑驴吃豆包乐颠馅儿了，何况大胖小子。"

郑云开提醒赵总："你刚做手术，能喝多少量力而行，喝不了我替你。"赵总感激地说："我试试，好久没喝了，怪想大伙的，醉卧沙场君莫笑，此事人生能几回。"老穆说："酒场如战场，不喝酒就不知道男人咋回事。魏晋时的刘伶、阮籍多慷慨，喝，喝，喝，死了就埋。咱没了，中国的好日子照常过。这代人的事干不完还有下一代，子子孙孙无穷匮也。要不怎么都想生儿子呢！方总和教授家是女儿，郑云开还在等。"大家感到老穆今天说话不中听。

老穆提杯说："今个儿开心，看到赵总开心，很快生产车间要全部搬过来开心，看到企业做大做强更开心。弟兄们，我提议，今天大家畅所欲言，看看咱们企业有啥需要改进的。往直了说，有啥问题都抖搂出来。我先喝为敬。"

众人暗自苦笑，心里打怵，理性提醒，谁敢？把我们当三岁傻小子没经历过事咋地？说是提意见，真提了你受得了？多少人被试验过了。见大伙不吱声老穆就说："怎么？不放心我是不是？魏征给唐太宗提意见，李皇恨不得杀了他，可是最后成就了贞观盛世。李世民同志和中国历史十分感激魏征，说他是大唐的镜子。"

众人觉得这顿饭像鸿门宴，老穆像中了魔法，如果不提意见他会认为大家不忠不义，没法将企业进行到底。这种场合还是教授打头炮。他说："总经理待人真诚，说话算数，答应人的一定兑现。只是有时候觉得你过于单纯，四十七八的年龄，3岁儿童的心理。"彭总说："教授，你不如说他心如处子。"作为老穆的老班长，方总不怕得罪人，他说："老弟你爱听忽悠，成天不干正经事，没事整个花呀草哇写点顺口溜，你还特别自恋，以为是好诗。"老彭说："你不正经吃饭，光喝酒。工作中光研究专利项目。企业老板搞专利就跟技术员迷电玩、李煜写诗、徽宗画画、天启当木匠，害厂害国。潜伏素志尽为斯，为文害民亦害己。"

郑云开说："你最近越发不正常了，还玩起德语、法语来了，今儿扯了一上午鬼子文。"

"你小本都没毕业懂个啥。凭什么说外语像做贼似的？"老穆不乐意了。

方总套用宝岛李先生的话说："外语呀，就像美人的内裤，里面维系的啥谁都知道，可是有人就想看看，然后说是这样啊。"

"老不着调老么咔哧眼的，你不如说学外语治头疼还治老年痴呆症。"老穆转向赵总。赵总说："你天天喝酒，把很多活都喝跑了，把客户得罪了，把人喝出病了。你怎么喝都没事，只有你们家遗传基因好，气量大。以为我们也是不锈钢，我们养家糊口，没你那么大的心。看看在座的，除了穆总和郑总个个有病。"教授火上浇油说："你本来应该把借出的车在履行完合同后马上要回来，可是你心软要面子，人家轧死了孕妇你给赔50万。"

一排句子在方总的脑袋里走着：司机太多，全是魔头张丝丝的亲戚或老总们的关系户。他没提，他不敢，怕传到套着六个"金戒指"的红狐耳朵里，她会让人起倒饿刺，工作伸不开手，出门不给派车。那女人不好好对待手下的弟兄，逢年过节全要礼。大过年的，司机自己家省吃俭用，不给她送1000块钱就得丢饭碗。食堂更不用说了，中午一顿饭5元标准，她得扣一半。人家抚顺一家私企那楼都破成啥样了中午还三样呢，包子、炒面和份饭，咱公司从没做过。从车队刮多少油水想到什么程度就是什么程度。

郑云开说："大家认为董事长对人好，我以前也这么认为，现在不敢苟同。"众人把眼睛聚焦在他的嘴唇上。郑云开说："老穆对人不好，甚至让人感觉忒损。企业做大后也开始像穆月笙那样目中无人了。你听他说过什么话，谁爱走谁走，走了还得回来，哪儿都没我这儿好，到外头就是受穷。和欧洲那谁似的，说雅利安人是世界上最优秀的人种。有的人走了，回来了，这不假，待一阵子不是又走了吗？怎么不真心挽留人家？都是人才呀。现在做标书的不懂计算，不懂得科学报价。有多少人想走知道吗？像传染病一样，李大我走了，那是容器高手哇，多少人心里都闪一下子。最近听说沈工也想走，至少年底走。你企业是大了，大业务们都不爱干了，有些活都拿外头对缝了。为啥？你们哥们儿假大空，提成不兑现，从建厂到现在你还欠我200万提成。"

众人感到有头巨大的魔兽驾着一辆世界战车冲老穆轧过来。郑云开要把多年的仇恨全部上膛射进对手的心脏。他气急败坏地说："你让大家提意见，这本身就是国际笑话，他们好意思吗？这个活我来。身为你的亲戚，你没把我当小舅子，把我当成赚钱工具了。你将其他亲属全部放在重要岗位上。人力资源部、采购部、报价部、发货部，所有财政大权全由他们掌控。采购是穆老大，你为了让你大哥挣钱，一年对付一二百万。买材料你给20万，他得留下10万。他和你侄女买两个楼买两辆车买最时兴的手机和电玩。郑老二管设备，从买车床到买螺丝刀，哪次不吃回扣？郑老大看大门，所有东西出入厂门都得归他控制，你知道他卖过多少废料？再说管发货的穆月山的媳妇，你可真重感情，想让堂弟媳妇发点小财，她发货时往运输费上加一点一年都能挣百八十万，那都是业务员的钱。也买房子买车，还到公司显摆。干活的、搞技术的全是外人。连管生产的也得是穆月笙的小学同学。什么是家天下？这就是。凡是挣钱的买卖全给你家的人做了。对我这样的大业务还敢克扣赖账。今生你欠人一分钱你都不得安宁，知道谁说的吗？赶紧给个痛快话，欠我的200万啥时还？"

道德用来律己，好过一切律法。道德用来律人，坏过所有私刑。急赤白脸地走到这步，他道出大家的心里话，不留一丝情面。老穆突然站起来抽冷子把桌子掀了，然后就像泥石流一样怒不可遏。他说你们一个个装犊子，你们身上的毛病比我多了去了。论你们的罪都该进局子。公司补偿器和容器一年生产三四个亿你们算吧……

胜利者的铁蹄踏上胸膛，我还要举杯向他致敬！郑云开从地上拾起夜光杯冲姐夫砸过去。众人拉架，有人将郑云开拽走，剩下的全来安抚老穆。老穆往外挣，骂郑云开是畜生、野驴、青熊兽、毒狗龙及其他野生和非人间甚至恐龙时代的兽，擦屁股手都够不着屁眼还想摸摸云端。老穆头上流着血。今天的酒局是文化与人性共同生出来的异形。像刚才，说好畅所欲言，能吗？

谁不爱吃顺心丸子？当你的权威和地位岌岌可危时能不扶江山于既倒吗？人性最原始的本能是大难来临首先自保，战争机器一旦启动很难刹住。

没有正义的时候就得挺身而出。不知道从什么时候开始人们习惯把大时代的坍塌归罪于小人物不努力。老穆停了四弟穆月笙的职务。将堂弟一撸到底。声讨堂弟媳，卸下发货总管大权。分别找掌权的亲戚谈话，威胁，限制。

没有穆月笙员工开不了工资。工程队撂挑子，不给 1000 万工钱一直停下去。穆总用尽才华和谋略劝说开工，人家不理。包工头只想同二老板穆月笙对话，他们认为那年轻人啥都敢造能淘换出钱来，最后工程队也薅了穆月笙的袄领子。

穆月笙刻苦钻研电脑编程，两个月后，老穆把公司大权正式交给他。在酒桌上老穆回复弟弟官场上的朋友说："让我放手？让我享清福？做梦！想让他掌多大权或啥也不是就我一句话。"

第二十四章

股份制

　　四室两厅，请了住家保姆照顾老人接送女儿上学，一切安排妥当，徐雁哲坐看风起云涌。

　　"近来寒暑无常，应自珍重。"她经常收到类似的手机短信。秋叶飘零，大自然拿气温跟人交流。两个多月了，没有妊娠反应，有点幸运。无事可做她就在服装、食品和育儿知识上用心，仔细比对，借户外运动之机淘宝。在公司上班她会自觉避让人群，包括两个穆老板，她把时间花在读书上。

　　在某些人才看来英语是好的，在雁哲看来很多语言都是好的。人什么时候都得充电，进监狱的话烦躁有用吗？人生短暂没时间抑郁，就像女战士没时间更年期一样，抓紧时间，知识就像容器里的管子看不见但有用。

　　正当女人给自己打气时穆月笙敲门进来。这是他东山再起后第一次在她面前亮相。雁哲将书放入抽屉不说话，她精神抖擞地坐着，拿出芭蕾舞预备动作迎接挑衅。

　　"有烟吗？渴死了。"那人没话找话。

　　"没烟，水管够。"她从柜子里取出纸杯示意允许自助。他在哈腰接水时露出银白色发根。

"怎么了，徐雁哲？"穆月笙问，"刚才好好的，咬嘴唇干啥？我哪儿不对了？小心别把美人痣咬下来。"

"没有哇。"

"那为啥要哭似的？有困难吗？"

"没有。"

"在一起工作磕磕碰碰这些年还拿我当外人是不？"

"是吗？"她问。

"为啥见了我突然生气了？我重新管事你不高兴？"老四质问。徐雁哲道："这个问题是不是有些 stupid？非让我说？有些人长白发，才 33 岁呀。"

"唉，还不是为公司愁的，"他说，"操心不讨好，白了少年头。还不如当业务员那前儿自在，不得罪人，还能挣俩闲钱。没人感激也不招人恨。"看徐雁哲不接话，他觉得这个女人不好对付。他问："你不带手机上班？"

"天天带。"

"你不开机？"

"开呀。"

"为啥很多电话应该打给你却说找不到全往我这打？"

"问打电话的人。"

"手机是公司和外界联系的大动脉，你知道吗？"

"知道。"

"为啥不接客户电话？"

"没打给我呀。"

"为什么？"

"问打电话的人。"

"换号了？"

"是的。"

"为什么不上报？"

"报给谁？"

"你说呢？"

"除了你都知道。"

"好，你说，我存上。"

她在纸上写了号码递给他。存毕，他说："还有，郑云开安阳的活咋回事？"

"没人和我提这活。"

"你一直负责这活，不是吗？"

"我不同意签合同。"

"你去过安阳，是技术顾问。可是产品运到土耳其说不合格。200万元的余款不给了。"

"那就把货退回来。"

"想运回来是吧，费用太大，白忙活了。200万哪，女士！"

"接着说，别客气，都老同志了。"

"你是补偿器总负责人，郑云开一直定补偿器。你得负起责任来，别成天不务正业，鼓捣那些蛮文图啥？还不如打几天麻将也算参与社会活动了，还能搞些项目信息，碰上几个客户对企业有所帮助。"

"我不会打麻将，学不会也不想学。下一步咋办？"

"你再催催郑云开，能要回多少是多少。"

"他不是和你好吗？你直接和他讲好了。"

"好个六，除了爹娘和儿子，别人都是瞎扯。我看他对你不错。"

"这话不假，咱也记着人家的好，这与工作两码事。"

"你……你太气人了，徐雁哲！你这样下去早晚我会开除你，宁让公司黄喽。"

"你以前说过这话，我等着开除呢。折腾吧，我祝公司越做越大，300年。"

穆月笙变了脸色，一甩剂子走出门，差点和赵博撞在一起。他恨了一声去找老穆。赵博说："姐姐，穆总要你去会议室。"

"知道了，给你这个。"她递给他两块糖，别人的喜糖。

老穆给副总级以上员工开会。他说："大家一直想叫我董事长，我也一直想将公司改成股份制，今天就和大家商量这事。改制的好处大家都知道吧，人人当家做主，共同富裕，共同承担风险，人人入股人人有责。鉴于公司近期财政吃紧，就不开员工大会了。"

"既然穆总计好了咋决定请直接公布，大家执行就是。"

老穆说："虽然公司没现金，外边欠咱们的债有6000万，我们欠银行贷款3000万，里外咱们还是挣。只可惜钱不能及时到手，好像不名一钱似的。"

"啥叫不名一钱？"有人问。"就是穷光蛋一个。"有人解释。老穆又说："3000万，大家看这样分中不？"

"老弟但说无妨。"方总又在要紧事上做老穆的根据地。

"50%股份归董事长，也就是我。"老穆说，"其他1500万6位均分，就是在座的各位。有方总、彭总、教授、赵总、穆月笙和徐雁哲。没有郑云开，他凭自己的本事让公司给开除了。"大家认真地做算术题，每个小股东拿多少股份，缤纷的花朵在希望的田野上随风摇曳。

彭总明察秋毫，出门时恍惚从雁哲身上发现了孕妇的图案，他苦笑着蹙紧眉头，向自己的办公室走去。穆月笙跟上。中午两位穆老板请彭总去饭馆。

郑云开消失两个月，作为老牌企业特工，他很快打听到徐雁哲的新家。那是一个在三站地外的马路上一眼就能看见的楼盘，橙瓷墙面，紫红色亮瓦如天上的云霞。他觉得生活甚是艰难，和姐夫闹掰并没使他更有地位，他想到丧家犬。那些一起揭批老穆的家伙最终成为人家的同盟。没一个说安慰的话，想探听公司消息他们马上说有事，找时间再聚抱歉！他一直等，没人请他聚会。他请人家人家再次抱歉。这帮王八羔子的！往徐雁哲手机上打电话不是关机就是不在服务区内。

郑云开坐在车里等徐雁哲的车。离小区还有两站地，她下了车，像风一样往前走。他跟踪一会儿，觉得两个月不见如隔两个光年。看她的衣服和身形，他想到某种状况，心碎了一地。所有人，兄弟姐妹，包括这个女人都离我而去，这个世界再不会有人和我同心共情。人活到这份儿上甚是失败。我做错什么了我？我认真工作，没伤害过任何人，除了砸穆月出的头。一切都没有了，没有贤妻，没有儿女。他的车继续跟着，这情节经历过，几年前，跟踪过许多回，她知道的至少有两回，包括被人用钞票诈骗的那回。

雁哲走路爱东瞅西看，突然瞅着了一辆车。她的眉头蹙成十分吃惊的图案，叫声郑总。郑云开哭的心都有了，他坚信这辈子他再也不会快乐了。

他努力摆出男人的气概说："徐总，真是巧遇呀，刚下班就着急运动？"雁哲低下头，装出啥事没有的样子说："你还好吗？好久不见了。"

"你说我会好吗？"

"可是……"

"可是什么？你搬了新家，为什么不告诉我好让我帮帮你？你换了手机为什么不给我打个电话？"

徐雁哲转过身勾唇止住悲伤。他打开车门出来问："怎么了你，为什么哭？你难道也像我这样不开心？"看着她用手背抹眼泪，他就从衣袋里拿出湿纸巾。他说："请问，你是否介意到我车里坐一会儿，就一会儿。"

她继续抽搭，五官变着形状。他说："我两个多月没和人说话了，也没和人吃过饭。是不是很可怜？要是你还念着以往的情义，请告诉我你是否愿意陪我吃顿饭？"她哭出了声。

"怎么了？"他问，"遇到麻烦了？工作不顺利吗？公司有谁欺负你吗？我不在你身边又有谁肯保护你呢？如果我的话伤着你了，请允许我说声抱歉。"

她哭着说："不要说了。"她打开车门，坐在副驾驶座上。他悲伤地冲她笑道："谢谢你，徐工！"她不再说话。

"啥时添的毛病，最近总这么哭吗？"

"不是呀，就是今天，就想哭。"

"看到你这样我心里十分难过又十分安慰。"他说，"你是不是得给家里打个电话，说你不回去吃晚饭了？"

她按了手机号码对保姆说："石阿姨吗？我在外边吃晚饭，你们先吃吧，不要等我，我会很快回去的。一会儿见。"

"徐工选择一家，你喜欢的。他启车说。去保工街九马路及牛饭店吧。"她说。

"好的，我也喜欢回民饭店，让人想起大草原。"他转头看她，很多美好的往事和感情从历史走出来，像刚刚发生过，即使是金石之门也会被诚心打开。

走入饭店服务员将他们领到靠窗的位置。他从包里抽出产品样本搁在窗台上，又把两人的帽子并排放在上面，让它们作亲密的接触。他问她想吃什么，她也不客气说虾仁冬瓜蒸饺、西芹肉球鲜百合、冬瓜羊肉锅仔。郑云开说，外加一个三鲜煮饺，一个烤羊腿。雁哲说够了，太多吃不完浪费。

"吃的不是腿是大草原，就这么定了。"

服务生问两位要什么酒水，郑云开说，两瓶纯净水。等菜的工夫，徐雁哲问："你最近忙什么？"郑云开说："瞎忙，啥都忙，可忙了。你呢？"

"我没啥事，也不出差，也不管技术，每天瞅天花板畅想未来。"

"想得怎么样了，能具体点吗？"

"没法具体，空想社会主义乌托邦之类。"她连续说话，感到气短了。

"你的自由主义社会啥时实现，你给弟兄们想出来了吗？"

"公司要实行股份制了。"

"是吗？"

"公司净挣3000万，老穆是董事长，50%股份，1500万。其他6位1500万，穆月笙正式被任命为总经理，负责全面工作。"

"大伙信吗？"他问。"没人反对，都说可以。"雁哲说。"这是阴谋。"郑云开用指节点着桌子。

"怎么？"

"是不是高层中有人要走？"

"没听说。只是老彭出门后冲我叹了一声，然后就被穆月笙请去谈话，之后两位大佬请他下馆子。"

"知道为啥不？"郑云开说，"自打两个月前大伙给老穆提意见，老穆当着他们的面掀桌子骂大家都该进局子，大家心里就有小九九了。沈阳某私企就是郭妍的厂子在挖人，月薪给老彭10000元，而这边5000元，叫你你走不？在这边寄人篱下，玩命硬干，挣点钱总压提成，还说全是从他那儿挣的，好像没他都活不起了。人哪，一旦自大就看不见山和天了。兄弟俩一丘之貉，老穆不也说自己要做同行业的No.1龙头老大吗？不知天高地厚，还敢和金重、锦化机和兰石比肩膀。"

"有人说社会是最好的大学，才两个月，你说了这么多成语，请允许我请教一个，一丘之貉，貉hé，我以前这么发音，不知对不。"

"听你的。"他无奈地答应。菜肴上齐，新鲜多彩，热气在空中游荡。郑云开说："嗯，味道可以，两个月未识肉味了。""那就多吃点。"雁哲说着给他斟满了纯净水。

"谢谢徐工！"郑云开问，"你信老穆将来兑现250万吗？""不知道。"徐雁哲尽可能减少麻烦就想用模糊的否定句回答。"男人不会信的，女人例外。"郑云开残忍地说。

"什么意思？"徐雁哲继续装糊涂。郑云开道："女人单纯，好骗。不信你等你一直等，看他能不能给你250万。结果有二：一是等他们哥儿俩翅膀硬了，马上收回成命。说话不算数，因为他不是皇帝，也不是君子。另一种可能就是企业做大后裁员。"

"裁员？"

"看你没啥贡献晾干你。"

"还晾干？"

"比如老赵，"郑云开说，"他做过手术，能像以前那样拼命揽活吗？没活还供着？怎么办？也不停他的职，要另立副总，把他晾起来。老赵或认命，或自动退出。所以不要以为哪个老板看中了你的才能和感情，他们看中的是你能不能创造利益，像你们古代大文人说的'天下熙熙皆为利来，天下攘攘皆为利往'。"

雁哲告诉他那叫"没有永恒的敌人，也没有永恒的朋友，只有永恒的利益"，英国人说的。当代中国人有几个认为对的？人生的尽头一切都会消失，只有文化艺术流芳百世，感情属于文化。我们要在意识世界制造优秀的人类文化使之永生。

"是这意思，你懂这么多干吗？"郑云开说，"看来学知识有用，有知识的人理解能力确实强"。她说："既然如此你就回单位上班吧，老穆还是你姐夫，回去一起吃个饭还是一家人，没啥。"

"我回去？回去还算爷们儿吗我？"郑云开愣住了。

"那就这么闲着？"

"你想知道我在忙啥吗？"

"那是你的隐私，我为什么要知道？不过你非要告诉我也可以听听。"

郑云开说："我在外边着手办厂，厂房已经定了。然后到工商局注册取得生产许可证，确定法人资格。原厂区有一些生产设备，再添补点。现在缺的是人才，我急需一位懂技术又懂管理的负责人，在家里管厂子，我在外边跑活。企业能不能挣钱最重要的是客户，靠自己拿活，拿大活。我每年给老穆至少拿 500 万的活，自己单干会挣多少？北方大的钢厂全和我有联系，谁都不敢和我抢。"

"反正也是闲着，干就是啦。"徐雁哲说。"我拉出一伙人，技术员和工人跟我一起干，业务员也有，就差厂内总经理了。"郑云开引向关键问题，雁哲无语。郑云开继续游说："难道你就甘心挣那几个钱？月薪多说 3500 元吧？和我一起办厂吧，盈利对半分，亏损由我承担。"

"这不可能。"她说，"你还是另找能人吧。"

"为什么？"

"太累了，我父母和孩子需要我。"

"不是有保姆吗？"

"那也不行，反正不行，我的兴趣不在办厂。"

"在哪儿？"

"搞发明，学外语。"

"你只是在办公室坐着，躺着也中。"郑云开说，"心大点，搞发明，学外文，那还不是你说了算？"徐雁哲不为所动，说："谢谢你看得起我，现在不行。将来时机成熟要是能帮到你我不会吝惜。"

"为什么会这样，大雁？有什么难言之隐吗？请你告诉我。"

"没有。"

郑云开说："据说穆月笙以前骂过你，让你滚，当然那个畜生也骂过别人。你这么要强这么自尊就甘心在他们手下被欺负吗？没想过做男人一样的企业家吗？不一定著名，一般的也行啊。"

徐雁哲高傲地说："我为什么要在乎他？我为什么一定当老板？"她拾起窗台上的帽子，一个递给他，一个自己戴上。他送她回家，目送她渐行渐远，走入紫色的雾里。

第二十五章

北京，北京

　　时间向未来行驶，没有车声，没有人气，有也感觉不到。大街小巷无边落木，生命脱离本体，它们不甘心在惨淡的秋天同风雨一起飘摇。

　　徐雁哲在脑袋里聚集了一些句子，一个人来到小区门口，车什么时候来的怎么上车的浑然不觉。吕尚远说："徐总，是不是穿少了？天冷了，不能含糊。要不要再加件衣服，上楼取一件吧。"雁哲摇头。"我这儿有件厚的，穿上吧，能暖和点儿。"司机小郎递过来。徐雁哲接过忘了道谢。

　　很久没做实事，天天坐公司的车上班，还要得到别人的照顾，她感到甚是惭愧。无作为等同于白吃饭，吃的是工人和业务员的，被称作寄生虫。这是她从前厌恶的，现在被别人厌恶。她身上的图案越来越明显，很多人猜到了，没有当面指明。只要我爱他我就不觉得可耻。她想。可是她又觉得不该这样下去，她怕给那人带去耻辱给大家添乱，那样的话公司的运营会更加艰难，大厦倒得更快。

　　离职吧！声音来自潜意识里的千岩老人，和她生死与共的灵魂。去郑云开的新公司？他邀请过她，收入又多。他手头没有 500 万也不敢办厂，说不定土耳其的活已讨回余款，放入腰包，顶了老穆欠他的 200 万提成。确实，她和他合作专门生产膨胀节，不像老穆啥都比画，高压开关、锅炉、颗粒机，眼瞅着都要完蛋。与郑云开合作，有计划地进行原始积累，早晚有云开日出之时。人活着不单单为钱，再大的房子用几尺空间睡觉？再好的美食能有几两入口？人要是成了钱的奴隶太可悲太不幸了。那就走进死胡同了。千岩老人说。是的，人要不断地制造希望，希望能提升生命的质量。

不去老郑的公司，也不进别的公司，也不在老穆的公司赖着不走。那就在家里好好歇着，等生完小孩再说。不，还有 5 个多月，不能这么虚度。直到下车走入自己的办公室雁哲都没找到出路。

一个正常人，学工的，工作是第一要务。上午一片空白，没人打扰，有时希望有人来，哪怕是穆月笙前来叫阵，调动野性和力量，同他唇枪舌剑，同他比楞到底。她喜欢策马奔驰的姿态，斗争求生存，喜欢新的挑战，激情燃烧，可是没有人来，无人给力。

中午食堂没安排伙食。她在屋里吃牛肉馅饺子，玻璃饭盒用公共微波炉热过，味道清淡。又吃了苹果，她安慰自己说没有孕吐，还行，要是来真格的明天就不能上班了。她不想上班，又怕不上班，害怕在家待着，她不敢看父母为难的脸色，不敢面对女儿关切的眼神，害怕保姆。保姆会在心里质问："有什么样的母亲就有什么样的女儿，你给女儿做了什么榜样？她会学到什么？"这么一想，她觉得自己已被世界视为稗草。整整一个下午霜一样冰冰凉，就那么铁板似的坐着，努力寻找洞口，冲出黑暗奔向光明。

就要告别最后一天的工作，有人从外地回来，开车几十里跑到公司。穆月出在大门口看她上车就拦住说："老徐请留步，我有几句话问你。"雁哲走出十几步远说："我想辞职。"他说："这个先不谈。我只想问有人说你这些天一直哭，为什么？"她的眼睛转向玫瑰色的厂房，用纸巾偷偷拭泪，有两串珠子提前溜进嘴里，泪是咸的。老穆说："最近公司的事太多，千头万绪。工作忙心情不好，不能开工资，施工队停工，又打仗又催款的乱了套了。对不起，我没陪你，疏于照顾。这样吧，你回艳粉屯等我，我马上就到。好吧？"

她上车让司机往老房子开去。送走了吕先生，司机小郎说："徐总，高兴点，干吗不高兴啊，公司是老板的，自然有人操心，咱只管干活挣钱糊口。他损失多少挣多少与咱们没有关系。你得学我，别愁眉苦脸的，乐呵点。""说的也是，"徐雁哲说，"小郎，谢谢你借我厚衣服，要不今天我会冻死的。"小郎说："开玩笑了不是？哪儿到哪儿呀，正常点事。无论多难，千万别说那个字。明天见，徐总！"

"明天见。"雁哲挥手告别。她从小胡同里走，顺路买了5支花，3支雪百合两支火百合。这是一栋临街的老楼，1983年盖的，51平方米，被称作贫民窟，是1976年唐山地震后盖的防震楼。这样的楼别说在沈阳就是在全省也有名有号，铁西区和皇姑区都有。后来有人和她开玩笑是不是像温哥华1976年建的 Vancouver Special？环境不同，这房子墙体坚硬，水泥号达标，能把钢钉顶弯，不像现在的一些建筑水泥墙面用手指头都能捅出个窟窿。

徐雁哲一个台阶一个台阶往二楼走。门一开就有热浪迎上来。因为东西两室和中间的厨房卫生间都在阳面，这种房子被称作三阳，价格比南北通透的便宜。雁哲花的是商品房的价买的是公房使用权，想要买断产权还得添20000元，总共75000元，加阳台共57平方米。"真是亏透了。"她想。不过将来动迁能值50多万，猴年马月后房子白菜价也有可能。电视、冰箱、洗衣机、微波炉都已陈旧，绿色的地砖和窗帘养眼养心。

雁哲开窗简单打扫一番，将百合花放在电视柜旁的花瓶里，让花香芬芳穷人的世界。不久她又找出雨果的长篇小说《九三年》，放在床头。床上是价值500元的乳白色贴绣床单，上海制造的。此外壁橱里还有10件白衬衫，50元一件，从五爱市场给他买的。她洗了一杯米，兑好水放在电饭锅里。

有人敲门。她从猫眼里看到他心就活泛起来。她打开门接东西。他把蔬菜水果放好，脱掉皮夹克、黑皮鞋，东屋看看西屋瞅瞅。

"这就是你沈阳的第一处房产？"他说，"不错嘛。"她问："喝点什么，是红酒还是纯净水？"穆月出拉着她的手来到卧室，把她搂住说喝奶茶。"家里只有红茶。"她说。

"让咱们零距离说话吧。"

她想躲，没有成功，两只北极熊就来到雪原上风风火火地亲密。"生活太轻了怕，太重了也怕。你们俩都让我为难，请和我说话吧，有时我老想和你这样，有时老回忆你说的话，我也不知我爱的是人还是你的话。告诉我，最近为啥哭？"他问。"就是想哭。"她说。穆月出说："你看见人家长白头发也哭，原先老赵说过这话，我们不信。后来张丝丝也说你最近爱哭。"

"听谁说的？"她问。穆月出说："可能是郑云开吧，他们有时在一起打麻将胡咧咧。他要自己办厂了，瞎折腾！""他邀请我做技术总管。"她说。

"你没答应，是吧？雁哲，我没看错你。"穆月出说，"从第一眼我就知道你不会轻易向任何集体和个人投降，任何一个所谓的名人休想侮辱咱们。富贵、贫贱、威武，什么都不能降服你，除了我。"

"我不想上班了！"她说。"可以呀，那就在家好好待着。再没钱我也能让你们吃穿不愁。"他答应。

"我也不能在家待着，我不能让父母、女儿和保姆伤心。"

"那就和他们说你出差了或出国了。"

"太离谱了。你的公司还没到派人出国的规模。"

"那怎么办？你不能去别的公司工作，现在不能将来也不能，不允许。你也不能再回月新热力了。"

"和我想的一样，走投无路了。"

"所以你见谁都哭是吧？"

"嗯。"

穆月出说："你不能像别的女人那样在家当个养尊处优的人吗？我每月给你2000元零花钱，其他一切开销我全管，衣服随便买，只要开个发票我全部报销。甚至我还可以给你父母再买套房子。"

徐雁哲回道："你还不如买个蜡像或大理石，和我一模一样的，放家里摆着，34岁，不是三十而立，而是三十四而丽，做个冰清玉洁的女人或堕落的天使，在家吃香的喝辣的，还不用考试，像阿房宫里的宫女那样，或者像林黛玉那样。一辈子托生回人，无所事事，成为男人的附属品和摆设。每天的工作就是为一个37℃的男人为粉色的爱情争风吃醋，被柔情桎梏，醉生梦死。我不知这样的幸福能走多远。因在家里作为一种形式，你由太阳神变成冰雪霸王，我由一条蓝鱼儿变成渴死的鱼干。能否做石中紫玉、雨中飞燕或问鼎中原的企业家，这是个问题。"

"得，"穆月出说，"我的补偿器皇后，这无疑是量子纠缠量子危机。我早就猜到你会说这些话，你永远不会被爱情绊倒，毕竟你的骨子里深受中外文化的侵蚀，奋斗是你生命的原色。你绝不会和别的小三一样仅凭美眉媚眼幸福得忘记初心。你不会违反知识分子的本性，做玫瑰也是铿锵玫瑰，当红叶也要舞秋风。正因如此我爱你无悔。希望你龙行天下，采菊四方，创造美丽的奇迹。你想怎么着？""还没想好。"她放缓思想的步伐。

"别急，"他说，"咱们有两个大脑，不可能没有办法。聚一回不容易，让我听听小家伙怎么说？我要同他签个向日葵契约，快4个月了吧？等4个半月他就会动了，之后还有很长的路。我想告诉我爹我妈，他们终于有孙子了。"

"你怎么知道一定是儿子？如果是女儿呢？你不喜欢吗？"

"一样，都这么说。一旦你进了产房，我在外边等候，那一刻叫个老爷们儿都会企盼，要是儿子该有多好。多少人因为没儿子离婚或是找小媳妇。"

"你……"

"别，别。"他捂住她的嘴说，"你这个人啥都好，就是太较真儿，啥事都要掰扯清楚，这样会伤感情。在太原时我说我不想要儿子，我只要你。你非要兼得，才有儿子的事。"

"好吧，那我们吃点东西吧。"

"真是又饥又渴，刚爬过山一样。请问老徐，你是什么山呢？"

"男人才是山，女人是水。"

"我是黄山，你是云海瀑布。"

"可以。"

老穆将烧鸡掰好放在方盘里，用腾出的银色箔纸折个船当骨碟。雁哲将绿色西兰花煮好，切成小指大的花瓣，还用沸水煮了两小碗木瓜翡翠汤。米饭端上来，二人觉得在茶几上用餐很好。老穆说："雁哲，以前我以为你说话是编着玩的，没想到真有玻璃花碗，真有木瓜汤啊。"

"我啥时说的？"

"别看我总喝酒，你的话你的事我都记得，出国前你说过。"

"别说了。"

"我喜欢你矜持害羞的样子。我老穆今生也算够本了！"

"是吗？"

"有人以前一直骂我，当面背后说我贼傻，除了喝酒和为公司操心啥啥不行，说我低智商连找女朋友都不会，算不上企业家。只有我自己知道，我一直为我心爱的人守节。"他说。

"其实你自己也不认识自己，"徐雁哲说，"我们所看到的只是一个表象，更深沉本质的隐藏在潜意识的冰山里，在泰坦尼克邮轮里只看到一角。"

"这么有见识的女子，可惜缺少伯乐。"老穆说。

"你不是伯乐吗？"她感激地问。

"我想起来了，现在辽宁各地都在招商引资，知道不？等倒出工夫咱们到新民、辽中、铁岭办厂，你去那儿管分厂好吧？"

雁哲说怎么有被流放的感觉，我的感觉没错。

"你不喜欢农村？"穆月出问。

"农村？"她说，"回老家，在昌图县城，过年的时候火车站的候车室全是煤烟，都喘不上气了，真不知老百姓怎么活的。""要不怎么说咱这样的企业会翻番挣钱呢。集中供热是中小城市乃至县城乡镇的发展趋势，以后要取缔小锅炉和家庭式煤炉。""我不去农村。"穆月出问："你不去怎么办，你得有个工作是不是？"

雁哲说："实实在在讲，我不喜欢农村也不喜欢小城镇。"

"你也说过不喜欢这里的植物。"老穆说。

"可是我爱上了这里的人，"她说，"我乐意做这个城市的创业者和情人。"

"那你喜欢去哪儿？"他问。雁哲回到理想国里说："我喜欢野生的白玉兰、二月兰，我喜欢柿子树，秋天家家户户的院子像挂满了红灯笼，事事如意。我还喜欢大街上野生的剑麻，开着鸭蛋形的花，一串串，还有合欢树。我喜欢有海有山有长城的地方，因为它们刚烈、雄伟因为不平庸。庸人的生活是令人窒息的，我总想活得不平庸。"

"你说的是大连或北戴河，要不就是北京。"穆月出说。

"是的。我羡慕大连的网友，她还不到 30 岁。她说中国近代文人鲁迅先生是她最敬爱的作家。他小时生活在百草园里，她就建了个百花园，她是园主，每个花卉区都有名堂，比如在月光阁下种藿香和大蓟，取名'月亮惹的祸'。有一位古代的诗歌前辈，老家门前有块月牙田，种粮食酿酒。他看见当地闹灾荒就用粮食救济灾民，不再喝酒。网友的诗社建在端午村，她租了地叫月牙田，与诗祖屈原隔空对话。她有很多让人着迷的设计。理性告诉我我不去大连。"

"我的天奶奶，你想入关。"

"你说可以吗？你希望我做哪种人？"她拿出一张纸，上面列了十等女人。

"真是慌不择路，这种东西你也捡。"老穆用餐巾纸擦了手，阻止雁哲拾掇碗筷，洗手漱口就行。他先行在床上躺下说："过来，宝贝！"她在他身边正襟危坐说："怎么你让我当四等女人？来正经的，甭动手动脚，也别说谁诱惑你。"看她认真的样子他就说："那得看时间怎么走。你从来没有引诱我，是我一直上赶子。真佩服你的想象力，拥有这样情怀的女人想一天爱你 N 次。"

"那你同意了？"她想把事情定下来。穆月出说："你总是志在千里，勇闯天涯，帐篷说迁哪儿迁哪儿。离开沈阳到处充满变数，到处是男人的海洋，你会遇到白猪王子。你会天天枉凝眉，日日流思乡泪，再没有桃花的容颜天青色的心了。本来兰质蕙心，最后是花落红颜碎。"

"一定得到进京的机会。"潜意识告诉她。她说："天辽地阔，谁懂我心？再也不是一个人的天空一个人的战斗了。"他问："你说的是孩子？'二等女人自己干，自己说了就能算'，你要去北京办厂做二等女人？""想法而已。"她说。"而已？"他想这事应该从长计议，他就绕出话题说，"敢于吃狼的小羊，我的梦幻女神，龙神女骑士，你想独上兰舟，沐雨听风，风中独舞，冷水泡茶？我希望你有老照的本事，在家里写作，把家当成风神小屋，看静影娴月，赏冬日暖阳，或婉语素韵，或微笑寒冰，品清新酸柠檬，抚淡蓝郁金香，海纳百川，天下人物尽收笔端！你为啥不考虑写作？"

徐雁哲说："写作有瘾，有的作家每天写 1000 字，有的一个月写 1 万字，完后说，我可以活下去了。再美的女人终将成为白骨，再美的虚名不过是梦中的蝴蝶。作家最多是整合历史的史官，真正的英雄在战场上。电影 *Brave heart*（《勇敢的心》）里有句台词，历史是毁灭英雄的人写的。自由万岁！

我不写作，作家的作品既要美丽还要实用，我做不到，时间也耗不起，就喜欢当企业家。我想先在北京建个办事处，或叫经营公司。我住北京，想看我们你就去北京。"

"大约投资多少？"老穆问。

"房租一年3万元，注册资金3万元。"

不多，我相信你能发展壮大。为啥要注册？

你说呢？她把问题还回去。

"想法很好，北京是政治、文化中心，我们不能光靠东北的市场，要向中国北方铺开。你会很辛苦，又不是单身小伙，怎么舍得你？"

"单身小伙可以注册，我不可以？"

"都可以。只是……你说下去。"

徐雁哲将计划抽出一部分，说："北京月新热力公司相当于沈阳总公司的分公司，我任总经理，领三四个人在北京开辟市场，给总公司揽活。所有活都交给你们生产。"

"那你撇家舍业图个啥？"

"不图啥，只求离世前没有遗憾。"

"我也读过儒家、释家、道家的著作。"老穆说，"知其不可为而为之。你说过这话。""我认为儒家注重现实很冷静。"雁哲说。

"天堂在现实也在将来。"

"是的。现实我会珍惜。死后被人想念，一靠生养后代，二要有作为。无作为不自由如同僵尸。"

"好！还有啥要求？别客气。"

"这6万元算是你借给我的，我会还，也会感激。"

"别这么说，生分了不是？"穆月出说，"这么可怜又这么义勇，受不了……""我是认真的，"徐雁哲说，"因为我需要经济实权，有单独的账户。

分公司的预付款和订单直接打给我，然后转到沈阳。余款也打给我，你合理取酬。"

"天奶奶！"老穆想，如今的女人太有思想太有头脑了。女人做业务做好都能挣，还不用花啥钱。不像男人，不花钱不行。只是在诸多男企业家面前，不牺牲些东西如同做梦。为此有些成功的女人情愿失去什么（可能也有爱慕），你得承认著名企业的高管都是精英。那些优秀男人有时也希望女人利用感情挣钱。感情在经济中就是飞机上的润滑剂，作用不可估量。人和人之间不能过于简单，水至清无鱼，人至察无徒，要不就拉倒。总而言之，跑业务的女人十个有八个离婚，丈夫不思进取吃喝玩乐就被淘汰。徐雁哲会不？她肚子里有个明证，相信她说的，希望她成为著名企业家。老穆果断地说："我同意，只是你的想法太天真了。"

"怎么？"

"这点钱只够注册杂货店的。若生产补偿器注册资金至少得 100 万，否则任何单位不会和你签合同，至少产品出事得有钱赔偿吧？"

"我白想了？"

"为什么？"

"公司钱紧哪！"

"又小心眼了不是？王帅刚从山东拿回 1000 万元的承兑汇票。"

"啥意思？"

"这个都不懂还想去北京开公司？"

"这是新生事物，头一回听说。"她说。"早就有了，14 世纪意大利就有了。"穆月出道，"就是甲方用我们的产品，货到了，没现金。他们就拿个协议书去银行，银行就给了一张汇票，但半年内不能从银行取钱。如果取要给银行 10%~20% 的利息。"

"那不亏透了？"她惊叹一声。"你听好，"他说，"我们公司到金属板材厂还钱200万，怎么办？拿这张1000万的汇票去，他们取走200万，剩下的800万如数返给咱们，损失不损失是他们的事。"

"有这样的好事？他们怎么肯呢？"雁哲好奇地问。

"要不你怎么崇拜我呢？"他把她拉到自己跟前继续说，"咱公司是大公司，咱买板材一回20多张，1米乘2米的。郑云开的小厂一次就一张，人家不和他做大买卖因为没啥信誉。"

"公司这么紧张我真不好意思。"雁哲笑呵呵地说。"你以为真的给你100万？"老穆说，"注册时递上去，今天批下来明天就可以花光，你不能花光，你得返回总公司。至于小数目就不用了，我给你6万，再借你4万活动经费，你要想着还哪。"

第二十六章

清华的爹

"徐总你好！"来电话的是郑云开。

"你好！"徐雁哲回问。

"你在北京吗？听说你办公司了，也没打声招呼，不够意思呀。"

"不好意思，临时决定。我能帮你什么忙吗？"

"有个活，补偿器，里边走盐水。你说用 304 不锈钢行不？"

"不行。不到一个月里边就得起泡沫，然后坏掉。"

"那用什么？"

"254smo 合金，新型材料，只是太贵了。"

"怎么焊接呢？"他问。

"用氩弧焊。"她说。

"焊条用啥？"

"焊条取自母材，切成焊丝，如同缝裤角从原裤上抽线。"

"我明白了。我得怎么谢你呢？"郑云开客气地问。

"谢啥，你自己办厂不容易，以前你照顾我，该我报答你了。""大雁，别这么说，一说这个我也想哭了。真想你呀，可惜咱没福分哪。要是有一天我这厂子干不下去了，我给你打工能收我不？""你千万别这么想，"徐雁哲说，"你必须成功，我高兴你成为著名企业家。假如真想合作我也随时欢迎。眼下你不是挺好的吗？"

"还凑合吧，不懂技术难哪。"

"没有事，有需要帮忙的尽管说。"

"啥时回沈阳吱个声。"

"嗯。我父母、我老妹、妹夫和外甥都在沈阳，住一起。"

"紫桐呢？去北京了吗？"

"紫桐和他们在一起。一想到那可怜的孩子心都碎了。"

"好的，徐总。你替我解决这么大难题，我会经常去看你父母和紫桐，放心吧。"

"那真是太感谢了。"

"你要好好照顾自己，记住哇。"

"好的，谢谢！"

徐雁哲是在海洲一个旧豆腐房外接电话。大姐的长子栾天宇领媳妇住这儿。天凉了，墙壁单薄，四面透风，他们还要在此过冬，真担心冻坏身体。头一天来时两口子买了皮皮虾，天宇说别的谈不上，吃这样的海鲜外甥天天可以有。

正要进屋，60多岁的白脸妇人满脸斗争面孔过来问："你是干什么的？从哪儿来？有没有暂住证？"言语和眼神充满火药，随即冲豆腐房喊："没有暂住证我一会儿就去街道举报，谁知道什么人！多一个人用水用电每天得多花多少钱，按小时计算，你们得补交。"

雁哲说我是从北京来的，外地亲戚去北京北京人不另收费。不过海洲要是有这样的律法要多少我给多少，您论秒算也行，说个数就中。老太太噘着核桃嘴愣在原地，很久都没想出数来，问："你想待多久？"

"今天来，明天走。我不喜欢这地儿，满阳台挂东西，万国旗似的。到处残垣断壁破烂垃圾。"雁哲故意使用大号词语。这个贫民区可哪儿都是污泥下不去脚。公厕更不用说，臭粪坑上浮搁着旧木板，稍有不慎就会掉洞里。后来真出事了，一个农村小姑娘来海洲看望打工的父亲，意外失踪，3天后从粪池里找到尸体。就这样的环境海洲老太太还敢跳脚。有人曾说某山的人摆地摊，游客不要随意问价，问了不买会引起纠纷。一个人用手机打电话，全省的族人都会跑去参战。警察调解最后是当地人胜出。只是两三回。有些做买卖的海洲人天天动真格的，你动嘴皮不动钱他们会动手抓扯蹦到天上问候八辈祖宗。沈阳人说海洲的当地人不那样，是外来人口。

吃罢晚饭，徐雁哲又在潮湿阴冷的板床上睡了一宿。第二天早晨她留下一些钱，打车来到开发区。高大的厂门，宽阔的马路，雄伟的厂房，耸入云天的烟囱，要比老穆的新厂大十几倍。走入厂办大楼徐雁哲仿佛飞入大海变成白鲸。她警告自己，我是来谈业务的，无心欣赏建筑。她乘电梯到了五楼，遇到一位中等个儿先生，她鞠躬问候："您好，先生！请问您是王厂长吗？"那人看到墙角立着水果箱笑着说："哎呀妈呀，我要是王厂长就好了。他在开会。"

"谢谢您！我等一会儿吧。"

"要不请你到办公室休息一会儿吧。"

"不打扰了，谢谢！您忙吧！"

过一会儿又有两位先生从办公室出来，有的去取信，有的出来看一眼又转身回屋。后来一位先生忍不住又出来问，请问你找王厂长吗？你给他打过电话吗？雁哲说昨天通过电话，他让我今天来，他在开会，不好打扰。

"我给你找吧。"

"那太谢谢您了。"

　　不一会儿一位大人物从走廊尽头走过来。一身蓝色劳动服，176 厘米的个儿，人很瘦，特别白，像一根蓝绳上长个白气球。面色明亮纯净，一看就是著名企业家。徐雁哲梦一样走过去问候："您好，先生！请问您是王厂长吗？"她在他的威风压迫下没有抬头，也不多看。她觉得自己根本没看清他的脸。

　　"我就是。你是？"他看到她穿着雪白的长裤，绿色风衣，里面衬着鸡心领的白衬衫，瓜子脸轮廓分明，淡淡的眉毛，轻轻的口红，月形鬈发。他觉得眼前的女子一定被她自己或是别人按照出水芙蓉的形象进行过再塑造。

　　"哈尔滨的张洽闻先生是我四哥，我叫徐雁哲，从北京来。"她说。

　　他开门把她请进办公室。里面坐着两位客人，站起来，一个是白天白的夫人张丹女，另一位是郑云开。雁哲嘴唇、眉毛和心一起跳起来，笑着冲他们点头，没想到昨天电话里郑先生的技术问题关系到这笔活。

　　张丹女怀小女儿大女儿不同意，母女鏖战一年之久。她带着风湿病跑业务，将圣妇的天资消耗殆尽。大女儿在美国没正经学习，4 年花掉 200 多万美元没通过语言关回国。买别墅、结婚，和父母进行持久战。这位强悍的母亲一人支撑厂里的生产和业务，从老穆的集团挖人才，包括作家老照。员工一个人干 3 个人的活。老公只管喝酒、打麻将，花几十万元学费到长春、海南学画，每幅画都惊世骇俗，一幅都不肯出手。丹女被集资人骗去 1000 万，仍保持万里长城永不倒的气势。无意培养小女儿，除了遗传高个儿美貌，其余全是孩子自己修的，不料后来考入世界前十的大学。

　　就要走神时王厂长问："徐雁哲你是哪个单位的？""我是沈阳月新热力设备制造公司北京分公司的。这是我们的资料。"她走到办公桌前把档案袋双手奉上。她说："我四哥说王厂长是他大学时的大哥。"王厂长不说话，太阳般照耀着万物，让人既温暖又窘迫，他认真倾听，任乙方忙来忙去。

　　"我四哥说王厂长的儿子是清华大学的高才生，我就想到贵城看看清华的爹，一直想一直想。"

"清华的爹？"王之一笑着问，"北京人说话都这么节省吗？我只是我儿子的爹。"

"不好意思，初来宝地，拜见大企业家紧张。我们穆董事长是补偿器发明大王，刚写了部书，我可以代他送给您吗？"

"可以呀！"他说。她从手袋里取出书和签字笔。下笔前她认真地问："我可以管您叫大哥吗？"她吐字清晰，重音发得有度，想让每个音符如珍珠般落在玉盘上。郑云开暗骂："才几天说话就有了京腔，弯还没打明白就想泛滥。女人的心说变就变，哥长哥短的。想通过夸张的表演吓唬对手，活是她的。这个家伙50岁了，家有过亿资产，搁在老婆和儿子名下。工薪阶层靠工资富裕个六。"

郑云开当企业家还没上道，闯江湖这么多年把人家的底儿基本摸透。这人是从农村生产队出来的，上大学靠文凭走到今天。他托人开个证明说A物是他的，用A物抵押，结果得到了B物，其实都是公家的。ABCDEF，十几个连环，环环相扣。为了得活他给人家下跪叫爹喊祖宗。想送礼没钱他敢卖血。为人特别狠，谁挡他的道他就将谁的腿打折。他在国企一身劳动服，离开单位马上一身白。要不就是白裤子，蓝色半截袖丝绸衫，秃领，胶皮纽扣，专门用于打架。第一次接触他接过电话就粗口问娘。有时直接警告人家别把我当傻×。这人见了徐雁哲突然斯文了。他已为全家买了加拿大枫叶卡。郑云开黑色的脑海里凝成一道波浪，闪电般离去。他继续听两个人对话。

当雁哲问可不可以叫他大哥时，厂长说"可以"。

"大哥，昨晚我梦到孔子了，我对他说明天我要去海洲拜见王厂长，我给他带点什么礼物好呢？孔子就说，如果是我，最好带头猪。大哥，您一定知道，孔子的门徒见老师一定要带东西的。后来我就想别带猪了，还是带猕猴桃吧。大哥，我可以带进来吗？""可以呀！"他说。

　　她把一小箱水果拎进来，放到茶几旁的地上。厂长笑着用法语说谢谢。雁哲用法语回说不客气，"大哥，你会好几国语言？""我只会一点点。"他说。徐雁哲用法语告诉他我说法语，只会一点儿。学习外语非常有趣。

　　王之一说："张总、郑总，你们的资料我会看。关于我厂所需产品你们的意见我会认真考虑。徐总刚来，我们的管道到底用什么板材我也想听听她的意见。可惜我不能陪各位了。"

　　徐雁哲抢着说："是啊，您还要开会。"张丹女说："那您忙吧。我们希望同您长期合作，愿意交您这样的朋友，有需要效劳的请您多多指示。"

　　三人往出走，王之一说："徐总，你也走哇？不想留下来谈谈你们的公司？"

　　"我很紧张，没听清。"

　　"你等我，我开完会就回来。"

　　徐雁哲送三位出门。屋里剩她一个人的时候她就疲惫地落在沙发上做自己的主人。像所有孕妇嗜睡那样，她想睡一会儿。她想她应该学国外的中国留学生，每天睡4小时，除了学习还要打工。学位和金钱向你招手，哗啦啦响着，能睡得着吗？

　　手机响起来，是女儿紫桐。紫桐说："妈咪呀，今天我有两个朋友被选进学校舞蹈队了。"雁哲说："是吗？那太好了，恭喜！她们都考啥？"紫桐说："劈叉，下腰，虎跳，前桥，后桥，空翻，民族舞的动作，她们都学会了，能在人行道上翻跟斗。前桥只李子晴一个人会，后桥也是。妈妈，我也想学。她们说要是我4岁时学跳舞就好了。"徐雁哲说："对。你学过书法，也会轮滑。还有学习机会，比如游泳，跳拉丁舞。你喜欢的话就在假期学。一定要先学好文化课，余暇时学别的，俗话说百事通不如一门精。我给你买数理化图本丛书，打好自然科学基础，这是根本。紫桐，家里人都好吗？""都好，都想你。妈咪，我啥时候去北京看你呀？""等放假吧。"她说话时感到体内的小生命在旺盛地成长，脸上现出复杂的表情。

王厂长开门进来，见她边看辽宁地图边打电话也不打扰。徐雁哲急忙说："对不起紫桐，我正忙着，挂吧。"紫桐赶忙说妈咪再见！

王之一问："给谁打电话呀？是家人吗？"

"是的，我女儿紫桐。"

"多大了？"

"8岁，小学二年级了。"

"能告诉我你的家乡吗？"他问。徐雁哲指着地图说："昌图，徐家屯，在这儿。"

王之一用铅笔在上面画个圆圈，回头说："徐总，咱们谈谈这个项目吧。"徐雁哲说："据我了解，咱们城的地下水已被海水部分侵蚀，在地下敷设的管道一定会受到影响。听说这笔活50万，我想用普通板材也够了，产品不到一个月就会起泡沫。所以我建议用254smo合金。贵是贵了点，绝对保险耐用，质量一流，一定保证兄长的英名不受影响。"

王之一说其他乙方也提过。

"是郑先生吗？"她说，"一定是他。他刚从我们总公司出去办厂，他是老业务大业务，业绩高也懂些技术。只是他刚办厂，资金少，经验不足。我们公司一次能买20张合金板，他只能买一张。这笔活还特别急，马上要冬季供暖，恐怕他干不出来。"

"张丹女的公司会比你们低很多。"他说。

"是的，"徐雁哲果敢地说，"他们的价格总是我们的三分之二。也是小厂，起步不几年。您博物洽闻，一定了解，有些小厂为揽到活降价，然后怎么做您能猜到，否则挣不到钱。而我们有发明大王穆总坐镇，一个公司有科学家把关，信誉至上，甲方始终被置于上帝的位置。我们有几十年甚至数百年的理想，不会做一锤子买卖。钱要挣点，更重要的是我们董事长和高精尖员工把事业看成生活的第一要素，把实现人生价值作为幸福指南的标杆。我们的业务员也懂技术，比如……"

"比如徐雁哲同学是不是？"

"是！"她爽快地回答，她觉得这种称呼让人回到青春岁月很有趣，好久没听到这个声音了。她又谦虚地说："我只是个小角色，很多优秀的同事在身后支持我。"王之一说："好几年前我就听说沈阳有位工程师叫徐雁哲，去牡丹江处理过补偿器事故。热电厂的唐总提过你，说你身上有股劲，有机会要上，没有机会制造机会也要上。我就很想见识一下徐总的风采，没想到这么久才遇上。你为啥才来找我？如果早来说不定我会帮你很多。"

"相见恨晚！您现在帮我也来得及呀。"

王之一用英语说，今天是我的生日，你是否乐意参加我的生日聚会？雁哲说，真的吗？祝兄长生日快乐！我高兴参加聚会。

"那咱们走吧！"

"只是……"

"你想问都有什么人是不？"

"是的。"

"到时候你就知道了。"

她和他并肩走出大楼，据说90~100厘米的距离是异性步行时最好的距离。他给她打开车门，等她上车，自己才坐到里面开出厂区。

"徐总会开车吗？"他问。徐雁哲说："不会。有人劝我学车，有人反对。我还拿不准，有时也很羡慕，在梦里开车在音乐里飞翔。"

"在西方不会开车就等同腿残，不会说外语就相当于哑巴。你一定要学车。学车前你得先了解车。你认识哪些车呢？"

"我认识夏利、桑塔纳、红旗、奥迪、宝马。其他的我也在学《新概念英语》时背过单词，世界名车。"

"认识奔驰吗？"

"见过，不太了解。"

"你认识这辆车吗？"

"不熟悉。不过我知道这一定是辆好车。这是传说中的奔驰？"

"不是。我儿子开的是奔驰，这辆是奥迪 A6。"

王之一的儿子王剑桥十分厉害，高考前模拟考试成绩总在 650 分上下晃荡，高考高出平时 30 多分上了清华大学。那几年教师换地监考，后来不知何故又由本区老师监考。正好赶上孩子的学校是省重点高中的名校，经过校领导和班主任精心策划，他儿子和几位优等生分到一个考场座位挨着强强联合。老百姓最信任高考，看成中国的净土。自打王剑桥考上清华知情者就开始不满。儿子清华大学毕业在北京办公司，买别墅，马上要结婚了，女孩家长收了 500 万元的彩礼后提出分手，孩子抑郁了。儿子说从今往后，任何人不许靠近别墅半步。

王之一努力不想这些，只想将今日的聚会安排好。他问雁哲喜欢吃西餐不。徐雁哲用英语说，我关注西方政治、经济、军事、工业及其他很多事情，比如饮食。

"那你为啥不出国发展而去北京？一些海洲人、北京人、上海人都往国外跑。"

"为什么一定到国外？"

"国外有干净的水源，神奇的树木，清新的空气，先进的电器。超前而又简单的思维和人际关系。比如他们很少用手洗衣服，外衣、毛巾、袜子、内衣和小朋友的围兜都放洗衣机里一起洗。"

"是吗？他们感觉很卫生吗？"

"这就是中西方思维的不同。知道为啥不？西方人不在家庭劳动中浪费时间。他们洗完衣服有烘干机，烘完就能穿。你大学的专业是？"

"消防机械设计。"

"你的最高业绩？"

雁哲说我给俄罗斯设计过消防车，比赛前到俄罗斯和德国指导过安装，补偿器方面有一个发明专利。

"一门技术一门外语走遍天下，是狼走遍天下都吃肉。正好，加拿大需要这方面人才。你可以技术移民，兴许能赶上最末一班车。"

"啥情况，兄长？"

"据说英联邦国家要修改移民法，考外语，新法下来移民就难了，要办得赶紧。"

"为啥要移民？为啥要牺牲青春、尊严、理想和事业到国外从零开始？我怎么舍得亲人、朋友和同事？包括像您和张洽闻这样的大哥？"

"你可以在取得枫叶卡后自由往返。"

徐雁哲说在国外住两三年，中国的人际关系会迅速消失。在国外做苦工租房子，一辈子都难全款买房，贷款买得起也供不起，政府年年收房产税。为此加拿大的老人很为难。没别的，一辈子为一套房子奔波，等把房贷还完人老了。过了60岁就想回国，享受中国的退休金。有的说加拿大是适合老年人休闲的国家，生活节奏慢，仿佛缺少理想和斗志，我不能在原始状态中像草木一样活着。作为普通移民，每朵花每棵树的快乐都是用花换的。如果不打工就得把很多钱投到无底洞里。俄罗斯作家说，生命的花朵，生命的芬芳，要如何让它绽放出来，全看我们如何用功。

王之一说："听过地球村吧？把世界当成村子不好吗？"

"兄长还真说到我心里了。"雁哲笑道，"我有个梦想，有一天手拿万国护照开自己的飞机飞遍全世界。累了倦了就在中国江南的海边比如嘉兴买个竹楼或是别墅。没有饭菜也可以睡到自然醒。第二天早上醒来妈亲哪，灶台周围的地上钻出无数竹笋，油亮清新，也不用洗，要仔细切，因为孔子说食物形不正的不能吃，腐烂的不能吃，来路不明的不能吃。竹笋可以放心吃，全是有机的，没化肥农药，纯绿色，这是尘世的幸福，要不天上的仙女怎么都想下凡呢。"

"请你告诉我能放味精吗？"他问。

"放不放随意吧？"

"北美和日本有 20 多年不放味精了。"

"是吗？网上说吃味精没有害处哇。"

"可是有人说以假乱真添加替代品的话害处极大。"

"既然兄长说不放就不放吧。""去西餐馆你觉得怎么样？"

好的。徐雁哲感觉聚会也没几个人，像临时决定的。"那么，"雁哲问，"请允许我给您过生日好吗？"

"你学过法语，知道刚才用词不当吗？"

"是吗？我说话很小心的，有时越小心错误越多。"

"不用怕，没太大的错误，我听起来不高兴。"

"请您不吝赐教。"

"那个词又出现了。"

"啊，我明白了，下不为例。"

"好了，到了。"王之一把车停好，仔细端详她的衣服说，"你的裤线歪了。"

"让我想想。"她若有所思地说，"本来它是正的，可是现在歪了。怎么办呢？正过来。往哪个方向呢？"

"你说呢？"

"往右吗？"

"往北京的方向。"

"北京的方向？"她觉得这话很好，就冲他笑了。走入香榭丽舍酒店，他选择了"女王之家"小包房。他请她点菜，中英法文菜谱。这是徐雁哲第一次领教西餐文化，她既然想请客就挑单子上实用且漂亮的点起来，然后请生日主人公点菜。Roast Loin of Pork，Sea Scallops，Sticky Toffee Pudding。两个人各点 3 道菜肴，每人一份西番莲果汁刨冰。最后是甜点帕芙罗瓦（Pavlova），因俄罗斯著名芭蕾舞演员 Anna Pavlova 得名。因为主要原料是蛋清和糖，所以这个蛋糕非常轻软，充满气泡，入口即化，让人有羽化成仙之感。

他让她选择两种水果，她说树番茄和猕猴桃。他问你喜欢喝什么酒？看这里有总统之爱——红颜容 HAUT–BRION、传奇之"英雄"——龙船 GRANDBATEAU、明日之星——福临 FRANKLAND。

"所有带外文的酒我都想学习，尤其是酒中王披头士 PETRUS。"

"可是你不喝是吗？"

"看和谁，只要兄长选一种。"

他让服务生要来两瓶矿泉水。有人来电话。王之一说我出去接个电话。回来，他已经换了乳白色夹克衫。这时各款菜肴上齐，雁哲说，咱们一起唱生日歌吧。

"不必了吧，心里有就行了。"

雁哲小声用英文唱《祝你生日快乐》。他郑重地说："你这么喜欢西方文化，如果真想出国，我可以帮你。"

"兄长，请问具体程序是？"

"渠道很多，别心疼钱，钱是人挣的。技术移民或投资移民，买北美的绿卡。我希望你像白色的大鸟一样在我的视野里快乐地飞翔。"

多美丽的想象！她模仿他用刀叉吃菜，说："我也听说 2000 年移民政策有调整，考英语我不怕，只是忙于工作我还得复习不是？我想送给兄长一个生日礼物。"她正要从手袋里取信封马上被阻止。他说："听我话，你不要这样。我也有礼物给妹妹。这里并不安全老妹，如今的社会为人既不能软弱，也不能将把柄落在别人手里。"雁哲想如果郑云开在场，他一定这么翻译：不要对对手软弱，也不要将证据落在人民的手中。

王先生又说："再谈出国，我们全家已经有了北美居留权。你想移民的话……"

"我倾心向往，难于实施。"雁哲说，"大温被称作华女的寡妇村，男人在中国挣钱养活女人，她们远离爱人和幸福，是自然人不是社会人。有一个假设句，鱼和熊掌如果二者能够得兼，我就兼得。因为我妈生我是让我对很多人负责，创造希望，享受生活，否则算我白念大学，对不起大家的照顾。"

"好，我知道了。认真，坚持，感恩，就这三样你一定成功。你需要我为你做什么？"

"让我们为贵厂生产最好的产品，我会永存感激。"

"我是副厂长，我还要同其他领导碰头。我会尽快给你答复。"

"谢谢您！我会耐心等待。"

电话又响，王之一出去接听，回来变了神色。他说："你喜欢吃甜点吗？"雁哲说："喜欢，可……"王之一说："可是你不吃，我猜对了没有？那咱们走吧，我有点事要办。"

雁哲去买单，被人告知买过了。上车时他问："我是送你去宾馆还是火车站？"徐雁哲说："谢谢兄长！你有事请先忙，我自己打车回宾馆。事情没办完我不能回北京。"她把信封塞入车抽屉。

王之一猜到信封的内容。起初创业他曾给人送过，在他给亲家呈上几百万元彩礼后就忽略不计了。面对素而不媚、卓尔不群的女人顺其自然就好。

她说："这是我北京分公司的第一笔活，我希望有个开门见山的惊喜，希望大哥成全。""我这有个小礼物，请笑纳，希望留个念想。"说罢他送给她。

出于礼貌她问："我可以打开吗？"

"可以，为什么不呢？"

她打开，是一款白金项链。

"活全给你，100万，你去我厂采购部签合同吧。"

"谢谢大哥！付款方面你给个建议好吗？"

"最佳付款：6、3、1。"

车停在林荫大道旁，雁哲下车摇手说再见。秋天来了，寒风萧瑟，流星雨即将降临。他没有下车，坐着，仰望她，沉郁、苍凉、邈远。他看见天地间灰冷、凋敝的夹缝中，有一抹艳丽的光彩结束了云上独舞。没有梨花雨，只有风中梅，在寒雾弥漫中孤傲、飘零、挺拔，最后化为凛然的风骨。

他开着快车驶向医院，他的夫人从碧海别墅跳楼。从国内到国外再回国内什么都不能减轻抑郁症。

第二十七章

明明如月

　　用思想走路，用行动思想。女人坐在沙发上数数，自己、未出生的宝贝、女儿、老穆、父母，还有兄长和妹妹。以沈阳为起点，来到中华心脏、物质的集散地、文明的中转站，与红五星一起跳动。也吸雾霾，饮十三陵水库的水，品京城的眼睛和语言。

　　办事处的小区，11楼，有电梯，3个卧室，两个办公室，一厨一卫，一年租金15000元人民币。家具和电器陈旧暗淡，感觉没有沈阳的敞亮。

　　徐雁哲不计较，她的幸福在大街上。秋槐铜钱般的落蕊，五角枫星钻似的流光，墙上新古典主义、新享乐主义中西合璧的建筑广告，处处是京城的别致与时尚。江浙人，北京话；新思维，旧传统。这是女人的标准。古有林黛玉，民国有林徽因，现在有我。徐雁哲把自己加进去。进入地铁仔细听外语爱好者与不同肤色的外国人聊天，一个音符一个生命，仿佛生活在华妙庄严的音乐里，青春的灵魂昂扬到天上。除了雾霾，北京的一切都是好的。女人摸摸腹部，笑着说："谢谢你，小朋友，有你陪伴，永不寂寞。"

　　公园里到处是活泼的身影，读书，骑车，轮滑，谈恋爱，亲近自然。喜欢北京女人秋冬的打扮，外头是羽绒服，里面是白色的秋裤水红色运动装，紧里面衬着毛衣白领，胸前绣着白色外文。男人的运动服是蓝的，也有外文。人人有作为，个个从容振作，他们站在历史的烽火台上，回望古人，重现唐代伟业，瞻望将来，书写帝国神话，荣耀伟大的时代，在史册上创造奇迹。

屋里落满尘土，和小区法国梧桐叶上的重量相当。雁哲有开窗的习惯，宁让屋里堆成沙漠也不能闻衣物的霉味，尤其是雨雪交加的季节。有时她怕水土不服担心哮喘。她查了汉英词典"哮喘"英语叫 asthma，像"阿诗玛"的音。环境糟糕到这地步，房地产企业还在开发，从土地、空气和劳动者身上猎取价值然后跑到国外买房子，让树林和鸟兽离开视野，将天空和大地改换颜色，然后给人民添麻烦。

她热爱北京，但对空气质量不敢恭维。应该说北京是污染比较严重的城市，国外重感情的华人回国旅游，想从根部获得修复，靠回忆祖先取暖。广东籍华人说中国没有一个城市没污染的，说某个城市适合人类居住那是瞎话。祖国的大美只在唐诗宋词里。而温哥华的街道车来人往，闻到的只有花草的芳香。

北京的楼房除了用来居住还有观赏价值。同样是中国人的设计，北京人能在顶上再设计布达拉宫式的景观，这样的创意在沈阳极少，因为资金有限，没有繁荣美学的资本。眼前的建筑和花草树木看过多日，她开始想念田园，那些给人快乐的事情、低矮的茅屋和绿色的土地，给我安慰和启迪的元素从历史和骨头里跳出来。大悲伤大喜悦，她对沙尘说不。

她用海绵擦窗台和厨房。这种除尘工具比抹布省力，随时在水池里吸水挤净。曾听家庭主妇们谈论自己如何能干，抹布洗得和白毛巾一样。她满心疑惑，那是十分劳苦的差事，以勤劳吃苦为荣的女同胞不懂得节时还到处显摆。雁哲拖地时开始出汗，秋风溜进来，涌入鼻子跑入血管进入细胞，纵一苇之所如，凌万顷之茫然。不久，腰以下的软硬组织麻麻辣辣，仿佛泡在辣椒水里。嗓子紧缩干涩，犹豫一阵她说，企业家不能干这活。

女人给自己冲了杯茶。乳白色野菊花5朵，红色枸杞子5粒，在银白透明的沸水里一起跳舞。久久地注视，她在心里搭起辽阔的舞台，以大地为鼓面用天空作帷幕，她和几位舞者即将进行一去不回的表演，一鸣惊人或一败涂地。

晚上窗外下起雨来，车声和风声把雁哲带进梦乡。窗外绿光闪耀，房子不多，是唐朝的别墅，超过当下的西方。梦里她住在北京的村子，父亲参加队伍打鬼子去了。本以为像无数战士一去不归，有一天他突然随大部队回到徐家屯。她在人群中找到他，40多岁的样子，她用笔那么简单地勾勒几下，父亲的形象就凸现出来，红光满面，生动英勇。她跑过去与老战士拥抱。她说爸，你还活着，真是太好了。一转身父亲又随战友们出发。梦到这里，胸口感到憋闷，心脏狂跳，整个身子顺着悬崖向地狱下沉再沉。

潜意识里千岩老人说人终有一死，世界的尽头有《千里江山图》的丹青也有浪涛奔涌的青墨。雁哲为死亡的到来股战心惊，呼吸急促，她猛地坐起来，开灯，什么都没有，不知身在哪里。看到窗外渴睡的霓虹灯她意识到北京。

"不行，得回沈阳，"她说，"我不能一个人在这生活和工作。"她不知道这样的梦与贫血或心脏病有关。接着她又做了梦的续集。

天空和大地被绿色的秋雨晕染，女人举着油纸伞，走在湿润的石板路上走向原野深处。有个亲爱的人站在树下等她，铺天盖地的雨水遮住那人的轮廓。是女儿、父亲、母亲、大姐，是老穆。她缓缓地走进紫色的雾里，妩媚的树向她靠近，有三层楼那么高，凌空飘举，是风的姿态也是飞翔的姿态。它是由老穆公司院里的海棠变的，在北京的秋雨中开满玉兰花。心突然激动起来，天使说赶紧在北京买房子。

车窗外是飞奔的原野，徐雁哲改变了想法，到处是氧吧，我之视而不见是因在城里待得太久，不要全信，那里夹杂着幻象。在葫芦岛站一位流浪汉上车过来，不顾雁哲在看书问："女女士，这座有有人吗？"雁哲抬头说："三哥，是你？快坐吧，有人刚刚下车。"

"是徐徐总？"穆月福整理衣服搭边坐下，生怕弄脏她的白毛衣。看到桌上放着海伦·凯勒的传记他问："回沈阳是是吧，这么辛苦还看看书？"

"没看，装潢门面罢了。"

"还没看？"他小心翻了几页，看到画线的文字：当她的生命在黑暗里碰壁时，正是沙莉文老师微微一笑使她感受到阳光般的温暖。阳光照在我的脸上，我的手指触到了鲜花和叶子，我意识到春天来了。旁边一行字：初见MOON时同感。穆月福问："MOON是啥？"

"你说呢？"

"我学的是俄俄语。"

"那就没办法了。"

"我女儿学的是英语。"

"那更没办法。"

"为为啥？"

"我没带词典。"穆月福感觉逻辑不通也不敢追问，心里气道："太能装了，假正经，MOON月，是我二哥。如果不是情人能让她去北京办公司？女人出外办厂是70%的利益，30%的感情。女子无才便是德，好女人应该在家待着。这人在二哥的骨子里比手足兄弟亲多了。我和她比差啥了？为啥让我研究屄屄橛子形的新能源？"

以前他眼里除了二哥谁都不好使，见官都得给他降半级。最近不了，他也敢薅二哥的袄领子。公司给总级领导出钱学车，穆月福也争了个名额，没等练车就被挤对走了。第二回又争到名额，桩考过不去，过期了。二哥家有3台车，地下停车场有3个停车位，他第三次申请。

老穆冷酷地问："你有啥事？"老三说："我还想学学车。"

老穆说："你都两次了。""第一次让你杀鸡给一群猴看看看了，你没使劲往死里宰宰，把我撵回老老家。第二回桩考没过去，加上忙着搞科科研，这不是又过过期了吗？"

老穆说："你死了算了，赶快跳跳跳楼吧，笨笨笨成这样！"

老三窝了一肚子火，觉得二哥说的不是人话。他拿钱给徐雁哲去北京，让200个人学车都够了。这就是所说的丝袜征服了权力，权力征服了男人，男人征服了银行。就这态度哪个兄弟不薅他衤领子？面对敏感话题穆月福也知道搁置。老穆家下一代都是女孩，万一她肚子里的是大侄呢？所有人都心照不宣，连二嫂和郑云开都不敢支棱毛。

想到二嫂，谈话出现冷场。由于公司欠银行贷款几千万，二嫂同二哥半年前办了假离婚手续。雁哲问："公司还好吧？是不是活太多干不出来？我在海洲的活60万的预付款都到了，还不给干，真怕冬季供暖给耽误喽。"

"我二哥说以前老马没活干愁，有活无钱买料愁，有活干不出来愁。咱们有活干干不出来就一个愁，怕怕啥。我给你出个主主意。"

"想听。"

"以后每年给车间主任5000元小小费，肯定不耽误你的活。"

她说谢谢三哥。穆月福感到这个称呼甚是别扭，还不如直呼其名呢。徐雁哲感到天气突变就换个话题。她说昨天我给穆总打电话要回沈阳，我说董事长，今年你专门管补偿器你真有福，光补偿器的活都超1500万了。

"他咋咋说的？"

"他说，你个大忽悠，我干啥了我？还不是业务员鼓捣的？有人一忽悠补偿器就多一倍。"

服务员推着餐车过来。雁哲问三哥："你还没吃饭吧？"她买了盒饭和啤酒，说："我能麻烦你把上边的行李箱拿下来吗？4只北京烤鸭，有你一份，早晚是你的，不如现在收了。"穆月福说："那多不好意意思。本来应该我请请你。"没等说完他已把箱子拿下来。雁哲取出烤鸭，二人边吃边聊。

雁哲打听大家天天忙啥。穆月福说："大伙在忙如何扩大规模和影影响力，要加入大经济圈。某石化公司，在全中国 500 强的前排。而咱们单位辽宁的 500 强都进不去。每个厂家想进他们的企业资源网，每年要上交 10 万元会费，要不就入不了圈，没投标资格。其供应商有 2000 多家，电话黄页两大本。小厂不会买入围权，咱们做补偿器的时代也不入。老板十分厉害，国际油价大降，他们不降。世界降降一半了，他们还还涨。他们总经理自己一个月花 100 多万元。"

"开始了吗？"

"犹犹豫中。"

雁哲说其实加入他们是明智的选择，即使得不到活也会大开眼界，会接触更多高层次的人物，积累人气，让更多的人了解咱们。

"得到活又能怎样？哪有那么干的？还不如哪天黄黄喽。"

"这不是你们老穆家的企业吗？"

"啥老穆家？改天换成老王家老李家咱照样给他们打工。我二哥就是精神病，本来上个月得脑血栓前兆忌酒了，不想扎点滴吃中药好好了，就忘了疼疼了。一到 10 点钟就张罗酒局，喝上穿肠的毒药眼睛就亮。好几个活让他在酒桌上给整黄了。客户说我们再也不和你们老板上酒桌了，水平太注。有一天车瘾来了，要替司机开会儿，给外界的朋友瞧瞧。流鼻涕淌眼泪对瓶子吹喇叭，客户还以为是水水呢，后来发现是酒。他说不喝酒开车睁不开眼睛。头发白了一半，一个月一染。手背上长老人斑了。手头一分钱没有，靠银行贷款周转资金，每年董事会成员签字两次。有时拖欠工资，银行冻结过多次，直到凑够 2000 万或是 3000 万才能解解封。这期间还搞'纪念海子诗歌朗诵会'，还有工艺考试、车间生产考试，题大部分都接触过，答不上来，给答案也不背。工人阶级你给他们说啥都不听，工资都开不出来还有心背背题？"

徐雁哲感觉有水分，喝酒开车是故意刺激她的感情。一个月一染发不好，至少过 3 个月。雁哲问："没人劝吗？不染发谁能把他怎地？自信是最大底牌，向所有不染发者致敬！"

"都劝了，满脑袋犟板筋他听听吗？要不你试试试？另外今年火爆的电视剧看没？"穆月福问。

"《还珠格格》？"雁哲说，"全中国都在看，像 80 年代看《霍元甲》和《射雕英雄传》一样。

"他喜欢容嬷嬷。"

"为啥？"

"你猜，猜。"

雁哲说我猜过，企业家一定会关注容嬷嬷如何敬业效忠，就像一些人欣赏王熙凤一样。他一定没看透容嬷嬷，尽出馊主意，有时反应特别迟钝，主子有危险都看不出来，甚至把主子推上悬崖。她只会泄愤，不会解决问题。有一回皇后差点被打入冷宫，如果不是紫薇和小燕子向皇帝求情就废了。除非容嬷嬷的主子是皇上，有大智慧，能驾驭她。穆总是从王上的视角看容嬷嬷的？

穆月福说："有些头头脑脑喜欢这样的人。张丝丝就不喜欢小王、大刘那样一老本实的司机，就喜欢能说三七疙瘩话的，偷个油的，赖回扣的，找引子报票子耍耍滑的，说他们有心计，胆子大，能办大大事。皇上喜欢奸臣，不喜欢君子，因为君子按自己的准则办事，谁利用都不好使。君子无所畏惧，对任何人无欲无求。"雁哲说："行啊，穆月福，好久不见长行市了。明末清初大学问家张岱说人无癖不可与交，以其无深情也；人无疵不可与交，以其无真气也。"

"雁哲，在北京你一个人怎么过过的？受苦了吧？"

"无车无房无友之女低碳女。野鹜无粮天地宽，想飞哪儿飞哪儿。真的猛士敢于正视精彩的男人，敢于直面惨淡的单身。北京流行一句话，我是流氓我怕谁。"

穆月福不禁怔住，险些被魔法降服。许久，他说我二哥家除了养猪的别墅，还有三室一厅的楼房，最近又买了个300多平方米的高层。三口人下电梯直达地下停车场，开门就上车。整个冬天不用穿棉棉衣，赶上加拿大的魁北克人了。

"妈亲哪，他也划拉钱？还以为他很廉洁呢。单位不是开不出工资吗？"

"你不是说这是老穆家的企企业吗？"

"那我祝贺这三口之家！"雁哲说，"有人说经济增长与国民的快乐不成正比，这是谬论。说经济中不存在文明纯是胡扯。"她警告自己不能上当，她嫉妒了相当于上当了。

"我二嫂炒股票，女儿在海洲理工大学上学，准备考研进中国科学院。"

穆月福是个不顾人情的家伙，他尽往人家的心上扎刺，他应该给徐雁哲找到相反的论据，比如说他二嫂年龄大二哥8个月，贼碪磣。女儿也不好看，像她妈妈。二哥和媳妇不亲密，也没听他们说过话。媳妇说他每天啥时走的啥时回的都不知道。哲学家尼采在《人性的，太人性的》一文中说，人们在同意结婚时，应当提这样的问题：你相信你同这位妻子（丈夫）直到年老还能够很好地交谈吗？婚姻中一切事情都会时过境迁，交往的大部分时间是谈话。如果得知这对夫妻停止交谈，有人会感到舒畅。他们因为误会而结婚，因为理解而离婚。

穆月福故意不提半年前假离婚的事，一再说二哥特别稀罕女儿。以前哪个员工的儿子去公司他挨个儿逗叱，直到整哭为止。人缘贼拉不好。他的大学同学都不和他亲，只因当老板手里有俩钱，大家想算计他不得不和他近乎。性格极为古怪，大学时学土木工程专业竟然花一年时间研究半导体收音机。

雁哲顺着竹竿往上爬，说："真的吗？可真巧了，1996 年我梦见他成为江湖工匠到我老家徐家屯给我们家修过戏匣子，没想到天老爷早有安排。"据说他女儿很优秀，上小学时给同学的爹安排到老穆的公司跑业务挣了几百万。雁哲认识那人，太瘦，还谢顶。她说："我不喜欢谢顶的男人，不管白发黑发有头发就行，没头发不缺胳膊不缺腿也行。"

"你不打算在北京买房子吗，雁哲？"

"北京的房价是沈阳房子的几倍。我也想过，哪怕是最普通的胶囊屋、蚂蚁房。"

"那就赶紧吧。以后全是商品房，会大涨价，蹿蹿到天上。"

她感激地笑笑，努力从他脸上寻找老穆的线条。

第二十八章

瞬

女车队长派人到火车站接站。徐雁哲请司机将烤鸭送到父母的新居，委托穆月福将另一只带给穆月笙，她自己留了一只。

回到艳粉屯本着遇到植物一定驻足倾诉的原则，她在小区走了一圈，向秋天的花卉挨个儿问候。

走进老屋，梦中的蝴蝶一下子消失，只有尘土，如戈壁老人，除了劳苦、坚忍就是相信明天会有好日子。人都一样，必须满怀希望不断地制造希望，这是信仰，时间久了会渐渐强大，人在冬天里比植物坚强。开窗证明一下，马路旁的树木在风中瑟瑟发抖，柳叶固执地坚守秋的舞台。

她小心走入卧室，床单上蒙的旧布落了灰尘。地上的合欢树在阳光里披着绿意。决明子长出千个翠羽，对生的叶片像擎在皇帝身后的宫伞，枝条托出灿烂的金花。老穆派人浇水了，她想，感谢浇水的人。一种相思两地牵挂，思念在路上走着，小心哪，尽管忙，我可以等。

老小区还没供暖，她出门买电热毯，没有合适的。又买扫除工具，花20元钱雇了钟点工将屋子仔细打扫。她喝过茶，用步步高放英文歌曲，有儿童的也有大人的。她想起一句英语：

Stands the church clock at ten to three，and is there honey still for tea？

这是 20 世纪英国诗人 Rupert Brooke 在一战之前写的，"教堂的钟停在差 10 分到 3 点，还有蜂蜜喝茶吗？"人活一辈子还有比喝茶更从容自在的事吗？无论战争还是进笆篱子，只要喝杯茶或想着一杯茶世界就会不同。人不是为失败而生，人可以被毁灭，不可以被打败。谁说过这话？

她又放了童谣：

I'm Gonna Sit Right Down (And Write Myself A Letter)、Marry Had A Little Lamb、Old McDonald、Twinkle Twinkle Little Star，最后选择 The Rose。

Some say love it is a river,

有人说爱是一条江河，

that drowns the tender reed.

柔弱的芦苇只能淹没。

Some say love it is a razor

有人说爱是一把利刃，

that leaves your soul to bleed.

划伤了你滴血的灵魂。

Some say love it is a hunger

有人说爱是一种饥乏，

an endless, aching need

不停的叨扰，令你虚空。

I say love it is a flower,

我却说爱是一朵鲜花，

and you it's only seed.

你是它那唯一的花种。

……

女人在音乐中用彩椒、黄瓜、水果做了沙拉，黄油、黑胡椒炒口蘑，用微波炉烤牛排。晚饭一个人，想打电话，或老穆，或父母、女儿甚至小妹、妹夫、外甥，她没有打。想发短信到老穆的手机里，他不会看也不会删。有时来不及接电话，显示了号码，他让司机帮忙记下。她将短信存在信箱里或抄在日记里。一股力量在长，弥漫了世界，什么都看不见什么都来不及想，只要他来。等待一刻钟或是千年。夜深了他没有来。

在音乐里停得太久头就痛了，她昏昏沉沉走回高中时代。她从教室的座位上站起来对同学说："实在坚持不住了，我要去看大姐，请你代我向老师请个假。"同桌说你从没耽误过一节课。数学老师说数学如同一条线，中间断了接上去很难。雁哲说我要去见大姐。她没有哭，盼望在延长，从小到大只要进入姐的时空就有道路，像那回在风雪里两个人推自行车 30 里从老家走到大洼。

就这样她到了姐家，像少女时一样。姐姐比她大 12 岁，高个儿、美丽、锋利、温暖。见到亲人头就不疼了，大姐从高高的门口俯视迎接，给她做驴肉馅蒸饺，是她婆婆特地送过来的，让人诚惶诚恐。姐没有说话，姐夫没有打骂，里里外外忙着，这状况很少见。睡了一夜，临行时姐姐煮了面汤，冒着热气。雁哲喜欢热气，很香，就一碗，全给了妹妹。雁哲很高兴，姐姐还活着，姐姐还活着这让她很幸福。告别前她感到头痒痒的，刺痛的那种。姐为她摸索，抓住一只虱子，啥时代了还有虱子，她们把虱子用指甲切成两段。姐姐嘱咐她好好学习，说你是我的理想，是我在人世的证明。姐姐告诉梦里的路怎么走，从海洲到沈阳中间有戈壁荒路，坐汽车会顺利回到高中。姐姐送她上车在道旁久久站着。

徐雁哲醒来号啕。以前有麻烦找姐商量，她往光明处引领。大姐不在了以后找谁？大姐大姐……她坐起来想给大姐打电话。

钥匙在响，她坐在床上没有迎接。那人过来从衣袋里掏出纸巾说："怎么了，哭成这样？要是号哭吉利请继续吧。我同学从本溪过来，我陪人家喝酒喝大了，在办公室睡了两个钟头。后来想起来我得回家，这不就回来了吗？好了，我赔不是行不？要不把本溪钢厂的活算在你头上，100多万大拉杆横向型补偿器，至少净挣50万。大拉杆和无约束技术是我发明的，你不能跟我抢，谁都别抢。"

本溪？郑云开提过，那不是他的活吗？她说："我梦见我姐了。""认命吧，以前是你大姐帮你，现在老天奶奶又让我帮你。当我忙不开时你大姐又来梦里帮你。"女人低声啜泣，眼泪又滚下来。

"在北京受屈了？后悔了吧？那就回来吧。"穆月出说。

"根本没后悔。别人刚去北京陌生而紧张，我是紧张而激动，现在仍是紧张激动。"

"中学生流行几句话，脆弱时就看山，因为大山有一种硬度；得意时就看海，因为大海有一种深度；嫉妒时就望天，因为天空有一种广度；悲伤时就回家，因为家有一种温度。"老穆说。

"我回家做了西餐，没人吃。我就悔恨，大姐活着时我为啥没做给她吃？为啥没有像对你那样想念她？我为亲人做过什么？我没对父母尽孝心，没有对姐妹尽情意。"

他脱了外衣来到床上，把她的手拉到胸前说："你一直努力做着，我就不如你。4点多，我正要领客户开车去酒店，穆月福拎个塑料袋冲我说有人从北京回来了，你知知道吗？我说回就回来呗，能怎怎地。穆月福那个臭小子拍着脑门子说，我真真是拍马屁没拍拍好，让马炮蹶子给踢踢了。再问一次，雁哲你说我回来陪你丢下100万好还是陪我同学喝酒得到100万好？你不吱声就算答复了。"

雁哲想，可惜郑云开还不知道，要不他得到这笔活会迅速打开局面。她帮他把睡衣穿好，说："想买电褥子了，没遇到合适的。"

他说："明天我买。医生说妊娠期间不要到处闲逛。"她摸他的手背没看见老人斑，那是他三弟瞎编的。白发添了一些，根部明显。她说："到处走走哪怕只是想想，世界也会变宽。"他顺着自己的路线说："全听医生的人还能活吗？"他亲了她的额头继续说："酒壮英雄胆，以前喝上酒就想你，今天也是。两个月不见，幸福在短暂的人生里还能几回？"他像公马一样咬着母马的脖子，拉长耳朵谛听胎儿的世界。

"你以后少喝酒，也别染发。染发太频会得淋巴瘤。身体好有理想人就永远年轻。冰心老人在90岁的时候说我的生命刚刚开始。某国有位老人70岁学画90岁成名。如果是苏东坡先生，别说七老八十，就算是1000岁也会有许多女人跟他走。"

他说："说的好。有个作家写过两种女人：一种是荷，没开花前是洁净的少女。另一种叫莲，开花后是将生产的少妇。她们十分辛苦，用岁月写诗。一想到莲，我就控制不住。你会背诵《游褒禅山记》吗？"

"会背第二段，怎么样？"

"我认为那是唐宋八大家散文中最棒的，因为里面有爱的描写，第二段，开始吧。"

…………

他说也不是头一回，还这样？我喜欢你这样。海的那边有位先生，一生的主要事业就是爱女人，十几个，多是大街上搭话认识的，相当于星探，一聊一个准，很多人喜欢他。那人肚子里有学问，有时说话很随意，总带个女伴做电视节目，说出的话让主持人都感到难为情。观众喜欢看。

"要不别讲，讲就具体点。"

"他说男人不能太面，像某先生，不主动不拒绝不负责任。"

"Why？"

"他说男人不主动就爬不到美女身上，不拒绝丑女就爬到身上，不负责一验 DNA 哪个都跑不了。"

"某先生是谁？"

"出奇冒泡，70 岁过生日，送给亲友纪念品。你猜啥？异性照片。和谁？两个女儿，都 10 多岁了，三个人叠罗汉。"

"想在文化史上留名想疯了？我原以为生活因无情而一本正经，没想到生活有时如此好色。"穆月出说："真理有时也好色。我多少次劝你多读书，不读诗无以言，你可以俗一点，女人因俗气而可爱。你不听，孤陋寡闻了是不？个别伟人也有私生子，没影响革命事业，那是有人性，更值得敬爱。"

"为啥要找伟人垫背？"她问。

老穆说："我以为是谣传，想考察你读过多少书，20 世纪 80 年代末从关里开始传阅缩印本《让父亲太沉重》提到私生女，姓梁的作家认为是子虚乌有。"雁哲说："可能传到辽宁就封杀了，我在长春就没看到。回头再说岛上的电视嘉宾吧，他老婆造反没？"

"他老婆不看电视。"

"为什么？"

"特殊人物关心更大的事。将来纸质报刊和电视媒体可能会被手机互联网取代。无冕之王有可能开不出工资。"

"你怎么知道？"

"我没停止喝酒也没停止读书，和我在一起长知识吧您哪。听听小飞鱼在干什么。"

徐雁哲说："火车上他三叔上车时小家伙动了一下，我也拿不准。先前梦见我大姐时他真动了，遇到你怎么不动？"

"小家伙也是性情中人。他知道我是爸爸，大亲若疏，只有见到叔伯或姨妈才激动。回来再说你，你要招聘业务员？这是大事。销售、经营是公司的前沿，前沿崩溃其他阵地也就垮了。人不能总在焦虑中生活，会生病。销售人员工作中的着急、焦虑是常有的事，所以对个别人的急躁一定要多多包容。卡夫卡笔下有个旅行推销员变成大甲虫了，那么宽的门爬出去很难。生病或变成异形亲人不再是亲人。喜乐是良药要记住。请问你想要啥样的业务员？"

"男人帅气，女人有气质，能说会道，勤奋不怕吃苦，既朴实又重情义，以事业为重。老许太太行吗？据说今年签了2000万的活。"她说。

"这老太太，外号叫'万人烦'，曾在某煤城当过局长，估计是犯错误跑出来的。能吃苦，长项是脸大不害臊，这把大伙烦的，人见人躲，连个标书都没人做。她也不在乎，自己做标书，见啥资料顺啥资料。和客户也是，不管认不认识就是打电话，人家可怜她就把活给她。这样的人你还想要不？"

"我要。"

"她老公的设计院开不出工资，她还有两个残疾儿子，离不开。"

"李楚乔呢？"她问。"你提她？可着笑了。她公公婆婆干一辈子仕。公公70多岁和一个女人跑了扔下婆婆。楚乔接了，收了婆婆的6万元养老钱，给她带孩子，她到外面跑业务。婆媳一起培养孩子将来送美国留学。她老公遗传了父母的基因，和楚乔一直打，实在没辙就到深圳办公司，两年不到黄了。又回到汽车制造公司，后被派到重庆驻在，一年不回来一趟。又去浙江建厂，离了。"

"我不能要她是不？她签的活全是低价没有不赔钱的，公司还给她20%

的提成。"老穆说："我们真够蠢的，创业之初不懂得成本核算。以后不了，我们建立真正的商务中心，不能让她那样的人钻空子。不过你得平心论事，她只认钱，凡是与钱有关的她全认，感情夹杂金钱可以，其他一概不理。甲方高管把订单给她，她送给人家一套高档西装。她是工大毕业，跟你一样，有魅力。一个人整天想钱就能拿大活，这样的人我欣赏，老三老四也欣赏。她跑起业务连家和孩子都不管，去北京正合适。"

"栾天宇我想把他拉到身边，也算对我姐有个交代。他大高个儿，当过兵，会开车，有精力。公司没一个人俊过他，与郑云开有一比。有个缺点，比老许太太还磨叽，没大学学历，你说中吗？"

"自家人，骨血关系，不信他信谁？再去个男的。"他说，"王帅，有前途，以后一定是大业务，老板都得让三分。人长得像台湾歌星费翔，唱歌跳舞太招人得意了。他走哪儿都给人以好感，尤其是年长的女高管，在青岛，女士手拿上亿的订单请他晚上喝咖啡，要不？"

"要。"徐雁哲说，"他签了几个亿，感谢青岛大婶！"

"他给人打过工，自己办过厂。"老穆继续说，"他来咱公司跑业务，又出去办厂。黄了又回来跑业务。能屈能伸，华中理工大学毕业，专业对口，懂技术，语言能力巨强，今年容器又签了3个亿。领司机出差，天天吃面条，啥菜都没有，已经没有司机陪他外出了。"

"给我的话穆月笙能放吗？"徐雁哲的声音有点激动。

"小家子气，没见识是吧？"老穆说，"没谁地球都照样转。他有能耐再出去办厂，不是又回来了吗？企业的最大魅力不是赚多少钱而是给大家一个平台，人人有活干，人人有奔头有活力，人尽其才，不断地培养新人。"

"我怕他不服管。"她说。"现在没事，将来干大了会功高盖主。"老穆说，"如果他的活占五分之一，他就能控制企业。到那时就看怎么平衡了，大不了让他走。"

"几个人好呢？"

"你说呢？自己好好想，不能老请教我。"

"5个。4个业务员，男女搭配，干活不累。"雁哲说，"他们是啥关系我不管，反正签来合同就行。首先一定要跟设计院的专家建立合作关系，他们帮着向各大企业推介，然后变成上市公司。要高价，别人500万的活咱们要700万，爱给不给，每次和客户谈价格绝对不能让步。我太需要会计保洁员了。让谁去好呢？"

"算你聪明，两人一组好，是不是和我学的？都以为我整天除了喝酒啥都不干，其实我天天研究人事，时时琢磨平衡人与人的关系。比如补偿器重要时我安排你和项一象共管，互相牵制。容器重要时我安排教授和老彭一起担当。还有高压开关也安排两个人。有时我甚至希望他们出现矛盾，为我所用，老板也怕底下人一条心。"

"狡猾的狐狸！"雁哲勾唇表示不满，说，"你比穆月笙会管人，能调动积极性。我觉得他不大气。有一回两个技术员去南方开会，主办方给了两套茶具，打开一看全是精美的景德镇陶瓷，不舍得喝茶想当工艺品收藏。穆月笙说这属于公司的财物，不能拿回家。后来也没看他用过，一定是送给上面的哥们儿了。他心中只有势力，就像李楚乔只有钱，张丝丝只有利。还有你答应给业务员提成5000元，老四扣了2000元，人家生气了没要。"

"谁呀？"

"两个故事中都有我。我天生喜欢瓷器你不知道？"

"你想要几套我给你。想要提成？全补给你。"

"真大方，谢谢董事长老爷，有你这句话就行了。不过穆月笙有时也很好，他领大伙去大鹿岛旅游，两天安排两顿螃蟹宴，每桌多加5只。而你两天就一顿螃蟹，一人一只。"

"结果呢？"

"吃你的甜嘴巴舌。吃他的就觉着螃蟹不香，白吃了。"

"这就叫艺术，我会让大家念我的好，念中国螃蟹的好，他的败笔是让人们厌倦。如果一个男人连母螃蟹都不爱了生活还有意义吗？"

"北美卖母蟹违法。"

穆月出说："谁要说我吝啬我就不服，公司员工子女考上大学我都有奖励，结婚的都随份子。公司内部解决婚姻的加倍。二婚也内部解决再加倍。公司在发展壮大，这是一个原因。今天我还从兜里掏出 50 元钱给李博了呢，他扫卫生间卖力又干净。他拿着钱到处显摆，这是董事长给我的过来看哪。见谁和谁说。"

"不是赵博跟你最铁吗？"雁哲喜欢卖弄自己的记忆力。老穆想显摆判断力，说："赵博不行了，你对他好他就嘚瑟，到处嘚瑟。还和人没大没小的，主动跟人搭话，不理他他就直呼人家名讳，和我也敢。我不让他打扫卫生也不让他陪我理发了。这些事全归李博了。雁哲你不是喜欢赵博让我对他好点吗？请他去北京吧，相中几个给你几个，你一定能同他们打成一片，也能管住他们。没事再教他们学点法语和德语。你得好好教，要是学不会他们就威胁你，赵博会说你要是再教我日语我就把你扔下楼，打死你，把眼睛打瞎。"

"别拿残疾人开玩笑，受不了。"她说。老穆建议打扫卫生不用另找人，业务员轮流值班。"你最好雇个管家，不如让你外甥媳妇去，让她管财务。公司的钱必须由直系亲属管。"

"她是农村的。"

"你我都是农村人，咱们公司很多都是农村的，不会学呀。"

"那也不行，北京没地儿住。"

徐雁哲下床从手提箱里拿出两盒牙买加咖啡让他以后当酒喝。又拿出商品楼广告宣传单。最打眼的是一处景观洋房，新古典主义文化运动，新园林主义，新奢华主义，新享乐主义。不只是一个城市的中心区域，不只是一种空间的舒阔尺度，不只是一种风景的视觉旅程，不只是一种文化的经典延续，不只是一些人的上层生活，不只是通向象牙塔的康庄大道。

"很好！不能买，象牙塔比喻脱离现实生活的文学家和艺术家的小天地，这句话别扭，显然设计者上高中没好好学语文。从古至今咱们没在京城买过房子，不能一开始就别扭，不管是物质上的还是精神上的，要一路顺风。换别的，既利于生活又要看着顺心还要方便工作，不如往通州的方向考虑。厂名的头两个字要有'北京'。"

"一想到办厂我就想到一个人，这个念头怎么都摆脱不掉。"她说。

"谁？"

"郑云开。"

老穆在脑袋里穿上盔甲说："他是畜生不假，他是藏獒，不像好权好钱好名好利之流无情无义。他敌我分得清，为了和我抢一个女人能不顾亲情、职位和身心健康。要他去北京除非把他的厂子搅黄喽。人家要结婚了。"

"结婚？跟谁？"徐雁哲感到一座秀美的大山慢慢扑向深海。

"一个工人，给他当会计不几天就把他拿下了。"他说。

"我应送他礼物。"雁哲决定。

"后天办酒席，恐怕来不及了。"

"现成的。"

"俗话说穷戴戒指富戴表，手表都很贵。"他从文件包里拿出天梭牌手表，瑞士的机械表。"世界排名能前 30 不？"她问。他说："一天一个排名。"

"咱公司有十几个人戴这表，有时销量排第一。"

"你想送浪琴表？有，瑞士的，也是机械表，手工制作。人家对你好，多贵都应该。"

"你本来打算送给谁？"

"想送给一个帮忙清债的哥们儿，送钱人家不要，送礼物可以。三五千的不算礼物，怎么也得过万。"

"其实我也有一款金钻项链，是海洲王厂长送的，我不能送人，因为将来遇到他我得戴着让他看了高兴。"

老穆说："雁哲，我一直以为你很聪明，你不知道我听了不高兴吗？"

"他给我项链，我给他1万元钱，签了100万的合同，你不高兴吗？"

"我有时也希望很多男人喜欢你，包括我弟弟我小舅子，但我希望你爱我一个。"

"民营企业家，发明大王，能站在群峰上引领人，这世界上还有对手吗？只有你能使清澈安宁的心变得喧哗不浮躁无功利。"雁哲说。

"战胜诱惑最有把握的办法是远离诱惑，而博学和才能总能吸引别人，平衡很难把握。"老穆说，"神圣的殿堂永远安静，人要学会走路先得学会摔跤。跑业务的可以摔跤，感情上容不得你摔跤。要是我一开始就封其妄念，断其诱惑。有心为善，虽善不赏；无心作恶，虽恶不罚。你要小心这些，优柔寡断成不了气候。"

一股力量从女人的心里倏然上升，她用天使的声音说："别闹了，乖呀！到时候爸爸会替妈妈分忧的。"

"啥都让我替你，教啥都不会。"他说，"有人问我有OICQ没，电子邮件我都不会还OICQ呢，谁能替我玩OICQ？"

"qiū qiū？吓我一跳，这么发音说明人老了，这么恶心……"

"你敢恶心我就……"他捂住她的嘴。

"求之不得……"

穆月出说："你崇拜我就对了，谁都不如我。就凭一点，我老穆这些年白送礼物，没给咱订单我也从来没往回要过。我与曹操不同，宁让天下人负我，我不负天下人，我承诺的全部兑现，不计结果。"

"我一直惦记太原的活，该有结果了吧？"雁哲问。

"原先是两家投标。后来重新投标，7 家，又重新报价。再后来，咱们就没戏了。"

"我也想过，L 先生，中国富翁榜前 10，好糊弄吗？只是忙活这么久岂不是白折腾了？"

老穆说："这你又错了，我不是坐飞机到太原请你吃粤菜馆了吗？别说500 万的活就是 5000 万也比不上那顿饭哪！"他用手写字说："天空写满了，夜幕写满了，这里永远写不满，你猜是什么？"

"快告诉我。"

"公司机密。"

第二十九章

陨石坑

下午的雾霾被秋风吹散，徐雁哲约郑云开在兴华公园见面。

望着她身上的图案他迟疑许久才请她上车。她把礼物交给他。"什么意思？"他问，"我对你的好就值一块表？我决定付出的从没想过回报。如果你喜欢我为什么不和我结婚？我恨肚里的孩子，确切地说我恨播种机，睡不着觉想杀人，有一天我会杀了他，他在世一天就让我感到自己是失败者，我不能接受。你也是失败者，孩子出生后没有姓没有爹，小朋友会欺负他。有些人因为贫穷会自杀，没有爹的私生子也有自杀的。你们图一时之欢不为孩子考虑。我对你那么好，我会对孩子负责，为什么不选我？有很多机会，我给你等你你视而不见。我后悔为什么留给你那么多机会为什么不更主动些捷足先登……我尊重你为你考虑得太多。我对任何女人都没有对你好，你让我死不瞑目。从我看出你怀孕的那刻起我就认定我完了。"

"你要结婚了。"

"不是结婚是寂寞，疯了。有时我也妄想我喜欢你就什么都不在乎。如果能和你在一起可以放弃一切。我可以做这个孩子的父亲，我怕你受委屈不快乐。"

"我也想过，咱们联手到北京办公司会很成功。"

"现在也可以呀。你犹豫了？"郑云开说，"算了，你把东西拿回去，这算什么？我不是你的客户。"雁哲说："你要举行婚礼，发了请帖。我希望你和尊夫人好好办厂。如果愿意欢迎你们去北京。"

郑云开说："真是太可笑了，你叫她'尊夫人'？还不如攮我几刀。你是真不懂本地风俗还是装？这回是二婚，不办婚礼，就找几个亲友吃顿饭。你回沈阳是来招聘业务员的是不是？送东西只是借口。我就纳闷儿你为什么不招聘丈夫，为什么让他人不人鬼不鬼地晃来晃去？你天生喜欢做情人而不是妻子吗？你幸福吗？你到底需要什么？我替你说了吧，你要自由，给他骄傲，鄙视我。不是妻子不合作，你把我们当成什么了！"

她淡定地坐着，一直仰望，睁大眼睛，看见像英勇就义前的世界，这世界风雨交加。她推开车门走向那里，在风雨中渐行渐小，一条线化成一个点，成为紫色的雨滴。他在车里气急败坏地用手捶着方向盘看到书和笔记本，翻开淡绿色的天空，上面有几行黑字：

看不见的忧伤

爱一个人不是要拥有他

只要在远方默默地注视他

也就心满意足

该给的我都给了

我什么都舍得

除了让你知道我也心如刀割

他把本子投出去吼道："这是哪个狗日的写的？爱一个人为什么不和他

结婚？如果那个人像我这样爱她为什么不娶她？金钱不是万能的没有金钱是万万不能的。结婚不一定是爱情，不想结婚一定不是爱情。"他讨厌一句话：也许我太想被爱了，于是分手。

郑云开领新婚媳妇去烟台谈业务，他打了她。

他的第一任知青妻子 176 厘米，高大魁伟。为了割断历史他后来结识的女伴不是娇小就是妩媚，不许人高马大者靠近半步。他的新婚媳妇 163 厘米，微胖，健康。她天天练瑜伽，每日两遍，每次至少 40 分钟，不管严寒酷暑总给人万里长城的遐想。

天渐渐凉了，她在室内的冷风中做瑜伽仍裸露着光滑的大腿和神秘的胸口。她的乳房不大，像一元钱的馒头。天底下不是所有男人都喜欢大码，他就喜欢这种款式，一眼搭上让人产生想法。她有一张长圆形大脸，杏核眼、双眼皮和金丝猴贵夫人的嘴唇，不笑不说话，说话时眼睛、鼻梁、牙齿以及满头黑发都会发光。因为年轻率真不用重彩描绘也不玩花花肠子让工人阶级见了立马感到拥有她不是幸福是什么。自打他料到北京女人和老穆排练二重唱，这位瑜伽女在他的心上就现出电影演员的轮廓，香港影星，演过花木兰。他决定同花木兰演绎尘世的繁华。

她笑呵呵的来者不拒，只要没有外人，不管在北陵后山的丛林、棋盘山的石崖还是新厂办公室、尚在装修的清水房，她给他表演瑜伽。山形姿势、半月姿势、树形姿势、眼镜蛇姿势、骆驼姿势，还有收紧骨盆姿势、扭转脊椎姿势、平稳呼吸姿势，全是从韩国进口的姿势。她提到玉珠铉，那是 FIN.K.L 组合的主唱。李孝利任队长，此外还有李真、成宥利。团名 Fine Killing Liberty，释放自由。队长 1998 年出道，是韩国 DANCE 音乐鼎盛时期的代表性歌手。

铁西花木兰在讲述韩国瑜伽和音乐时现出祥瑞的神色，仿佛自己就是主演。她不向观众收费只要道具。于是他为她买了瑜伽垫、瑜伽裤、瑜伽上衣、瑜伽小背心、瑜伽短裤，赤橙黄绿青蓝紫灰各8套8种颜色。她把颜色搭配得十分和谐，随着场地变换编出8种发型。

郑云开乐意躺在草地上听天籁之音看她自娱自恋。有时她偶尔冒出两句韩语三句日语。她的文化主要来自日韩电视剧和日本动画片，像《爱情是什么》《东京爱情故事》和《灌篮高手》，当然还有网上游戏。她有时也能出口成章，将网名串连成句。她说韩语时那些哽叽哽叽回环往复的声调会让人想到悠悠球，抛出去又收回来。有时也会想到棍虫在白沙堤上每前进一步都把身子弯成一座桥。每到棍虫列队走过他就异常激动，太阳光是绿色的，轻风也是绿色的，天地万物都染了春天的色彩。他想眼前这位小自己20岁的女子一定是每天都洗澡洗头的，每天都换内裤和胸罩，太单纯太清澈了。那一瞬他希望她不再痴迷瑜伽，而是转到他身上，嘴永远别闲着。

瑜伽女仿佛为瑜伽出生，眼里只有自己，整个沈阳就她一个人。她专注地仰望蓝天白云，在空中大画纸上做无与伦比的彩绘演动漫电影。每次结束，无人能收藏她的作品，那些杰作被她收入脑袋。没想到农村姑娘有这么深的道行，确切地说来自于洪郊区。她没念过多少书，除了练瑜伽就是织毛活，件件好看。她父亲是用电驴子拉脚的，她母亲在夜市摆地摊，拖鞋、钥匙链、遥控器盒全是她钩的。

郑云开决定娶她。他的心愿是穿酒红色毛衫。她亲手为他量尺寸，不到一周交了作业。他光膀子穿上，绅士地跪在地上把两万元的项链献给她。他说本来我快死了，你救了我，嫁给我好吗？女人说你不知道我有男朋友……郑云开把她抱起来，用几十只臂腕将她缠住说，不准说不，否则我会死给你看。和我结婚吧，马上。他把余生送给她，把浪费的时光补回来。

身心有了归属，他猛然觉悟他被占有了，老了。起初他还能得心应手，不几天就彻底沦陷。她做瑜伽仍是老子天下第一，结束就没了分寸。结婚后更是有恃无恐，大帅哥被折腾散了。她给自己起了网名"不怕折腾"。他招架不住，早出晚归，媳妇又吵又闹。哥们儿问他功夫还行不，毕竟小媳妇年轻。蜜月没过完，郑云开正式从帅哥队伍退出，他想尽办法在新厂待着或是找借口出差。媳妇的欲望没降，他走哪儿追哪儿。她建议买用蚂蚁制作的保健品，不想吃了不久，被列为非法商品。她要做会计帮他料理财务，仍把二人空间当成瑜伽战地。女人长了心眼儿，钱大部分存入银行，小部分给娘家买了楼房，用实践证明她也有"一个女儿半个贼"的文化。

白天做瑜伽织毛衣看韩剧，怕的是晚上，一闲就让他例行公事。这哪是媳妇，这是千年水妖。有人说她像演过《乱世佳人》和《魂断蓝桥》女主的影星晚年的费雯丽。郑云开不认为有气质很漂亮的女人有病，力不从心只怪自己。美女可药用，养眼、养心、养胃，舒肝润肺，为此他有时很得意，把生活安排得井井有条，特地买了 7000 元的手机。

王紫荆是居家过日子的高手，不雇保姆，屋里一尘不染。厨具银光闪亮，玻璃门形同虚设，马桶里的水可以刷牙。屋里找不到脏衣服，洗衣机整天旋转。袜子和内裤或卷成球装在木盒里，或打成一个尺寸在储衣箱站成排。郑云开到家只能坐沙发，除了睡觉不准在床上活动，她讨厌褶痕，要是掉根头发打嘴仗在所难免，至少两个小时。起初他感到贵族气概，很快就疑似兵营，有时半夜惊醒掉了头发被长官责骂。后来自由完全丧失，特想冲出牢笼，任何地方都比家令人神往。正好烟台有笔活他决定出差。

王紫荆说："蜜月还没结束，我也去。""去也行，"郑云开说，"谁都不能管我，否则我就削她。"

"不管就不管，懒得理你。瑜伽备品都得带上。"

"那得带司机，坐轿车。"

"我晕车。费用事小做不了瑜伽事大，织不了毛裤更不行。"

"那你别去。"

"就去。让司机开车单走，咱们坐火车，两不耽误。"

天下第一蠢。郑云开想，新婚伊始，他不想挖坑，他坚信只要有好的起点不愁全马跑不出成绩。

织女在火车启动时起针织毛裤，用灰色腈纶线作底线夹带一寸长马海毛。隔两针加一绺，一圈 384 针要加 128 次马海毛，织 1.2 厘米长。

郑云开高兴看她展示劳动人民的美德，像从前那样充满诱惑。他一边想象一边给她递毛，看她放到针上，织一下，折下去，再用线压紧。他觉得编织是门艺术，能忘记人世的烦恼，他要享受艺术，请她做老师。她连讽带骂教他，觉得他能走几针直至半圈就说，你织吧，我做瑜伽。

郑云开说这是火车，没地方，你真把天下当家了，要是赶在民国初年你非和国民大元帅出征不可。

瑜伽女不搭话，许久才说我不喜欢这题，我就喜欢做瑜伽和织毛裤。正好下铺有空位，人也不多。她脱了鞋站在瑜伽垫上开启探海望月模式。郑云开说完了，不好，织紧了，针不动了。王紫荆不理，仍气定神闲地望月。动作结束慌忙扯下说不让你嘚瑟你偏嘚瑟，这是一次性手工，这么一整不鼓包也得走形，改不了完犊子了，毁了我一辈子的名声。

"我不是着急嘛。"郑云开说，"天冷了，等从烟台回来我得穿上不是？看老楚都穿半个月了。"老楚是被穆月笙撤职后被郑云开聘来的车间主任，王紫荆是他介绍来的。

"喊，还敢和人家比，这人。"王紫荆骂完就拆掉郑云开织的线，小心放入编织箱，回头做瑜伽。30 分钟后她收好垫子继续织毛裤，加马海毛。郑云开开始烦躁，无聊至极就拿出徐雁哲和他最后一次见面留下的书，关于美国石油大王的。

书里做了标记：没有企业家的国家是贫弱的，没有伟大的企业家的时代是没有创造力的。无与伦比的财富是否弥补了他的缺憾，是否增加了更多的困惑？徐雁哲评论：某人垄断了那国 90% 的石油市场，阻碍了公平竞争。国家允许一个人的发展但不允许某个人控制社会。没人埋怨进步，势力太大就不能让人们自由竞争。这种垄断必须粉碎。

几年后，企业家们都关注过一句话：作为长子，我们不垄断谁垄断？书上没写。郑云开合上书，感到心跳加快。他想念酸溜溜的学生腔和乱七八糟的外语，还有她和他吵架时的表情，再也回不去了，来不及了。现在他第一次感到无论是谁都应在正规的学院住上几年，养成读书习惯，那习惯像模具把你铸成像模像样的人，站在别人面前不卑不亢，喊哩咔嚓又深不可测。

火车到北戴河的时候毛裤织过 3 寸。王紫荆问："用开门不？"郑云开问："开门干啥？""上厕所。"她回答。

"不开门上不了厕所那就开吧。"

"老年痴呆。"

"你说啥？再说一遍试试。"

"我说你像个呆子，不开门可以脱裤子上厕所，你不知道？"

"开不开由你。"

"开多大的？"

"你不知道吗？也不是没见过。"

"3 寸长行不？"

"为啥那么长？"

"你说呢？短的话只有鸭子嘴能伸出来。"

"你看着办吧，不用再问。你总不能让它裂个口子吧？"

"那就看心思了。门要啥色的？粉的？紫的？用不用镶个金边？"

"开这种低级玩笑很有趣吗？"

"摊上啥受啥，"她说，"我又没念过书，别新婚没几天就想吃回头草，在北戴河望那城毛愣三光舞马长枪地闹，想啥鬼子六我还不知道吗？"

"真恶心。"

"以毒攻毒，就想让你想起谁恶心。"

"我说你呢。"

"你敢说我？让你回来穿不上棉裤。"

郑云开转换话题说："这么多年没穿棉裤我也没冻死，你以为还是旧社会？中国人民有粮食吃，有衣服穿，没战争，不像南斯拉夫科索沃。"

王紫荆说："你咋不提驻南联盟大使馆被炸呢？北约卫星定位，一定一个准儿。我讨厌谈这题，也讨厌三流资本家。你还敢吹有吃有穿，看看报纸，14 岁的女孩因为饥饿导致身体各器官衰竭而死。"

郑云开拾起报纸说："她那么大也该出去挣点饭钱了吧？"

她拿出穷人的愤怒说："财主老爷你也忒狠了吧？她都衰竭了，还让她出去挣钱，她爹捡破烂一个月挣百十来块钱养她，最后还是没了。最可恨那些毒蛇猛兽吃尽了我们的血肉。不要以为你没看见老百姓就活得好。石油、煤矿和电力好好经管一下难吗？给后代留些资源难吗？不等他国侵略某国主动向人家乞讨有没有？都紧着点过日子中不？眼下你们这些甩大鞋花天酒地的企业家要是有一丁点良心每天少拉拉点就够成千上万的穷人过 10 年 8 年的。"

"好，我记住了。这么长的句子，服。"郑云开服了之后两人再没进行深层次的交流。王紫荆只管忙着个人爱好。等到了烟台毛裤就差半条腿了。

他们找了家招待所，等司机过来，三人在饭店吃过海鲜拉面三个炒菜，回到招待所休息。

郑云开问："怎么不给你妈打个电话报个平安。"王紫荆说："有啥报的？有你在她放心。"

"这是为人子的孝心，大人会惦记的。可惜我爹娘不在了，要不我每天报平安。"

"爱打你打。"

"把手机给我。"

"我说号码，用你手机打。"

"就不拿。"媳妇说。"啥意思？"男人要开启吵架模式。"没意思。"她说。

"手机是我给你买的。"

"你给我了就是我的。"

郑云开用自己的手机拨通了王紫荆的号码，一个女士回道该用户已关机。他问："你不是带手机了吗？为啥不开机？"

"我的手机我做主，你不能剥夺我的权利。"她说。

郑云开到处翻，抢过她的手袋，从里面摸出别样的手机，多说3000元钱，摩托罗拉。"这是谁的？楚守槐的是不是？你把我给的与他的换了？你们啥关系？"郑云开抡起大巴掌冲大脸盘扇过去。女人嗷嗷哭，连撕带挠，连蹦带跳，可地打滚儿。

海边的旅店为木质结构，一点都不隔音。司机感到闹得差不多了就上楼劝架。他说："怎么了？好好的，新婚才几天，有啥不对卤子的说说就得了，闲叽咯几句也就算了，动啥手哇这是。"王紫荆咧开大嘴说："他打打我，呜呜呜……"

司机想这女人长这么大的嘴，咧成这种图案太矿碜了。王紫荆早就和楚守槐在一起了，那人是车间主任，30岁出头，离异，家里有个孩子，她不在乎，两好嘎一好，她给他美颜，他给她金钱。她和老郑结婚也图意钱。王紫荆以剪碎毛裤要挟。郑云开冷笑。

女人开始读《菊与刀》，在菊花和刀间徘徊三顿饭的工夫，忍了没剪，后来还把毛裤织完了。

郑云开没有穿。回到沈阳他把王紫荆送回家，自己到超市买了石榴、枣、荸荠、梨。到饭店买了黏豆包、猪肉炖粉条子、炒土豆丝和红烧茄子，又做了木须柿子。

"来吧，吃饭。"郑云开黑着脸说。

王紫荆不依不饶，道："你把手机给了我，那就是我的，你还打我。都好几天了，还拎个驴脸，还不如像日本人纸包纸裹里三层外三层给个咸菜疙瘩。你不知道生气吃黏豆包会坐病？这是食杀。"

"好聚好散。"

"啥意思？"

"你不懂？"

"啥？"

郑云开气急败坏地说："这4种水果的意思韩剧里没讲吗？日本的书里没提吗？你除了做瑜伽、织毛裤还能学点中文不？"

"这与中文有毛关系？啥时代了都，还用学吗？"她把水果名输到互联网上。谜面"十五晚上写休书，打4种水果名"。谜底"石榴、枣、荸荠、梨（十六早逼妻离）"。

王紫荆坐在地上踹脚哭。她说："除非死，像《勇敢的心》里的男人车裂。我不是奴隶，我主我青春，我乐意为一个人陷落，因为那人给了我沉沦的理由。认识你以后我也想淡忘一切，丢弃无聊的游戏，根治忙碌综合征，遇缘惜君，心静如竹，心随你动，为你执着，等黑夜沉寂，在雨夜一起听风，我忘不掉那些浪漫的事。你如此野蛮，不配让我这么做。只要还有一口气，想让我离婚门儿都没有。离也得由我提出来。你第一次欺负我我就说我已经有男朋友了，你不听。我已怀孕，孕妇受国法保护。"

他恶狠狠地凝视她，眼睛承受不住更大的失败，在脑袋里他将妖女的膏血吸尽然后怒骂：一只绝版的红狐，完美的白眼狼，臭不要脸的大屁股猴，背叛水的鱼。我怎么看你一眼就犹豫，一犹豫手就低了？我宁愿成为孤独的荒原狼，踏着冷漠的北风在寒夜里与雪谈情说爱同树影成亲也不允许妻子不忠。

"这是一条生命！"

"打掉。"

"万一是儿子呢？"

"不管万一也不论一万。"

"是你儿子。"

"不可能。"

"别后悔。"

"绝不饶恕。"

王紫荆做了人流，男孩儿。人们说郑云开没有养儿子的命。

第三十章

老家一无所有为何给人安慰

10月29日，气温 -4℃ ~10℃，东北风，云。穆月出有记录天气的习惯。他将手机放在床头柜上，听到电热水袋"咔"的一声自动断电，拔断电源，用毛巾将水袋裹好，放入女人的被窝。

徐雁哲还在梦里，做梦是长期爱好，到江南开全国补偿器会议欣赏美丽新农村。嘉兴市南湖区在平原上，河多桥多，道旁的绿化和新型别墅让人想到欧洲。

太阳在6点钟准时驾到，老穆没掀窗帘。女人昨晚去过几趟洗手间，应补足睡眠。他来到西屋慢跑，仿佛跑在山上，也像跑在云里。他多年以酒为亲，缺少运动，临近高血压。医生说赶紧控制，低糖低盐低脂肪低碳生活，指标还能回去。聪明人惜命就想法管理自己。他借用徐雁哲的慢跑模式。大约25分钟身上渗出汗来。换上运动服跑，不急不缓，不温不火，仿佛回到少年，在风尖上滑行，打遍天下，所向披靡。半个钟头后他过来看她，电视连续剧梦，不知多少集。他笑了笑仍不打扰。

回到西屋从纸壳箱取出虎皮兰和花土，小心植入空洞的豆油桶，一高一矮，如一男一女，灰绿相间的斑纹在金叶上旋转，4 支长剑稳稳当当在黑土中站立，来年春天钻出幼株，还会开花，形香与巴西木的类似。他想到明年出生的小宝，又过去看她。

他弄来 3 个雪花啤酒易拉罐，放在托盘上。留个圆头以备穿绳吊在空中。剪开盖，在罐底钻孔，剪出塑料片垫在里头，埋入 3 株吊兰，每罐碧叶十七八片长短不一小家碧玉似的像在微笑。他在一个平行空间见过一张脸，神秘，友好，无奈，名叫死神。死神在并不遥远的地方招手，扮着怪脸，有时像逃课的少年上蹿下跳。死神没有不礼貌。他特想当面拜访，向他索要死亡档案。死神不按套路出牌，得耐着性子等人家敲门。

不对。穆月出为此感到可耻。有死神吗？无形无影，应该叫自然控制力。我拿出 50 万元给前妻炒股，股市不顺，没创造财富，向命运投降。当精神将要坍塌走投无路时，当身体衰朽时，当死亡来临前，一些人寻找依靠。俗话说不怕钱少，只怕死得早。妻找到寄托后将生死和金钱置之度外。人生短暂，应不断制造希望。感谢政治课里的唯物辩证法。他照着歌本唱起来：

Deboutí les damnés de la terre

Deboutí les forçats de la faim

La raison tonne en son cratère

 C'est l'éruption de la fin

女人被歌声唤醒，没有打扰，任他自由发挥。他问："你和哪位天使会面了？你大姐还是杨紫桐？要不就是小学或高中的男生。猜对了吧？他把你拉回老家，在教室围前围后，认真当你的警卫员。如果你考不上大学，他也会在农村给你富裕的日子。你又梦见高中的男生，他从南方回到县城，陪你度过高中时代。他现在月薪两万元，是医学界的专家。而后又梦见表哥，每到十字路口都会出来救你。有句诗好像说请原谅我不能再爱你，可是我会回来看你。感谢吧，他们年年到梦里访问，激动人心，活在光明里。如今把历史交给我，举着徐雁哲的时代前进。"

他拉开窗帘，窗外的麻雀叫着飞走。玄色的大鸟扇动夜的翅膀闪过。他说太灵验了，果然时间老人来过，珍惜尘世的时光和令人快乐的事物不肯松手。

看她无动于衷，他又说："好歹说句话，冻傻了？"他记得昨晚屋里很冷，脚掌发麻，脚踝冰透。半夜她说腰疼，肚子不消停，像在秋水里。两个人在被窝里太热，肩膀难受。后来翻出热水袋，像睡在热炕上，露出四肢。"买个空调吧。"他说。她说不，不喜欢空调，怕哮喘。

他说："我要上班了，你再睡会儿。水果酱已经打好，别忘记吃。我早就说你会无所作为，成为无政府主义者，不读书不看报，没有人际关系。到家跟前连父母、女儿都不敢见。那个知无不言的人哪儿去了？一块表都送不出去。本溪的活还给郑云开吧。"

徐雁哲坐起来说："刚才谁在唱《国际歌》？起来，地球上悲惨的人。起来，饥饿的囚犯。啊，老穆同志，您什么时候来的？"

"雁哲同志，你终于醒了。面包会有的，牛奶也会有的，一切都会有的。"

"老穆同志，我可以加入组织吗？我想加入中国民盟。"等你出息了，组织会上门找你。"

"等我出息得猴年马月。我自己建个补偿器集团。"

"企业大就使劲大，要不就做小，就十几个人。"

她穿好衣服，不问为什么。他说："我要上班了，你好好当空想哲学家吧。""一听'空想'我就闹心。"她说，"我凭自己打拼获得新生，不依赖男人。心里有九个日头，个个在着火。"看到她游离的眼神他问："说吧，今天让我怎么帮你。"

"去本溪，用你的车行不？"

"你刚才说不依赖男人。"

"这是工作！我不为私事求人。没有男人神助寸步难行。"

"好借口。我就喜欢心狠嘴硬的女人，思维脱线，性格怪异，霸道任性。请问谁开车？"

"我外甥。昨天打电话说好的，栾天宇今天加入我们。"

"好吧。"他把钥匙交给她，把她揽在怀里说，"别着急，别为合同上火。钱算什么东西，优秀的企业家不能往钱眼里钻。"

他想给她讲大学的女同学。两口子做木材生意，千万富翁。女的开个宝马满大街游荡。为啥？老公嫌她丑，回家就暴力，她身上到处是烟烫的疤痕。他们外边都有铁子，不离婚，太能挣钱了，离婚就分财产，不合作分文挣不到。各自的伴侣不能挣钱，没有感情也不想结婚。她一边骂人一边拿钱供老公在外边玩乐。没有好友，总担心大家骗她。人活着是为了快乐不是为了遭罪，这样的大款活不活没有区别。因为忌讳，他没有讲，他只想强调如果把钱作为终极目标人不会快活，就像一些人上下求索争来抢去，将青春搭在晋级上，得了高级职称快乐吗？企业家不能这样。

"晋上不一定快乐，至少能心理平衡，晋不上闹心哪。"

"请仔细听我说，本溪的活成不成无所谓，重要的是你每天有事做，不能闲，要学会休息。别累着，要按时吃饭，牛奶每天喝两袋，不能钙流失，人过34岁骨骼里的钙流失掉会永远补不回来。中国人骨折的多，为啥？日常喝奶的太少。你要注意运动。"

"明明是40岁，你说成34岁。"

"呵呵，又较真了。我早晨跑步身心长出力量，像回到20岁。"他想吻她的眼睛，她摆脱掉说："等我签合同回来。"

"等晚上回来，咬着被边子讲故事，不提合同。"他说，"咱们没付出不可能有回报。"

她把手从他身后绕过去，又将头伏在他的肩头说："不舍得让你上班，又不能坐吃山空。高质量的生命必须用工作保证，读书人厌恶寄生虫和吸血鬼。"

"我喜欢到北京创业的女企业家。"他说。她打开门，道："女企业家，以后就这么称呼。要说成就人的话，60岁也能策马飞奔。"

"好，晚上见。"

目送他出门，然后到南阳台望着他上通勤车，心里酸酸甜甜，如同第一次见到他爱上他依依不舍看他离去。假如上苍给人100岁的寿禄，她会拿出60年和他厮守。剩下的给谁？

昨晚梦见紫桐，她去学校看她，她穿着农村时的衣服，十分乖顺地跑到跟前喊妈妈。雁哲喊我的女儿，声泪俱下。回来半个月了，近在咫尺不相见，千肠百转。

她打开电脑，看看有没有外甥的电邮。有个陌生账号发来消息：

《红楼梦》告诉我们：凡是真心相爱的，最后都拆散了；凡是胡乱混搭的，最后都团圆了。

《西游记》告诉我们：凡是有后台的妖怪，最后都修成正果了；凡是没后台的，最后都被猴子一棒子打死了。

《水浒传》告诉我们：只走白道不行，只走黑道更不行，行的都是走两道、官匪勾结的。

《三国演义》告诉我们：精兵强将只能一时辉煌，兵多将广才能坐得天下。

时间告诉我们：忙碌的日子里好好照顾自己！人生如赛场，上半场按学历、权力、职位、业绩、薪金，比上升；下半场按血压、血脂、血糖、尿酸、胆固醇，比下降。上半场顺势而为，听命；下半场事在人为，认命。请你上下兼顾，两场都要赢。

近似废话，越读越像真理，倍觉沉重，多数真理是马后炮。又像绳索，绳索有两面性，除了束缚还会给力。不想了，反正还在上半场。谁发的？是郑云开还是新员工？貌似很老练，骨灰级，也可能是转发的，网上天天有人写段子，反映社会心理，未必是正经玩意儿。不这样企业家就不办厂不搞技术签不来合同了？删吧，万一是好心人发的岂不是辜负了？

她烤了两片面包，夹了生菜叶和牛肉香肠，喝了牛奶果汁，又重新想邮件。有一条让人恐慌，凡是真心相爱的最后都散了，她努力往好的方面想。凡是胡乱混搭的最后都团圆了，为啥不往这上靠？我的信仰是制造希望。

阳光灌满屋子，花盆反出光针，万顷星辉聚于窗台，高耸的虎皮兰如同海藻，华丽转身，在海上随旭日上升。吊兰油亮温润，如千舟竞发。这是老穆的美作，也是老天爷的手笔，名叫自然。

为迎接外甥，她将食物放入竹篮，给屋子整理一番。今天她要接待第一位员工，签第二个合同。

第三十一章

梦的语言

　　有人敲门，徐雁哲从猫眼往外看，将门打开。"二姨！"大男孩背个旅行包，低眉抬首举手投足让人想起他的母亲。雁哲抓住他的胳臂说："大外甥啊，快进屋。"

　　小伙子放下行李俯身脱鞋。"天太凉不用了。"她说。他穿着羽绒大衣，里边露出白衣领，黑色西裤甚是单薄。"挺冷吧？是不是还没吃早饭？"她问。看到孕妇的图案，栾天宇明白了许多。他说："都啥时代啦，二姨你别忙了，我长大了，饿不着也冻不着。我这次来想看看我姥、姥爷、你和紫桐。"

　　二姨把电手炉放在他的手上说："不急，晚上有的是时间。等吃完早餐休息好咱们去本溪。"

　　"我的意思是……"

　　"怎么？你的工作还没交接完？"

　　"是啊。这不是要进 11 月急着收取暖费嘛，单位没别的人手，我是请假出来的。"

　　她把早餐放到茶几上说："先吃饭，别的等会儿再说。"

"二姨，我想我在我们房屋开发公司还有工作，开着单位的车齐物业费、取暖费也不累，很快单位要房改，处理旧房子，领导说给我一套。"

"免费吗？"

"正式职工优惠，领导答应低价卖给我。"

"多少钱？"

"7万元两居室。"

"海滨大城这价也不贵。你有钱吗？"

"本来我妈说给我张罗。"

"你妈不在了，钱都治病了。"

"二姨，我这次来就想，二姨能不能借给我5万。"

"钱我有。事不赶在一块堆儿也能借给你。明白吗？"

"不太明白。"

"说好了，你今天加入我们北京的分公司，和我去本溪签合同，你打退堂鼓了。北京没海洲好吗？"

北京的空气不好，外地人都往北京跑，北京人、上海人往国外跑。在国外能吃放心的粮食和蔬菜，百年自然离世，不是提前病死。他因忌讳省了两句，中国有多少企业家在拼命干事业，恶人做有毒的食品药品。

"我等你很久了，什么都没做，今天就想去本溪。你在部队生活5年，还不明白我的意思吗？"

"实在亲戚，二姨明说好了。"

"你媳妇呢？"

"还在原单位。"

雁哲拿出5000元钱放到栾天宇手里说："钱不多，你先拿着。想到你们住在豆腐房里心就生疼。今天你陪我去本溪这钱就归你。至于去不去北京等晚上回来再说，好吧？"

　　栾天宇娴熟地启动了老穆的白色红旗轿车，雁哲叮嘱他系好安全带，同时给自己系好。她说这车是董事长新抹账抹过来的，30万元，以前是黑色的。这车新买的也不过26万。说话的时候她觉得坐公司的车又由亲人开车很知足。

　　小伙子25岁，一米七五的个子，身材体重堪称标准。他在海洲的军队出生，天生的好肤色好模样，别说是全省就是全国也能排进前排。他与郑云开的英俊不同。那人鼓鼻子鼓脸，是老天爷按太阳神的模样造的，率真亲切。这位眉骨如刻，目光清冷，为人严肃，整天眉头紧蹙合计事，现出大展宏图的气概。他在街上一露面，任何地点任何角度都会把行人的眼球吸过来，美女看一眼会低头想象，入梦神往，然后久久地悲伤，最后狠心忘记。

　　徐雁哲说："我大外甥天生的好材料，有军人的底子，口才也好，不跑业务可惜了。"栾天宇说："二姨又夸我。你不知道我老自卑了。很多事都想干，啥都没干成。"

　　"你还年轻，让我拿现在的年龄换你的青春倒找多少钱都行。如果有位90岁的老人用10亿元换你换不？"

　　外甥不答。车开出市区向东行驶，很快上了山间公路。雁哲看他开车很稳就不再注意路况。她想告诉他昨晚她梦到他妈了。

　　她梦见大姐在城里工地的避难所里。冰冷的屋子比火车站的候车室还大。大姐从人群里走过来，高高的个子，驼绒短大衣厚棉裤。她红光满面，匆忙赶路，唇吻翕动，眼里充满亲情，音容笑貌触手可得。雁哲问姐你怎么来了？她不说话，雁哲知道她是为她儿子来沈阳的。那孩子整天愁眉不展，为工作提心吊胆。雁哲也是逃难队伍中的一个，在混乱的人群中走动，心里平稳，永远闲不住。她注意到邻舍有个大房子，房前是辽阔的原野、森林和河流。长春的女厂长从家里取出被子，淡绿色被面，洁白的被里，很大。厂长和她在名牌大学读书的女儿坐在上面聊天，仿佛坐在雪地上又像坐在云彩上。雁哲猛地被触动，急忙跑回去找姐姐。她说大姐，你不要再劳累了，放松一下，到千山吧，泡泡温泉，哪怕一次。

她在梦里想，姐姐不是死了吗？试着招呼她，看她能否过来，能否伸手。她盼姐姐过来又担心被拉到阴间。姐姐努力伸手，奋拉着。雁哲不怕死，伸手过去，那手是暖的，梦里的手是暖的，姐姐温暖的手让她十分高兴。她庆幸姐姐活回来了，像普通的感冒扎了滴流几天就缓过来了。雁哲说我请姐姐和父母、小妹全家出去旅游，请给我机会，好不好？你们不能再这样了。姐说我还有事，到五爱市场接两个朋友。

栾天宇问："怎么了，二姨，为啥哭？"

"我梦见你妈了。"

"二姨你别这样，我在开车。"

二姨说："这么多年我没请她出去旅游过，我没机会了。"

"二姨，你老这样不行，不要逮谁惦记谁，别把死人活人的事全往自己肩上放。照顾好自己得了。现在不是还行吗？我大舅回老家了？"

"回家了。"她说，"我就是总梦见你妈，跟活着时一样。"

夜阑风雨砸窗棂，乡郊野火悲鸣声。

怀抱姐家新生儿，清明故人入梦中。

"二姨，我想知道我妈还欠你多少钱，不想让她落个赖账的名。还有，和我谈谈今天需要我做什么、怎么做吧。"

徐雁哲沉默一会儿，感觉说话有正常声了，就挑重点介绍。

"本溪某热力公司，我们听说1997年要开发新项目，建供暖管网，政府投资。我和郑云开一起见过他们的老总，也接触了负责人。副总是我们公司老板的同学，郑云开送给副总两条烟。又听说 1998 年的项目不上了。今年年初我们问怎么样了，他们说 1999 年也不上。省电力设计院规划院有位总工姓佘，是穆总下两届的大学校友。他妹妹和妹夫都在穆总公司上班，是我介绍来的。今年老佘在四五月份告诉我说本溪可能有大动作，盯着吧，指定能成。问我怎么样，我说行，有就做。我问有多少活，他说补偿器大拉杆 20 多个。郑云开去过，回来说不一定上。

"9 月份佘总给总公司打电话，要滑动支座样本。让郑云开送样本，他说他都出来单干了。结果是穆总派人送去一套资料。不到 20 天，本溪让报支座价格，一个支座 2400 多元，20 个，加上别的，共 50 多万。没过两天佘总对老穆说本溪派代表团要到你们公司看看，副总带人去，请接待一下。两天前佘总来电话，老穆说我们早就不做这个了，不想接。显然人家忘记了，像摊派一样，把活硬塞过来。来了之后他们就劝做吧，看你们的厂子这么大车间这么好。老穆说他同学要来可是没来，来的是校友，这活成不了，也没好好招待，就简单吃个饭人家就走了。临了硬气地留下补偿器数量和滑动支座的材料。于是老穆决定狠狠地要价，要比别的厂家高几倍，共 120 万。一句话，不当回事儿。昨天家里停电，我去市里体检，本溪来电话要我们去签合同。"

栾天宇说："听来像个笑话。也不一定，马上到供暖期了，饥不择食也可能。"雁哲不经意看到车外风光。如果轿车是船，山间的公路就是长江，两个亲人坐在船上，看巫峡两岸的山色：

三山半落峰云外，一水直下天市间。

松海托起千层碧，枫林摇出万亩钱。

栾天宇哈哈大笑说："二姨，'万亩钱'写得太好了！"

"有人劝我搞写作，大外甥，你看我能行不。就眼前，刚才这4句，看啥说啥想啥唠叨啥。"

栾天宇不懂写作，少年时也写过五七言的句子，像许多中国人比画的唐代近体诗的格式。因为父亲家暴，他逃婚来到姨家，留下一首小诗，雁哲看出孩子有轻生念头。后来他要参军，她就送他入伍，在抚顺的著名连队入党学车，事事干得好，差的是没文凭，否则能当班长。

二姨说："这是我第二次来本溪，和春天的不同。春天柔美如处子，秋天热烈似壮士。极目远望，层峦叠嶂。碧海青天，紫树似蝶，天外清素，如梦如雾。那山不是长在地上，是悬在天上，有格局的电影人应该来此拍电影。有仙境也有尘世。看那黄褐色的大地，山民因为柴火多没地方放没有收割。闪光的秸秆挂着老玉米，要是运到我们总公司，老穆会用颗粒机将秸秆、泥土做成煤似的能源。擦干海中泪，顶着艳阳天，风掠过人类的发梢，吹动希望。秋云自在地游走，无暇惆怅烦恼。"

栾天宇听后将嘴角拉成直线，笑道："不好意思，二姨，我建议你还是好好办公司吧，别在写作上浪费时间，耗不起，人生短暂哪。"

"好，大外甥，算你会说话，打击也不大。真正的英雄在战场上，抓住工业、农业和军事使国家强盛，不欺负他国，只想共同发展。而作家只是对人类和大自然进行整合，繁荣文化，安抚鼓舞人心。你直说我也能接受，我没看错，是跑业务的料。"

她不再说话。天宇道："怎么了，二姨？累了？那你睡一会儿。"

"不累，睡不着。"

"闲唠嗑也行，权当给我培训了。"

"其实我心里在想这么好的山，满山皆树，在沈阳多好。"

"沈阳不是有棋盘山和辉山吗？为啥要把喜欢的山全搬家里？"天宇从负面提醒，"看到雾没？湿度大，日照时间短，这里的人会得关节炎风湿病。"

"这条路通丹东是吧？到丹东可以游鸭绿江，再坐船到大鹿岛看海。以前有人建议我去那儿旅游。去年国庆节董事长的弟弟穆月笙带公司的大业务及家属 30 多人玩了两天，喝茅台酒，吃了两顿海螃蟹，每桌总多加 5 只，老敞亮了。"

"你没去？"

"我在外地，我就纳闷儿，事情那么多我为啥老惦记螃蟹。"

"怎么？"

她没有告诉他老穆和老郑也没去。她说有两个大业务去了，他们很快去北京加入咱们的分公司。王帅的儿子，3 岁半，从大鹿岛回来大伙逗他不让他上船，他就不上。他妈妈哄他说《大头儿子和小头爸爸》里的太空船多好。他突然在地上打滚儿撕心裂肺地嚎，不让爸妈上船，怕上去后再也回不到地球了。他爸强抱着上船，他喊回家我要回家，哭了一道。下船上汽车穆月笙就冲大家说，见过驴的，但没见过这么驴的。那孩子在哭声中睡着了，梦里还喊我要回家我要回家。后来哭醒，又说我要睡正方形。穆月笙说这是一道风景线。唉，这孩子是天奶奶派下来告诉我们所有人都会离开地球。雁哲把叹息藏在角落里，说不定哪天还会冒出来，要么成为悲观主义者，要么成为无畏的英雄。如果死亡无法控制，那就敬而远之小心翼翼活着。

"谁的孩子？美国人计划登陆火星，传说有个女孩要报名前往永远不回地球。"

"王帅的，他也去北京。大外甥，网上的事即使是假的也激动人心。"

"穆月笙是老板的弟弟？"

"是啊。"

"人好哇。每桌加 5 个螃蟹。"

"两天花了五万，人不错，其实不行。他老能糟践钱了，他自己一年就能花掉 200 万。最近还要上盾构机，挖地铁用的。沈阳市铁西区也要修地铁，他制造的盾构机不挖塌才怪呢！千万别成，想想还可以。从某国进口 5000 万元一台，人民币。整个中国都没几家生产，沈阳有一家，3000 万元一台，如果我们公司生产就 2500 万一台，真是功不可没呀。干一个卖不出去公司就得黄铺。"

"二姨，从花销上夸大数字是广告宣传的一种模式。现在网上的明星、大企业都玩好几年啦。你先前提到两个人，穆月出是老板，郑云开是谁？"

"以后有机会介绍，说不定还会一起喝酒呢。"

车离开公路进入市区，临近热力公司大门停下。雁哲从手袋里取出名片，上面印着栾天宇的名、单位和业务经理的职位。她说你带合同纸和北京分公司的公章去开发公司找副总经理白炳喆先生，他在里面等着呢。

天宇感到紧张，像考驾照那样。车在规定的线内缓慢行驶，天地间只有他，一切归于沉寂，哪里是风哪里是云无从感知，只有空气。他听到一个声音说："一定要通过桩考，节省时间。"眼下他想用最节省的语言最适度的礼貌签成合同。

敲门进屋，一位 40 多岁的男子走过来。天宇没敢多看，他目测到白先生个头儿超过 190 厘米，奇瘦无比颧骨很高，眼睛灿亮。天宇问好，鞠躬，将名片递上去，不高不低，正好在对方脖子与腹部之间。

白总接过名片放入文件袋里说："马上要供暖了，赶快填写合同赶快签字，不比价，报多少写多少。"栾天宇斗胆多加了两万，写完就签，首付款 95%。

盖章时白总说："原先是沈阳月新总公司，得有你们总公司的公章及穆总的法人章。"天宇说好的："马上安排，辛苦您等一会儿。"

他沮丧地开车出来。二姨说："果然不顺利，不顺也好，太顺了成不了。"她马上给老穆打电话，请他向白总说还要盖北京分公司的章，把款打到她的账户，劳驾他火速派人将总公司的两枚章送来。

两小时后白总拿着签好的合同说："回去赶紧生产吧。"天宇开车出来。雁哲上车坐好，问他什么情况。

"签了，二姨你看看我签的字，真是下笔如有神行云流水呀。"

"是不是用词不当啊？"雁哲刚将矿泉水含住，差点笑喷。她说："怎么会这么顺利？别高兴得太早。"她给总公司打电话请先下三天料。栾天宇小心地开车回忆紧张而潇洒的瞬间，不说话，怕一失神钱被大风吹得满山飞舞。

"怎么不吱声了？"雁哲问，"还回去收取暖费吗？"栾天宇没想到签合同这么容易，觉得还是去北京好，亲戚们也有照应。他问二姨："是不是签了合同事就成了？"

我的大外甥！二姨想，超级大磨叨，打今儿起满世界是他的影子和声音。本来这小子超级自卑，一旦成功还超级自负，还很狂妄。早晚有一天他会提出让我给他打工，走着瞧吧。徐雁哲说："走着瞧吧，谁都说不准，钱到手花掉是钱，否则啥都不是。"

"赌一把看能不能撞上大运。"他说，"我决定辞职，二姨借我手机用一下。"

徐雁哲知道他有手机，想省电话费。她拿出聘用合同，让他签字，然后把手机借给他说："这是公司的电话，计时收费。"天宇回道："徐总，你这么一定位我脑袋马上清醒我是干啥吃的。我辞职，马上给媳妇打电话，让她到北京上班，电话费从我的工资里扣。"

一进沈阳，本溪来电话说："不好意思，合同停，这个项目暂时不上了。"

第三十二章

猪图腾

上班前老穆打开电暖气说："祸兮福兮福兮祸兮，上火啥用没有。我早就说本溪的活成不了，无功不起早，反过来逆定理也成立。你也没做啥没搭啥吧？平常心吧。辩证地看你陪人聊天拉员工入伙了，物物而不物于物，则胡可得而累耶？"

"啥意思，后边的古文？"雁哲问。

"以外物为物（主宰外物）而不被外物役使，这样怎么能受到外物的拘束牵累呢？"

"你的意思是不把合同当合同不把钱当钱？请指教。"

"庄子说，弟子志之，其唯道之乡乎！弟子记住，恐怕还要归向自然吧。"

"好吧，信你的。我今天还想用车。"

"张丝丝会造反。"

"造反就造反，我高兴看她破马张飞蹦到天上吵吵。仗着胆大从老马那儿开出个夏利陪你出来办厂。这个欠儿登最近又整事了吧？"

"也没啥事。"老穆不想提疯婆子，掉份儿。大热天睡电褥子开空调冷气是正常人不？张丝丝长期向司机勒索钱，只有老穆媳妇的外甥的妻弟从不上贡，司机的姐姐是办公室主任。张丝丝怀恨在心，希望司机出事，把他整走。终于在雁哲去本溪的当天，那人把车撞坏了，即将报废的车，*丝丝*要罚他 16000 元，车本身就值那点钱。他不接受罚款一走了之。

雁哲说："反正没事，我和她比画两下。"她在电话里说："早晨好，姐姐！"

"妹妹？你好哇！听说你从北京回来了，又签一笔大活？"

"别提了，姐。签是签了，又不让生产了，上火呢。"

"没有事，小妹，有姐在谁都不用怕。整个艳粉屯和工人村姐绝对好使。用我出头不？吱个声就行。"

"姐，我想再用一天车，成吗？"

"穆总的车吗？那还说啥，几天都行。"

"谢谢姐！有空来北京玩啊。"

"好，妹妹，有时间姐请你喝茶，我有点事，常联系呀。"

穆月出说这是给我面子。有些人的脾气是从胎里带出来的，类似于电子产品的出厂设置。她不对所有人坏。

"谁知肚子里装着啥。彭总也得给她送礼，因为他小舅子也是司机。司机全是公司骨干、亲戚、朋友的转折亲，让他们交份子，每月 20 元，24 位司机 480 元，给她已故的老姐妹的独生子。自个儿家有点事挨个儿通知，事也不大，相当于老母猪下崽办满月酒。就认钱，恨得人经常问你为什么不写长篇小说？穆月笙也问你为什么还不写？你早就应该写了。爱得太久恨得太深好像只有长篇小说能拯救人类似的。"

"你？"

"我不行。对具有高度自觉和深邃心灵的人来说，痛苦和烦恼是必备的气质，鸡汤文里这么说，这气质我没有。我纳闷儿人们忙着办企业那么累有心读小说吗？过去讲实业救国，现在中国强大主要靠工业，细品咱公司每个家庭天天有惊喜日日有进账，年轻人找对象尽可能找理工生。"老穆记起半夜 3 点雁哲的传呼出个动静。她表哥发信息说梦见自己回老家看望初中的班主任赵老师，房子无穷大，带旋转楼梯的那种，大型图书馆，铺天盖地，全是徐雁哲的书和资料。他从梦里出来担心忘掉马上发信息。徐雁哲说，梦幻大于等于零，一万个零等于子虚乌有。老照写长篇差不多。

"他到白天白那还能写东西？我给他出钱出过书，记得吧？"

"只有在你这儿才能写吗？凭他的真诚、深刻、熟悉企业又有极强的想象力和幽默感就可以，想象力跟文学感觉同样重要。"

"咱们热力有各式各样的爱情，特别激烈。白天白喜欢楚乔，帮她抢自己媳妇的活。他媳妇厉害，原谅他并和他一起抢情人的活，闹得人家离婚了。白天白要独自办厂，厂址都定了，我就让两个副总把他们的活抢回来。可热闹了，哈哈！等你退休我给你提供素材。听说他媳妇张丹女脑袋里长个瘤。想想她这一路多不易。"

"怎么回事？"

"累的，太能吃苦了，一直类风湿，还那么拼命，压迫神经了。挣那么多钱得了病，女儿不成器，老公画画不务正业，不知将来的钱跑到谁的腰包。刚刚又买了新厂房，不知能不能站起来。"

"我有点想她了，想看看丹女，也看看老照。"

"你希望她站起来做对手？"

"毕竟是熟人，给咱公司立过大功，他们养活了你家多少人！"

"很快就做手术，等出院吧。我不去，我希望认识她的人都去看看。天道好还，支持他人就是支持自己。"

"好。你快上班吧。"

"你不会想人家做手术抹眼泪吧？那我走了。"

送走老穆，雁哲说还有时间流泪？谁知道那是不是自己的未来？在沈阳正经有几位女企业家制造补偿器和容器呢，只要提到她们，就鼓乐喧天想模仿想超越。

"放下吧，顺其自然。"庄子的声音在空中响着。另一个声音上来："烦恼源于执着，一切都是虚幻，世界上最可怕的是不贪财不怕死。""放下吧。"潜意识里的千岩老人说。

午后，雁哲打电话将栾天宇从姥姥家叫出来去五爱市场。"怎么样，都好吧？"二姨问。

天宇没有回答，本溪的项目停下后他一直神不守舍。雁哲加大音量他才转过神说还行吧。他在姥爷家住了几天，巨难受。好好的四室两厅楼房皮儿片儿的，比生产队的大杂院还乱。床上床下堆着旧衣服，可地塑料袋旧鞋乱袜子。厕所和厨房油渍麻花的。窗台地下晾着药材，有银杏树的白果和枸杞子的丹粒。空中挂着豇豆干、萝卜干、茄子干。阳台一堆白菜，烂菜味直打鼻子。可怜二姨撇家舍业打天下家里这样。

雁哲又问："你老姨还好吧，还打麻将不？东北人爱打麻将，江南八九十岁的老人蹬三轮车上早市卖菜，或在几平方米的小门市看摊，哪怕一分钱不赚也起早贪黑守着。"

天宇不想添堵，一大家子人谁都操心会把人累垮的，何况她还身怀六甲，多好的体格能受得住？听到实情非气个好歹不可。于是他就把老姨和老姨夫打麻将的事搁下，说："我没看见老姨打麻将，我看挺好。"

"你老姨夫还好吗？他俩还打仗吗？"

"不打了，老姨夫回老家收粮去了。"

"两个南屋还好吗？"

"好。"

"北屋呢？"

"也好。"

徐雁哲兴高采烈地笑了。天宇不敢看，此时是上班时间，拿着徐总的工资撒谎让她成为女王算不算违背职业道德？满怀成就感雁哲和天宇商量给亲人买过冬的衣物：羽绒服、棉袄、棉裤、棉鞋和棉手闷子。每人两套内衣和7双袜子，外加父亲的棉帽，母亲、雁姝、天宇媳妇和紫桐的羊绒围脖，最后是女儿和小外甥的棉靴。

雁哲问天宇："你喜欢啥给我个机会。"天宇说："我也喜欢二姨给我买东西，给啥都没给钱好，二姨昨天不是给了吗？5000元能买一大车。我想给我老姨夫买点啥。"

"我不给他买，不惯他毛病。我管不了那么多人。"

"他心情好也会对我姥、姥爷和紫桐好。"

徐雁哲不辩论。大姐在娘家看世界名著 *The Holy Bible*，那书反对赌博。这厮进屋就咆哮阻止，姐得脑血栓后仍去打麻将，雨天往家跑人倒下没了。

天宇到外面抽过两根烟，回来给老姨夫买了300元钱的羽绒服。雁哲说："人活着不能没责任，也不能没立场和是非。回吧，先去学校。"

天阴了，飘起雪来。雪软塌塌的，在地上还没站稳就失了踪影，只有车轮在泥里搅动的声音，让人感到雨雪交加并不美好。一年最冷的季节，11月该供暖了，心忧炭贱愿天寒，期待本溪更冷。

大街两旁和小区水泥台上摆满大葱和白菜，主人还在上班，来不及将它们收藏遮盖。以往这些秋菜是一道风景，徐雁哲高兴看到沈阳人将自家冬天的隐私公开晾晒，也高兴分享市民的情绪。城管和警察厉害不？从没下令清除，他们耐心看着各家各户的平台挂出白晃晃的队伍，阳台里腌渍一冬的酸菜，不是速成的，一个月就可以吃了，老祖宗的方子，千百年受用。等到外边满天飞雪，全家人围坐在砂锅前有说有笑，秋菜们派上用场，就像小松树总想出名让人类记住它盼着成为圣诞树一样。

40分钟后来到紫桐的学校。天宇下车走向正门，鞋底太薄，不到10步雪水渗入脚底。两指厚的雪，黏糊糊的，甩不掉。他没有不快，如果本溪人的鞋底也这样就好了。

门口站满家长，举伞的，穿雨衣的，拎着儿童水靴的，色彩绚烂。电铃响起，一些老师领着队伍出来，站着排，由举牌的学生引领走出大门。大家喊老师再见，等老师回敬"同学们再见"就各自跑向亲人做太阳去了。

天宇把一个男孩叫住，是老姨家的小弟安华鹏，壮如乌龙驹。很久，一个班的队伍出来，杨紫桐举着班牌在前边走着，像运动会入场式那么正经。学生与老师道别，老师接过她手中的牌说再见注意安全。

杨紫桐不说话，用力甩着鞋上的雪水。从脚底到心冰冰凉。她烦躁地扑落头发，为没伞没雨衣和雨靴为没有母亲来接。天宇上前喊她："行啊，大哥，你还能举牌呢，了不起呀。"紫桐过来努力提着腿说："老师开会回来晚了，还要布置作业，教室里老乱了。大家着急放学，我就提醒，老师，还没人举牌呢。老师就说杨紫桐你来举吧。我就举了。大哥，今天怎么是你来接我们？"

"老姨有事我没事就来了。"

"我知道她干啥去了。"安华鹏说。

天宇道："走吧，我领你们见一个人，然后一起吃饭。"

"是郑伯伯吗？你是怎么认识他的？"紫桐问。拐过墙角，只见一个穿着浅驼色羊绒大衣的女子走下车。紫桐站住，拽住天宇的衣角，两腿轮换提着，也没过去打招呼。

徐雁哲止住步伐，等大家过来，也不上前亲热。她打开右边的后车门，说："请各位上车。"天宇打开左后门，安华鹏急忙从左边上了车。紫桐也要跟着上。徐雁哲说："请从右门上车。"紫桐说："大哥打开左门了，小哥也上车啦。"

"天宇哥在考察你们是否明白只有右侧上车才安全，都系好安全带。"

徐雁哲说。两个小学生系了一会儿没成功。她说："国外的小朋友从小就会系，快点，谁系上给谁奖励。"天宇说："先用一只手捏住铁片，一下子拽出来，用力伸向前方，走个三角形扣入身体另一侧的安全带孔。"

"我不系了，我也不要奖励。"紫桐说。

"为什么？"

"手冻麻了，也没人关心我，一点劲儿都没有了。"

"那好，想吃饭你就系，我们等。要不就请你下车，自己回家。"

天宇下车要给她系。雁哲说："甭给她系，天宇。"天宇不听，埋怨道："多点事啊这是，至于吗？"

"栾天宇，你现在是上班时间。"

紫桐开始哭。天宇拿出 20 元钱给两个孩子平分。紫桐将钱撕碎抛向车外。一想到栾天宇自以为是徐雁哲又气又恨。她想起姐姐在某市住院病危时饭后血糖 23，他还给她喂胡萝卜粉和核桃奶粉。她阻止，他却说大夫说可以喂，再说包装袋上写得清楚，是无糖奶粉。雁哲打开一袋尝了，比糖还甜。可怜姐姐当时还能认识人，已经喝半个月了。他也不能果敢地行事，听信医生骇人听闻的警告没来沈阳抢救。出院回家也没量过血糖。这样的外甥还指望他大有作为？

"都给我下车。"雁哲下令。天宇下车，在雨雪中捡拾碎片，安华鹏出去帮忙。"下车，赶紧的。"雁哲最后通牒。紫桐下车，原地不动，只管哭。雨雪越下越大，三人的眼睛都被打湿。安华鹏从后面绕到车前说："二姨，全捡回来了，你看。"

"上车。"两个外甥上车，等系好安全带雁哲说："开车，去饭店。"天宇迟疑一会儿，最后不得不启动发动机开起来。紫桐在后面跑着哭着。天宇固执地刹车。安华鹏打开右车门让她进来。紫桐绕到副驾驶门外哭着说："对不起，妈妈，我错了。我不该让大哥帮我，不该撕大哥的钱。"

"在我没削你之前，你能认错，可以，上车。"

紫桐上了车系好安全带。"杨紫桐，"徐雁哲说，"请你记住我爸说的话，永远不要蔑视金钱。你没挣过一分钱不知道这 10 元钱里有多少辛苦。栾天宇你也不要以为钱能解决一切问题，比如生命安全，比如自尊、自重、自强，尤其是不要用钱奖励小孩子的臭毛病养成恶习。"

"我懂了，总经理。"天宇说。"我记住了，妈妈。"紫桐说。

"那你为啥又哭又闹？小小年纪还想和我叫嚣，也太嫩了点。"

"我没叫嚣，我想你，可你回沈阳为啥不来看我们？你是不是有了小弟弟就不要我了？"

徐雁哲说："不要影响司机开车。"过了一会儿，天宇问："咱们去清真饭店吃牛羊肉怎么样？"华鹏反对。"咱们有游牧民族基因，你不吃牛羊肉吗？"雁哲问。紫桐说："我班一个同学得了厌食症，不能上学了，就是跳民族舞的李子晴。电视上说某地郊区屠宰场给牛扎滴流往血管里注胶，有毒。李子晴不吃，所有同学都不吃了。"

"这年头，给人扎滴流治病，给树扎滴流防病，给牛扎滴流作孽，可怜牛被人宰杀还不得好死，天地良心哪！"天宇感慨。他二姨说："不能不信，也不能全信。蔬菜也有毒，看是否超标，要检验。水果外边涂药水，也要检验。"

"卖肉的起早，扣戳的不起早，谁逮着谁扣。"安华鹏举手说，"我和我妈买菜时见过。"天宇道："所以中国人往国外跑。"雁哲反驳道："有能耐你也往国外跑哇！不能向小孩子宣传这个。你们俩也别听风就是雨的，郊区作假，城里的未必。据说铁西保工街九马路的及牛饭店宰杀牛羊全在店外的院子，怎么扎滴流？这叫讲究。就是包子馅油大了些。作家张承志先生说我是那样地深爱着大自然。我有十足的资格说我是西部草原的义子、黄土高原的儿子。我是美丽新疆至死不渝的恋人。当伟大的信仰遭到侵犯和亵渎时，必须毫不犹豫地去捍卫信仰的神圣。听懂了吗？"大家一起摇头。雁哲继续说："作假受到惩罚，信众在意这个。现在上边太忙了，忙着拆拆拆，忙着招商引资，还没倒出工夫惩治造假者。亟待出台法律，凡是给牛注胶灌水的给药材粮食牛奶放毒的一律倾家荡产或入狱或枪毙，谁还敢作孽？关于雾霾，西方的华人说，中国就是个谜，共产党一个令说绿就几天的事。"

天宇抱怨道："抓吧，豹子开浴场，让蚂蚁给狮子搓澡，结果把狮子烫死了。老虎来了，把几只蚂蚁逮了送进监狱。再说取暖费，千家万户冰彻骨兮，取暖费落入谁腰包？"

"我想上回民饭店。"紫桐说。"在小吃铺一个火勺两毛五，加五毛钱羊汤。每顿午饭三块钱够不？"雁哲问。

"够是够，总去饭店我同学管我叫大款可怎么办呢？"紫桐有些担心。两个大人哈哈大笑。华鹏说："那不可能，我班有个同学每天家长给10元钱，大伙才管他叫大款呢。"

"要不咱们吃日本料理？"天宇问。紫桐问："啥叫料理，料理后事吗？能吃吗？"

"料理是日语，动词是烹饪，名词是菜肴。"

"记住了。妈咪，我想学日语。"

"为什么？"

"我喜欢一休哇。"

"喜欢什么？"

"聪明啊自在呀。"紫桐说罢唱起《一休歌》。

"怎么聪明？能举个例子吗？"

紫桐说："将军总给他出难题，要压住他。有一回将军对一休说，我家壁画上有只老虎，半夜跑下来闹腾，你能帮我把老虎抓住吗？妈妈你能吗？"

"我得想想。"徐雁哲有些迟疑。

"一休说好，我给你抓。等到半夜，一休来到将军家的院子，没事似的睡着了。将军急了，把他喊醒问他都啥时候了，你还不把老虎逮住？一休说，那请将军阁下把老虎赶到院子里吧。"

"讲得好。想学日语很好。数学、语文、英语学好后就学日语，因为里面有很多汉字和英文。"

"学日语有啥用啊？"

"《孙子兵法》说知己知彼，百战不殆。近代的说法是学夷以制夷。中国人得知道他们成天想啥。"栾天宇说。

"他们尽想啥？"

"60年前中国所有地名都被标上日本语，包括徐家屯。这事回家问问你姥爷，他10多岁时见过日本语地图。"

"太可怕了。"

"你们俩要学好数理化，掌握一门专业，靠自己的本事活着。还要学国学、学外语，两门比一门强，多学比少学强，学外语能延缓老年痴呆症，科学实验证明过。全国硕士研究生英语考试也会出这题。把外国人的科学学到手搞发明创造中国人就啥都不怕。"

"那我得好好学习了。我数学能100分，语文总是96分，要不就95分。差个标点就扣分，应该是问号，我总写成句号。"

"日语有这种现象，明明是问句写了句号。小心哪，老师严要求是对的。"

"我班有好多同学写字可好看了，我想像她们那样。"

"见贤思齐，很好！"雁哲说，"因为咱们是平民百姓，不像一休。天皇为了要继承人娶了很多媳妇，给他生儿子。一休妈妈就是其一，被逐出宫，沦落民间，后来把一休送进寺庙。人们都知道他是天皇的儿子，一休不当回事，不要荣誉和职位，只想活出自己，喜欢做什么就做什么。中国的汉地和尚不准喝酒吃肉、结婚生子，日本的一休什么都干。和尚不怕死因为死后可以转世。一休活了88岁死了，死前说，我不要死不要死，他很害怕。这个人物很有趣。

这个动画片日本人没有多少人知道，有文化的日本人是从书上认识他的。"

"动画片是专门给中国孩子看的吗？有什么险恶用心吗？"栾天宇问。

"也不能这么说，印度的小朋友也看，整个亚洲的儿童都看。"二姨说，"动画片只是娱乐，不是教科书，不承担教育的责任。如果故意进行奴化教育殖民教育就失去艺术性了，不过大家小心点还是应该的。另外日本的动画片太多，一休的动画片太老，不如《龙珠》火，中国孩子可以欣赏人物的勇敢、智慧和趣味，不能无作为。"

"樱桃小丸子冬天故意开窗让自己感冒不上学。"安华鹏说，"无作为的人都不要名声吗？"

"居里夫妇视名誉如仇敌，因为荣誉浪费时间。咱们是平民，得为名利而战，要追求金钱，等挣了大钱才能视如粪土。等你们成为大科学家后把科研当成乐趣再淡泊名利无视赞美。"徐雁哲继续说，"像我们董事长，发明大王，任何媒体都找不到他的照片和影像。"

车停在滑翔生日城对过的日式饭馆吉田家。里面空无一人。雁哲问："没人，还去吗？"

雁哲珍惜与亲人谈话的机会，她鼓励大家畅所欲言。她说："我第一次评论战争，历史回不去了，历史上结仇的国有没有建交？不但用历史判断现在的战争，还要用结果分析现实危机区分敌友。国外有高科技，比如航天、信息技术和文化艺术，值得学不？闭关自守会被世界抛弃。我最近发现网络小说写未来的特别多，科幻、悬疑、神界、重生，关心子孙后代的命运，有画面感、代入感和撞击力，读时超过瘾，读者无数，读后记不住。中国没有战事，全民关心战争，青年重视电子科技，很感动。不要纠结历史，要确定生化实验室在哪里，如何救人类。历史的债由子孙背着要偿还。是人就得讲理是不？说来说去，我还是希望历史问题能逐步解决，比如外国侵占的中国土地。"徐雁哲继续说，"男は度胸、女は愛嬌，男人要有胆量，女人要有魅力。勇气对男人很重要，可爱对女人很重要。"

　　紫桐让妈妈慢点讲。徐雁哲说："我有时也关心沈阳的学校，辽宁省实验中学我没怎么注意，我更关注东北某育才中学。他们从小学开始招外语特长班，学生出奇优秀。每年都有三分之一的学生考入世界名校，至少有一个考上耶鲁大学。世界名校有哪些？美国的哈佛、耶鲁和普林斯顿大学，英国的牛津、剑桥大学等，考上的女生特别多。有一个女生，日语国际一级高一就过了，中国钢琴考过十级，还是学生会主席，全国十佳少年。高二时去德国访问。有一位托福满分 677 分，她考了 663 分。美国高考考 SAT，学业评估考试，满分 2400 分，她有两科满分。考官来自相当于微软副总裁的精英。还有一位，CCTV 希望英语的希望之星，小学组第三名，初二申请美国私立高中。在欧美私立高中比公立的厉害。她 3 岁时英语掌握 1000 个单词，没上幼儿园前就能读报纸。美国高考有 SAT1，还有 SAT2，她考物理、化学全满分。能力巨强，学校工作、社团工作和学习成绩全都优秀。"

　　"是最近的事吗？"

　　"事是真有，时间忘记了。这个学校清华、北大考上的也很多。"

　　"妈妈，她们是不是巨聪明啊？"

　　"许多因素。与个人的理想和父母早期引领有关，这一点我一直感到愧疚。"

　　"我还赶趟吗？我也想出国，我同学都上补课班学，我也想去。"

　　"见贤思齐，这很好。"徐雁哲鼓励女儿说，"认真、坚持、感恩，有这三样才有学习兴趣和能力。我可以给你们俩提供日语和英语的动画片和其他学习软件。国外的华人，大人一句外语不会，小朋友看电影看动画片就能会两三门语言，小孩子有丰富的想象力和感情。一个人想要成长怎么都拦不住是不？人家从娘胎里就下手了，咱们从二年级开始，虽说迟了，一定有用，登珠穆朗玛峰登上一半也比泰山高。"

"妈妈，我要是像东北某育才中学的姐姐那样，你会很骄傲吗？"

"那是你自己的努力、幸福和人生，我只是辅助，没人知道我是谁，你是女一号，我演路人丁。"

"今天我们活着是有人付出代价。"天宇说。

"妈妈，我不想吃饭了。咱们一起看电影和动画片吧。"

"你的想法很好，人首先对自己负责。除了你还有3个人，不能只顾自个儿。优秀是好的，有能力关怀别人更好。"

"妈妈、大哥、小哥，咱们吃韩国料理行不？"紫桐问。"太辣了！"天宇说，"还不如吃麻辣烫呢。""妈妈，咱们吃麻辣烫吧。"紫桐建议。

四人下车走入铁西百货旁的自选超市。靠山墙的架子分类摆着青菜，有茼蒿、香菜、菠菜、生菜、小白菜，也有香菇、金针蘑、干豆腐丝、豆腐泡、豆腐皮、豆腐干，还有木耳、银耳、藕片、冬笋，也有粉丝、墨斗鱼、香肠、人造蟹肉以及肉丸、鱼丸、血肠等。4个人避开后五样选了4盆，要了8个花卷4个炒菜。

"在饭店不要大声讲话，不要影响其他客人。某国的电车内，网上说如果坐到相当于老幼病残孕专座的'优先席'或站在附近会被要求关掉手机，以免电波影响安装心脏起搏器的老人。其他座位和附近的乘客则需要将手机调为静音模式，不能通话，所以电车内都是静悄悄的。在大型商场内也听不到大嗓门说话。"徐雁哲领3个人到里屋的包间坐下。

"妈咪呀，你穿平跟鞋了？"

天宇拎来新靴子给紫桐换上，说："我看你老瞅鞋，一定是脚太凉了。"问安华鹏怎么样，他说他的旅游鞋没进水。

"谢谢大哥！妈咪呀，你垫增高垫了吗？垫上身材就正，鞋形也正，还舒服。我没垫，可我知道。高勒布鞋垫上垫形可正了。"

雁哲没有打断努力用心听着。话一说完她就马上应答。她想用这种方式让紫桐感觉大人对她的重视。她说："紫桐你说你想我，想问我问题，两个哥哥不是外人，请讲吧，我全部答复。"

紫桐放开胆子说："我不喜欢小弟弟，怕妈咪再也不喜欢我了。"

"你听谁说会有小弟弟？"

"是小姨和姨夫吵架时说的，外边的人也说过。"

"要是真有弟弟呢？"

"是郑伯伯的孩子还行，别人的不行。"

"为什么？"

紫桐感觉屋里热，就脱下粉色太空棉棉袄和一身蓝色小学生校服，露出一件黑色毛衣一条牛仔裤，腰间垂下白色腰带。

"谁买的？"

"郑伯伯。他感谢你帮过他，还请我吃过饭。这么大的事，你不知道吗？郑伯伯不好吗？"

"请你把腰带放家里，留作纪念。另外小孩子不要这么打扮。"

"和郑伯伯在一起的姐姐就这样。"

"我希望我的女儿是重学问而不是重羽毛的文化人，文化人素面朝天。"

看紫桐取下腰带。徐雁哲说："我给你们谈点技术。郑伯伯和我相当于塑料管和钢管，前者膨胀系数大，后者小，开始连接时天衣无缝，后来一热一冷再热再冷经过几次膨胀就不合适了，塑料管变化大会松动，然后就漏水。比如个人家的暖气片是不是漏水？而碳钢和不锈钢的膨胀系数差不多，可以结合。304 不锈钢和 304 不锈钢更好。"

"郑伯伯是塑料管膨胀系数很大就不好吗？"安华鹏问。

"其实工业和民用使用塑料管最好，耐腐蚀，成本低。"她说，"目前我们的科技水平还解决不了这个技术难题。如果你们上个好大学搞工业产品研究说不定能解决。"

"不是说郑伯伯不好，是科技水平低是吗？"紫桐问。"对。"她说。"那你说的不锈钢是谁呢？"天宇问。"他和郑伯伯哪个更好？"紫桐问。

"我担心你们听不懂。"徐雁哲说，"请允许我用小学生的话讲解好吧？不锈钢是英雄梦里的英雄，是发明大王，一直在高处引领我，使我能够在泥泞坎坷的道上坚忍地前行并凭自己的本事活着，然后把姥姥、姥爷和紫桐接到城里。买了蜗居后我弄懂了技术，学会跑业务又买了大房子，把小姨、姨夫和华鹏接到沈阳。接着我还得去北京创业。没有不锈钢就没有一切。"

"我见过他吗？你讲的这些他知道吗？"紫桐问。

"他全知道，"雁哲说，"他向我推荐过治皮肤过敏的药方，给你的，前几天还督促我来看你。昨晚我做了个梦，我回老家，好像城里待不下去了。梦里的村子、树木与河流上了春天的颜色，像古画一样，美得令人窒息。你姥姥、姥爷还有大姨都在家，没人和我说话。他们知道我为啥回去，很失望很难过，在村子里抬不起头。他们不说话，相当于没有辱骂，也没赶我走，好像知道我走投无路了就默默接受一切，为我，为小 baby 做着准备。还不说话，我就知道他们不拒绝孩子的出生，孩子是亲人，是外公外婆的外孙，是大姨的外甥，和华鹏、紫桐一样。大家有血缘关系，心永远在一起。"

"梦是连续的。"女人继续说，"我在老家等待生小孩时你姥家的猪也要生宝宝了。千岩老人说那些宝宝像猪像牛像龙像麒麟。有一天猪妈妈躺在外屋地的墙角里十分不安，要产崽儿了。我想怎么可能？该不会早产吧？千万不要难产，我小时候亲眼见过生产队的母猪难产，让人着急，心疼碎了一地，我至今记得它呻吟的声音，无奈又无助地看着兽医忙来忙去，那一刻它不是一头猪而是需要帮助的母亲。我在梦里心疼，找来许多干草放在猪身下，生怕这么冷的天会冻坏了它和宝宝们。它也不看我，只顾用舌头舔着下身。我想既然是梦，那就相当于天上的日子，钟里的时间可以调快。我对天奶奶祷告，猪妈妈开始阵痛。你姥爷不在家，在梦里他很少在家，好像总上

30里外的大洼上班或到铁岭开会。你姥姥听说猪妈妈要生了急忙赶回来，很高兴的样子。好像自古以来女人和母猪心心相通，她问这问那。是你姥姥把母猪领到孙九营子和公猪揣的崽。"

徐雁哲继续讲："70年代，一大家子全年的日子指望这头猪。我拿来旧被铺在母猪的窝里，仔细看护着。不一会儿一个黑色的小脑袋露出头来，然后是第二头第三头，一大窝，16头。猪妈妈长长出了口气，很骄傲地看着宝宝和护理人员。大家一个心情，人和猪是一家人。你姥姥把刚生的猪羔放在铁槽里，里面是温水，现出十几只蛤蟆骨斗。"紫桐问蛤蟆骨斗是什么。雁哲红着脸说："蝌蚪，这晚的梦一直有蛤蟆骨斗，我心里激动得不行了，都是猪妈妈生的。12个奶头，有的猪羔吃不上奶，我们很着急，怕饿到几个小的，给它们熬了米汤喂起来。"

栾天宇说："国外医学家正在试验用猪肾给人换肾。二姨，这梦太好了，梦里有猪有水有蛤蟆骨斗一定发财，数字也吉祥。怎么不早说呢，也免得我上这么大火。这回好了。"

"德国人互祝'有一头猪'如同祝人好运，给对方动力和鼓舞，充满乐观态度和幽默感。"徐雁哲有说不完的话。

麻辣烫煮好，天宇端上来，说："二姨，就凭这个梦本溪的活还得干，不信等着瞧。"4个炒菜也端上来，雁哲给孩子们要了饮料，自己倒了白开水。

紫桐说："我不喝饮料，那里面有糖和添加剂。有人说比烟酒坏处还多的是糖。"她还惦记妈妈的梦就问，"妈咪呀，我和你回老家没？你咋没提我呢？"

"没有。梦里没你。"

"这么好的梦你咋不带我呢？"

"那是70年代末，怎么会有你？"

"你在梦里不是有小baby了吗？"

"梦是超现实的，不按生活逻辑走。"

"但有寓意，很浪漫也鼓舞人心。"天宇说。紫桐说："妈咪，我老姨夫回老家了，我姥爷也要回去，说不回去就活不下去了，我老姨也张罗走呢。"

第三十三章

唐朝情结

有睡眠之乐无打扰之忧，只有老天爷喜爱的人才能拥有，徐雁哲不在其中。明明预见到还是见面，看导火索争分夺秒地缩短。

"妈妈，啥是 yín 窝？我老姨夫说我们住的房子是 yín 窝。"这读音将巉岩崩裂，岛屿炸开，洪水滔天，汇成大型泥石流奔入森林和雨巷。雁哲一阵胸闷，气血冲上头顶。她努力摁下去，不让大洪水时代重现。

栾天宇拽着紫桐的衣襟说："是金窝银窝不如自己的狗窝的'银'吧？"紫桐点头说："对，这句话姥爷也说过，怪不得老姨夫不爱搁沈阳待呢，他喜欢狗窝。"

"家里还有啥事，我想听。"徐雁哲想既然灾难来了还不如往里头再扔些破铜烂铁。她问："你们怎么吃饭哪？"

"姥爷和我们一起吃，姥姥自己个儿在床上吃。"

"为啥不一起吃？"

"老姨说她身上有老年味。"

"姥姥怕死，不敢坐在桌子跟前吃饭。"华鹏说。

"我姥爷成天喝酒，老姨说老烦人了。起多大早都赶不上趟，就着咸菜都能喝，总提前半拉钟头。"

"老毛病了，一辈子，有酒喝就不错了。英国女王饭前喝开胃酒，饭时喝助消化酒，睡前喝助眠酒。"

"不能这么喝下去了，我还得劝劝我姥爷。"天宇低下头说。

生活压力大，整天挨累，守着病老伴，憋屈得心没缝，以酒同销万古愁。徐雁哲眼里溢出泪水。天宇把纸巾递给她。

"你们吃的还好吗？"

"应该说咱们这么多亲属我老姨家伙食最好。"天宇说。

"好是好，总是大鱼大肉的，要不我小哥能这么胖？"

"应该说结实健康。注意用词，好吧？"

"小哥爱吃肥肉，他们都爱吃，我不吃。"

"你们一起看电视吗？姥姥看吗？"

"姥姥喜欢看。有一次她拄着拐杖隔两个门往客厅里看，看不着就听声。小哥呲哒说，傻老太太，这么大岁数还看《还珠格格》，能看懂个啥，看上皇阿玛了咋的？"

雁哲转头问："华鹏你真的这么说你姥了？"

"我没有。我是怕她站不住摔着。"

"你撒谎，你说了，我看见了也听见了。"紫桐一边推一边喊，两个孩子厮打起来，紫桐将华鹏推了个大仰巴叉。天宇用力将他们分开。

徐雁哲说："我只限你这一回，对你姥姥、姥爷也只有这一回，别让我听到第二次，因为天理不容。我是个记仇的人，谁再敢污辱我爸我妈我永远不饶恕。请你告诉你妈，我雇她照顾老人，她必须按时给你姥洗澡，别说是女儿，每月还有 1500 元护理费，就算没有也不能让她身上有味。另外别给老人吃咸菜白肉，对高血压的老人没有好处。"

"你们不知道。"安华鹏哭着说，"我妈照顾老人、妹妹和我，一大家子，有多累呀。她自己还低血压，有时低压40多，说迷糊就迷糊。"

"那她咋有闲心打打麻将呢？还把人往家里领，有时都不给做做饭，我们饿着肚子写写作业。我姥一看她打麻将就凿床。是我姥爷照顾我姥，啥事都我姥爷管，老累了，累得不想活了。"

"我妈打麻将还算有点念想，要不这么累，又和我爸打打仗，还能活吗？"安华鹏从小就是个孝子，他曾说你们谁都不理解我妈，只有我理解。我长大要孝敬我妈，吃那么多苦。

他也孝敬姥爷，刚会说话就把压岁钱给了姥爷，说等我长大挣钱给姥爷买烟抽打酒喝。他对姥爷好，远胜过对他爸。华鹏对二姨也很好。有一次他在姥爷家炕上吃金针蘑小食品，掉了一条，徐雁哲捡起来吃了。过了一会儿他又找一袋还在炕上吃，他妈过来用手接住，他扑落开说，我要再掉几条让二姨捡着吃。

他4岁时雁哲问他你猜我多大了，他半老天答不上来。雁哲就问你几岁了，他说3岁。你妈几岁？他说8岁。你看我几岁，他说10岁。歪打正着，雁哲比妹妹大两岁。

童年是好的，回忆童年也很好，那时亲人都年轻健康。雁哲想起日记里的句子：

母亲

躺在温暖的床上
月亮升起的时候
思念远方的亲人哪
把梦儿捎回家乡

娘亲在南山守望

将我送回童年

我在灶台前寻找

外屋地的柴垛露出一堆豆荚

喊来小妹一起烤吧

这是妈妈

从生产队的地里捡的

等她忙完一起分享

  紫桐气磕巴了，这节骨眼不能磕巴。她说有一次老姨夫打老姨，小哥跑到厨房抄起菜刀喊："安得意，大恶霸，你再打我妈我杀了你。等我长大一分钱都不给你，也不准上我家住。"那时他才 8 岁把老姨夫吓跑了。

  "好。"徐雁哲说，"就这样，男子汉有能耐保护你妈、姥姥和姥爷。紫桐也是，你已长大。自己能做的事不麻烦别人，早饭自己热奶热面包。衣服扔进洗衣机，全家的由你俩洗。别怕费电，庸人怕费电不怕脏不怕累不怕浪费时间，时间是生命的一部分。"

  "时间就是生命。"天宇强调。

  "早日学会帮你姥洗澡。"

  "他们不想在沈阳待了。"

  "你老姨也这么说吗？"

  "嗯。"紫桐说。

  "你们俩呢？回农村吗？"

  "我不回去。"紫桐坚定地说。

"我也不回去。"安华鹏说。

"为啥？"

"农村老师不讲'＞'号和'＜'号，不告诉我们开口大的冲大的数字、开口小的冲小的数字。"

"为啥不告诉？"

"因为农村代课老师每月就40元钱，还拖欠到年底。"天宇说。

"好。"雁哲最近有个习惯，不管啥事都是"好"字开头，收缚众议，鼓舞人心。"好，现在咱们分成两组，一组回老家，另一组留在沈阳。两伙辩论，看哪伙厉害。咱们四位对他们四位。天宇嫂子也要加入咱们，5：4，等结果。"

"姥爷说一天都待不下去了。"

好了，明白。雁哲和天宇同时想到"淫窝"。

"徐总，有个问题不知当问不当问。"

"尽管问。"

"我姥爷他们住的房子产权证上写谁的名？"

"朋友的。"

"朋友是谁？可以说吗？"

"你说呢？"

"是不锈钢先生吗？"紫桐问。

"是的。"

"可以更名吗？"天宇问。

"没什么可不可以的。人名重要吗？"

"有时重要，官员的名，房产证上的名。"

"你怎么想？"

"能更名吗？"

"更谁的名？"

"您自己决定。"

"请大家记住，"雁哲说，"咱们全家有一个信念，永不绝望。我们的前面是永远光明的路，大路通天。目前有三条路可走：一、回老家过日子。中国农村还很贫困，过不上唐宋诗词里田园诗的生活。真回去的话无异于几只苍蝇满世界飞了一通又回到起点。河水、地下水已被污染，还能吃饱饭喝好水睡热炕头吗？"

她遥望将来，在脑袋里继续说，万一没人做饭，父亲半夜给母亲开电视看电视剧，不小心摔了跤，得了脑血栓不能烧炕，在零下二十几度的寒冬睡二十几天凉炕，然后得了脑溢血。他老人家不停地呼唤我的名字，我坐上火车一路哭着，急匆匆跑到医院。他十分平静地看着我，心有多疼。如果血压再高起来，就出院回家。我和医护人员坐在急救车里，昏暗的灯光下父亲谁都不看，一直瞅着我，神色从容。我忍着泪水，将所有鼓励的眼神回报给他，说安慰的话，或者什么都不说，就那样看着，看一眼再看一眼……雁哲泣不成声。3个孩子没有哭。

"第二，"她继续说，"我将房产证更名，大家继续在沈阳生活，质量一定要上去，因为华鹏和紫桐已经长大。第三，请大家再坚持一段日子，跟我去北京。"

"我们可以去北京上学吗？"

"当然。"

"我姥爷说他这辈子最大的愿望就是去北京，要是去趟北京死也够本了。妈妈，我还是担心我的后代死喽，怕他们去不了北京。"

"我也能去北京？"华鹏觉得这样的好事只敢想想。

天宇告诉他们，我和二姨先去北京打前站，等买了房子就差不多了。可惜本溪的活还没给信儿。"徐总，如果那笔活成了是不是能挣很多钱？"他问。

雁哲没有回答，50万元的提成在春天的脑海里手拉手跑着。嗨，那还说啥！她说："我提醒一句，请你说话时注意人物顺序，要把自己放在后边，别'我和二姨'。你们俩也要注意，英语对话讲究这个，这叫尊重和谦虚，别让大家听了以为他是总经理我给他打工。"

"是，徐总，我记住了，我得赶紧了解补偿器和容器也要学外语和国学。"

"对照着学，取长补短，比如《鸿门宴》里刘邦对项羽说'臣与将军勠力而攻秦，将军战河北，臣战河南'，极尽谦恭，他将自己放到前头。是刘邦的错还是司马迁先生的智慧？后来谈到'有小人之言，令将军与臣有隙'，刘邦又把自己放后头了。"

"真服刘邦，"天宇说，"农村大老粗当皇帝一统天下。乞丐朱元璋重振中国文化。"他二姨说："有人说只有美国能成就英雄的梦想平民可以当总统，其实中国人可以在许多领域冲到前排，行行出状元，遍地出英雄。做英雄梦是好的，能实现更好。"

"妈咪呀，我也喜欢做梦，想梦你和爸爸梦不着。"

"我能做梦，总梦见过年在姥爷家的炕头上摆炮仗玩。前几天梦见我大舅从赤峰回家啦。"华鹏说。

"好，栾天宇，请你帮我个忙，今天你代表咱们正方跟反方辩友讲，三条路任他们选。华鹏和紫桐，你们俩配合你大哥。咱们的口号：不回农村，永不绝望。"

"一定完成任务。"

"请你们坚信，作为两位老人的二女儿我是合格的。作为紫桐的母亲和外甥的二姨我是负责任的。作为女企业家我我是杰出的北漂。"

"妈咪不太谦虚呀。"

"今年我比任何时候都厉害，要是问我为啥，很多人谦虚谨慎一辈子都没得好。以后大家在一起都要自信、自强，说成就人的话，不说扳倒人的话。

卑琐、胆小会让人畏首畏尾，止步不前。"

"不过大家想像徐总这样说话硬气得有真本事，咋的也得过 25 岁，不谦虚你在学校不合群没法生存。是不是，徐总？"

"得 34 岁以上。请不要打断我。我想说我去北京发展，谁拦都不好使，就像一块石头想飞上天就能飞上天。怎么飞？庄子说先长成大山。石头就用几千万年时间长成大山。然后庄子让大鹏扇动翅膀，地崩山摧，无数块石头飞上天。虽然最后落了地，可石头体验到奋斗的快乐。往眼前说，大人没工作就没有尊严，小孩子没学业同样没有尊严。而人一定要尊严地活着。好，就到这里，天宇，先送他们回家。"

有人到前台结账。雁哲说："天宇，我买单，麻烦你把车里紫桐的围脖拿来。"不一会儿天宇递过一条羊绒围脖，深浅两色，是春天的新绿和夏天的明媚。她给女儿围好，在脖子上绕了一圈，两端对搭在胸前。

紫桐说："妈妈，你有点过时了，应该这么围。"她右手捏住围巾的一角搭在雁哲右肩稍前的位置。她说："这样搭这些穗儿就能露出来。"然后捏住另端的一角说："这么从前到后绕过来，经过左臂前胸再搭在右肩上，打个结，这样两边的穗儿都能露一些。妈咪呀，你觉得这样好看吗？"

"很好看哪。这样的话围巾既是围脖又是披肩。"

"还能当衣服。妈咪呀，虽然我没有可我知道怎么围，我啥都懂啥都会。"

"很好哇。我提示一下，除了穗儿还叫流苏。"

"妈妈，你发'sū'的音真好听啊。我这么围你喜欢吗？"

"很喜欢。"

"那你就围着吧。"

雁哲让天宇取来同款的围脖，她认真地给紫桐围上。3 个人上车，看着天宇拎出 3 盒预订的炒菜。这些天他一直重复这样的事，代替母亲给姥爷、姥姥少许的安慰。老人还不知道大女儿离世的事，偶尔也会提到比他们的生命还金贵的名字，都被骗过去。

系好安全带后紫桐问："妈咪呀，你和我们一起看姥爷、姥姥和小姨吗？"

"改日吧。你们不回老家我就请大家下馆子。"雁哲说。她不敢回家，她的脑袋里有一位同学的母亲，因不满女儿处的对象一个晚上掉了7颗牙齿。还有同事的母亲服毒自杀，为阻止大学毕业的女儿不与大学生过贫困日子跟二流子处对象。

"到家跟前了，妈咪呀，你为啥回沈阳啊？"

"在北京待不下去了。我梦见我爸、老厂长和高中的班主任了。"

紫桐问："他们都是男人吗？我姥爷下井救过生产队的马驹子，说马驹子的外祖母是神马火焰，它妈妈名字叫多兰。姥爷一想起过去就不吃不喝，说非常想念老马客爷爷、金梅奶奶，想念科尔沁的朋友们。"

"嗯。"雁哲告诉大家，"我还梦见一位叫吴汗台的上尉军官，现实中从没见过可我梦见了，矫健、机智，很勇敢，他会吹口哨牧马在大兴安岭教桂珠子捕猎。梦里他驾着飞机参加辽沈战役的金山堡战役，大战前他怕再也见不到心上人就到徐家屯见你姥姥最后一面，我妈小名叫桂珠子。"

徐雁哲还梦到两位对她有极大帮助的贵人，都是男人。她想念很多男人，想念充满拼搏、崇高、大美的舞台，就像想念父亲和老家一样。老家伤害过我们也培养过我们。

晚上，一个人在台灯下看书：慈不掌兵，情不立事，义不理财，善不为官。记不住她就改读《孙子兵法》。徐雁哲用荧光笔在书上涂紫色和绿色，回头想想也没记住什么。足智多谋，赏罚有信，仁爱部下，勇敢果断，有治军严明的素质和能力。她想现在读书没有收获绝不是因为被人辱骂，即便是她也不在乎。她心神不宁是本溪的活闹的。中国人早出晚归这么累，某国百姓轻松自在那么先进。人口多是个原因，西方人重视科学发明，到发展中国家赚钱。国人太关注眼前利益，这不行，除了勤劳一定要在科技上学习赶超，不让他们从中国挣更多的钱，不怕他们不喜欢中国。

老穆咳嗽一声开门。他左手在空中画个弧线，右手支着门框，唱着说："我回来了……看看你干啥呢，皱着历史的眉毛。"一看他手舞足蹈的样雁哲就知道他又喝高了。她说："脑袋装了拨浪鼓脖子装了弹簧吧？灵魂跑得太快，身体撵不上了，劲劲的。上蹿下跳，没个老板样。"

"你有老板样？看看你，又翘尾巴了。"他走过去给她捋头发。她说："也没啥骄傲的，怎么就翘了？"

"连小孩子都知道那是晚上睡觉不老实。"他把外衣和鞋脱掉钻入被窝说，"太冷了，我给你当热水袋吧。"

"不洗脸刷牙可不行。"

"嫌弃了？"

"也不是，我怕孩子出生后见你没牙管你叫爷爷。"

"好吧。"老穆洗漱完回来说，"我今天又搞了个发明，老好了。"

"我想听。"

"热处理炉知道不？"他说，"加工钢板不得用高温炉加热变形然后用模具压出封头吗？那炉不是还有1000℃的余热吗？浪费不是可惜吗？何不转化回收利用？会省很多煤！于是我就在挨炉的烟道里安了水箱，水遇热产生蒸汽，怕汽化，外头又安了换热器。里面走冷水，再接个管路，通向锅炉房。额的那个神啊，办公室不开窗户没法活，这把大伙恨的。挨屋看了，我说今年冬天我让你们这些臭小子穿背心裤衩上班。不怕别的，怕这种生产不是天天有。"

"你的专利加上这个有100个了吧？"她问。

他说我不再申请专利，专利是弱者才做的，今后我的专利全天下免费随便用。

"同意。没有创新速度，抄作业都可能抄不明白。强者不会对弱者挥刀。""怎么样？你有啥消息，我帮你消化消化，见到你爸、你妈和紫桐了？他们还好吗？南屋好吗？北屋好吗？秋菜都买了吗？"

"他们要回老家。"她把大家关于"淫窝"的话讲了一遍，情绪没有低落，也不想妥协。

"你想投降吗？"

"除了你我不向任何人投降。我只是纳闷儿，老家一无所有为何给人安慰？"

"当文明和自然冲突时你说怎么办？孔子和庄子都选择了自然。我佩服你老爸和圣人共情。"

"你说孔子活到现在会不会对咱俩口诛笔伐？"

"他自己出生甚是不易，竟喜欢维护相反的道德。据说拿破仑的祖上皮肤颜色很深，他怎么对待的？希特勒祖上可能是什么人，他怎么对待几百万人的？历史不按套路出牌。"

"请慢点说，有点乱。"

"与其改变历史创造历史还不如向自然妥协，活在一个无人知道的地方。"

"不，我要担负。"

"如果将房子更名能够挽留你的家人那就更吧。"

"更谁的名？"

"你自己决定，只要是你家的人。"

徐雁哲长叹一声，不再言语。"换成未来孩子的名吧来不及了。换成我自己的，要是过一两个月爹娘还张罗回老家，就得改成他们的。然后妹妹、妹夫再打仗闹离婚，两位老人就主动将房子让出来更人家的名。"雁哲说，"容我再考虑考虑，真是迫在眉睫呀！"

"那就赶紧在北京买房吧。"

"在北京买？那有多必要！"

他们不知道 10 年后啥样。10 年后北京的房价是天文数字，每平方米 2 万 ~10 万元甚至更高。有位网友说这样的房子一个农民种三亩地养一头牛，得从唐朝干起。工人每月 400 元工资，要从鸦片战争开始攒，还得保证全家人不吃不喝。

"好了，别想了。"他说，"咱们只能做好今天的事，明天让老天奶奶操心吧。咱们一起复习今天读的书吧。请问没犯错却要承认是什么人？"

"奴隶。"

"是老公。"

"老公？多么亲切而又陌生的称呼，好久没用这个词了。一个女人没有老公就像爹娘住在别人的房子里。"

"你现在可以叫我呀，我单身很久了，知道吗？"

"咱们之间没有责任和义务，是两个补偿器的关系。"

"最好在一个管道上，你想着我，我挂着你，介质从我这边流向你那边，反过来也行。下一个题请听好，什么人犯了错却不承认？"

"老穆。"

"是老板。"他说，"你以后当老板也这么的，俗话说宁要错误的乐观，也不要正确的悲观。"

"是从《企业家》《人才》杂志淘的还是从网上？要学会承认部分错误。"她说。

"我天天读书，不读书无以言。接着听啊。"老穆继续复习，几十条。

穆月出请众人出国旅游，有徐雁哲，像刚到他公司时的情形。她知道有双欣赏的眼睛包容了她的世界，她在他的国里准备行李。穆月笙派人收集身份证。好不容易找到，她来到桌子前签字。她知道老穆在远处注视她，怎么都不能把名字签好。愚笨的样子狼狈而又幸福，她怕他看到，怕他不再喜欢她。他不说话，眼神从未改变，她还是不能将名字签好。最后勉强写了 3 个同音字，心境如同阿 Q 画圈，在同一频道上生出患难与共惺惺相惜的情感。父母在，不远游，游必有方。出国的机会有的是，眼下最该做的是回家。

想念

20 多年前的梦里

老家的大河坝下耸立起高楼

童年我们和父母去河套经过那里

就这样期待

昨晚在留有亲人脚印的地方

长出树，结满金橙

从南山到西洼子开遍京城的牡丹

和江南的桂花

穆月出的旅游计划作罢，他领大家开车到徐家屯观光。徐雁哲提着书箱走上荒野，梦里很轻盈，一直飞。她提前去集市买菜，在卧龙泉想吃姥姥家的包子，舅舅给她买了一只叫花鸡和 5 个包子，让她路上打发饥饿。

舅舅怕外甥女不舍得花钱，要给她 3 元钱。雁哲说："我有钱，有很多钱，只是习惯小气不舍得花罢了。"舅舅笑着劝她注意路上的安全与营养。"噢，我知道。"她说。她的花费不多，能省的就省了，能小气的就小气了。这也是她为什么不和别人搭伙旅行的原因之一，她太抠了。

徐家屯来了一伙沈阳人，领头的叫老穆。死去的人看见墓门口的车就走出来。全村的人都来了，和和气气。酸菜炖血肠，猪肉炖粉条子，小鸡炖蘑菇，茴香炒肉，黏豆包像日头一样到处闪光，大家开心地吃着唠个没完。

一梦套一梦，梦里徐雁哲从乡路下来，走上白沙堤，那是初中时回家的官道。穹庐澄澈，杨树在天上生长。在绿色的风里她碰到邻家女孩。小伙伴已长成别人的母亲，黄皮肤羊角辫，同雁哲随意说话。不一会儿她急着回家，说孩子在家等她，临别时邀请雁哲去家里做客。她在张家沟住，生过两个孩子，大的7岁，小的因为脑瘫去世，5岁还不到。雁哲摇手说改日见。

她在梦里跑着，认真地给自己解梦。本以为童年远去原来一直长在梦里。南山坡，白沙滩，银中杨，黑土地，所有历史都逃不出少年的眼睛。她好久都没梦见他和表哥了。

招苏台河左岸的大坝即将出现百里景观大道。老家是根游子是叶，不用言语就能心领神会。父亲40多岁，在接连数里的草棚间组织村民修路。他凡事都与人商量，摆脱了生死束缚。他说喜欢种地的人都是朋友。

世界被照耀，女儿为劳动的大场面欣喜。老家是多幅油画，不论星空、闪电、河流还是麦田、树林、房屋，纵然在梦里也让人舒畅精神，不为别的，为它接纳祖先的骸骨和游子的乡愁。就在眼泪即将滚出的时候童年化成淡蓝的天空。仰头，天幕上悬浮着钻塔，有四五个穿蓝色工作服的帅哥如天外之客在阳光里工作，冲她微笑。没有线，铁的龙骨转瞬成了航天器。花瓣一样的房屋、音乐一样的树木、黄牛一样的农民，唐宋时期的乡村即将盛开。

"好好活着，因为我们会死很久。"穆月出在梦里说。

2011年5月初稿
2024年5月定稿